1400 Deutsche Gedichte und ihre Interpretationen

Herausgegeben
von Marcel Reich-Ranicki

Siebter Band

Von Gottfried Benn bis Nelly Sachs

Insel Verlag

Umschlaggestaltung: Hermann Michels und Regina Göllner

Quellenhinweise am Schluß des Bandes
Satz: Memminger MedienCentrum AG, Memmingen
Druck: Ebner & Spiegel, Ulm
Printed in Germany
Erste Auflage 2002

1 2 3 4 5 6 – 07 06 05 04 03 02

Von Gottfried Benn
bis Nelly Sachs

INHALT

HUGO BALL
DIE ERFINDUNG

Als ich zum ersten Male diesen Narren
Mein neues Totenwäglein vorgeführt,
War alle Welt im Leichenhaus gerührt
Von ihren Selbstporträts und andren Schmarren.

Jetzt sagen sie: Nun wohl, das sei ein Karren,
Jedoch die Räder seien nicht geschmiert,
Auch sei es innen nicht genug verziert,
Und schließlich wollten sie mich selbst verscharren...

Sie haben von der Sache nichts begriffen,
Als daß es »wurmig« zugeht im Geliege,
Und wenn ich jetzt vor Lachen mich noch biege:
So ist es nur, weil sie darum herumgestanden,
Die Pfeife rauchten und den Mut nicht fanden,
Hineinzusteigen in die schwarze Wiege...

LUDWIG HARIG
EINLADUNG ZUM SPIEL

Der sechsundzwanzigjährige Albert Einstein brachte im Jahre 1905 den Erfindungsrausch des neunzehnten Jahrhunderts mit seiner Speziellen Relativitätstheorie zu einem für die Zeitgenossen noch nicht erkennbaren Höhepunkt. Er führte ihn durch die Neudeutung der Begriffe von Raum und Zeit in eine andere Dimension über: Die enthusiastische Fortschrittsgläubigkeit steigerte sich in einen Wahn. Einstein hatte Gott in die Karten geschaut, wie er selbst bekennt, nun war nichts mehr unmöglich, der letzte Schritt »vom selbständigen Wert der Erkenntnis« zur Umsetzung ins Brauchbare, ins Zweckdienliche stand unmittelbar bevor. Mit der Erfindung der Kernspaltung erreichte sie ihr apokalyptisches Ausmaß.
Nicht von ungefähr widmet sich der dadaistische Dichter Hugo Ball, der von 1886 bis 1927 gelebt hat, diesem seit Beginn des zwanzigsten Jahrhunderts bedenklich gewordenen Phänomen der Erfindungsvielfalt und -tragweite auf seine unverhohlen satirische Weise. In der Rolle des Erfinders stellt er sich einer Prüfungskommission, die sein »Totenwäglein« begutachtet – ohne daß sie in der Lage wäre, über das Aussehen und Funktionieren eines gewöhnlichen Karrens hinaus das Besondere dieser Erfindung zu erkennen und zu begreifen.
Diese Erfindung – wie jede andere ausgefallene Erfindung – wird als anrüchig, ihrer makabren Erscheinung und Zweckbestimmung wegen gar als unschicklich angesehen:

Niemand möchte sich einer Apparatur bedienen, die mit Tod und Vergänglichkeit einen bösen Scherz treibt. Eher ist man gewillt, das von Würmern wimmelnde eigene Grab vor Augen, den lästigen Erfinder selbst unter die Erde zu bringen. Doch es kommt, so die sarkastische Pointe des Gedichts, nicht darauf an, ein neuartiges Gerät in teils jovialer, teils mißgünstiger, aber auch selbstgefälliger Geistesverfassung zu betrachten, zu bestaunen, zu prüfen, um es am Ende befürworten oder ablehnen zu können: Bei Hugo Ball, dem Dichter, zählt einzig und allein der persönliche Mut und der Entscheidungswille, dieses ominöse Gerät wegen der in ihm selbst liegenden Wirkungskonsequenz zu benutzen –, auch wenn das Leben auf dem Spiel steht.

Aber die wenigsten sind bereit, sich darauf einzulassen, sei es auch nur in einem riskanten Gedankenspiel. Dieser Totenwagen ist die Erfindung eines Dichters, die das Gemüt eines Allerweltsmenschen tiefer erschreckt, ja verstört, als eine noch so bedrohliche reale Tötungsmaschine. Eine Erfindung aus dem Geist der Dichtung ist stets subversiv; mit einem zärtlichen Hang zur Anarchie entzieht sie sich jedem vordergründigen Gebrauch. Sie ist Phantasieprodukt, ausgestattet mit der Gesetzmäßigkeit der Poesie, die keinen kruden Nutzen verfolgt. Das Phantasiespiel braucht keinen Beweis, es nimmt den Argumenten den Wind aus den Segeln, zieht den Analysen den Boden unter den Füßen weg, ist Affront gegen den gesunden Menschenverstand und die bürgerliche Moral.

Moral putze den Europäer auf, schreibt Nietzsche, das Leben sei nun aber nicht von der Moral ausgedacht, es verlange Täuschung, ja, es lebe von der Täuschung. Allein im schönen Schein der Kunst spiegele sich das Wirkliche in aller Deutlichkeit. Angesichts der schwankenden, der wandelbaren Seinsverhältnisse seien wir Agnostiker, wir Gottlosen von heute allerdings Zeugen der »Selbstaufhebung der Moral«. »Nietzsche als erster Immoralist« lautet der Titel der Doktorarbeit, die der Dichter Hugo Ball zu beginnen, doch nicht mehr zu beenden imstande war: In seinen »Sieben schizophrenen Sonetten«, aus denen »Die Erfindung« stammt, schwingt wie in Einsteins Relativitätsprinzip Nietzsches Wertschätzung immerwährender Einbildung und Erfindung mit, weil eben die innere Kontinuität des Menschensinns »auf einem Überleiten und Fortdichten dieser Erfindungen beruht«. Wie hätte wohl der eidgenössische Patentamt-Angestellte Albert Einstein, wäre er Anfang der zwanziger Jahre noch in Bern tätig gewesen, Hugo Balls Erfindung des »Totenwägleins« begutachtet? Hätte er die Einladung zum Spiel angenommen, das den Sinn seiner eigenen Erfindung so drastisch in Frage stellt?

HUGO BALL
INTERMEZZO

Ich bin der große Gaukler Vauvert.
In hundert Flammen lauf ich einher.
Ich knie vor Altären aus Sand,
Violette Sterne trägt mein Gewand.
Aus meinem Mund geht die Zeit hervor,
Die Menschen umfaß ich mit Auge und Ohr.

Ich bin aus dem Abgrund der falsche Prophet,
Der hinter den Rädern der Sonne steht.
Aus dem Meere, beschworen von dunkler Trompete,
Flieg ich im Dunste der Lügengebete.
Das Tympanum schlag ich mit großem Schall.
Ich hüte die Leichen im Wasserfall.

Ich bin der Geheimnisse lächelnder Ketzer.
Ein Buchstabenkönig und Alleszerschwätzer.
Hysteria clemens hab ich besungen
In jeder Gestalt ihrer Ausschweifungen.
Ein Spötter, ein Dichter, ein Literat
Streu ich der Worte verfängliche Saat.

KLAUS-PETER WALTER
SPÖTTER, DICHTER, LITERAT

Als ich, noch Schüler, dieses assoziationsreiche Gedicht entdeckte, war Hugo Ball, der von 1886 bis 1927 lebte, für mich nicht mehr der dadaistische Früh-Jandl der »Karawane« mit seinem verspielten *jolifanto bambla o falli bambla,* sondern ein veritabler Achtundsechziger-Bürgerschreck.

Der Name seines Gauklers, wohl der Stadt Vauvert bei Nîmes entliehen, schien mir auf den Ur-Vaganten François Villon anzuspielen, und so sah ich in diesem antiautoritären Sangesbruder zunächst einen Ahnherrn meiner damaligen Liedermacher-Idole Franz-Josef Degenhardt und Hannes Wader. Erst später entdeckte ich den gesellschaftskritischen Auftrag aller literarischen Tätigkeit unter den originellen Bildern des Gedichts.

Im Schatten des Ersten Weltkrieges entstanden, schildert es eine Zeit des Über- und Niedergangs, in der Neues noch außer Sicht ist, eine Zeit dazwischen, eben ein Intermezzo. Alle vier Elemente scheinen in Bewegung: die Erde (als Sand und Abgrund), das fallende Wasser, die vom *großen Schall* erschütterte Luft und das als hundertfache Flammen und räderrollende Sonne gleich zwiefach lodernde Feuer. Statt Goethes *Brudersphären Wettgesang* Dissonanzen von Pauke und Trompete.

Vauvert nennt sich gleich in der ersten Zeile einen großen Gaukler, und alle drei Strophen beginnen mit den Worten *ich bin*. Wer ist dieses großspurige Ich? Klar: ein Provokateur, der mutwillig an die Tabus einer Welt rührt, deren religiöser Habitus zu bloßer Heuchelei zerronnen ist. Die Sterne auf seinem Gewand karikieren ketzerisch das klerikale Lila. Klar ist auch sein Standpunkt: jenseits der Lichtquelle, im Gegen-Licht, in Opposition. Manches an diesen Zeilen fordert zum Vergleich mit Puschkins Gedicht *Der Prophet* heraus. Bei Puschkin schreitet ein echter, von einem sechsfachgeflügelten Seraphim beseelter Prophet im Bewußtsein seiner göttlichen Sendung gravitätisch in Jamben voran. Sein falscher Kollege Vauvert dagegen hüpft ohne festen Versfuß daher; Puschkins Prophet will durch sein Wort *die Herzen der Menschen entflammen,* Vauverts Wort dagegen zersetzt, es hilft als *verfängliche Saat,* die Widersprüche einer dem Wahn und dem Laster verfallenen Zeit bloßzulegen, lautstark Skandalöses publik zu machen: Die *Leichen im Wasserfall* könnten die sprichwörtlichen »Leichen im Keller« sein. Der, aus dessen Mund *die Zeit hervorgeht,* steht auf jenen Brettern, die bekanntlich diese Zeit bedeuten, ein Vorfahr somit von Wolfgang Neuss, dem legendären, Lärm schlagenden »Mann mit der Pauke« und vielleicht auch ein *alter ego* Balls, wie er 1915 im Züricher »Cabarett Voltaire« auftrat, angetan mit einem bizarren Kostüm aus kubistischen Pappröhren und -würfeln, einen spitzen Gauklerhut auf dem Kopf.

In der Personalunion des Spötters mit dem Dichter und Literaten wird die Aufgabe des Schreibenden auf den Punkt gebracht. Er ist der kritische Deuter der Zeit-Zeichen, der den Menschen auf die Finger sieht, lieber Aufrührer und Störenfried denn langweilender Erfüllungsgehilfe amtlich-erzieherischer Vorführungen. Das galt, als Balls Zeitgenosse Johannes R. Becher in expressionistischem Pathos ausrief: *Oh du mein Schrei: auch Schrei der Zeit!* Es sollte auch heute noch gelten.

GOTTFRIED BENN
ASTERN

Astern – schwälende Tage,
alte Beschwörung, Bann,
die Götter halten die Waage
eine zögernde Stunde an.

Noch einmal die goldenen Herden
der Himmel, das Licht, der Flor,
was brütet das alte Werden
unter den sterbenden Flügeln vor?

Noch einmal das Ersehnte,
den Rausch, der Rosen Du–
der Sommer stand und lehnte
und sah den Schwalben zu,

noch einmal ein Vermuten,
wo längst Gewißheit wacht:
die Schwalben streifen die Fluten
und trinken Fahrt und Nacht.

HERMANN BURGER
DIE KUNST DER SCHWEBE

Vier diagnostische Symptome nennt der Arzt Gottfried Benn in seinem Aufsatz »Probleme der Lyrik«, nach denen beurteilt werden kann, ob ein Gedicht von 1950 identisch ist mit der Zeit oder nicht: das Andichten der Natur, den übertriebenen Gebrauch des Vergleichswortes »wie«, das Prunken mit Farbadjektiven und den seraphischen Ton. »Dieser seraphische Ton ist keine Überwindung des Irdischen, sondern eine Flucht vor dem Irdischen.«

Keine der vier genannten Todsünden wird man in »Astern« finden, dafür das punktuelle Zünden der Welt im lyrischen Subjekt, wie Emil Staiger das Wesen dieser Gattung definiert hat. Es handelt sich um einen Traum von großer Magie, angesiedelt zwischen Sommer und Herbst, meisterhaft in der Balance der a-Assonanzen gehalten, welche das Bild der Waage in der ersten Strophe musikalisch umsetzt.

»Astern« und »Nacht« sind die Pole, zwischen denen sich das septemberleichte Spiel mit der Vergänglichkeit entfaltet, tief im bukolischen Mythos verankert, denn die Frage, was das »alte Werden« unter den sterbenden Flügeln »vorbrüte«, führt uns auf den Fruchtbarkeitskult der Demeter zurück. Der große Dichter belade sich mit Wirklichkeiten, heißt es in »Probleme der Lyrik«, »eine Zikade, nach der Sage aus der Erde geboren, das athenische Insekt«.

Die Götter sind es, die über die Jahreszeiten gebieten, das Wort »alt« meint »archaisch«, und die Fluten, welche die

Zugvögel streifen, sind die stygischen. Der Dichter steht ganz im Bann dieser großen Beschwörung, doch er bescheidet sich mit dem »Vermuten«, wo längst »Gewißheit wacht«. Er nimmt den Zauberstab auf mit dem dreimaligen »noch einmal«.

Das in den »schwälenden Tagen« verhalten glosende Licht – man riecht die Würze von Krautfeuern – weitet sich zu den »goldenen Herden der Himmel«, und beiläufig unterzogen klingt das Glöcknen der Rinder mit. Das Flügel-Motiv kehrt wieder in den Schwalben am Schluß, wahrhaftig ein großer Dichter, der diesem Herbst-Klischee noch eine neue Note abgewinnt. Denn nicht gen Süden wenden sich die Vögel, sie »trinken« Fahrt und Nacht, tauchen ein ins Dionysische.

Es wird ganz kurz angetippt in der dritten Strophe mit dem »Rausch«. Die Rose, in Verknüpfung mit dem Du, wäre die Blume der Unmittelbarkeit, das Zeichen des Entflammtseins. Doch der Gedankenstrich macht diesem Traum ein Ende. Es ist die Zeit der Astern, und die stellt man der Geliebten aufs Grab. Was lichterloh brannte, nun schwält es dahin.

Doch dieser Prozeß vollzieht sich in jener Lautlosigkeit, durch die im September mit seinen messinggehämmerten Stunden der Tod den Sommer unterwandert. Er »stand und lehnte«, stützt sich auf, hat nicht mehr die ungebrochene Kraft wie im Juli und August. Kein Zweifel, das Gedicht, sicher eines von den wenigen, die, wenn sie bleiben in seinem Werk, das Schaffen des Poeten rechtfertigen, ist durchwaltet von einer klassischen Symmetrie und Gelassenheit.

Es veranschaulicht die Kunst der Schwebe, bannt die Stunde des Zögerns, trotzt dem Untergang das lichtdurchflutete »Verweile doch« ab. Hätte man sich ein Werk aus dem Impressionismus dazu zu denken, wäre Claude Monet der Maler, der, auf Lokalfarben verzichtend, seinen schwälenden Dunst hätte einfangen können. Und, man prüfe nach, ein einziges Farbadjektiv: »golden«. Kein einziges »wie«. Alles festgemacht am Irdischen, das Prinzip »Zikade«, athenisch.

GOTTFRIED BENN
DAS SIND DOCH MENSCHEN

Das sind doch Menschen, denkt man,
wenn der Kellner an einen Tisch tritt,
einen unsichtbaren,
Stammtisch oder dergleichen in einer Ecke,
das sind doch Zartfühlende, Genüßlinge
sicher auch mit Empfindungen und Leid.

So allein bist du nicht
in deinem Wirrwarr, Unruhe, Zittern,
auch da wird Zweifel sein, Zaudern, Unsicher-
heit,
wenn auch in Geschäftsabschlüssen,
das Allgemein-Menschliche,
zwar in Wirtschaftsformen,
auch dort!

Unendlich ist der Gram der Herzen
und allgemein,
aber ob sie je geliebt haben
(außerhalb des Bettes)
brennend, verzehrt, wüstendurstig
nach einem Gaumenpfirsichsaft
aus fernem Mund,
untergehend, ertrinkend
in Unvereinbarkeit der Seelen –

das weiß man nicht, kann auch
den Kellner nicht fragen,
der an der Registrierkasse
das neue Helle eindrückt,
des Bons begierig,
um einen Durst zu löschen anderer Art,
doch auch von tiefer.

LUDWIG HARIG
EIN DURST DER BESONDEREN ART

»Gaumenpfirsichsaft«: Das ist eines jener Reizwörter mit Rausch- und Wallungswert, wie Gottfried Benn sie gern gebraucht, den Himmel von Sansibar oder das Meer der Syrten zu beschwören. Zur blauen Stunde lockt er den Leser mit außergewöhnlichen Süd- und Schamanenwörtern in Landstriche, wo die Hirtenflöte tönt und der Hibiskus blüht, entführt ihn in exotische Bezirke, wohin ihn selbst eine quälende Sehnsucht, ein schließlich unstillbares Verlangen zieht. »Brennend, verzehrt, wüstendurstig«, so benennt der Dichter diesen Daseinszustand. Rätselhafter, aber auch eindringlicher kann man das Begehren nicht beschreiben. Dieser »Gaumenpfirsichsaft aus fernem Mund« ist ein Trunk, der Befriedigung, ja Erlösung von alltäglicher Mühsal verheißt, auch wenn der Gelabte am Ende daran zugrunde geht. Nach diesem Trunk giert ein Durst der besonderen Art: Es ist das unerfüllbare Verlangen in Seelenkämpfen Liebender, die nicht zusammen sein können.

Nicht jede Dämmerstunde ist eine »heure bleue«, in der ein Dichter seine geheimen Wünsche ausspricht. Aber immer sind es für Gottfried Benn die Stunden, in denen er von seinem Wirtshaustisch aus die Gäste an den Nachbartischen beobachtet. Aus zahlreichen Gedichten, die ausnahmslos an Ort und Stelle des Augenzeugen in seiner Wirtshausecke erlebt und geschrieben scheinen, geht Benns Einschätzung des Menschen mit seinen Stärken und

Schwächen, seinen Überschüssen und Defiziten hervor. Nicht er allein in seinem Durst nach Gaumenpfirsichsaft, auch die anderen an den Nebentischen zittern, zaudern, zweifeln wie er.

Ob Kredithaie mit schlechtem Gewissen bei ihren Geschäftsabschlüssen, ob Habenichtse, antriebsschwach, ja gelähmt in ihren verzweifelten Bemühungen: Gottfried Benn gesteht jedem einzelnen lebhafte Empfindungen und heftige Gefühle zu, hebt die undämmbare Übermacht der leiblichen Bedürfnisse hervor und wird nicht müde, die Geheimnisse des Allgemein-Menschlichen, die Genüsse des einfachen Lebens im Gedicht zu benennen. Er, der sich einmal als armen Hirnhund, ein andermal als entwicklungsschwachen Formenpräger bezeichnet hat, teilt seine Empfindungen, sein Leid, den Gram seines Herzens mit dem Mann und der Frau am Stammtisch – und bleibt doch ausgeschlossen aus dem Lebensraum dieser Allerweltsmenschen, die er nicht einmal mit Namen kennt. Es sind zartfühlende, genußfreudige, liebende Menschen mit Hoffnungen und Zweifeln wie er selbst, wie du und ich.

Offen bleibt, und es kann auch von ihm nicht herausgefunden werden, ob sie bei ihrem Geschäftstrieb je ein Genügen, mit ihren Allerweltsleben und -liebschaften je eine Hingabe über die Triebe und Lüste ihres Geschlechts hinaus empfunden, ob sie diesen Durst der besonderen Art nach Gaumenpfirsichsaft im Mund und im Hirn verspürt haben. Gottfried Benns Gedicht »Das sind doch Menschen« ist ein Doppelbekenntnis. Es offenbart seinen eigenen Durst, den eines Schwärmers und Phantasten, verteidigt aber auch den anderen Durst, den von Lieschen Müller und Otto Normalverbraucher, deren Herzenswunsch auf triviale Befriedigung gerichtet ist. Zugleich ist es eine Absage des Extravaganten, der sich nach den Wonnen des Gewöhnlichen sehnt, an die hoffärtige Auffassung, dieser Durst anderer Art sei nicht so hoch zu bewerten wie der platonische, der von Schöngeistern und Moralpredigern für einen Durst der besonderen, der außergewöhnlichen Art gehalten wird.

Offensichtlich klar umrissen und zugleich geheimnisumwittert ist die Rolle des Kellners in Gottfried Benns Gedicht. Mensch mit seinem eigenen Durst wie jeder andere in dieser Berliner Eckkneipe, tritt er an einen Tisch heran, die Bestellung aufzunehmen, bedient den Zapfhahn und die Registrierkasse – kann aber, weil er unbefragt bleibt, des Dichters Kronzeuge nicht sein. Und so bleibt es überraschenderweise ungewiß, ob der Dichter allein dieses besonderen Durstes teilhaftig ist.

GOTTFRIED BENN
DEN JUNGEN LEUTEN

»Als ob das Alles nicht gewesen wäre« –
es war auch nicht!
war ich es denn, der dir gebot: gebäre
und daß dich etwas in die Ferse sticht?

»Der dichtet wie vor hundert Jahren,
kein Krieg, kein Planck, kein USA,
was wir erlitten und erfahren,
das ist ihm Hekuba!«

Lang her, aus Dunkel, Fackeln und Laterne
versuchten sich um eine klare Welt,
versuchten sich – doch Näh und Ferne
blieb reichlich unerhellt!

Nun sollte ich – nun müßte ich – beileibe
ich müßte nicht, ich bin kein Ort,
wo etwas sich erhellt, ich treibe
nur meinen kleinen Rasensport!

Allons enfants, tut nicht so wichtig,
die Erde war schon vor euch da
und auch das Wasser war schon richtig –
Hipp, hipp, hurra!

HEINRICH DETERING
DUNKELMANN IM SELBSTGESPRÄCH

Gerade sieben Jahre war alles vorbei, als Benn diese Verse schrieb. Schlagwörter wie »Kahlschlag« und »Stunde null« beherrschten die literarische Szene. In dieser Lage galt der Vorwurf, »wie vor hundert Jahren« zu schreiben, nicht lediglich irgendeiner Schreibweise. Nicht um Poetik ging es, sondern um Politik und um Moral. Nach Auschwitz so zu schreiben wie vor Auschwitz, das war Barbarei.

Was Benn »den jungen Leuten« auf diese Vorhaltungen zur Antwort gab, das mußte nicht nur ihnen die Sprache verschlagen. Noch immer fällt es schwer, die ersten beiden Verse dieses Gedichts ohne ungläubiges Staunen, ja Empörung zu lesen: »Es war auch nicht.« Wie bitte? Und wer ist das, der so redet? Der hier im kästnerschen Kabarett-Tonfall vom Entsetzlichen plaudert – hatte er nicht selbst zu jenen gehört, die den Anbruch des Dritten Reiches enthusiastisch begrüßt hatten? Und ist der Spott über die Aufklärung nicht ein wenig schal im Munde eines einstigen Dunkelmannes, der sich erklärtermaßen schon längst ins »warme Moor« der vormenschlichen Ursprünge zurückgesehnt hatte, ehe er 1933 den Anbruch der neuen Finsternis bejubelte?

Damals hatte er im Ernst geschrieben, es sei derselbe Geist, der in den Versen Stefan Georges und im Kolonnenschritt der braunen Bataillone regiere. Es dauerte kaum ein halbes Jahr, bis er von diesem Wahn befreit war, und nur wenig länger, bis er selbst verboten wurde und sich mit Ekel und

Abscheu von der Diktatur abwandte. Unter dem Schreibverbot aber schrieb er Abrechnungen wie jenen grandiosen »Monolog« von 1941, der ihn leicht den Kopf hätte kosten können. Und schon da sah er im gegenwärtigen Grauen nur die Bestätigung seiner alten Gewißheit von der Nichtigkeit des Menschen und der Sinnlosigkeit der Geschichte.

»Es war auch nicht«: Das läßt sich mit zwei leichtfüßigen Jamben lesen oder in vier schweren Hebungen. Und je nachdem erscheint der Vers als achselzuckendes Abtun des historischen Ballastes – oder als Bannfluch über die jüngste Geschichte. So wie in manchen theologischen Systemen das Böse und der Teufel selbst keine eigene Substanz besitzen, sondern nichts als Verneinung des Guten und Gottes sind, so soll hier »das Alles«, soll die Geschichte selbst für null und nichtig erklärt werden. Der saloppe Tonfall, der im unmerklichen Wechsel der drei-, vier- und fünfhebigen Jamben einherschlendert: Er ist das Understatement, in das sich der Geschichtspessimismus kleidet, um nur ja nicht zu vollmundig zu werden. Dieser Ton macht es möglich, das große Theodizeeproblem als kleine rhetorische Frage zu formulieren: »War ich es denn, der dir gebot: gebäre / und daß dich etwas in die Ferse sticht?« Nein, Gottfried Benn war das sicher nicht (allerdings wäre auch niemand auf den Gedanken gekommen, ihm das vorzuwerfen) – also wer dann?

In der Handschrift hat Benn die Gegenfrage »Wer war es denn« wieder ausgestrichen. Denn daß mit diesem Gebot der Schöpfer seine abgefallenen Geschöpfe für den Sündenfall straft, das erkannte ja doch jeder Leser ohne besonderen Hinweis. Seit der Vertreibung aus dem Paradies sticht die Schlange den Fuß, der sie tritt: im Verderben sind der Mensch und sein satanischer Verführer aneinander gebunden. Seitdem herrscht eine Finsternis, der gegenüber jeder Versuch der Aufklärung ein vergebliches Kinderspiel ist. Schuldlos sind allein Erde und Wasser, die Elemente des dritten Schöpfungstages: die Welt ohne Menschen. Auch wenn dieser entlaufene Pastorensohn, empört gegen die Heilige Schrift, jedes Heil in dieser Unheilsgeschichte verwirft – an ihrem Begriff der Sünde hält er fest. Und selbst wenn hier sogar vom so oft verkündeten Ersatzglauben an die Dichtung als Sinngebung des Sinnlosen nichts geblieben ist als der Hinweis auf »meinen kleinen Rasensport« – die Kraft seines Aufschlags reicht immer noch aus, um die Weltgeschichte komplett für erledigt zu erklären, für leeren Schein und Nichtigkeit: »es war auch nicht!«

Ein unmögliches, ein skandalöses Gedicht. Warum rührt es mich trotzdem bei jeder Lektüre? Weil das Gedicht seiner eigenen Proklamation ins Wort fällt. Die geschichtliche Erfahrung, die es zu verleugnen vorgibt, bezeugt es doch mit jedem Vers. Indem der Schreiber Krieg, Planck und Vereinigte Staaten verneint, hat er sie beim Namen genannt. Während er sich als Reaktionär ausgibt, hat seine poetische Sprache doch längst mit allem gebrochen, was »vor hundert Jahren« war. In Wahrheit ist Benns sarkastisches Parlando ein trauriges Selbstgespräch. Gegenüber »den jungen Leuten« von 1952 will der Gealterte bannen, was doch auch er selbst »erlitten und erfahren« hat: eine Angst und ein Grauen, die nicht vergangen sind. Davon redet dieses Gedicht in jedem Vers. Und deshalb ist es ganz gegenwärtig.

GOTTFRIED BENN
EBERESCHEN

Ebereschen – noch nicht ganz rot
von jenem Farbton, wo sie sich entwickeln
zu Nachglut, Vogelbeere, Herbst und Tod.

Ebereschen – noch etwas fahl,
doch siehe schon zu einem Strauß gebunden
ankündigend halbtief die Abschiedsstunden:
vielleicht nie mehr, vielleicht dies letzte Mal.

Ebereschen – dies Jahr und Jahre immerzu
in fahlen Tönen erst und dann in roten
gefärbt, gefüllt, gereift, zu Gott geboten –
wo aber fülltest, färbtest, reiftest du –?

ULRICH KARTHAUS
KEIN GRUND ZUR KLAGE

Benn schrieb dies Gedicht 1954, zwei Jahre vor seinem Tod, zurückgezogen als Hautarzt in der Steinwüste Berlins lebend. Sechs Jahre zuvor hatte er seine Existenz beschrieben als »äußeres Spießertum u. inneres Wachsein ... eigentlich erlebnislos, seelisch unergiebig, als Mensch ganz stumpfsinnig«, er hefte »seine Erlebnisse nicht an sein Leben an, sondern an sein Œuvre«.
In der Bozener Straße, inmitten der Trümmer des Zweiten Weltkriegs, träumt er von Forsythien und Rosen, vom Garten seines Elternhauses »östlich der Oder, wo die Ebenen weit«, vom März in Meran und von Ebereschen. Aus diesen Träumen entsteht keine neuromantische Naturlyrik, denn sie meinen etwas anderes als die Landschaftskulisse einer Sommerfrische oder den Schmuck des Tisches. Programmatisch formulierte er 1951: »Hinter einem modernen Gedicht stehen die Probleme der Zeit, der Kunst, der inneren Grundlagen unserer Existenz weit gedrängter und radikaler als hinter einem Roman«. Einmal dichtete er: »Doch alles blieb erlitten durch die ewige Frage: wozu?« Manche seiner späten Gedichte erliegen dieser Gefahr einer allzu direkten, das Sentimentale streifenden Aussage einer Bekenntnisdichtung.
Es gibt eine Schallplatte, auf der er selbst zu hören ist, und für manche Ohren klingt das heute schwer erträglich. Aber er hat einmal gesagt: »Keiner auch der großen Lyriker unserer Zeit hat mehr als sechs bis acht vollendete

Gedichte hinterlassen.« »Ebereschen« gehört für mich dazu.

Das Gedicht spricht von der Zeit, die, faßbar nur im Augenblick, vorübereilt zu Herbst und Tod. Das Ende der ersten Strophe nennt dies Wort, und damit könnte das Gedicht enden. Daß dies nicht geschieht, hat seinen Grund in der Verfaßtheit dessen, der spricht: dem Tod steht der Versuch entgegen, den Augenblick festzuhalten, diesen vergänglichen und deshalb so intensiven Punkt zwischen dem Einst des Früher und dem Einst des Später, zwischen Geburt und Herkunft, Tod und Zukunft. Was dem Augenblick an Weite mangelt, gewinnt er an Tiefe. Kein Grund zur Klage, allenfalls zur Melancholie; das Bild des Baumes sagt, wie natürlich dies Schicksal ist – es vollzieht sich dies Jahr und Jahre immerzu.

Hier spätestens beginnt meine Faszination: wie dies Adverb aus dem Berliner Dialekt »immerzu« in ein Gedicht verwoben ist, das dadurch nichts von seiner Vollendung verliert, wie andere Wörter die lyrische Balance zwischen Unverständlichkeit und metaphysischem Sinn aushalten: »halbtief«, »Nachglut« – das ist hinreißend, und man darf sich dieser Empfindung hingeben, weil das Persönliche und Metaphysische artistisch, also allgemein geworden ist.

Auf die letzten Fragen der menschlichen Existenz gibt es keine objektiv erkennbare Antwort. Man kann sich deshalb vor diesen Fragen in Ideologien und Bekenntnisse flüchten oder sie ignorieren und verdrängen, wie man den Gedanken an den Tod verdrängt. Benn leidet an ihnen und an ihrer Unbeantwortbarkeit, und sein Gedicht stellt dies Leiden dar. Vielleicht sind unsere Zeiten so säkularisiert, daß wir das metaphysische Bedürfnis des Pfarrerssohnes nicht mehr teilen. Aber wonach dies Gedicht fragt, gehört zum Menschen wie Geburt und Tod, und ohne den gäbe es keine Dichtung und keine Kunst. Es macht den Zauber dieses Gedichtes aus, daß es sich eine Antwort in Gestalt einer Botschaft versagt.

Ein Dreizeiler, ein Vierzeiler und ein Fünfzeiler – so könnte es aufgebaut sein. Doch die fünfte Zeile fehlt der dritten Strophe. Ihr vierter Vers endet mit einem Gedankenstrich und einem Fragezeichen. Was das Fragezeichen wissen will, vermag die fünfte Zeile nicht zu sagen. Deshalb fehlt sie. Die gute alte Schulmeisterfrage: »Was will uns der Dichter sagen?« – das Gedicht beantwortet sie mit einem Gedanken, der ganz Form geworden ist.

GOTTFRIED BENN
EIN SCHATTEN AN DER MAUER

Ein Schatten an der Mauer
von Ästen, bewegt im Mittagswind,
das ist genügend Erde
und hinsichtlich des Auges
genügend Teilnahme
am Himmelsspiel.

Wie weit willst du noch gehn? Verwehre
doch neuen Eindrücken
den drängenden Charakter –

stumm liegen,
die eigenen Felder sehn,
das ganze Rittergut,
besonders lange
auf Mohn verweilen,
dem unvergeßlichen,
weil er den Sommer trug –

wo ist er hin –?

WOLFDIETRICH RASCH
ZWEIFELHAFTE ALTERSWEISHEIT

Ein spätes Gedicht, das das Bewußtsein der Spätzeit des Lebens zu seinem Thema macht, Herbstlichkeit als Reduktion zu bejahen sucht, kann vielleicht am ehesten den nach dem Zweiten Weltkrieg so schnell zu neuem, spätem Ruhm gelangten, dann um so schneller fast vergessenen Gottfried Benn als einen dennoch Überlebenden erkennen lassen. Denn der Anfang ist sehr stark, diese an ein Haiku erinnernden ersten drei Zeilen, und auch die weiteren drei Zeilen, die die Anfangsstrophe zu Ende bringen, sind souverän hingesetzt, sparsam im Wort, prägekräftig.

Für die Kommunikation des Ichs mit der Welt genügt ein winziges Stückchen an Gegenständlichkeit, an »Erde«, ja eine bloße Spiegelung von Gegenständlichem im Schattenbild, das das »Himmelsspiel« des Lichtes an die Mauer wirft. Dieser Schatten vermittelt das Feste, Erdhafte sowohl wie das Unkörperliche des Lichtes, das »Himmelsspiel«.

Daß ein winziges Stückchen Wirklichkeit für den totalen Weltbezug genügt, wird in der ersten Strophe noch nicht als spezifische Erfahrung des Alters bezeichnet. Doch in der zweiten Strophe wird die Alterssituation angedeutet: »Wie weit willst du noch gehn?« Der nüchtern prosaische, sich dem Melos verweigernde Ton, der mit dem »hinsichtlich« angeschlagen war, wird aufgenommen in der Selbstermahnung des Alternden, sich neuen Eindrücken nicht gerade ganz zu verschließen, aber sie doch nicht sehr nahe kommen zu lassen, ihren »drängenden Charakter« abzuwehren. Hier wird spürbar, daß das, was in der ersten Strophe als Überlegenheit erscheinen konnte, auch eine Schwäche ist, verminderte Aufnahmekraft, ein ermüdetes Sensorium, das der Bedrängnis durch die Fülle neuer Erfahrungen nicht mehr gewachsen ist.

Es macht die Qualität des Gedichts aus, daß Benn die Altersreife nicht einfach als Vorzug behauptet. Die Fähigkeit, im unscheinbarsten Stückchen Wirklichkeit den totalen Weltbezug zu gewinnen, wird als Kehrseite eines Mangels fühlbar, und es bleibt in der Schwebe, ob der Gewinn größer ist als der Verlust.

Die Fülle, so Strophe drei, läßt sich nicht mehr angemessen neu aufnehmen, sondern nur noch wiedererkennen als das, was man sich bereits früher zugeeignet hatte: »stumm liegen, / die eigenen Felder sehn«. Leise wechselt die Tonart in Moll, der Besitz wird nicht eben mit Zufriedenheit empfunden, auch wenn sich der Besitzende so zu geben scheint. Ironie fällt ein: »das ganze Rittergut«. Woher kommt das im Kontext befremdliche Wort? Wahrscheinlich aus einem beliebten Schlager der zwanziger Jahre, in dem es (rhythmisch identisch) hieß: »Ich hab' kein Rittergut.« Auch der Alternde hat kein Rittergut; wenn er seinen Erlebnisbesitz so nennt, verspottet er ihn als fiktiv. Der Blick auf die »eigenen Felder«, auf den Mohn nimmt nicht mehr dessen gegenwärtiges Dasein auf wie früher, sondern nur noch die Erinnerung an dieses Früher. Das sichtbar Wirkliche verwandelt sich auf fatale Weise in nur Erinnertes. Aber das Erinnerte ist verloren, kein besessenes Rittergut. Der Mohn ist unvergeßlich, »weil er den Sommer trug«. – Hier erscheint erstmals das Imperfektum, hart, endgültig.

Das Ende des Gedichtes scheint sehr viel schwächer als der bezwingende Anfang; die Formspannung hat nachgelassen, die letzte Strophe mündet in einen der ältesten Topoi herbstlicher Vergänglichkeit, schon hinabgesunken in Trivialtexte (»Sag mir, wo die Blumen sind?«). Die mißtrauischen Benn-Leser werden wohl sagen: Da ist wieder dieser Beiklang von Dehmel oder Liliencron, den Benn bei aller Artistik nicht los wird.
Aber solche Kritik würde das parodistische Element überhören, den kalkulierten Einsatz des allzu gängigen Topos, der damit einen Ausdruckswert gewinnt. Er besagt etwa: Wenn der Altgewordene sich stark machen möchte für weise Reduktion der Welterfahrung, für den Wert der Bescheidung auf das unscheinbarste Stückchen Wirklichkeit und auf den Rückblick – gerade dann entgeht er nicht der Sentimentalität.

GOTTFRIED BENN
EINSAMER NIE –

Einsamer nie als im August:
Erfüllungsstunde – im Gelände
die roten und die goldenen Brände,
doch wo ist deiner Gärten Lust?

Die Seen hell, die Himmel weich,
die Äcker rein und glänzen leise,
doch wo sind Sieg und Siegsbeweise
aus dem von dir vertretenen Reich?

Wo alles sich durch Glück beweist
und tauscht den Blick und tauscht die Ringe
im Weingeruch, im Rausch der Dinge –:
dienst du dem Gegenglück, dem Geist.

ECKART KLESSMANN
ABSEITS VOM RAUSCH DER DINGE

Zu den Favoriten lyrischer Zuwendung gehörte der Monat August noch nie; dem Höhepunkt sommerlicher Vollendung konnten die Dichter nur wenig abgewinnen. Auch dieses Gedicht besingt nicht den Sommer und seine Bilder; die drei Strophen variieren den Kontrast von gereifter, farbenfroher Landschaft und der asketischen Kühle geistiger Einsamkeit, die sich von Blüte und Frucht ausgeschlossen weiß. Zweimal wird angesichts der visuellen Erscheinungspracht die skeptische Frage gestellt, die mit »doch wo« anhebt, eine Frage, die aber die Antwort längst weiß.

Die Einsamkeit des Geistes ist die Einsamkeit einer Persönlichkeit, die von den schlichten Freuden der Gemeinschaft ausgeschlossen bleibt. Der Mensch, der an sich, an seiner Arbeit und an seinen Einsichten zweifelt und sich dabei täglich in Frage stellt, kann sich weder »durch Glück« beweisen noch sich dem »Rausch der Dinge« naiv anheimgeben.

Ist Glück etwas Zufälliges (was ist »Zufall«?), Einmaliges, Flüchtiges, Unwiederbringliches, letztlich Ungerechtes – Fortunas schimmernde Kugel? Aber der Liebende etwa, der sich glücklich wähnt, versteht sein Glück als etwas sehr Dauerhaftes. Benns »Gegenglück« ist der von den Wechselfällen des materiellen und zufälligen Lebens unabhängige Geist. Jener Geist, der mächtig ist, das schauende Individuum zu befragen, in Frage zu stellen, skeptisch zu machen angesichts einer glückverheißenden Natur und einer sich harmonisch gebenden Gemeinschaft. Das kritische, sich selber mißtrauende Ich bewahrt sich als Trost die Erkenntnis, daß sein »Gegenglück« dauerhafter und reiner ist als die »Wonnen der Gewöhnlichkeit«, um die Tonio Kröger jene beneidete, die ihn davon ausschlossen. Das Gedicht wurde, bezeichnend genug, »auf einem Hügelgasthof auf einem der kleinen Höhenzüge bei Hannover« geschrieben oder konzipiert, »Nachmittag, Ernteende«, so Benn 1954.

Die Entstehung dieser Strophen ist von den äußeren Umständen ihrer Entstehung nicht zu trennen. Benn, vom NS-Regime geächtet und als Militärarzt in der Provinz, schickte es unter dem Datum des 4. September 1936 an seinen Briefpartner F.W. Oelze mit dem lakonischen Vermerk: »Bedarf keiner besonderen Antwort!« Vorangegangen war ein Brief an Oelze vom 28. Juli mit dem Satz: »Immer einsamer wird es, menschenleer. Wohin führen die Jahre, wohl nirgends hin.«

Das Jahr 1936 sah die Olympiade in Berlin. Das Hitler-Reich triumphierte und erntete die Anerkennung der Welt. Wer nicht mitjubelte, sich nicht dem »Rausch der Dinge« überließ, abseits stand, machte sich verdächtig und blieb unendlich allein. Benn war als Dichter zum Schweigen verurteilt, als Mensch vereinsamt. Das »Gegenglück« wurde aus Bitterkeit gewonnen. Ich habe diese Verse kennengelernt als junger Mensch, als mir selbst der Kontrast von verwehrtem Glück und dem erfahrenen Gegenglück zu schaffen machte. Später kaufte ich eine Schallplatte, auf der Benn dieses Gedicht, das zu seinen liebsten gehörte, vorträgt und die ich gerade dieser Strophen wegen wieder und wieder hörte. Nein, das Gedicht bot keinen Trost, es bestätigte die eigene Position und erwies sich als eine lyrische Ermutigung: *Tua res agitur.* Gewiß ist das nicht der Sinn eines Gedichtes, aber wenn Verse so teilhaben am eigenen Dasein: Wer fragt da noch nach einer lebensabgewandten Ästhetik.

GOTTFRIED BENN
EURE ETÜDEN

Eure Etüden,
Arpeggios, Dankchoral
sind zum Ermüden
und bleiben rein lokal.

Das Krächzen der Raben
ist auch ein Stück –
dumm sein und Arbeit haben:
das ist das Glück.

Das Sakramentale –
schön, wer es hört und sieht,
doch Hunde, Schakale
die haben auch ihr Lied.

Ach, eine Fanfare,
doch nicht an Fleisches Mund,
daß ich erfahre,
wo aller Töne Grund.

HARALD HARTUNG
DIE ANDERE MUSIK

Gottfried Benn liebte Musik, doch er wollte nie als großer Musikkenner erscheinen. Ihm sagte »Tosca« mehr als »Die Kunst der Fuge«, und beim Schreiben schätzte er ein wenig Hintergrundsmusik. »Ein Schlager von Rang«, meinte er, »ist mehr 1950 als 500 Seiten Kulturkrise.« Ihm war aber wichtig, daß er noch Pablo de Sarasate auf seiner Geige gehört hatte und Caruso in der Met. Für Hindemith schrieb er den Text eines Oratoriums, eines seiner statischen Gedichte reklamiert Chopin für den Begriff der Artistik, und die letzte Einzelpublikation – 1955, ein Jahr vor Benns Tod erschienen – prägt den Begriff »Apèslude«. Hier erschien erstmals unser Gedicht, das in jeder seiner Strophen auf Musik anspielt.

Aber ist Musik überhaupt sein Thema? Oder ist es bloß Motiv oder gar Vorwand für etwas ganz anderes – etwa für die Frage nach dem Glück? »Dumm sein und Arbeit haben:/ das ist das Glück«, dies zynische Bonmot erscheint gleich im ersten Entwurf des Gedichts. Es verrät den Intellektualisten, der »dem Gegenglück, dem Geist« dient und doch von offenkundiger Glückssehnsucht erfüllt ist. Daher der ironisch-sarkastische Ton, mit dem das Gedicht beginnt. Daher die Geste der Distanzierung. »Eure Etüden«, so setzt sich der Sprechende ab – aber von wem? Und was hat er ihnen entgegenzusetzen?

Es ist der Rundumschlag, um den es ihm geht. Jedes Stichwort ist ihm recht, um sich einen bösen Reim darauf zu machen. Etüden ermüden, und der Dankchoral bleibt lokal – »ist nicht das ganze Lied«, wie es in den Entwürfen heißt. Aber was ist das ganze Lied? Auch die Kreatur sucht nach Ausdruck, nach Erlösung – die Raben, die Hunde, Schakale, »die haben auch ihr Lied«. Doch der freche, der lästerliche Reim, der das »Sakramentale« provoziert, führt nur in eine neue Aporie: in die Sackgasse des Nichtglaubenkönnens. »Glauben«, sagt Benn in »Doppelleben«, »stellt mich schon außerhalb der Substanz, in der ich arbeite« – gemeint ist die Sphäre von Kunst und Artistik.

Doch nun, wo nach Benns Artistenreligion das Bekenntnis zur erlösenden Funktion der Kunst fällig wäre, die obligate Maxime à la »Form nur ist Glaube und Tat« – nun geschieht etwas völlig Unerwartetes. Ein tiefer Seufzer, der Sehnsuchts- und Schmerzenslaut »Ach« leitet es ein, und dieser Ton eröffnet eine ganz andere Sphäre: nach der forcierten Munterkeit ein wahrhafter Ausbruch von Erlösungssehnsucht, fast die Evokation der Erlösung: »Ach, eine Fanfare,/ doch nicht an Fleisches Mund,/ daß ich erfahre,/ wo aller Töne Grund.«

Das ganz andere ist in das kleine Gedicht eingebrochn, im Bibelton des Alten Testaments und der Offenbarung Johannis (Benn von Jugend an vertraut). Aber nicht plump und das Format sprengend. Zu bewundern ist, wie kunstvoll der Autor es anspielt und zusammenfügt. Die weltliche Fanfare, nicht die biblische Posaune ist das Instrument dieser anderen Musik. Dafür läßt »doch nicht an Fleisches Mund« keinen Zweifel an Bibelton und -kontext und ersetzt das blasse »Menschenmund« des Entwurfs. Schließlich, als wär's von Paul Gerhardt, scheint die Strophe daraus den Reim und die fromme Lehre zu machen. Ich sage:

scheint. Denn die Evokation der göttlichen Fanfare ist an das »Ach« gebunden, ist Wunsch-Bild, Wunsch-Musik, nicht Erfüllung.

Ist also der Pfarrerssohn, der sich einst als »armen Hirnhund, schwer mit Gott behangen«, empfand, zum Glauben der Väter heimgekehrt? Er hat ja immer am »Fanatismus zur Transzendenz« festgehalten, aber diese Transzendenz blieb ihm rein verbal. Gott galt ihm als schlechtes Stilprinzip. Andererseits gibt es vom alten Benn Bezeugungen der Demut, Distanz als »reine Ehrfurcht vor dem großen Wesen« und – im letzten Brief an den Freund Oelze – die Hoffnung: »Wir werden nicht fallen, wir werden steigen.«

GOTTFRIED BENN
FRAGMENTE

Fragmente,
Seelenauswürfe,
Blutgerinnsel des zwanzigsten Jahrhunderts –

Narben – gestörter Kreislauf der Schöpfungsfrühe,
die historischen Religionen von fünf Jahrhunderten
zertrümmert,
die Wissenschaft: Risse im Parthenon,
Planck rann mit seiner Quantentheorie
zu Kepler und Kierkegaard neu getrübt zusammen –

aber Abende gab es, die gingen in den Farben
des Allvaters, lockeren, weitwallenden,
unumstößlich in ihrem Schweigen
geströmten Blaus,
Farbe der Introvertierten,
da sammelte man sich
die Hände auf das Knie gestützt
bäuerlich, einfach
und stillem Trunk ergeben
bei den Harmonikas der Knechte –

und andere
gehetzt von inneren Konvoluten,
Wölbungsdrängen,
Stilbaukompressionen
oder Jagden nach Liebe.

Ausdruckskrisen und Anfälle der Erotik:
das ist der Mensch von heute,
das Innere ein Vakuum,
die Kontinuität der Persönlichkeit
wird gewahrt von den Anzügen,
die bei gutem Stoff zehn Jahre halten.

Der Rest Fragmente,
halbe Laute,
Melodienansätze aus Nachbarhäusern,
Negerspirituals
oder Ave Marias.

HEINZ LUDWIG ARNOLD
ANFLÜGE VON VERZWEIFLUNG

Im Juni 1950 schloß Benn dieses Gedicht ab, genau ein Jahr später erschien der Band, dem es den Titel gab: »Fragmente« – ein Titel, der Zeitgeist aufnahm und ausstrahlte. Der Krieg hatte die Welt zerstört, die Staatsmänner hatten sie untereinander aufgeteilt, die Denker dachten nach über die »Existenz« und das »Nichts«.

In dieser Zeit schrieb der form- und klangbewußte Gottfried Benn reimlose Gedichte mit Anflügen von Verzweiflung, Gedichte, die voller Melancholie seiner großer Stunden gedachten und manchmal, zum eigenen Trost, auch jener vielen »Vergeblichen«, denen, im Gegensatz zu ihm, nur »wenig Ausdruck« gelang. Einen Monat vor Erscheinen von »Fragmente« schrieb Benn an Ernst Jünger, dem er sich »von außen oft verbunden«, aber »von innen meist getrennt« empfand: »zelebral bin (ich für) Fernsehen, aber im übrigen für Landpostboten –«. Damit bezeichnet Benn den Gegensatz, der sein Denken und Dichten in dieser Zeit beherrscht und der die Grundspannung des Gedichts erzeugt: zwischen der Erkenntnis, daß der Fortschritt unumkehrbar, und der Ahnung, daß er nicht unbedingt eine Höherentwicklung, schon gar nicht Vervollkommnung bedeute, sondern Auflösung von Ganzheit und Zerstörung des »Kreislaufs«, Zertrümmerung und Verlust der alten Glaubenssicherheit, Zerfall »natürlicher« Anschauung durch wissenschaftliche Analyse, Fragmentierung von Welt und Geist.

Dagegen wird die Erinnerung heraufbeschworen an eine Kindheit, in der die Welt, anscheinend unumstößlich, noch in Ordnung war. Sie wird ausgemalt mit Bilderfolgen, die das Gefühl anrühren, und Klängen, die es zum Schweigen bringen: »aber Abende gab es«, »Farben des Allvaters«, »weitwallenden«. Bei solchen weichen Klängen war Zeit für Sammlung und Ruhe, es herrschte noch naturnahe, bäuerlich einfache Harmonie.

Darin dachten der Schriftsteller Jünger und der Dichter Benn zeitweise ähnlich: daß die modernen Erkenntnisinteressen in Philosophie und Psychologie und Analyseverfahren in den Naturwissenschaften ihre Weltbilder ab –, ja auflösen würden – aber es waren doch nur ihre Anschauung und ihr bedingter Glauben, die abgelöst wurden von neuen Einblicken in dieselbe Welt. Dieser Prozeß wird als schmerzhaft empfunden: wie eine andere Pubertät. Daß sie gleichsam aus einer Art lebensgewisser Kindheit herausführt, wird zusätzlich als quälende, weil ungewollte »Befreiung« innerer Zwänge erfahren und, zumal im melancholisch eingetrübten Alter, sentimental als ein Verlieren erinnert.

Zudem in einer ungeliebten, noch erfolglosen Gegenwart – der späte Ruhm Benns setzte erst 1951 mit dem Büchnerpreis ein. »Fragmente« ist das bemerkenswerteste Gedicht dieser Zeit aus der Gruppe jener reimlosen Gedichte, von denen Benn seinem Briefpartner Oelze schrieb: »Die neuen sogenannten Gedichte sind ja wohl alle eines Akademikers und Olympiers unwürdig.« Nicht Ausdruckskunst, sondern »Ausdruckskrisen«. Und »Anfälle der Erotik«, das weiß man.

Der »Mensch von heute«, das ist die Formel nicht nur für einen allgemeinen Bewußtseinszustand. Zwar nennt Benn in dem Gedicht »Fragmente« ein »Ich« nicht explizit; aber er spiegelt darin entschieden das Bewußtsein vom eigenen zerrissenen Ich in der verwandelten Welt und läßt die Fremdheit gegen diese neue Welt spüren: Leere, nichts als Leere – »das Innere ein Vakuum« und außen nur noch Konfektion statt Konfession.

Doch ist gerade dieses Gedicht eine Konfession, die die Ausdruckskrise überwindet: entschiedener vielleicht als die reimend gerundeten, die betörend klingenden Verse, denen die pubertierenden Lyriker in den fünfziger Jahren so begeistert nachschrieben.

GOTTFRIED BENN
GEDICHTE

Im Namen dessen, der die Stunden spendet,
im Schicksal des Geschlechts, dem du gehört,
hast du fraglosen Aug's den Blick gewendet
in eine Stunde, die den Blick zerstört,
die Dinge dringen kalt in die Gesichte
und reißen sich der alten Bindung fort,
es gibt nur ein Begegnen: im Gedichte
die Dinge mystisch bannen durch das Wort.

Am Steingeröll der großen Weltruine,
dem Ölberg, wo die tiefste Seele litt,
vorbei am Posilipp der Anjouine,
dem Stauferblut und ihrem Racheschritt:
ein neues Kreuz, ein neues Hochgerichte,
doch eine Stätte ohne Blut und Strang,
sie schwört in Strophen, urteilt im Gedichte,
die Spindeln drehen still: die Parze sang.

Im Namen dessen, der die Stunden spendet,
erahnbar nur, wenn er vorüberzieht
an einem Schatten, der das Jahr vollendet,
doch unausdeutbar bleibt das Stundenlied –
ein Jahr am Steingeröll der Weltgeschichte,
Geröll der Himmel und Geröll der Macht,
und nun die Stunde, deine: im Gedichte
das Selbstgespräch des Leides und der Nacht.

WALTER HINCK
DIE DINGE MYSTISCH BANNEN

Immer wieder wird das Lesen von Gedichten abenteuerlich dadurch, daß ich beim Eindringen in den Text an eine Stelle komme, wo plötzlich die Fangarme des Gedichtes zupacken, um mich nun nicht mehr freizugeben. In diesem Gedicht von Benn geschah es am Ende der ersten Strophe: »im Gedichte / die Dinge mystisch bannen durch das Wort«. Es war eine Reminiszenz, die mich elektrisierte, die Erinnerung an Eichendorffs Vierzeiler »Wünschelrute«: »Schläft ein Lied in allen Dingen, / Die da träumen fort und fort, / Und die Welt hebt an zu singen, / Triffst du nur das Zauberwort.« Eichendorff deutet einen mystischen Zusammenhang zwischen dem Kern der Dinge und der dichterischen Sprache an: der Dichtermagier hebt ins Lied, was in den Dingen noch verborgen ist, noch ungeweckt.

Spricht Benn von einer ähnlichen mystischen Erweckung? Genaues Lesen läßt der Vermutung keine Chance. Es ist ja etwas Zerstörerisches, Kaltes, Bindung und Ordnung Zersprengendes, dem das Gedicht begegnet. Und nun zeigt sich, wie sehr frühere Textvarianten das Verständnis des Gedichtes klären helfen. In der ursprünglichen Fassung hieß es: »Es gibt nur eine Abwehr: im Gedichte / die Dinge mystisch bannen durch das Wort.« Das Gedicht stellt sich also der Erfahrungswelt entgegen; es ist nicht Wünschelrute, sondern Zauberspruch, der den bösen Zauber der Dinge bannt, unschädlich macht.

Der Text gehört zur Gruppe der sogenannten »Biographischen Gedichte« Benns. Entstanden ist er 1941, im dritten Kriegsjahr. Und die Kriegserfahrung war nicht dazu angetan, Benns Deutung der Weltgeschichte als eines Zerstörungsprozesses zu erschüttern. Auch unser Gedicht stellt den Zeitenlauf als ruinös (»Steingeröll« der »Weltruine«) und als Leidensgeschichte dar. Große Beispiele werden genannt: der betende Christus, an dem der Kelch nicht vorübergehen wird, dem die Passion bevorsteht, und Konradin, der letzte Staufer, der auf Befehl Karls von Anjou 1268 in Neapel enthauptet wurde. Wo aber das Gedicht sein Urteil spricht, fließt kein Blut, würgt kein Strang; sein »Gericht« ist Schicksalsgesang.

Gott wird bei der Berufung auf den Namen dessen, der »die Stunden spendet«, nicht benannt, weil er nur »erahnbar« und sein »Stundenlied« unausdeutbar bleibt – dem bloßen »Geröll« der Weltgeschichte, der Machtherrschaft und der Transzendenz ist kein Sinn abzulesen. Wieder erweist sich eine frühere Textstufe als hilfreich: »Kein Himmelstrost, / kein Trost aus der Geschichte, / Die Unschuld fällt, der Mord ergreift die Macht ...«

Und diesem Zustand setzt die Vorfassung des Textes die »Tröstung« im Gedicht entgegen, die »Biographie des Leides und der Nacht«. In der endgültigen Textgestalt, im »Selbstgespräch des Leides und der Nacht«, grenzt sich aber das Gedicht selbstsicherer von der Lebenswelt ab. Gegen das geschichtliche Dasein setzt sich das ästhetische autonom. Sogar die Trost-Funktion wird von der endgültigen Textfassung preisgegeben. Nur noch Monolog ist das Gedicht. Die Eichendorff-Reminiszenz war also eine Fehlzündung, doch erhellt sie Benns Gedicht. Es ist nicht die Sprache der Dinge selbst, die das Gedicht entbindet;

das tiefe sympathetische Einverständnis des Lieds mit der Schöpfung ist bei Benn längst verlorengegangen. Das dichterische Wort bannt die Dinge, indem es sie unwesentlich werden läßt. Diese Gegenkraft des Gedichts aber bleibt Zauberkraft wie bei Eichendorffs Lied, und etwas von ihr wird erlebbar in der Form dieses Bennschen Gedichts, in der Musik der Reime und Wiederholungen, in dem Vers- und Satzschranken unterlaufenden Rhythmus, der auf die Gegenwendung am Strophenende hinlenkt, in dem Facettenreichtum der Schlüsselbilder und dem fremdartigen Reiz des »Südworts« (wie »Posilipp der Anjouine«), der Bennschen Droge.

GOTTFRIED BENN
HERR WEHNER

Dies ist meiner
dieser Herr Wehner
der bei uns Hauslehrer war
früh an Lungenphtise verschied
nachdem er meinen jüngsten Bruder
angesteckt hatte,
der starb an meningitis tuberkulosa.

Stammte aus Lissa
Sohne eines Schmiedes
ging immer in Holzpantinen
was bei uns unüblich war,
seine Braut Liska
war einen Pfingsten bei uns
Tochter eines Polizeimajors
also was Besseres
sie kicherten oft abends
wenn die Mücken summten
und wir schlafen gehn mussten
aber, wie ich später hörte,
war es wohl doch nichts Rechtes.

Dieser Herr Wehner
ist insofern meiner
als er irgendwo begraben liegt,
vermodert in polnischem Kombinat,

keiner der Gemeindemitglieder
wird seiner gedenken,
aber vor mir steigt er manchmal auf
grau und isoliert
unter geschichtlichen Aspekten.

HANSPETER BRODE
BILDNIS VOM HAUSLEHRER

Ein unauffälliges Gedicht zunächst, eher Neben-, beinahe Abfallprodukt aus der Werkstatt eines Großen, der seinerseits jedoch stets Interesse bekundete an liegengebliebenen Formen, an den Sackgassen der evolutionären Entwicklung. Leichtgewichtig gewiß und dennoch ein Schlüssel zur biographischen und poetischen Existenz des Dichters.

Wie häufig bei alternden Menschen – das Poem stammt aus der letzten Lebenszeit, Benn nähert sich den Siebzigern – wendet sich die Erinnerung zurück zu Kindheit und primärer Erfahrung. Eine ländlich-östliche Impression aus den neunziger Jahren des vergangenen Säkulums entrollt sich vor unserem Auge. Benn war Sohn eines Dorfpfarrers aus der Neumark. Das Sozialisationsschicksal des Heranwachsenden im Rahmen der frühesten Gruppe, jener »Gemeindemitglieder« der protestantischen Kirchenkommune, ist Thema des Gedichtes. Darüber können auch die »geschichtlichen Aspekte« der letzten Zeile nicht hinwegtäuschen; sie deuten weniger auf welthistorische Umwälzung hin, eher ist Lebensgeschichte gemeint, biographischer Rückblick dessen, der sich über die großen Umbrüche der Zeit hinweg bereits als historisch begreift.

Die erste Strophe, falls diese Bezeichnung angesichts der freien Kompositionsform von Zeilengruppe und Vers überhaupt am Platze ist, lenkt den Blick auf den alten Hauslehrerstand und damit auf die Würde einer literarischen Tradition deutscher Vergangenheit, die von Unterdrückung und pathetischer Selbstbehauptung mittelloser Schriftsteller gegenüber großbürgerlichem Standesdünkel zeugt: Lenz und sein »Hofmeister«, Hölderlin im Hause des Bankiers Gontard. Der Bennsche Blickwinkel setzt gleichfalls ganz unten an: Der Vater steht als Kirchenvorstand, man kann das in Benns Autobiographie nachlesen, vermögensmäßig der armen Landbevölkerung sehr nahe, die ihn zu Festtagen mit Eßbarem versorgt.

Am anderen Ende der sozialen Rangordnung befindet sich der grundbesitzende Adel, die »Ostelbier«, die gesellschaftlich den Ton angaben und in wilhelminischer Zeit die politischen Zügel straff in der Hand hielten. Ist im vorliegenden Text von ihnen auch nicht die Rede, so sind sie doch gegenwärtig als Urheber und Nutznießer jenes zähen Standesbewußtseins, das dem Gedicht zugrunde liegt und seinen nahezu tragischen Tenor ausmacht.

Benn erinnert sich des »Hauslehrers« als einer Figur, die noch ärmer dran war als die elterliche Familie. Jedoch bleibt die Distanz von Pfarrhaus zu dörflichem Handwerk, zu jenem »Sohn eines Schmiedes«, denkbar gering; Tuberkulose ist Signal elender Wohnung und Ernährung, ein Bruder des Dichters fällt der Ansteckung zum Opfer. Ebenso verweisen die »Holzpantinen« des Lehrers auf Bedürftigkeit, Lederschuhwerk scheint ihm unerschwinglich. Die Braut des Pädagogen hingegen, so empfindet es das geschärfte Sensorium des bereits auf die Klassengesellschaft hin gedrillten Kindes, ist »was Besseres«, nämlich »Tochter eines Polizeimajors«. Dem bescheidenen Hauslehrer, materiell beengt, physisch unterhöhlt, gelingt nicht einmal der knappe Sprung vom agrarischen Handwerk über das schlichte, doch bildungsstolze Pfarrhaus in

den kleinen Beamtenstand; sein gescheiterter Liebesversuch war »wohl doch nichts Rechtes«.
Diese Verse haften letztlich nicht so sehr im Gedächtnis als Rückschau auf Wilhelminisches oder als biographisches Dokument. Vielmehr prägt sich eine schlichte menschliche Aussage ein: Leiden ist nicht umsonst gewesen, solange es noch jemanden gibt, der sich seiner entsinnt. Möglicherweise geben vor allem die lyrische Form und die fast frei assoziierenden Zeilen das geeignete Gefäß ab, um solche Menschlichkeit über historisch benennbare zeitliche und räumliche Entfernungen hinweg festzuhalten.
Der »Hauslehrer« des Kindes Benn ist zunächst Projektionsgestalt eigener Schmerzen des Dichters: »dies ist meiner«. Er wird aber auch dem gegenwärtigen Leser des Gedichtes zur Beziehungsfigur: diese Ängste, diese sozial und individuell bedingten Depressionen, dieses Bewußtsein, es sei ja doch alles vergeblich, diese Furcht vorm endgültigen Scheitern – darin finden auch wir uns wieder.

GOTTFRIED BENN
KANN KEINE TRAUER SEIN

In jenem kleinen Bett, fast Kinderbett, starb die Droste
(zu sehn in ihrem Museum in Meersburg),
auf diesem Sofa Hölderlin im Turm bei einem Schreiner,
Rilke, George wohl in Schweizer Hospitalbetten,
in Weimar lagen die großen schwarzen Augen
Nietzsches auf einem weißen Kissen
bis zum letzten Blick –
alles Gerümpel jetzt oder garnicht mehr vorhanden,
unbestimmbar, wesenlos
im schmerzlos-ewigen Zerfall.

Wir tragen in uns Keime aller Götter,
das Gen des Todes und das Gen der Lust –
wer trennte sie: die Worte und die Dinge,
wer mischte sie: die Qualen und die Statt,
auf der sie enden, Holz mit Tränenbächen,
für kurze Stunden ein erbärmlich Heim.

Kann keine Trauer sein. Zu fern, zu weit,
zu unberührbar Bett und Tränen,
kein Nein, kein Ja,
Geburt und Körperschmerz und Glauben
ein Wallen, namenlos, ein Huschen,
ein Überirdisches, im Schlaf sich regend,
bewegte Bett und Tränen –
schlafe ein!

6. 1. 1956

ALEXANDER VON BORMANN

WENN DU ZERBROCHEN BIST

Gottfried Benn starb am 7. Juli 1956, an jenem Krebs, den er in einem Brief vom 5. Januar des Jahres vermutet hatte. Am 6. Januar hatte er dem Herausgeber des »Merkur«, Hans Paeschke, das abgedruckte Gedicht »als ein letztes« mit der Bemerkung zugesandt: »Sollte es schlecht ausgehn, ist es mein Abschied für Sie und von Ihnen.« Im Februar nahm Benn den Vorschlag seines Verlegers an, es den »Gesammelten Gedichten« voranzustellen, und überlegte dabei den Titel »Nachwort«. Es *ist* sein Abschiedsgedicht, auch wenn er im März wieder kämpferisch befand: »gefällt mir überhaupt nicht«.

Vor diesem Gedicht schweigt jedes Hadern, welcher nun der wahre Benn-Ton sei: das saloppe Parlando seiner eher locker gestrickten, alltagssprachlich gebrochenen Gedichte oder das schmelzende Melos der Reimstrophen – der Abschied nimmt beide Ausdrucksformen zusammen. Schon in einem Text von 1916 hatte es geheißen: »Manchmal rauscht es: wenn Du zerbrochen bist.«

Die klaren, gemeißelt schmucklosen Sätze der ersten Strophe setzen den ewigen Zerfall voraus und widerstehen ihm mit der lakonischen Form des Grabspruchs. Gewiß ist das auch berlinisch: angesichts des Todes keine großen Worte zu machen, jedenfalls keine überflüssigen, die als Gerümpel den Text beschweren könnten. Die fünf Namen stehen für Anspruch und Selbstbewußtsein des Dichters ein.

Wenn die Bettstatt nun »Holz mit Tränenbächen« heißt,

klingt das an die (Matthäus-)Passion an. Hatte Benn früher für »die Unwirklichmachung des Gegenstandes, seine Auslöschung« plädiert, so wird nun, auf dem Krankenlager, das Bett höchst gegenständlich bedeutsam. Es verbindet als Hauptmotiv die drei Strophen und erinnert an die irdische Bestimmung, an die Verkörperung des Geistes. Anrührend ist der poetische Takt des Gedichts: das große, stets beklemmende Thema Todesnähe nicht direkt anzugehen, sondern vom Bett zu sprechen.

Wohl unternimmt die dritte Strophe den Versuch, auch das Konkretum Bett wieder zu entsinnlichen, es für unberührbar und namenlos zu erklären. Warum das unmenschliche Verbot der Trauer? Selbst in der Klassik »weinen die Götter, es weinen die Göttinnen alle« (beim Tode des Halbgotts Achill).

Trauer ist unnötig, wo die Hingabe an den Tod als Übergang gedacht wird. Benns Lyrik hat sich der Sehnsucht nach Entgrenzung und Ich-Zerfall, nach dem »Entformten« mit romantischer Hemmungslosigkeit überlassen. Der Zuruf »Kann keine Trauer sein« meint auch, daß es nun mit den unseligen Trennungen und Mischungen vorbei sein wird. Er wirkt stolz und resigniert zugleich, meint die Abwehr des Mitleidens, wie das Nietzsches »fröhliche Wissenschaft« begründet hat: Abkehr von Gram und Grämlichkeit im Namen einer zukünftigen Menschlichkeit, die sich als »der Erbe aller Vornehmheit alles vergangnen Geistes« weiß. Trauer erreicht auch nicht die Lehre von der Form: »Es gibt keine Wirklichkeit«, hat Benn immer wieder betont. Das wiederholt er im Urteil »unberührbar« – gewiß nicht ohne Trauer.

Kann keine Trauer sein, sagt der Philosoph, möglicherweise nach dem Vorbild des Morgenstern-Beamten, »weil nicht sein kann, was nicht sein darf«. Das Wallen, Huschen, Sichregen im Abschiedsgedicht aber steht gegen das »unberührbar«, ist irdisch und überirdisch zugleich. Die Bewegung übergreift, umgreift das Ich: das betränte Holz ist wieder zum Kinderbett geworden, zur Wiege, die sich bewegt. So lenkt der Schluß auf den Anfang zurück: »fast Kinderbett« – die Regression, die Benn so gern bis ins Elementarische zurücktrieb, macht beim mütterlichen Zuspruch, »schlafe ein!« halt. Diese Geste, die Unwirklichmachung der Unwirklichmachung, ist für Benn so unerhört, daß man geneigt ist, ihm »Kann keine Trauer sein« als Versöhnungsgefühl zu glauben.

GOTTFRIED BENN
KLEINE ASTER

Ein ersoffener Bierfahrer wurde auf den Tisch gestemmt.
Irgendeiner hatte ihm eine dunkelhellila Aster
zwischen die Zähne geklemmt.
Als ich von der Brust aus
unter der Haut
mit einem langen Messer
Zunge und Gaumen herausschnitt,
muß ich sie angestoßen haben, denn sie glitt
in das nebenliegende Gehirn.
Ich packte sie ihm in die Brusthöhle
zwischen die Holzwolle,
als man zunähte.
Trinke dich satt in deiner Vase!
Ruhe sanft,
kleine Aster!

UWE KOLBE
ABGESANG UND HOHESLIED

Kurt Pinthus' Anthologie »Menschheitsdämmerung«, genauer die zweite Auflage in der DDR 1972 (Reclam jun. Leipzig), war mir von einer Freundin zur Lektüre empfohlen worden. Der Fünfzehnjährige riß das Maul auf in den sozialistisch-realistischen Dunst hinein: »Der Sturm ist da, die wilden Meere hupfen ...« rief er mit van Hoddis, mit einem zuvor ungekannten Johannes R. Becher: »Unsere Leiber zerfallen, Graben uns singend ein ...« Dem »Gott der Stadt« Georg Heyms war er ja längst begegnet in den Straßen der Kindheit, in diese grindigen Schluchten hatte der seinen anhaftenden Odem von Nachkrieg gegeben, obendrauf den Verwesungsgestank vom Zentralviehhof an der Leninallee.
Doch all das langte noch nicht hin zur Initiation. Es mußte noch der mit dem größten Ekel in den Reigen treten, der mit der größten Klarheit: Benn. An seiner Hand direkt in die Gerichtsmedizin (»Morgue« war der Titel von Benns erster Sammlung, erschienen 1912, zu der auch die »Kleine Aster« gehörte), an seiner Hand »durch die Krebsbaracke«. Da stand dieses Kind und war von jetzt an keines mehr, beim Blick auf die Hände in den Gummihandschuhen, als Zuschauer bei einer seltsamen Sektion, die Ritual war. Was für ein kleiner Text! Was für ein ... Beinahe-kein-Gedicht mit seinen zwei Reimen, die aus der Prosa der Zeilen ragen, mit seinem assonanten Dahingleiten, das leicht zu überhören ist. Und es führt vor eine

unmögliche Sektion oder eine unmögliche Anatomie. Statt des Skalpells wird das lange Messer benutzt. Die Szene wird zu einer der Nacht. Eine schwarze Messe wird zelebriert. Das Opfer wird dargebracht (dem Baal, dem Gott der Stadt?). Und gerade dabei dieser kalte Ton: ein Professioneller drückt hier höchstmögliche Anteilnahme aus. Der trockene, der ausgeleerte und ausgestopfte Körper die Vase. Wovon wird sich die »dunkelhellila Aster« denn nähren, woran wird sie sich sattrinken? An einem Rest von Seele vielleicht, an einem Etwas, das nicht zu entweichen vermochte beim Ersaufen.

Aber der eben Initiierte dachte nicht darüber nach. Diese kleine Aster, sie war schon sein Zeichen, und sie wurde es nur noch mehr. Diese Herbstblume, dieses verbreitete und unscheinbare Gewächs, wucherten sie und ihresgleichen nicht in jedem noch so tristen Schrebergarten? Und war sie nicht schon dadurch Blume der Stadt schlechthin, mit ihrer unbestimmbaren, kalten Farbe Gleichnis eines Gefühls und einer Atmosphäre nur hier, nur in diesen Großstädten, denen ihr schnelles Wachstum zwar Mietskaserne um Mietskaserne bescherte, dabei jedoch nicht den Charakter eines Provisoriums, eines Zwischenlagers im Irrwitz nahm? Wohl zu glauben, daß »Morgue« dem damals sechsundzwanzigjährigen Benn den Ruf »eines infernalischen Snobs und des typischen ... Kaffeehausliteraten« eingebracht hatte. So reagiert das meinungsbildende Publikum, wenn Abgesang und Hohelied ein und dasselbe sind.

GOTTFRIED BENN
KOMMT–

Kommt, reden wir zusammen,
wer redet, ist nicht tot,
es züngeln doch die Flammen
schon sehr um unsere Not.

Kommt, sagen wir: die Blauen,
kommt, sagen wir: das Rot,
wir hören, lauschen, schauen.
wer redet, ist nicht tot.

Allein in deiner Wüste,
in deinem Gobigraun–
du einsamst – keine Büste,
kein Zwiespruch, keine Fraun,

und schon so nah den Klippen,
du kennst dein schwaches Boot–
kommt, öffnet doch die Lippen,
wer redet, ist nicht tot.

HARTMUT VON HENTIG
DAS GEFÄLLE ZUM TODE

Der ist ein schlechter Interpret, der meint, sagen zu müssen, was ein Gedicht sagt. Das tut dieses selbst. Der »critic«, so habe ich in den Vereinigten Staaten gelernt, nein erfahren, erklärt, wie die Wirkung des Gedichts zustande kommt. Aber es kann nicht schaden, sich zu vergewissern. Das gute Gedicht wird es ertragen: Es ist die genaueste Aussage über seinen Gegenstand.

Das Gedicht »Kommt–« handelt von Einsamkeit. Ich kenne drei Arten von Einsamkeit: wenn mich der Mensch verlassen hat, der mir alles bedeutet – dann flehe ich »Komm!«; wenn Fortunas Wagen an mir vorübergefahren ist, ich mich in »ungenügender Selbstsucht« von den Menschen trenne, das Abseits suche, damit sie mich suchen – dann sage ich »Bleibt mir vom Leibe!« und denke: nun werden sie wohl von allein kommen; wenn es mich in die »Wüste« verschlagen hat, an den abschüssigen dunklen Rand meines Lebens – dann möchte ich rufen »Kommt!«, aber ich tue es nicht, es macht diese Einsamkeit aus, daß man es nicht kann, daß man fürchten muß, sie sei endgültig.

Aus den ersten beiden Einsamkeiten entstehen die großen Gedichte: das Lied der Sehnsucht, das dem Schmerz Schönheit verleiht – das könnte den anderen rühren; das Lied des Mutwillens, das »dem Geier gleich« über den Morgenwolken schwebt und nach Beute schaut – da könnte am Ende die elende Einsamkeit des Menschen in den herrlichen Einsamkeiten der Welt aufgehen, was sie in Goethes »Harzreise« überschwenglich tut. Aber aus der Leere tönt kein Lied. Da kann nichts mehr ersungen, nichts mehr herbeigezaubert werden. Die Schwäche und das Schweigen fallen uns in den Rücken.

Gottfried Benn hat gleichwohl ein Gedicht daraus gemacht: aus der Unentrinnbarkeit dieses Zustands. Viermal ruft er das an niemanden, an einen wesenlosen Plural gerichtete »Kommt!«. Dreimal wirft er die allzu kurze Rettungsleine aus: »wer redet, ist nicht tot«. Mit jedem Wort vollzieht er eine Bescheidung, unterbietet er noch die dürftige Wirklichkeit: zusammen reden, um zusammen zu reden; das Banalste sagen: die Blauen – die von Schalke 04, die xy-Partei, eine Käfersorte; das Abstrakteste sagen: das Rot, einen Begriff vom Unbegreiflichen machen; hören, lauschen, schauen – ohne Objekt! Alles, alles ist er bereit hinzunehmen, nur das nicht: tot sein und also allein. Oder: allein sein und also tot.

Von den drei geläufigen Tröstern – dem Ruhm (keine Büste), der Freundschaft (kein Zwiespruch), der Liebe (keine Fraun) – ist nichts mehr zu erwarten. Das Einsamste hat begonnen: das Selbstgespräch. Das Ich muß mir auch Du sein. *Gobigraun* ... Mein Vater hat im Ersten Weltkrieg die Wüste Gobi zu Fuß durchmessen. Das Wort hätte ihm gefallen, er hätte gemeint, es zu verstehen: weitermarschieren müssen in dem Bewußtsein, daß man nirgends ankommen wird, daß man immer tiefer in die Rettungslosigkeit, die Unauffindbarkeit, die Vergessenheit gerät.

Ein Gedicht, das die unsagbare endgültige Einsamkeit in dem letzten Augenblick davor aufscheinen läßt, in dem Aufschub, den die ohnmächtige Logik liefert, »wer redet, ist nicht tot«, in dem letzten aufflackernden Widerstand.

Ein Gedicht, dessen wichtigste Wörter die unscheinbarsten sind, das zweifache »schon« und das zweifache »doch« – das Beschwören der Gefahr, die Ungeduld der Erwartung, die Inständigkeit des Bittens. Ein Gedicht als Vollzug: es ist selbst das Gefälle zum Tode. In den Sammlungen der Bennschen Gedichte steht es unter den letzten, die er geschrieben hat. Kommt! – Ich glaube nicht, daß er geglaubt hat, es werde einer kommen. Das macht das Gedicht so ergreifend.

GOTTFRIED BENN
LETZTER FRÜHLING

Nimm die Forsythien tief in dich hinein
und wenn der Flieder kommt, vermisch auch diesen
mit deinem Blut und Glück und Elendsein,
dem dunklen Grund, auf den du angewiesen.

Langsame Tage. Alles überwunden.
Und fragst du nicht, ob Ende, ob Beginn,
dann tragen dich vielleicht die Stunden
noch bis zum Juni mit den Rosen hin.

WALTER BUSSE
ORPHEUS IM HINTERZIMMER

Ein Selbstgespräch; denke keiner, er sei gemeint. Zwar fragt Benn immer und immer wieder bei Freunden auf dem Lande an, welche Blumen blühen, welche Sträucher wachsen, welche Stauden gepflanzt seien, aber er will nicht hin, sondern sich in der Not mit dem Unkraut der Schrebergärten begnügen. Die Sträuße, die Ilse Benn mit kluger Hand in die Vasen ordnet, haben Besucher mitgebracht, oder sie kommen aus dem Laden an der Ecke – niemals wieder »Emigration« aus Berlin.
Alles, was Benn nun schreibt, zehntausend Jahre Mythos und die Belle-Alliance-Straße im Herzen, entsteht in der finsterlichen Hinterstube der Praxis mit dem Blick durchs einzige Fenster auf Wäsche, die im Hof von der Leine tropft. Die Sträucher, die der Ptolemäer vom Bayrischen Platz für seinen letzten Frühling benennt, blühen auch ohne Pflege in den Trümmergärten der Nachbarstraßen, die gelben Forsythien der allerersten Frühlingstage, die eben nicht anzuhalten sind, bis die nachwachsenden grünen Blätter die Anmut verderben, die weißen und lila Dolden an halbverdorrten Fliederbüschen, die blassen Blüten der Rosensträucher im Juni. Es sind die Signale der Jahreszeit für den Großstädter, der sich notwendig den feinsten Sinn für die Natur bewahrt und, er wäre anders nicht Benn, im Blut hat, daß der Euphemismus Natura auch durch den Begriff Mortura ersetzt werden kann (Schopenhauer).

Die Welt hatte er seit eh zur Verachtung den Eliten freigegeben, die Menschennatur dazu (»schon eine Pille nimmt dich auf den Arm«), Bäume, Pflanzen, Blumen aber nicht. »Wir alle erkennen mit Goethe in der Natur das große Mittel der Beschwichtigung für die moderne Seele«, schrieb Nietzsche. Die sehr moderne Arztseele aus der Bozener Straße, die sich für den letzten Frühling des ungeliebten »Aprèlude« (1955) mit dem Blick in die Vorgärten beschwichtigt, kennt also das Rezept aus Weimar. Aber Benn modifiziert nun deutlich den dortigen Orpheus der ewigkeitlichen Urworte (»... nach dem Gesetz, wonach du angetreten. So mußt du sein ...«) mit der Erfahrung seiner Ausdruckswelt: »... mit deinem Blut und Glück und Elendsein, dem dunklen Grund, auf den du angewiesen.«
Die Juni-Rosen, vorm Tod 1956 hat Benn noch sehen können. Trost bei Rilke, im vorhinein: »Errichtet keinen Denkstein. Laßt die Rose nur jedes Jahr zu seinen Gunsten blühn. Denn Orpheus ists. Seine Metarmorphose in dem und dem.« Bei Benn geht das so: »Ein Strauch mit Blüten in einer Stadtstraße – das genügt ... Wir sind aus Riesenstädten, in der City, nur in ihr, schwärmen und klagen die Musen.«

GOTTFRIED BENN
MANN UND FRAU
GEHEN DURCH DIE KREBSBARACKE

Der Mann:
Hier diese Reihe sind zerfallene Schöße
und diese Reihe ist zerfallene Brust.
Bett stinkt bei Bett. Die Schwestern wechseln stündlich.

Komm, hebe ruhig diese Decke auf.
Sieh, dieser Klumpen Fett und faule Säfte,
das war einst irgendeinem Mann groß
und hieß auch Rausch und Heimat.

Komm, sieh auf diese Narbe an der Brust.
Fühlst du den Rosenkranz von weichen Knoten?
Fühl ruhig hin. Das Fleisch ist weich und schmerzt nicht.

Hier diese blutet wie aus dreißig Leibern.
Kein Mensch hat so viel Blut.
Hier dieser schnitt man
erst noch ein Kind aus dem verkrebsten Schoß.

Man läßt sie schlafen. Tag und Nacht. – Den Neuen
sagt man: hier schläft man sich gesund. – Nur sonntags
für den Besuch läßt man sie etwas wacher.

Nahrung wird wenig noch verzehrt. Die Rücken
sind wund. Du siehst die Fliegen. Manchmal
wäscht sie die Schwester. Wie man Bänke wäscht.

Hier schwillt der Acker schon um jedes Bett.
Fleisch ebnet sich zu Land. Glut gibt sich fort.
Saft schickt sich an zu rinnen. Erde ruft.

PETER RÜHMKORF
EIN MODERNES LIEBESGEDICHT

Nehmen wir einmal an, dies wäre ein Liebesgedicht. Die Disposition spricht schon einmal nicht dagegen: ein Mann vom Bau, Arzt, Kenner der Verhältnisse und Örtlichkeiten führt eine Zweiteperson-Einzahl, das heißt ein weibliches Du, in seinen Wirkungsbereich ein, scheinbar gelassen, scheinbar zynisch und von oben her: hier dies, hier das, eine stinkende Vorhölle, ein schwelendes Fegefeuer, eine bettengesäumte Friedhofsauffahrt: *mein Spezialrevier!*

Um an dieser frühen Stelle nur ja keine Mißverständnisse aufkommen zu lassen. Natürlich leiht der Gestus von Chefvisite mit Falldemonstration hier nur das äußere Gewand, das Schutzkleid, nur den gefühlsundurchlässigen Klinikkittel her, um zu Demonstrationen völlig anderer und gewiß ernsterer Art hinzuleiten.

Zwischen dem hämmernden »Hier« und dem drängenden »Komm« der ersten vier Strophen wird ein Geheimnis gelüftet, das – »Komm, hebe ruhig diese Decke auf« – von Zeile zu Zeile an Mysterium verliert und schließlich als erbarmenslose Grauenswahrheit auf dem Seziertisch liegt: Die Hinfälligkeit und Zersetzlichkeit allen Fleisches und mit ihm all seiner tieferen Empfindungen oder höheren Ideale. Was das Gedicht dabei als Liebesgedicht verdächtig macht – und sei es als schwefligste Kontrafaktur alles dessen, was einmal romantisches Liebeswerben hieß –, das ist die durchgehende Präsenz des Sexuellen oder Geschlechtlichen, das gerade dort so markant hervortritt, wo es verabschiedet wird.

Wenn wir den für die gesamte Expressionismusforschung überaus fruchtbaren Begriff Kontrafaktur noch einmal aufgreifen dürfen, dann sehen wir allerdings, daß ein Jahrtausendtopos des Liebeslockens und der Minnebalz (»Komm heraus, komm heraus, du schöne Braut« – »Komm zu mir in den Garten, komm zu mir ins Gras«) methodisch als Stimmungsscheuche und Verschrecksignal eingesetzt wird (»Komm, hebe ruhig diese Decke auf. Sieh dieser Klumpen Fett und faule Säfte« – »Komm, sieh auf diese Narbe an der Brust«): Appellationen weniger zum geneigten Nähertreten als zum entsetzten Zurückschaudern.

Trotzdem steht die Verkehrung des Lockmittels zum Schockmittel, wie gesagt, nicht für sich allein. Zerfallene Schöße und zerfallene Brüste lenken den Blick nicht bloß allgemein auf die geringe Beständigkeit des menschlichen Baumaterials – sie zeigen das Geschlecht als das bevorzugte Einfallstor und den Empfängnis- und Austragungsort der tödlichen Krankheit, eine ziemlich verkniffen protestantische Zwangsoptik, deren gesammeltes Interesse an Geschlechtlichkeit dieselbe nur mehr als Degenerationserscheinung wahrzunehmen vermag.

Das von uns so bezeichnete »Liebesgedicht« wäre also ein poetischer Rapport vom Verlöschen der Liebe und der menschlichen Leidenschaften, auch der Nächstenliebe, der seelischen Anteilnahme; denn zwischen den gesichtslosen Verarztungskräften (teils unpersönlich-sachlich »Schwestern«, teils einfach »man« genannt) und den anonym dahindämmernden Patientinnen bestehen nur mehr diese aufs äußerste verdinglichten Beziehungen, die die ei-

nen zu »Bänken«, die anderen zu Wäschern und Wärtern degradieren.
Erst mit der Ausgangsstrophe und ihrem ultimativ akzentuierten »Hier« kommt dann noch einmal so etwas wie eine neue Qualität in das schwärende Idyll. Wenn wir nämlich zu Anfang sahen (und jetzt erst wieder bemerken), daß dem Gedicht ein nicht ganz unauffälliges »Der Mann« vorangestellt ist (wohinter sich ja wohl ein »Der Mann spricht:« verbirgt), dann tut sich wirklich erst am allerletzten Schluß der Sinn dieser einseitigen Dialoganweisung auf. Stumm wie eine Statistin haben wir die fortwährend angesprochene Partnerin ein Totenhaus durchwandern sehen. Kein Sterbenswort auch haben Patienten oder Personal zum höllischen Exerzitium beitragen dürfen.
Erst mit der Endzeile, praktisch erst mit den letzten beiden Wörtern enthüllt sich nun ein scheinbarer Monolog als Zwiegespräch. Als ein unendlich gespannter und wahrhaft infernalische Abgründe überbrückender Wechselgesang mit Anrede und Rückruf, Beschwörung und Echo: der Apostrophe des Geschlechtlichen und der forderndeinfordernd nachhallenden Antwort eines Elements.

GOTTFRIED BENN
MELODIE

Ich sterbe an diesem Sommer,
sein wolkenvoller Verlauf,
nur wenige Tage glomm er
etwas glühender auf.

Mein Herz schlug so zerschlagen,
dass es am Ende war,
wenn die Radios immer sagen
ihre Sprüche von millibar.

Nun kommen die Raben geflogen;
– mit Odin flogen sie hell,
dunkel nach Norden gebogen,
schwarze undeutbare Wogen,
noch nie geschaute – farwell.

WOLFGANG ROTHE
DIE FERNE IST GUT

Erlebnislyrik? Oder ein Jahreszeitengedicht? Klage über einen verregneten Sommer, dessen Niedrigdruck dem Herzen des Achtundsechzigjährigen zu schaffen machte? Nein, diese Strophen entstanden am zweiten Novembertag 54, anderthalb Jahre vor Benns Tod, der dann tatsächlich in einen Sommer fiel.
Benn als Lieddichter? Wer erwartet ausgerechnet von ihm den Volksliedton? Aber es ist so. Dahin der einst verkündete »substantivische Stil«, keine blitzenden Wortgeschmeide mehr, keine narkotisierende Sprachmagie und keine waghalsigen Neologismen, also nicht mehr »Asphodelentrust«, »Rosenschwangerschaft« und »Amati-cello«, das Bennsche »Sprachbordell« ist geschlossen, die Verben haben mit den Substantiven gleichgezogen. Das früher den kostbaren Vokabeln innewohnende Pathos, so oft bis zu Feierlichkeit, Manier und Bombast gesteigert, hat ausgedient. Auch das bedeutet einen Abschied.
Zuerst zwei kreuzgereimte Vierzeiler – konventionell wechseln weibliche und männliche Reimfügungen ab –, sogenannte Volksliedstrophen. Die Zeilen simple Dreiheber, lose gefüllt, trochäisch einsilbig oder daktylisch zweisilbig. Der sechste Vers – »dass es am Ende war« – rührend volksliedhaft, der Reim des dritten gibt sich ungeschickt, als halbwegs unreiner Reim, ist jedoch wohlkalkuliert, kunstvoll. Selbst die einfache Melodie soll (und muß in einer Endzeit) hochästhetisch sein.

Die dritte Strophe schließt mit dem unauffälligen »Nun« und dem bekannten Märchenmotiv des Raben scheinbar bruchlos an die leichtfüßige Elegie an. In Wahrheit ist in ihr alles anders als bisher. Daß der Wechsel zum Fünfzeiler das Reimschema zerbricht, ist nur äußerliches Anzeichen hierfür. Was zwischen Gedankenstrichen, in Parenthese, beiläufig gesagt wird, bildet die zentrale Aussage. Der Liebhaber der Mythen winkt uns noch einmal zu, der pessimistische Geschichtsphilosoph ruft im »hell« letztmals die Menschheitsfrühe auf, das Licht des Aufgangs, die mythische Urzeit, um in der harten Zäsur des Zeilenbruchs ein »dunkel« folgen zu lassen, das nun aber primär auf die Existenz des Sprechenden bezogen scheint.

»Norden« steht nicht mehr, wie im Frühwerk, kulturkritisch für die Verstandesdiktatur eines wissenschaftlichen Zeitalters, den Triumph der »Stirn«, vielmehr für des Dichters Herkunft aus einem Dunkelland der oberen Erdhälfte und zugleich für die Dunkelheit des eigenen nahen Endes. Der skandinavische Odinn, südlicher Wodan geheißen, war nicht nur Krieger-Priester und Weiser, der die Vogelsprache verstand, sondern er vereinte Geist mit Kraft – Benns nietzscheanisches Lebensthema –, er war Dichter, *vates*, Herr des Zaubers, und er vermochte die Runen zu lesen.

Benn liest vergebens die schwarze Rune am Himmel. Aus dem Märchenvogel und den beiden Schwarzgefiederten auf Odinns Schultern wird bei ihm ein ganzes Heer von Todesvögeln. Sie geben das einzige Bild in diesem Poem ab – ein machtvolles Bild, die Sprachbewegung drängt unaufhaltsam vorwärts, diese Daktylen hüpfen nicht heiter, wie sie sollen, das Niezuvorerblickte wirkt drohend, ja strömt leises Grauen aus. Der Vogelzug bleibt unaus-

deutbar – mit solchem »Ich weiß es nicht« enden auch andere Poeme des spätesten Benn. Er ist bescheiden geworden.
Und das allerletzte Wort? Ein Schreibfehler? Mangelhafte Englischkenntnis? Ein phonetisches Wortspiel à la Joyce? Sofern dieses, wäre ein »Fahr wohl«, »Gute Reise« gemeint. Vielleicht dürfen wir es aber sogar mit »Das Ferne ist gut« oder »In der Weite wird mir wohl sein« eindeutschen. Das bleibt offen, dennoch ist der Sinn klar: es ist ein Lebewohl.
Entfernung eines Dichters, eine Melodie singend – oder eines Ich, *sich* singend? Wohl beides.

GOTTFRIED BENN
MENSCHEN GETROFFEN

Ich habe Menschen getroffen, die,
wenn man sie nach ihrem Namen fragte,
schüchtern – als ob sie gar nicht beanspruchen könnten,
auch noch eine Benennung zu haben –
»Fräulein Christian« antworteten und dann:
»wie der Vorname«, sie wollten einem die Erfassung
erleichtern,
kein schwieriger Name wie »Popiol« oder
»Babendererde« –
»wie der Vorname« – bitte, belasten Sie Ihr
Erinnerungsvermögen nicht!
Ich habe Menschen getroffen, die
mit ihren Eltern und vier Geschwistern in einer Stube
aufwuchsen, nachts, die Finger in den Ohren,
am Küchenherde lernten,
hochkamen, äußerlich schön und ladylike wie
Gräfinnen –
und innerlich sanft und fleißig wie Nausikaa,
die reine Stirn der Engel trugen.

Ich habe mich oft gefragt und keine Antwort gefunden,
woher das Sanfte und das Gute kommt,
weiß es auch heute nicht und muß nun gehen.

GÜNTER BLÖCKER
DAS MENSCHENBRÜDERLICHE TIMBRE

Mit einer Betroffenheit, die anzeigt, wie anders es sonst in der Welt zugeht, stellt der Dichter fest, daß es auch dieses gibt: die Zurücknahme der eigenen Person bis an die Grenze der Selbstverleugnung; eine Bescheidenheit, die es als unzart, ja als anmaßend empfindet, auch nur auf dem eigenen Namen zu bestehen. Es ist ein fast anekdotischer Gedichtanfang oder könnte es sein, wäre er nicht von jenem Ton bewegten Staunens durchwirkt, der ihm die lyrische Qualität verleiht und das besondere, fast möchte ich sagen: menschenbrüderliche Timbre. Auch das gehört zu Benn, mehr, als das Klischee vom egomanischen Intellektualisten es wahrhaben will; und ebendeshalb habe ich mich für dieses späte Gedicht aus dem Jahre 1955 entschieden.

Die zweite Strophe mit dem nachdrücklich wiederholten »Ich habe Menschen getroffen« vermittelt gesteigerte Betroffenheit. Stärker noch als in den Anfangszeilen wird deutlich, daß es sich um eine Irritation besonderer Art handelt: nicht um ärgerliches Befremdetsein, sondern um einen Akt produktiver Beunruhigung, um Wesenserweiterung. Steht hinter der ersten Strophe ein leises Kopfschütteln, dem die aufgelockerte Bauweise mit ihren eher gedichtfremden Konversationselementen entspricht, so hat die zweite Konsistenz und eine festere Gangart.

Jetzt geht es nicht mehr um Zartgefühl, das sich als – noch so liebenswerte – Schwäche äußert; es geht um Zartheit, die sich gegen eine widrige Umgebung behauptet, ohne dem eigenen Gesetz untreu zu werden. Drastisch und unkonventionell wird der soziale Aspekt herausgestellt: die überfüllte Stube, das Lernen am Küchenherd mit zugehaltenen Ohren. Wir erfahren, wogegen das Zarte sich zu behaupten hat; und wir erfahren, daß es dennoch das Zarte bleibt. Das ist sein Triumph. Die Verwunderung des Autors wird Bewunderung.

Dementsprechend gewinnt sein Vortrag an Intensität, das poetische Vokabular erweitert sich: Nausikaa und die reine Stirn der Engel, aber auch das mondäne »ladylike«. Benns lyrischer Stil ist universell, er überfliegt Zeit und Raum – wobei Satzbau und Zeichensetzung nicht kleinlich gehandhabt werden. Doch der Autor ist souverän genug, den Flug millimetergenau an dem Punkt abzubrechen, wo es gefährlich werden könnte. Behutsam begibt er sich aus der metaphorischen Gefahrenzone (Engel, Gräfinnen und die homerische Heldin) zurück in die Realität der lyrischen Erfahrung. Er blickt nach innen, um dort Antwort auf die Frage zu finden, »woher das Sanfte und das Gute kommt«.

Es versteht sich, daß dies eine Frage ist, die jenseits aller Antworten liegt. Auch das »lyrische Ich«, das vielzitierte, oft beschworene, kann nicht mehr tun, als unsere Empfänglichkeit für das im Unbeantwortbaren eingeschlossene Wunder zu wecken und zu stärken. Die letzte Zeile mit dem wehmütig-dunklen »Und muß nun gehn« ist das Eingeständnis einer Ohnmacht – einer Ohnmacht freilich, die dadurch, daß sie sich artikuliert, sich auf *diese* Art artikuliert, mehr in uns bewirkt, als selbst die beste Antwort es könnte.

GOTTFRIED BENN
NACHTCAFÉ

824: Der Frauen Liebe und Leben.
Das Cello trinkt rasch mal. Die Flöte
rülpst tief drei Takte lang: das schöne Abendbrot.
Die Trommel liest den Kriminalroman zu Ende.

Grüne Zähne, Pickel im Gesicht
winkt einer Lidrandentzündung.

Fett im Haar
spricht zu offenem Mund mit Rachenmandel
Glaube Liebe Hoffnung um den Hals.

Junger Kropf ist Sattelnase gut.
Er bezahlt für sie drei Biere.

Bartflechte kauft Nelken,
Doppelkinn zu erweichen.

B-Moll: die 35. Sonate.
Zwei Augen brüllen auf:
Spritzt nicht das Blut von Chopin in den Saal,
damit das Pack drauf rumlatscht!
Schluß! He, Gigi! –

Die Tür fließt hin: Ein Weib.
Wüste ausgedörrt. Kanaanitisch braun.
Keusch. Höhlenreich. Ein Duft kommt mit. Kaum Duft.

Es ist nur eine süße Vorwölbung der Luft
gegen mein Gehirn.

Eine Fettleibigkeit trippelt hinterher.

MARIAN SZYROCKI
DIE UMKEHRUNG DER LIEBE

Als 1912 Benns schmaler Gedichtband »Morgue« in der von A. R. Meyer in Berlin herausgegebenen Reihe »Flugblätter« erschien, war die Schockwirkung seiner fünfhundert durchnumerierten Exemplare perfekt. Ein Kritiker, geprägt – wie viele andere – von der ästhetizistischen Poesie eines George, Hofmannsthal und Rilke, quittierte das Buch mit dem Ausruf »Pfui Teufel!«.

»Nachtcafé«, das letzte Gedicht dieser den physiologischen Zerfall und existentiellen Ekel des Menschen reflektierenden Sammlung, gilt der verkrüppelten Liebe. Merkwürdigerweise gingen die Interpreten bislang an diesem Gedicht vorbei. Vielleicht ist die Zahl 824, mit der das Gedicht eröffnet wird, schuld daran. Weder die verfügbaren Ausgaben noch andere Quellen geben über sie Auskunft.

Der Paragraph 824 des BGB hat nichts mit »Der Frauen Liebe und Leben« zu tun. Erst eine Einsichtnahme in Benns stellenweise schwer lesbare Manuskripte machte die Hypothese wahrscheinlich, daß es sich bei dieser Zahl um einen Lesefehler des Setzers handelt. Einen zweiten Fehler im gedruckten Gedicht, ein »H-Moll«, verbesserte Benn in der späteren Ausgabe zu »B-Moll«. Die Zahl 824 aber hielt sich hartnäckig, obwohl es um den Paragraphen 825, die »Bestimmung zur Beiwohnung«, den außerehelichen Beischlaf, gehen dürfte. Dieser Paragraph würde auf die im Nachtcafé sich vollziehende Pervertierung der

Liebe hindeuten, zusammengestellt mit der Identität der Titel »Frauen Liebe und Leben« eines damals gerade neuen Walzers von Franz von Blon und von Schumanns berühmtem Zyklus.

Die Stimmungsmacher des Cafés, die Musiker, sind an »hoher Kunst« wenig interessiert. Ihre Auswechselbarkeit macht Benn dadurch sinnfällig, daß er sie nach den Instrumenten bezeichnet, die sie ohne inneres Beteiligtsein traktieren. Die direkte Umkehrung »hoher Kunst« ist das Rülpsen des Flötenspielers »drei Takte lang«, hervorgerufen durch das »schöne Abendbrot«.

Das Publikum des Nachtcafés samt seinem Gebaren wirkt ekelerregend. Abstoßende männliche Kreaturen werben um verkommene Frauen. Benn demonstriert dies an vier Paaren, indem er mit medizinischer Sachlichkeit deren physische Versehrtheit offenbart. Anstelle der Personen nennt der Dichter, *pars pro toto,* einzig Symptome des Zerfalls oder Namen verunstaltender Krankheiten.

In der auf das Triebhafte reduzierten Atmosphäre des Nachtcafés wirkt jener Anhänger mit Kreuz, Herz und Anker, den Sinnbildern des christlichen Glaubens, der Liebe und Hoffnung, am Hals einer Prostituierten mit »offenem Mund« und »Rachenmandel« wie eine Gotteslästerung. Als eine andere Art von Blasphemie wird das Herunterspielen der Sonate Opus 35 von Chopin an diesem Ort empfunden. Der Protest verbalisiert sich jedoch nicht. Lediglich »Zwei Augen brüllen auf«.

Wurde dem Leser bis hierher das Nachtcafé-Publikum allein durch einzelne Merkmale des Häßlichen und Kranken präsentiert, so tritt jetzt eine Person in den Saal: »Ein Weib«. Mag auch sie allgemeinem Schönheitsideal widersprechen, so wirkt sie doch auf das lyrische Ich, diese

»ausgedörrte«, exotische, kanaanitisch braune Frau. Sie scheint ihm keusch und glückversprechend zu sein. Faszinierend durch das, was ihr vorausweht: »Kaum Duft. Es ist nur eine süße Vorwölbung der Luft ...«.

Die von der Frau ausgehende Faszination wird jedoch im Nachsatz ironisch gebrochen. Sie kommt nicht allein, eine »Fettleibigkeit trippelt hinterher«.

Das nun assoziierte Bild vom ungleichen Paar, der großen Dürren und dem kleinen Dicken, widerlegt die Vermutung von der Keuschheit jenes »Weibes«, dessen Gunst jetzt gleichfalls käuflich erscheint. Somit finden »der Frauen Liebe und Leben« des Walzers und des romantischen Liederzyklus in Benns Gedicht ihre Widerrufung: Nicht Liebe, sondern Geschlechtstrieb beherrscht die Szene.

GOTTFRIED BENN
NUR ZWEI DINGE

Durch so viel Formen geschritten,
durch Ich und Wir und Du,
doch alles blieb erlitten
durch die ewige Frage: wozu?

Das ist eine Kinderfrage.
Dir wurde erst spät bewußt,
es gibt nur eines: ertrage
– ob Sinn, ob Sucht, ob Sage –
dein fernbestimmtes: Du mußt.

Ob Rosen, ob Schnee, ob Meere,
was alles erblühte, verblich,
es gibt nur zwei Dinge: die Leere
und das gezeichnete Ich.

HELMUTH KIESEL

REIM ALS BOTSCHAFT

Das Gedicht »Nur zwei Dinge« wurde erstmals 1953 in der »Neuen Zeitung« veröffentlicht. Es gehört also zu Benns späten Gedichten. Aber auch wenn man dies nicht wüßte, sähe man, daß es sich um ein Gedicht eines älteren, erfahrenen, man kann ruhig auch sagen: gereiften Menschen handelt. Dazuhin um das Gedicht eines vollendeten Virtuosen, dem die Kunst so sehr zur zweiten Natur geworden ist, daß die Metrik und die Reime seines Gedichts völlig mühelos und wie selbstverständlich wirken. Dabei schrieb er in einer Zeit, in welcher der Reim durch die unheilvolle geschichtliche Erfahrung gründlich diskreditiert war, und was er zu sagen hatte, hätte vermutlich die meisten seiner Dichterkollegen bewogen, vor allem auf den Reim zu verzichten.

Der da spricht, blickt auf ein Leben zurück, das offensichtlich ein durch viele »Formen« wie Individualismus, Kollektivismus und Partnerschaftlichkeit führender Versuch war, Erfüllung zu finden und eine Antwort auf die Frage nach dem Sinn dieses Treibens zu erlangen. Doch eben diese unabweisbar scheinende Frage ließ das Leben zu einem andauernden Leiden werden, das im Rückblick auch noch als unnötig oder zumindest als unnötig groß erscheint. Denn es resultiert aus einer Frage, die zwar unabweisbar oder »ewig« und mithin unbeantwortbar zu sein scheint, nun aber, wenn auch »spät«, als eine »Kinderfrage« erkannt ist –: als eine Frage, welche die Menschen nur bis zu einem gewissen Alter umtreiben und peinigen darf, danach durch die Einsicht neutralisiert sein sollte, daß die Antwort auf sie darin besteht, daß es eine sichere und befriedigende Antwort nicht gibt. In diesem Sinn hat Benn am 17. Februar 1949 an seinen vertrauten Briefpartner F. W. Oelze geschrieben, es entspreche der Erfahrung und Einsicht eines bewußt modernen Intellekts, daß er »nicht nach den letzten Dingen fragt, er wird schon mit den vorletzten nicht fertig«. Was ihm bleibt, ist die Ungewißheit eines letzten Sinns, diese »Leere«, wie es am Ende des Gedichts heißt, als unaufhebbares Schicksal ohne Jammer »männlich« zu »ertragen«, wie es vor Benn schon der nüchternste Diagnostiker der modernen Erkenntnissituation, Max Weber, in der berühmten Rede »Wissenschaft als Beruf« verlangt hat. Benn hat diese Maxime buchstäblich zum Zentrum seines poetischen Lebensberichts gemacht: Das »ertrage« beschließt sehr pointierend jene siebte Zeile, die in dem insgesamt dreizehnzeiligen Gedicht eine Art Symmetrieachse und Gravitationszentrum bildet.

Für dieses erkenntnismäßig und lebenspraktisch desillusionierende Fazit scheinen Metrik und Reime, die gleichermaßen eingängig wirken, zunächst einmal ein Mittel der Milderung und Bekömmlichmachung zu sein. Als solches hat man den Reim gerade in jenen Jahren vorzugsweise betrachtet und verworfen. Darüber sollte man aber nicht vergessen, was der Reim zuvor ist: Ausdruck des Versuchs, etwas schön zu sagen, um in dem, was gesagt wird, Schönheit zur Erscheinung kommen zu lassen. Schönheit aber ist, wie Stendhal gesagt hat, »une promesse de bonheur«: eine Verheißung von Glück und Erfüllung. So könnte es sein, daß dieses Gedicht neben der desillusionierenden Erkenntnis, die es wörtlich mitteilt, unausgesprochen noch eine zweite, anders lautende und konkurrierende Botschaft hat. Sie läge in der Gereimtheit, die der Nüchternheit und Härte der Worte widerspricht, und wäre vielleicht die eigentliche Botschaft des Künstlers. Gottfried Benn hat dieses Gedicht in der letzten von ihm selbst mitgestalteten Ausgabe seiner Gedichte vor den »Epilog« an die vorletzte Position gestellt. Es gehört zu seinem poetischen Testament.

GOTTFRIED BENN
REISEN

Meinen Sie Zürich zum Beispiel
sei eine tiefere Stadt,
wo man Wunder und Weihen
immer als Inhalt hat?

Meinen Sie, aus Habana,
weiß und hibiskusrot,
bräche ein ewiges Manna
für Ihre Wüstennot?

Bahnhofstraßen und Rueen,
Boulevards, Lidos, Laan –
selbst auf den Fifth Avenueen
fällt Sie die Leere an –

Ach, vergeblich das Fahren!
Spät erst erfahren Sie sich:
bleiben und Stille bewahren
das sich umgrenzende Ich.

DIETER E. ZIMMER
WARNUNG VOR TOURISMUS

Sehr verehrter Herr Benn,
wenn Sie mich so fragen (und ich hatte ja nun fast drei Jahrzehnte Gelegenheit, darüber nachzudenken): nein. Ich meine nicht, Zürich *sei eine tiefere Stadt*. Das Wort *tief* im Zusammenhang mit egal welcher Stadt erscheint mir überhaupt unpassend. *Wunder und Weihen*, gar ständige, vermute ich in dieser Bankenmetropole schon gar nicht. Bei *Wunder und Weihen* fiele mir eher Lourdes ein, und die dort praktizierte *Tiefe* ist mir so wenig geheuer, daß ich den Ort immer sorgsam gemieden habe.
Was Habana angeht: wenn auch kein *ewiges Manna*, so doch Ermutigungserlebnisse haben einige dort letzthin gesucht; aber daß keinerlei *Wüstennot* dort gelindert würde, hätte ich gleich gewußt. Am stärksten aber mußte ich einmal auf der 5th Avenue an Ihre Frage denken: Wie kamen Sie zu der Vermutung, ausgerechnet dort falle einen *Leere* an? Ich weiß schon, Sie meinten die andere, die innere; aber so leer kann sich einer allein gar nicht fühlen, daß er dort nicht vor allem den Eindruck hätte, von Fülle überfallen zu werden.
Darum, möchte ich jetzt sagen, war die Frage nicht ganz die richtige, und auf unrichtige Fragen gibt es selten richtige Antworten. Unsereins reist nicht, weil er ein *ewiges Manna* sucht, sondern weil die Welt voll ist von Unterschieden, auch unterschiedlichen Anblicken. Wer inmitten der endlosen grauen Wochen beispielsweise am Baye-

rischen Platz in Berlin zu leben gezwungen ist (als Schüler und Student bin ich dort manchmal mit dem Fahrrad ergriffen an Ihrem Haus vorbeigefahren), könnte doch auch ganz ohne Wunderhoffnungen das Bedürfnis verspüren, seinen Sinnen einen anderen, einen heftigeren, einen ansprechenderen Eindruck zuzuführen.

Sie wußten das natürlich ganz genau. Sonst hätten Sie, damals in den fünfziger Jahren, als das Volk nach den Capri-Fischern schmachtete und die große Reiseraserei anhob, sich und uns nicht so gebieterisch dieses »Hiergeblieben« zugerufen. Schon die Art, wie Sie die *Bahnhofstraßen und Rueen*, die *Boulevards, Lidos, Laan* in aller Welt so genußvoll und kosmopolitisch aufzählen, zeugt von langen touristischen Gedankenspaziergängen in den armseligen Jahren großdeutschen Eingesperrtseins, und *weiß und hibiskusrot* war und ist Berlin-Wilmersdorf nun wahrhaftig nicht. Es war gewiß nicht notwendig, eine simple Fahrt nach Zürich zu einer Alles-oder-Nichts-Angelegenheit zu machen, sich den zwar nicht alle Seelennot behebenden, aber in dem einen oder anderen Licht doch wohltuenden Anblick des Limmatquais zu versagen.

Kurz, Ihr Gedicht hat niemanden und auch mich nicht aufgehalten, und doch ist es mir überallhin nachgegangen. Immer, wenn ich es mir wiederhole, kriecht mir eine tiefe Rührung am Brustbein entlang in die Kehle. Nach all den lyrischen Ichs und Dus diese unvertrauliche *Sie*-Anrede: die mußte einmal gefunden sein! Dann diese leichten Imperfektionen, die *Rueen* und diese sonderbaren deutsch-französisch-amerikanischen *Fifth Avenueen* bei Ihrem sonst so hochentwickelten Sinn für unpeinliche Reime, auch Ihre exzessiven Erwartungen ans Reisen: es macht Sie sehr menschlich, es nimmt Ihnen einiges von dem Air des gestrengen Hüters von Zucht und Form, als der Sie sich sonst so oft jede Anteilnahme verbitten (aber: »Was schlimm ist« oder »Wenn ein Gesicht, das man als junges kannte ...«).

Und wenn ich auch meine, daß Sie all den fremden Straßenzügen Unrecht taten, als Sie sie von vornherein verschmähten, so hatten Sie doch auch wieder recht. Mit uns fremd gewordenen Vokabeln (*Tiefe, Wunder, Weihe, Manna*) deuten Sie auf ein unbefriedbares Verlangen hin, das in der Tat den Motor unserer Ortsveränderungen bildet. Wir wissen nicht, worauf dieses Verlangen eigentlich hinauswill, wir gäben sofort zu, daß wir die eigene Haut auch an den fremden Orten nicht abstreifen werden ... und trotzdem, irgendwie ... wäre es nicht möglich, daß uns eine andere Umgebung geradezu *wunder*bar befreite von den zuweilen so schwer erträglichen Festlegungen zu Haus? Ohne den beharrlichen Druck dieses Verlangens: wir studierten kaum je einen Fahrplan, eine Straßenkarte.

HORST KRÜGER
VERGEBLICH DAS FAHREN?

Das Gedicht ist bekannt. Es wird gelegentlich, wenn im kleinen Kreis vom Glanz und Elend des Unterwegsseins die Rede ist, gern und genußreich zitiert. Dabei ist charakteristisch, daß der Zitierende fast regelmäßig schon in der dritten Zeile ins Stocken gerät. Wie geht der Text jetzt weiter?

Dies liegt nicht daran, daß Zeile drei und vier schwächer waren. Auch sie sitzen sehr präzise. Sie stehen nur zu tief im Schatten der strahlenden Aufbruchsbewegung der Eröffnungssequenz. Einmal gelesen, haftet sie unvergeßlich: »Meinen Sie Zürich zum Beispiel / sei eine tiefere Stadt?« In provozierend direkter Anrede und kühn mit einem Reizwort der klassischen Fremdenindustrie verbunden, wird kurzerhand eine traditionelle, blaue Reiseromantik außer Kraft gesetzt.

Trotzdem geht es hier nicht um traditionelle Tourismuskritik. Wenn das Gedicht überhaupt einen Adressaten hat (was die Anrede nahelegt, aber was ich bezweifle), so wäre der exklusive, großbürgerliche Einzelreisende von einst gemeint, der, der sich die Welt noch etwas kosten lassen kann: »Bahnhofstraßen und Ruen, / Boulevards, Lidos, Laan – / Selbst auf den Fifth Avenuen (wieso eigentlich ›selbst‹?) gerade dort fällt Sie die Leere an.« Wer unterwegs auf großer Reise würde nicht diese Augenblicke der Vergeblichkeit kennen?

Aber offenbar geht es hier um ein viel spezielleres Problem

– der Einsame, der Leidende, und man darf hier wohl einsetzen: der Dichter unterwegs. Ausgangslage ist die »Wüstennot« des Reisenden, tiefe Unerlöstheit, die sich durch Flucht nach außen zu heilen hofft. Das Thema heißt: Gibt es Selbsterlösung durch Extraversion? »Meinen Sie, aus Habana ... / bräche ein ewiges Manna?«

Sachlich gesehen (und aus eigener Erfahrung gesprochen) kann ich Benns großer Verneinung: »Ach, vergeblich das Fahren!« zunächst so nicht zustimmen. Natürlich sind Neugier und Welthunger immer auch produktive Triebfedern der menschlichen Existenz und Entwicklung gewesen. Auch spielt im Leben sehr vieler Schriftsteller das Reiseerlebnis, vor allem in Krisenmomenten, eine wichtige Rolle, die innerlich weiterführte. Das gilt von Goethes italienischer Reise bis zu Gide, Camus, Malraux und anderen. Wäre Rilkes »Malte Laurids Brigge« je ohne seine erschreckende Paris-Erfahrung zustande gekommen? Die Reise als Materialsuche des Künstlers hat es immer gegeben, wird es auch weiter geben.

Sachlich gesehen? Benn, meine ich, spricht hier in Wahrheit gar nicht zur Sache. Er spricht – wie sollte es beim Lyriker der monologischen Existenz anders sein? – einzig über sich selbst, über sein Verhältnis zum Reiseexperiment, seine eigene Trauer und Unfähigkeit, seine Verschlossenheit. Lyrische Existenz ist für ihn hermetische Existenz. In den letzten zwei Zeilen ist Benn dann ja auch ganz bei sich, seiner immerwährenden Thematik, seinem Glockenklang: »bleiben und stille bewahren / das sich umgrenzende Ich«.

»Reisen« ist, so gesehen, ein Abtasten seiner inneren Lage am Beispiel der Reise. Für seine »Wüstennot« gibt es da nichts zu erhoffen. Es ist nur eine kleine Paraphrase zu seinem herrlichsten Gedicht. Es heißt einfach »Gedichte« und formuliert kontrapunktisch und ins Positive gewendet, was er mit »Reisen« nur indirekt umschreibt: »Es gibt nur ein Begegnen: im Gedichte / die Dinge mystisch bannen durch das Wort.«

GOTTFRIED BENN
SAAL DER KREISSENDEN FRAUEN

Die ärmsten Frauen von Berlin
– dreizehn Kinder in anderthalb Zimmern,
Huren, Gefangene, Ausgestoßene –
krümmen hier ihren Leib und wimmern.
Es wird nirgends so viel geschrien.
Es wird nirgends Schmerzen und Leid
so ganz und gar nicht wie hier beachtet,
weil hier eben immer was schreit.

»Pressen Sie, Frau! Verstehn Sie, ja?
Sie sind nicht zum Vergnügen da.
Ziehn Sie die Sache nicht in die Länge.
Kommt auch Kot bei dem Gedränge!
Sie sind nicht da, um auszuruhn.
Es kommt nicht selbst. Sie müssen was tun!«
Schließlich kommt es: bläulich und klein.
Urin und Stuhlgang salben es ein.

Aus elf Betten mit Tränen und Blut
grüßt es ein Wimmern als Salut.
Nur aus zwei Augen bricht ein Chor
von Jubilaten zum Himmel empor.

Durch dieses kleine fleischerne Stück
wird alles gehen: Jammer und Glück.
Und stirbt es dereinst in Röcheln und Qual,
liegen zwölf andere in diesem Saal.

CLAUS-ULRICH BIELEFELD
HINTER EINER MASKE AUS KÄLTE UND ABWEHR

Eine Ansicht des Schreckens: Hier wird geboren, als ginge es ans Sterben. Scharf ausgeleuchtet ist die Szenerie, wer einmal seinen Blick darauf gerichtet hat, kann nicht mehr wegschauen und wird in den Bann des Geschehens gezogen. Der Betrachter, der Autor, demonstriert zunächst kühl das Geschehen, will der Gewalt der Situation standhalten und sich nicht überwältigen lassen – und kann doch seine Gefühle des Mitleidens nur schwer bändigen. Aus diesem Zwiespalt von erzwungener Kälte des Blicks und mühsam unterdrückter menschlicher Wärme wächst die Kraft und düstere Schönheit dieses Gedichts – und der anderen acht Gedichte, die Gottfried Benn im März 1912 als lyrische Flugschrift unter dem Titel »Morgue« veröffentlicht hatte.

Diese Gedichte waren Donnerschläge, jedes für sich eine höhnische Provokation, wilde Gesänge auf die Kreatürlichkeit und Hinfälligkeit des Menschen, Illustrationen eines später von Benn geprägten Worts: »Die Krone der Schöpfung, das Schwein, der Mensch.« Wer aber war der »Höllenbreughel«, wie ihn ein Zeitgenosse titulierte? Ein sechsundzwanzigjähriger Mediziner, der die »Pepinière«, die Akademie für das militärärztliche Bildungswesen in Preußen, absolviert hatte und sich in Kleidung und Habitus als Bürger präsentierte. Spöttisch erinnerte er sich später, daß man ihm den Ruf eines »infernalischen Snobs« anhängen wollte, »während ich auf den Kartoffeläckern der Uckermark die Regimentsübungen mitmarschierte«.

Zuvor hatte er im Moabiter Krankenhaus in Berlin einen Sektionskurs mitgemacht, und an diesem Ort müssen sich quälende Bilder gesammelt und schließlich zum Ausbruch gedrängt haben. Benn schilderte die Entstehung von sechs der neun »Morgue«-Gedichte als schöpferische Gnade und außerbewußten Akt. Um die gleiche Stunde hätten sich die Gedichte heraufgeworfen: »Als der Dämmerzustand endete, war ich leer, hungernd, taumelnd und stieg schwierig hervor aus dem großen Verfall.«

Der große Verfall, beschworen wird er in diesem Gedicht am Beginn der menschlichen Existenz, im »Saal der kreißenden Frauen«. Hoffnung gibt es an diesem Ort nicht, geboren wird unter dem Zeichen der Verdammnis zu Armut und Leid. Es ist fast ein biblischer Ton, den der Pfarrerssohn Benn hier anschlägt, doch leuchtet in diesem Gedicht keine Erlösung jenseits des irdischen Jammertals auf. Schroff ist der Gestus der ersten Strophe, hart wird die Unabänderlichkeit der Situation konstatiert, und es scheint nicht wenig verwunderlich, daß sich die Verse – stockend und widerstrebend – zu Reimen fügen.

Gegen die unartikulierten Schreie und das Wimmern der Frauen werden in der zweiten Strophe die Worte eines Arztes gesetzt: Kurz angebunden ist er, gelangweilt, abgestoßen, kalt. Das alles hat er schon zu oft gesehen, den Gestank von Urin und Kot schon zu oft eingeatmet. In einer Mischung aus Gleichgültigkeit und Zynismus erwartet er die Geburt. Er wird sich nicht bemühen, vielmehr: »Sie müssen was tun!«

Als könnte er diese Zustandsschilderung nicht ertragen, setzt Benn in den beiden folgenden, kürzeren Strophen Gegenbilder, in denen christliche Überlieferung aufgehoben ist: Selbst dieses armselige Erdenwurm, das gerade geboren worden ist, ist einzigartig und unvergleichlich. Wie ein Königskind, wie Christus wird es gesalbt, wenn auch nicht mit feinen Ölen. Auch für dieses »Stück« Mensch erklingt ein »Chor von Jubilaten«. Und ist es Zufall, daß an diesem Ort zwölf Kinder geboren worden sind? Die Zwölf: eine magische Zahl, eine biblische Zahl. In der Mystik signalisiert die Zwölf Vollkommenheit und Gelingen, in der Bibel gibt es die zwölf Apostel. In diesem weiten Erinnerungs- und Assoziationsraum bewegt sich Benns Gedicht.

Und obwohl es vom Beginn des Lebens spricht, steht es in der großen abendländischen Tradition des »Memento mori«: Es kündet von Schmerz und Vergänglichkeit der menschlichen Existenz. Benn scheut dabei vor Härte und Brutalität in der Darstellung nicht zurück – und zeigt zugleich eine Zartheit gegenüber dem Leben, die gerade deshalb ergreift, weil sie sich hinter einer Maske aus Kälte und Abwehr zu verbergen sucht.

GOTTFRIED BENN
SATZBAU

Alle haben den Himmel, die Liebe und das Grab,
damit wollen wir uns nicht befassen,
das ist für den Kulturkreis besprochen und
durchgearbeitet.
Was aber neu ist, ist die Frage nach dem Satzbau
und die ist dringend:
warum drücken wir etwas aus?

Warum reimen wir oder zeichnen ein Mädchen
direkt oder als Spiegelbild
oder stricheln auf eine Handbreit Büttenpapier
unzählige Pflanzen, Baumkronen, Mauern,
letztere als dicke Raupen mit Schildkrötenkopf
sich unheimlich niedrig hinziehend
in bestimmter Anordnung?

Überwältigend unbeantwortbar!
Honoraraussicht ist es nicht,
viele verhungern darüber. Nein,
es ist ein Antrieb in der Hand,
ferngesteuert, eine Gehirnlage,
vielleicht ein verspäteter Heilbringer oder Totemtier,
auf Kosten des Inhalts ein formaler Priapismus,
er wird vorübergehn,
aber heute ist der Satzbau
das Primäre.

»Die wenigen, die was davon erkannt« – (Goethe) –
wovon eigentlich?
Ich nehme an: vom Satzbau.

LUDWIG HARIG
PHALLUS IM STAMMHIRN

Priapos, griechischer Gott der Fruchtbarkeit, ein geiler, schamloser, mit übergroßem Glied dargestellter Heros der Zeugungskraft, ist Namensgeber einer Krankheit des Genitalzentrums, deren Bezeichnung an die entscheidende Stelle des Gedichts »Satzbau« von Gottfried Benn gesetzt ist: Priapismus, eine anhaltende, schmerzhafte Erektion des Penis. »Formaler Priapismus«, sagt Gottfried Benn allerdings, benutzt den Begriff mit einem für sein medizinisches Verständnis ungewöhnlichen Eigenschaftswort und rückt ihn damit als poetisches Bild in die Kategorie der Kunst.

Worum geht es also? Unter zwanghaftem, ja pathologischem Impuls Anordnungen treffen, Gestalt geben, von einem »Phallus im Stammhirn« gezeugt! Hier treffen wir auf ein Gedicht, das sich auf entschiedenste Weise gegen den Vorrang des Inhalts, des im Kunstwerk Ausgesagten und seiner Botschaft richtet. Schon in den Eingangsversen räumt der Dichter die ständig traktierten sogenannten großen Themen mit einer lässigen Geste beiseite. Anstelle des Durchgekauten tritt das Appetitanregende; nicht Sinn und Gehalt gelten etwas, sondern die besondere Gestalt, durch die ein Gebilde als Kunstwerk erscheint. ... *aber heute ist der Satzbau/das Primäre*, behauptet Gottfried Benn, ein provokativer, ein geradezu frivoler Standpunkt für jeden, der lesen und schreiben und scheinbar alles Notwendige von den geläufigen bis zu den raffiniertesten grammatischen und syntaktischen Sprachformen in der Schule gelernt, doch von ihrer suggestiven Wirkung im gefügten Satz nichts begriffen hat.

Die bis dahin unangefochten geltende, auf den Gehalt abzielende Deutungstradition setzt er mit einem lapidaren Beispiel außer Kurs: »Nie wird der Deutsche erfassen, niemand wird ihm gegenständlich machen können (und es ist ja auch gar nicht nötig, daß es geschieht), daß zum Beispiel die Verse Hölderlins substanzlos sind, nahezu ein Nichts, um ein Geheimnis geschmiedet, das nie ausgesprochen wird und das sich nie enthüllt.«

Diesem Geheimnis der Form auf der Spur, fragt Gottfried Benn nicht nach dem Wie, er beschäftigt sich nicht mit Methoden, Techniken, ausgeklügelten Verfahrensweisen, setzt nicht Stil gegen erlernbare Machart: Er stellt die unerhörte Frage nach dem Warum. Woher kommt der Drang, sich auszudrücken, woher dieser schöpferische Formulierungswahn, der, zwar vorübergehend, im entscheidenden Augenblick kein Ausweichen duldet? Benns Vorstellung des Priapismus, des erigierten Phallus im Stammhirn, durchaus von seinem bürgerlichen Beruf als Arzt für Haut- und Geschlechtskrankheiten hergeleitet, gipfelt jedoch darin, die Begabung für Form als Schicksal zu begreifen.

Diese Erektion im Gehirn gehört zur besonderen Wesensart künstlerischer Naturen. Sie drängt zum Erguß. Unerlöst wird sie zum Schmerz, ihn besiegend, gestaltet der Künstler. Das im Hirn Aufgestaute schwillt an, bildet Triebe aus, die in allerfeinsten Splittern explodieren. »Linien anlegen«, heißt es gegen Ende des Poems »Statische Gedichte« noch ganz kühl experimentell, doch dann fährt Benn fort: »... sie weiterführen nach Rankengesetz – Ran-

ken sprühen.« Die nach Rankengesetz sprühenden Wörter, im Sprachgebrauch Benns faszinierend zum Gedicht organisiert, sind die Ergießungen der Poesie.
Wer dem Satzbau das Primat der Kunst zuerkennt, huldigt nicht dem *L'art pour l'art*. Im vollkommenen Satzbau beglaubigt sich die Kunst selbst. In ihm gelingt es, Vorgestelltes ins Faßbare, Erfundenes ins Wirkliche der Kunst zu verwandeln. Nur das Gestaltete übersteht den Zerfall. Am Ende wendet sich der Dichter in einer scheinbar ironischen Finte an den Leser. Er spricht ihn nicht freundlich an, sondern stößt ihm, mit einem Goethewort seine Ignoranz bekräftigend, unfein vor den Kopf.

GOTTFRIED BENN
SCHÖNE JUGEND

Der Mund eines Mädchens, das lange im Schilf gelegen
hatte,
sah so angeknabbert aus.
Als man die Brust aufbrach, war die Speiseröhre so
löcherig.
Schließlich in einer Laube unter dem Zwerchfell
fand man ein Nest von jungen Ratten.
Ein kleines Schwesterchen lag tot.
Die andern lebten von Leber und Niere,
tranken das kalte Blut und hatten
hier eine schöne Jugend verlebt.
Und schön und schnell kam auch ihr Tod:
Man warf sie allesamt ins Wasser.
Ach, wie die kleinen Schnauzen quietschten!

SIBYLLE WIRSING
DIE AUTORITÄT

Gottfried Benns frühes Gedicht »Schöne Jugend« aus dem Zyklus »Morgue« (1912) schildert einen merkwürdigen Fall aus der anatomischen Praxis, den Fall eines lebenden Leichnams. Der Körper, den man vor sich hat, weist bei der Obduktion ein gesundes Innenleben auf.

Das Erlebnis, das schaurig und außergewöhnlich ist, wird konsequent in der Vergangenheitsform mitgeteilt. Indessen statuiert der Gedicht-Bericht im Widerspruch zu dem Schock die Gleichgültigkeit der zugrundeliegenden Person. Das freie Versmaß hätte es durchaus erlaubt, von dem Mund »des Mädchens« zu erzählen, dem Mund eben dieser und keiner anderen Toten. Aber der Dichter wählt den unbestimmten Artikel und beschreibt den Mund »eines Mädchens«, irgendeiner jungen Person, nicht der ersten oder letzten, die im Schauhaus endet, und riskiert um der Verallgemeinerung willen sogar den Verstoß gegen die Logik seines Vortrags. Denn zur Charakterisierung eines unpersönlichen, typischen Sachverhaltes gehört, streng genommen, das Präsens: »Der Mund eines Mädchens, das lange im Schilf gelegen hat, sieht angeknabbert aus.«

Benn wollte beides: den gemeinen und den ungemeinen Vorfall. Das Ereignis sollte einerseits möglichst spektakulär erscheinen und andererseits so trivial, daß das tote Mädchen nicht einmal durch die individuelle Besonderheit seines Verwesungszustandes etwas Besonderes ist. Die stilistische Unsicherheit des Anfangs weist jedoch darauf

hin, daß die Liquidierung der menschlichen Perspektive schwerfällt. Der Dichter schafft es erst nach der zweiten Gedichtzeile, den Menschen ganz und gar zu leugnen.
Von nun an kommt die Tote nur noch im Detail vor: die Brust, die Speiseröhre, das Zwerchfell. Die Leiche dient als Hohlform für eine virtuose Schilderung. Glatt, wie der Anatom das Innere freilegt, meißelt der Arzt und Poet die Bedeutungsvielfalt seiner Sprache heraus. Mit der sachlichen Information, daß die Brust aufgebrochen wurde, und mit dem hochartistischen Einsatz der Wörter »Laube« und »Nest« stellen sich die Assoziationen einer gewaltsamen Ruhestörung und eines eben noch traulichen Interieurs ein.
In der sechsten Zeile erreicht das Gedicht den Gipfel seiner Anzüglichkeit: »Ein kleines Schwesterchen lag tot« – die Frucht im Mädchenleib als tote Ratte, das menschliche Embryo rattenhaft neben seinesgleichen. Mit der Annonce dieses Fundes ist auch der Schicksalshinweis gegeben. Unter der Überschrift »Schöne Jugend« reimen sich die Schwangerschaft und der Wassertod des Mädchens kommentarlos zusammen.
In den folgenden sechs Schlußzeilen ist die Menschenhülle noch deshalb erwähnenswert, weil sie das Ungeziefer ernährte und behauste. Folgerichtig gilt das Mitleid am Ende nicht derjenigen, die sich ertränkt hat, sondern denjenigen, die beim Ersäufen quietschten.
Das Gedicht geht mit expressionistischer Radikalität aufs Ganze, aber es bezeugt dabei den Willen zum klassizistischen Ideal der Formvollendung: Das menschliche Äußere als Larve des bestialischen Inneren – die Totenklage als Rattenrequiem. Daß der Schock-Effekt der Perversion keine soziale Anklage bezweckt, sondern die formale Per-

fektion, den perfekten Zynismus, verrät allein der winzige Makel des ersten Satzes. Hier fällt mit einer immerhin spürbaren Irritation die Entscheidung zugunsten der unmenschlichen Neutralität.

Obgleich die Situation danach verlangte, daß der Körper auch für die Person einsteht, kommt die Tote nur als Form in Betracht. Ihre einzige überlieferte Bedeutung ist es, ein Behälter gewesen zu sein.

GOTTFRIED BENN
STILLEBEN

Wenn alles abgeblättert daliegt
Gedanken, Stimmungen, Duette
abgeschilfert – hautlos daliegt,
kein Stanniol – und das Abgehäutete
– alle Felle fortgeschwommen –
blutiger Bindehaut ins Stumme äugt –:
was ist das?

Die Frage der Fragen! Aber kein
Besinnlicher
fragt sie mehr –
Renaissancereminiszenzen,
Barocküberladungen,
Schloßmuseen –

nur keine weiteren Bohrungen,
doch kein Grundwasser,
die Brunnen dunkel,
die Stile erschöpft –

die Zeit hat etwas Stilles bekommen,
die Stunde atmet,
über einem Krug,
es ist spät, die Schläge verteilt
noch ein wenig Clinch und Halten,

Gong – ich verschenke die Welt
wem sie genügt, soll sich erfreun:

der Spieler soll nicht ernst werden
der Trinker nicht in die Gobi gehn,
auch eine Dame mit Augenglas
erhebt Anspruch auf ihr Glück:
sie soll es haben –

still ruht der See,
vergißmeinnichtumsäumt,
und die Ottern lachen.

GERSHOM SCHOCKEN
WELT IN TRÜMMERN

Die Kulturkulisse ist zusammengebrochen. Es ist eine Situation des allgemeinen und persönlichen Bankrotts (»abgeschilfert« = in Schuppen abgefallen). Eine schwerbeschädigte menschliche Gestalt wird eingeführt, der alle Felle, selbst das eigene, fortgeschwommen sind, da sie auch ihres ersten – und letzten – Schutzes beraubt ist: ihrer Haut, wie Bartolomäus (Michelangelo hat sich so im Letzten Gericht gemalt). Aber der Geschundene Benns – dessen Beschreibung an Bilder von Francis Bacon erinnert – ist kein gläubiger Heiliger, der in den Himmel hinauffährt, sondern ein hoffnungsloser Nihilist, der blutenden Auges um sich nur eine zerstörte Welt sieht. Aus einem Brief des Dichters an F. W. Oelze vom 27. Juli 1950 geht hervor, daß er sich weitgehend mit der geschilderten Gestalt identifiziert hat.
Die Frage nach dem Sinn des Ganzen drängt sich auf, wird aber sofort als unzulässig abgewiesen. Die Kulturwelt liegt in Trümmern. Übrig sind nur Reste aus vergangenen Perioden – Renaissance, Barock –, die uns nichts mehr zu sagen haben und die heute nur museale Objekte sind. Alles ist nur Oberfläche, seicht und flach. Es lohnt sich nicht, in die Tiefe zu gehen, nach Quellwasser zu graben. Der Kulturvorrat ist verbraucht. Ein neuer Stil kann nicht mehr entstehen.
Eine eigenartige Stille ist eingetreten. Die Zeit atmet über einem Hohlraum (das Komma nach »atmet« scheint mir

fragwürdig). Es ist spät. Die großen Kämpfe sind beendet. Nichts von Wert, nichts Belangvolles geschieht mehr. Was noch da ist, kann daher getrost für sofortige, leichte Genüsse verbraucht werden. Den Leichtlebigen gehören die Reste der Welt, dem Spieler, dem Trinker, der glückshungrigen »Dame mit Augenglas« (offenbar einem Werbetext entnommen). Aber die Spieler und Trinker und die leichtlebige Dame können den Fortbestand der Menschheit nicht sichern. Daß sie repräsentative Erscheinungen geworden sind, deutet auf das kommende Ende hin.

Die Schöpfungsgeschichte der Welt wiederholt sich, jedoch in umgekehrter Richtung. Die Welt wird wieder leer. Der Mensch stirbt aus. Seine Erben sind die primitiven Geschöpfe, die die Welt hundert Millionen Jahre vor seinem Erscheinen bevölkert haben, die Ottern. Gemeint ist die Schlange aus der Genesis. Sie feiert ihren Endsieg.

Für die Dichtung des Pfarrersohnes Benn war die Bibel sein Leben lang eine wichtige Quelle. Wortformen des ursprünglichen Luthertextes finden sich schon in den ganz frühen Gedichten seiner wildesten expressionistischen Periode. In dem vorliegenden Gedicht – wie auch in anderen – klingt ein Bibelthema an.

In seinem Brief an Oelze schreibt Benn über dieses Gedicht: »Mein altes Lied: ›überall der tiefe Nihilismus der Werte, doch darüber die Transzendenz der schöpferischen Lust‹ ... Vergessen Sie nicht: die edle einfältige Lyrik faßt das Heute in keiner Weise. Selbst Wiegenlied (von Goethe, 1818), selbst Orplid wären, ins Heute projiziert, nicht ehrlich und echt. Wir sind böse und zerrissen, und das muß zur Sprache kommen.«

GOTTFRIED BENN
TURIN

»Ich laufe auf zerrissenen Sohlen«,
schrieb dieses große Weltgenie
in seinem letzten Brief –, dann holen
sie ihn nach Jena –; Psychiatrie.

Ich kann mir keine Bücher kaufen,
ich sitze in den Librairien:
Notizen –, dann nach Aufschnitt laufen: –
das sind die Tage von Turin.

Indes Europas Edelfäule
an Pau, Bayreuth und Epsom sog,
umarmte er zwei Droschkengäule,
bis ihn sein Wirt nach Hause zog.

HANS J. FRÖHLICH
SPRECHEN DURCH EINE MASKE

Nicht die im Titel (und in der zweiten Strophe) genannte Stadt wird angedichtet, nicht der Süden, der »ligurische Komplex« durch einen Ortsnamen beschworen. Turin ist eine Chiffre, sie steht für Nietzsches gezählte Tage in dieser Stadt nach seinem Herzen, für seinen körperlichen und geistigen Zusammenbruch im Januar 1889.
Benn hat dieses Gedicht, zusammen mit den berühmten »Sils-Maria«-Versen, in seinem März 1936 veröffentlichten Band »Ausgewählte Gedichte« aufgenommen, der ihm die unflätigsten Angriffe im »Schwarzen Korps« eintrug. Er berichtet darüber im »Doppelleben«. Auf Anweisung der NS-Zensur mußte die Sammlung für eine zweite Ausgabe im Mai 36 »gereinigt« werden. 1938 erhielt Benn Schreibverbot und wurde aus der Reichsschrifttumskammer ausgeschlossen.
Das Gedicht »Turin« gehörte offenbar nicht zu den beanstandeten Texten, obwohl es einem Sakrileg gleichkommen mußte, den von den Nazis zu ihren »Ahnen« idolisierten Nietzsche, auch wenn sein Name nicht genannt wird, als »Weltgenie« zu apostrophieren, was schon fast nach Internationalismus klingt. Noch weniger Zustimmung dürfte es eigentlich gefunden haben, daß Benn in seinem Gedicht ausgerechnet an den schwächsten Moment dieses den Übermenschen predigenden Philosophen erinnert: an jene dem Zusammenbruch vorausgegangene rührend-sentimentale Episode auf der Piazza Carlo Alberto,

wo Nietzsche am 3. Januar 1889 Zeuge wird, wie ein Kutscher sein altersschwaches Pferd brutal mißhandelt. Nietzsche, von Mitleid überwältigt, fällt dem Tier schluchzend um den Hals und bricht dann zusammen. Overbeck bringt eine Woche später seinen Freund nach Basel in die Nervenklinik. Am 13. Januar trifft Nietzsches Mutter in Basel ein und überführt ihn in die Irrenanstalt zu Jena.

Benn stellt in seinem Gedicht die bekannten Vorgänge gleichsam in umgekehrter Reihenfolge dar, wodurch die Kausalität zwar nicht aufgehoben, aber verschleiert ist. Nach dem Zitat in der ersten Verszeile, dem in der zweiten und halben dritten Verfasser und Quellenangabe folgen, liest man das temporale ›dann‹ wie ein begründendes: als hätten ›sie‹ das Weltgenie aufgrund dieses letzten Briefes nach Jena geholt, wobei man an die Universität denkt, deren philosophische Fakultät später seine berüchtigte Schwester zum Doktor h.c. gemacht hat. Die Wirklichkeit freilich, wie man weiß, sah anders, schauriger aus. Um Psychiatrie auf Weltgenie zu reimen, brauchte Benn kein Lexikon. Dieses Reimpaar entsprang seiner Überzeugung, die er 1930 in dem Essay »Das Genieproblem« expliziert hatte.

Auf die Vorgeschichte, Nietzsches Zusammenbruch, der mit dem Schickeria-Treiben an europäischen Modeorten in zeitliche Koinzidenz gebracht wird, spielt das Gedicht erst in der vorletzten Zeile an: ›umarmte er zwei Droschkengäule‹. Doch wieso verdoppelt Benn die Pferdestärke? Ein Plural des Reimes wegen?

Die irritierende Mittelstrophe, wo plötzlich in der ersten Person referiert wird, allerdings – und darum irritierend – ohne Anführungszeichen (im Unterschied zu dem als Zitat gekennzeichneten Eingangsvers), legt die Deutung nahe, daß dieses Ich ein anderes als das des Briefschreibers ist, ein zweites Ich, das sich die Tage von Turin durchaus nicht glücklich, wie Nietzsche sie seinen Freunden schildert, sondern arm, verzweifelt und gehetzt ›nach Aufschnitt laufen‹ vorstellt, daß dieses Ich nicht über, von oder als Nietzsche spricht, sondern als exemplarische Künstlergestalt, als Mensch, »ohne moralischen und philosophischen Inhalt, der den Form- und Ausdrucksprinzipien lebt«. Also nicht Identifikation, sondern Sprechen durch eine Maske, aber von Ich und »Ich«. Die scheinbar willkürliche Verdoppelung in der vorletzten Zeile konkretisiert dieses Aufspalten einer Persönlichkeit in einem Bild, das zur Metapher für Benns Existenzmodell wird: dem »Doppelleben«.

Ich ahne nicht, ob Benn »Turin« zu jenen sechs oder acht vollendeten Gedichten gezählt hat, die, wie er meinte, ein Lyriker unserer Zeit überhaupt nur hinterlassen könne. Doch ist es – und nicht nur von denen, die auf Nietzsches Lebensumstände anspielen oder ihn mal offener, mal versteckter zitieren – für mich eines der persönlichsten Gedichte Gottfried Benns und in seinem Werk eines der ganz zentralen.

GOTTFRIED BENN
VON BREMENS SCHWESTERSTADT
BIS SILS MARIA

von Bremens Schwesterstadt
bis Sils Maria –
ich hab das Alles satt,
die Vita mia,

weiß Gott, ich weiß nicht mehr,
was ich geschrieben,
ein Zug von d'outremer
hat mich getrieben,

doch jetzt kein Hafenglück,
man kehrt nicht wieder,
man sieht aufs Meer zurück
und senkt die Lider.

HERMANN KUNISCH
SCHMERZLICHES BEKENNTNIS

Keins der »abgeschlossenen, hinterlassungsfähigen Gebilde«, denen Benn zumutete, »Immortalität« über »versunkenen Metropolen und zerfallenden Imperien« zu verwirklichen, keines jener »artistischen« Gedichte, die »innerhalb des allgemeinen Verfalls der Inhalte sich selber als Inhalt erleben«. Ein Briefgedicht: also Mitteilung, Bekenntnis als Inhalt, am 22. Februar 1951 an den Bremer Gönner und Vertrauten Wilhelm Oelze ohne jeden weiteren Zusatz geschickt.

In dem Ausdruck der Resignation, des Überdrusses an Leben und Arbeit ist dieses Gedicht verwandt mit den Versen der voraufgehenden Jahre: »Zerrissenheit, Unsicherheit, ja Haltlosigkeit ... nur problematisch u. fragmentarisch«. Sie erschienen als »Fragmente« 1951 in einem schmalen Heft. Warum es in keine seiner Gedichtsammlungen, auch nicht in die endgültige Ausgabe der »Gedichte« von 1956 aufgenommen wurde, ist schwer zu entscheiden. Vielleicht weil Benn sich seiner nicht mehr erinnerte (es besteht keine zweite Abschrift), vielleicht auch, weil er es für zu augenblicklich, zu wenig durchgeformt hielt. Aber es ist dennoch anziehend und von reizvoller Eigenart: ein unvergeßlicher Klang bleibt einem im Ohr schon nach dem ersten Lesen; bezaubernd der kaum merkliche Übergang von dem nonchalanten Parlando der ersten Zeilen in den dunklen Verzicht des Schlusses.

Was ist das? Augenblickliche Mitteilung seiner Not einem

Eingeweihten gegenüber; ein der Öffentlichkeit verborgen bleibender Widerruf des sonst gegen eigene und fremde Infragestellung behaupteten Glaubens an das Überstehen aller Zweideutigkeit des persönlichen und geschichtlichen Daseins in der »letzten Transzendenz innerhalb des großen europäischen Nichts«, als welche die Kunst ist, die »Artistik«.
Unartistisch, ganz persönlich die Anfangszeilen mit der noblen Geste dem Bremer Freund gegenüber, wenn er Berlin »Bremens Schwesterstadt« nennt. Dann die berlinisch saloppe Absage an sein bisheriges Dasein und Arbeiten: »Ich hab das Alles satt, die Vita mia«. Er will das alles nicht mehr wahrhaben: von Berlin bis Sils Maria, von Benn bis Nietzsche, das heißt, sein Schreiben und Dichten, das von dem »Artisten-Evangelium« Nietzsches, dem »Olymp des Scheins«, dem Primat der Form vor dem Inhalt bestimmt war. Dieses Eingeständnis widerruft sein bisheriges Werk und die Sicherheit, die ihm einmal aus dem Vermächtnis des Einsamen von Sils Maria gekommen war, den Gewinn langer Jahre, den Glauben an die Kunst, die aus ihm erwachsenen bleibenden Gebilde, die »Statuen«, in denen die Saat unendlicher Mühsal (»Ein Gedicht entsteht überhaupt sehr selten – ein Gedicht wird gemacht.«) endgültig geborgen ist.
Unser Gedicht ist die bittere Verleugnung dessen, von dem er im letzten weiß, daß es dennoch bestehenbleibt, und daß er es wird nicht aufgeben können. Der Grund für solche sich selbst widerlegende Absage an das ihm Eigenste, die Kunst, war die Furcht, die sein ganzes Leben bis in das schwere Ende bestimmte: er würde sich einmal begnügen, der Härte, dem Dunkel ausweichen, ein »Hafenglück« suchen, »aus seiner Mördergrube ein Herz

machen«, nachdem er ein Leben lang »aus seinem Herzen eine Mördergrube gemacht« habe. So lautet eines seiner letzten Worte.

Was er im Augenblick dieses Gedichts noch für möglich hält, ist die trauernde Rückwendung zu dem *d'outremer*, dem Drüben, aus dem der Trieb zum Gestalten gekommen war, und das müde Senken der Lider. Nichts mehr; kein Glück, kein »Glaube an Form und Tat«. Schmerzliches Bekenntnis eines großen Künstlers, dessen unabweislicher Drang zum Gestalten des Bleibenden immer wieder in Zweifel und Trauer mündet: »Ich sehe in ein fernes Land, wo die Schatten weinen.«

GOTTFRIED BENN
WAS SCHLIMM IST

Wenn man kein Englisch kann,
von einem guten englischen Kriminalroman zu hören,
der nicht ins Deutsche übersetzt ist.

Bei Hitze ein Bier sehn,
das man nicht bezahlen kann.

Einen neuen Gedanken haben,
den man nicht in einen Hölderlinvers einwickeln kann,
wie es die Professoren tun.

Nachts auf Reisen Wellen schlagen hören
und sich sagen, daß sie das immer tun.

Sehr schlimm: eingeladen sein,
wenn zu Hause die Räume stiller,
der Café besser
und keine Unterhaltung nötig ist.

Am schlimmsten:
nicht im Sommer sterben,
wenn alles hell ist
und die Erde für Spaten leicht.

WERNER ROSS
BIER LYRISCH

Wein ist Poesie, Bier Prosa, das ist der alte Brauch. Wenn der Dichter ihn durchbricht, steigt er von seinem Sockel, macht sich mit dem kleinen Mann gemein, für den ein Glas Bier im Sommer, goldgelb und blütenweiß, durchaus etwas Hochpoetisches hat. Wie alles Poetische steigert es seinen Wert dadurch, daß man es nicht bekommen, in diesem Falle: nicht bezahlen kann. Geldnot ist womöglich noch lyrikferner als Bier; aber der Arme-Leute-Doktor Benn, der die Berliner Kneipen und ihre Insassen liebte, konnte sich leicht hineinversetzen, hatte selbst auch akut daran gelitten. Da gewinnt Bier bei Hitze den Schimmer einer großen Vision.

Die anderen Übel, die das Gedicht aufzählt, betreffen weniger den Berliner Kneipeneinsitzer als den neugierigen Leser und abenteuernden Denker Benn. Gemeinsam ist ihnen das Tantalische: da sind greifbar das Bier, der Krimi, der gute Kaffee, die Stille des Zimmers, aber dem Zugreifenden entziehen sie sich. Auch der neue Gedanke ist ein solcher neckender Kobold: man muß ihn in der Falle der Formulierung fangen, kann ihn nicht kaufen und einwickeln lassen im Altwarengeschäft für abgelegte Lyrik, auch nicht neu aufgebügelt bei der Wissenschaft. Die nächtlichen Wellen schließlich, kein Fehlen, sondern ein Zuviel, deuten auf etwas Verschwiegenes hin: ihrem Immer entspricht das Nicht-Mehr, die Vergänglichkeit der Existenz.

Benn hat dieser Vergänglichkeitsmelodie gern die Dauer

der gestalteten Form gegenübergestellt. Von der, so scheint es, kann in diesem Gedicht nicht die Rede sein. Es kommt salopp und lässig daher, in Parlando-Manier, reiht Augenblickseinfälle, koppelt den Biertrinkerwunsch mit Ewigkeitsgedanken, den Krimi mit Hölderlin. Hier scheint nicht gemeißelt, eher umgangssprachlich geschlampt. Aber der erste Eindruck ist irrig; man muß durch vorgetäuschte Lässigkeit hindurch das Formgesetz aufspüren, das den Beliebigkeiten der Reihung die Struktur gibt.

Katalogpoesie, die Übel oder Güter reiht, ist so alt wie die Lyrik selbst. Sie mobilisiert den Wunschtraum wie den Angsttraum: zwei ursprüngliche Seelenlagen. Ihre Form findet sie schon bei den Griechen in dem, was die Literaturwissenschaftler Priamel nennen: einer Häufung, die beliebig weiterlaufen könnte, wenn sie nicht durch eine überraschende Schlußpointe abgebrochen oder abgerundet würde. Das Kunterbunt der Einzelzüge gehört zur Gattung: es nimmt der Aufzählung die Pedanterie.

Benn hat die Form gekannt oder neu entdeckt. Er gehorcht ihrem Rösselsprunggesetz. Bei jedem seiner Übel wird die Bühne gewechselt. Jedesmal wechselt die strophische Form, wechseln Verslänge und Rhythmus. Nur die beiden letzten Strophen ordnen sich – man könnte sagen: sonettartig – einem Parallelgesetz unter. Sie enthüllen zugleich – mit »sehr schlimm« und »am schlimmsten« – das Baugesetz des Gedichts, die Steigerung.

In der vorletzten Strophe wird noch einmal ein Überraschungseffekt angesteuert. »Sehr schlimm«, das wäre eigentlich, nach dem Vergänglichkeitsecho der Wellen, die von Benn oft beschworene Einsamkeit. Aber mit fast snobistischer Wendung wird aus Einsamkeit Eingeladensein, und das stille Zuhause erscheint im Vergleich dazu wie ein epikuräischer Lustort. Ausdrücklich wird die Metaphysik verlassen, zugunsten des guten Kaffees, der doch nur *eine* Stufe über dem Bier bei Hitze rangiert.

Erst aus dieser Unordnung, diesem dissonanten, auch im Rhythmus hart prosaischen Gepolter blüht die lyrische Melodie der letzten Strophe auf – als reine Entfaltung, als Lied. Wie bei den Vätern der modernen Musik, Hindemith oder Strawinsky, ist die Melodie dem Chaos schließlich abgerungen. Das Übel zieht sich zurück, hockt nur noch in dem kleinen »nicht«. Strahlend steigen aus allen Widrigkeiten die Schönheit der Erde, das Mitgefühl mit dem anderen, der die Grube gräbt, und tröstlich der leichte Tod. »Sommer«, »hell«, »leicht« sind die tragenden Töne dieser wunderschönen Todesstrophe.

GOTTFRIED BENN
WIRKLICHKEIT

Eine Wirklichkeit ist nicht vonnöten,
ja es gibt sie garnicht, wenn ein Mann
aus dem Urmotiv der Flairs und Flöten
seine Existenz beweisen kann.

Nicht Olympia oder Fleisch und Flieder
malte jener, welcher einst gemalt,
seine Trance, Kettenlieder
hatten ihn von innen angestrahlt.

Angekettet fuhr er die Galeere
tief im Schiffsbauch, Wasser sah er kaum,
Möwen, Sterne – nichts: aus eigener Schwere
unter Augenzwang entstand der Traum.

Als ihm graute, schuf er einen Fetisch,
als er litt, entstand die Pietà,
als er spielte, malte er den Teetisch,
doch es war kein Tee zum Trinken da.

MICHAEL ZELLER
WIRKLICHKEIT?

Benns Verse verherrlichen den Mann, als Mann und als Künstler. Sie tun das mit einer bedenkenlosen Sicherheit, die man heutzutage nicht mehr zu äußern wagt, die man gerade noch in einer starken schwachen Stunde zu bewundern sich getraut. Zu kritisch sieht man seine eigene Rolle als Sozialwesen Mann, zu plausibel sind die Forderungen engagierter Frauen nach Gleichberechtigung in jedem Sinn, als daß da noch der Rausch phallischer Allmacht sich ungebrochen feiern ließe. Aber die Minierarbeit des Bewußtseins, die Anstrengung zu gesellschaftlicher Sensibilität – sie bleiben gefährdet durch eine untergründige Sehnsucht nach dem, der seine Existenz nur durch sich selbst beweisen kann, der ohne Sozialversicherung und Bausparvertrag Werke schafft.

Diese Sehnsucht kann auch durch ein selbstauferlegtes Sprechverbot nicht weggenommen werden. Sie läßt sich nur verdrängen, und damit wächst sie sich zu einer unkontrollierbaren Gefahr aus: sie wird zur Angst und liefert sich dem politischen *Sex-Appeal* des »starken Mannes« ebenso wehrlos aus wie in der Unterhaltungsindustrie den Batman, Bronson, Wayne und Reinhold Messmer.

Die einzige Möglichkeit, daß sich Männlichkeit weder sozialfreundlich zurücknimmt noch dem unkontrollierbaren Machtrausch verfällt, sieht Benn im selbstinszenierten Spießrutenlauf des Künstlers, in der freiwillig auferlegten Askese des Malens, Schreibens, Komponierens, im Dienst an einer Form. Nur dort – im »Urmotiv der Flöten« – ist der Überschuß phallischer Kraft aufgehoben, in dem Sinn, daß sie zu sich selbst kommt und sich selbst begrenzt: Sie richtet ihre Energie nach innen, zerstörerisch und fruchtbar, wird zum Regisseur der Wirklichkeit an der Grenze zwischen Ich, Traum und Welt: »Aus eigener Schwere / unter Augenzwang entstand der Traum«. Dieser Mann hat keine Wirklichkeit zu fürchten, nur die jener »starken Männer«, die zu einer schwachen starken Stunde sich entschließen, »Politiker zu werden«. Dann kann es kommen, daß die »Kettenlieder« jenseits eines Stacheldrahtverhaus erklingen.

Doch Benn wäre kein großer Poet, wenn er die Apotheose des Mannes als Mann und als Künstler mit ebenjener Wirklichkeit, die doch gar nicht mehr »vonnöten« schien, nicht ins Handgemenge brächte. In der letzten Strophe setzt er den männlichen Machttraum auf den harten Boden der Tatsachen. In drei Zeilen wirft Benn dabei die Kulturgeschichte dessen, was man Abendland nennt, aus dem Ärmel, mit Grandezza »Teetisch« auf »Fetisch« reimend.

Der Kraftüberschuß des Mannes und die Kunstbemühung waren da in mythischen Vorzeiten und entluden sich in den Fetischen der Höhlenmalerei; das religiöse Zeitalter personifizierte das »Urmotiv der Flairs und Flöten« im leidenden Menschen, dem gestürzten Ikarus (»Pietà«), abgelöst von den ernsten Spielen eines Ästhetizismus, der kein metaphysisches Sinn-System mehr hinter sich wußte. Ob Phidias, Michelangelo, ob Cézanne – sie alle gaben die phallische Dämonie an Kunstwerke ab, unter »Augenzwang«, sie schufen Welten, die ihren Existenzbeweis in sich tragen. Sie formulieren Träume, die den Betrachter noch nach Jahrhunderten beschämen, und doch: die Mägen, ihre, unsere, blieben und bleiben leer dabei.

Mit berlinischer Schnoddrigkeit, die den westpreußischen Pastorensohn Benn zum Dichter machte, entläßt das Gedicht den Leser mit der Frage: »Was heißt 'n dann noch Wirklichkeit?«

GOTTFRIED BENN
WORTE

Allein: du mit den Worten
und das ist wirklich allein,
Clairons und Ehrenpforten
sind nicht in diesem Sein.

Du siehst ihnen in die Seele
nach Vor- und Urgesicht,
Jahre um Jahre – quäle
dich ab, du findest nicht.

Und drüben brennen die Leuchten
in sanftem Menschenhort,
von Lippen, rosigen, feuchten
perlt unbedenklich das Wort.

Nur deine Jahre vergilben
in einem anderen Sinn,
bis in die Träume: Silben –
doch schweigend gehst du hin.

ALBERT VON SCHIRNDING
DAS SIEGEN IST SACHE DER ANDEREN

Was sind Clairons? Als das Gedicht »Worte« erschien, im Herbst 1955 in dem schulheftschmalen Limes-Band »Aprèslude«, lernte ich es auswendig. Es kam mir nie mehr aus dem Sinn, aber erst jetzt habe ich die »Clairons« nachgeschlagen. Es handelt sich um Signalhörner, das akustische Zubehör zu den »Ehrenpforten«. Ich vermißte die Bedeutung nicht. Der französische Klang genügte: Wie der Titel von Gottfried Benns letzter Lyrikpublikation erinnerte er an die Vorliebe des Dichters für romanische Formenstrenge. Unter die Verse hatte ich Mallarmés Satz geschrieben: »Nachdem ich das Nichts gefunden hatte, fand ich die Schönheit.«

Die alte Weise: Noch einmal stimmte der in die Jahre gekommene Orpheus sie an; das Gedicht ist im März 1955, ein gutes Jahr vor Benns Tod, entstanden. Ein Gedicht über den Dichter, sein »Einsamer nie« und sein »Gegenglück«: den Geist. Nur daß hier vom siegessicheren Glauben an die Form, die aus Sprache gemeißelten Statuen, nichts übriggeblieben ist.

Das Siegen ist Sache der anderen, denen zu Fanfarenklängen die Triumphbögen dieser Welt errichtet werden. Wer mit den Worten allein ist, gehört auf die Verliererseite. Der Kampf des Künstlers mit seinem Material endet mit dem wiederholten Eingeständnis des Scheiterns: Kein Fund belohnt die qualvolle Suche nach sprachlicher Gestaltung der inneren Bilder (»Vor- und Urgesicht«), die Spur des dem Wort Verschriebenen mündet ins Schweigen.

Und wieder und noch einmal der Blick nach drüben zu den Glücklichen, die sich der Sprache lediglich als Kommunikationsmittel bedienen, unbekümmert um den Ausdruckswert von Silben, die den Dichter bis in seine Träume verfolgen. Die dritte Strophe imaginiert eine Sommernacht in der Großstadt: auf dem Nachbarbalkon eine kleine Gesellschaft, bei Wein und Kerzenschein die Stunden verplaudernd.

Nur deine Jahre vergilben / in einem anderen Sinn: Das klingt wie die Quintessenz des Vortrags, den Benn eineinhalb Jahre vor der Niederschrift des Gedichts in München gehalten hatte und dem der achtzehnjährige Student lauschte, als ginge es um die zentrale Frage seines Lebens: »Altern als Problem für Künstler«. Wir alle waren Bennberauscht, Benn-süchtig, bis in unsere Träume verfolgt von den Strophen und Reimen des Dichters. Den Inhalt des Vortrags hatte ich bald vergessen; was sich einprägte, unverlierbar, waren Rhythmus und Melodie der Sätze und Satzsequenzen. Und ebenso übertönt die Melodie dieses Gedichts, dieser das Glück des Wortefindens aufhebenden, in Vergeblichkeit und Verstummen zurücknehmenden »Worte« nun schon seit vier Jahrzehnten seine inhaltliche Botschaft.

HERMANN BROCH
DIEJENIGEN, DIE IM KALTEN SCHWEISS

Diejenigen, die im kalten Schweiß der Hinrichtung
täglich, nächtlich erbleichten,
die höllenhaft Fiebernden
hätten heute ein Recht zu singen,
und wenn sie es täten,
sie täten es in fürchterlich neuer Sprache,
in der kein Wort dem andern
mehr ähnelt.

Aber sie schweigen; sie tragen
den Knebel des Schicksals
weiter in ihren Mündern zwischen den
schmerzenden Kiefern,
denn was sie zu sagen hätten wäre uns
stumm, ein schrilles Glucksen der Zerstörung;
darum hat uns, die wir es hören müßten,
das Schicksal die Ohren verstopft.

Wir starren sie an, sie starren uns an:
die Augen, die ihren, die unsern,
vermögen noch zu blicken
und sich vorzulügen,
daß sie die Menschengestalt sehen.

Wehe, wenn einer spricht.

PAUL MICHAEL LÜTZELER
DIE SPRACHE DER OPFER

New York 1940: Zwei Jahre war es her, daß Broch – trotz anfänglicher Haft – aus dem anschlußberauschten Wien nach England und wenige Monate später in die Vereinigten Staaten entkommen konnte. Über die Todesängste und die Verzweiflung, die ihn während seiner Gefängniszeit und der Fluchtvorbereitung überkamen, hat er nur in Andeutungen berichtet, aber sein gesamtes Exilwerk ist indirekter und direkter Ausdruck davon, sich dieser Ängste und – das vor allem – ihrer Ursachen zu erwehren.
Dieses Gedicht entstand Jahre vor Auschwitz und spricht doch schon vom Holocaust. Broch hatte seit 1933 vorausgesehen, worauf Hitlers Politik hinauslief. Das zeigen nicht nur seine Briefe, sondern auch sein Roman *Die Verzauberung* (1935) und seine *Völkerbund-Resolution* (1936/37). Seit Mitte der dreißiger Jahre befand er sich in dem Dilemma, als Schriftsteller zu erkennen, daß Literatur und Kunst unangemessene Mittel im Kampf gegen den Hitlerismus waren (daher seine zahlreichen Arbeiten zur Theorie der Demokratie, zum Massenwahn des Faschismus, zu den Menschenrechten). Aber gleichzeitig weiß er, daß nur die dichterische Sprache in der Lage wäre, den Schmerz, die Verzweiflung, das bisher ganz unvorstellbare Grauen in Hitlers Kerkern und Konzentrationslagern auszudrücken. Nur in der authentischen Sprache der Dichtung vermag man – mit Broch zu sprechen – die »neuen Realitäten« zu artikulieren, Realitäten, denen mit

zweckrationalen Sprachmitteln (etwa denen der Wissenschaft) nicht beizukommen ist.

Doch gelangt auch die Dichtung angesichts des Terrors und des Mords der Hitlerzeit an die Grenzen ihrer Möglichkeiten. *Aber sie schweigen:* die Ängste und Qualen der Hingerichteten können von den Lebenden oder den Überlebenden niemals vermittelt werden. Brochs Gedicht erinnert an die Opfer. Er sucht nicht, das Unsagbare ihrer Leiden sprachlich »angemessen« zum Ausdruck zu bringen. Das *Wehe, wenn einer spricht* am Schluß ist doppelsinnig: es bezieht sich auf die Opfer, deren Sprache den Lebenden unerträglich wäre, aber es meint auch die Versuche der Überlebenden, die Leiden der Opfer dichterisch erfaßbar zu machen. Seinen eigenen Todesängsten hat Broch im Roman *Tod des Vergil* Ausdruck verliehen, aber er hätte es als vermessen bezeichnet, die Sprache der hingerichteten Opfer sprechen zu wollen. Dantes *Inferno* ist Literatur einer vergangenen Zeit. Anspielungen darauf in diesem Gedicht wie auch im *Tod des Vergil* vermögen nicht annähernd zu verdeutlichen, was eine Sprache ist, *in der kein Wort dem andern / mehr ähnelt*.

Es ist wohl nur Paul Celan gelungen, die Stimmen der Toten des Holocaust zu hören und eine Ahnung ihrer *fürchterlich neuen Sprache* zu vermitteln. Wer sich darauf mit seiner ganzen Existenz einläßt, wird zum Grenzgänger zwischen Tod und Leben, steht in der ständigen Gefahr, *sich vorlügen* zu müssen, den Menschen noch in *Menschengestalt* zu sehen.

HERMANN BROCH
KULINARISCHES LIEBESLIED

Weißt du's noch? damals aßen wir
zart-jungen Mais
mit Butter; die Spitzen waren weich
und die Kolben ganz weiß.

Weißt du's noch? damals aßen wir
Shishkebab mit Reis,
und nachher verlangtest du
Himbeereis.

Weißt du's noch? damals aßen wir
indianische Götterspeis
voller Curry, und wir tranken und tranken,
und die Welt glühte heiß.

Weißt du's noch? damals aßen wir
in laut-festlichem Kreis –
war's Geburtstag? war's Hochzeit?
im Herzen war's leis.

Oh, ich weiß, ich weiß:
wen's freut den andern essen zu sehn,
des Liebe wird täglich und nächtlich aufs neue erstehn
und nimmer vergehn.

Für L. L. 1947

HEINZ POLITZER
DAMENFÜTTERER

»Hier sitzt mit seiner Allerschönsten ein Verliebter beim Souper«, singt der Ochs im »Rosenkavalier« und obwohl er selbst ein barocker Grobian und sein Gegenüber ein junger Herr aus gutem Haus ist, gehört er doch – zumindest der Absicht nach – der uralten Sekte der Damenfütterer an.

Kulturmorphologisch blühten die Damenfütterer in den *belles époques*. Noch um die Jahrhundertwende waren die *chambres séparées* die Schauplätze der Damenfütterung, das *cabinet particulier* etwa, in dem in Schnitzlers »Reigen« der Ehemann mit dem süßen Mädel sein Stelldichein zelebriert. Einer doppelten Moral diente der Liebesakt der Fütterung als Vorspeise. Im Alkoven stand, wie im dritten Aufzug des »Rosenkavalier«, kaum verborgen das Bett.

In den Hungersnöten des Ersten Weltkriegs starben auch die Damenfütterer dahin. Das Gedicht Hermann Brochs ruft sie wiederum herauf: in der verklärten Gestalt der Erinnerung.

Nicht um die Verführung eines Mädels, sei es so süß wie immer, geht es in diesen Versen, sondern um einen geliebten Menschen, dem der Liebende jeden Herzenswunsch, auch den des Magens, von den Augen abliest und auf dem Tischlein-deck-dich seiner Phantasie aufs freigiebigste erfüllt.

Das Gedicht ist im Exil geschrieben: zu Hause hieße der zarte Mais Kukuruz und das Schischkabab schriebe sich

anders. So exotisch ist die Küche, aus der hier mit Geisterhand serviert wird, daß sich das indische Curry-Gericht in eine indianische Götterspeis verwandelt und nur das zeilenfüllende Himbeereis den heimatlichen Klang behält.
Die Fütterung, die hier das lyrische Ich einem wählerisch-geliebten Du bereitet, ist an kein *cabinet particulier* gebunden. Freunde haben sich eingestellt, Mitfütterer und Mitgefütterte. Freude- und auch sonst trunken sind sie alle Brüder. Der festliche Anlaß ist vergessen, nicht aber die Gelegenheit, die durch alle die Jahre weitergeschwungen ist, bis sie sich in den Worten artikuliert, die um dieses Ich und Du eine Minnegrotte ganz aus Lieblingsspeisen bilden: »im Herzen war's leis«. Die Verbindlichkeit dieser Liebeserklärung wird nur durch ihre Diskretion übertroffen. Sie vergeht erst mit der Erinnerung, der sie sich anvertraut hat und die sie im Gedicht bewahrt.
Die Stille im Herzen, in *Beider* Herzen, ist so spielerisch wie sie anspielungsreich ist. Das Menü ist zur privaten Mythologie avanciert. Und dennoch hängt Abschied, ein Nicht-mehr-wieder, ein Vorbei und Ade über dieser Zeitlosigkeit, die sich nicht mehr zu erinnern vermag, ob's der Geburtstag war, die Hochzeit oder sonst ein Anlaß, dem die solenne Mahlzeit galt. Der letzte Tropfen im Glas ist bitter: Zwei Jahre vor der Niederschrift dieses »Liebeslieds« war der »Tod des Virgil« erschienen.
Die Form des Gedichtes ist streng, sozusagen ritualisiert. Aus der Gegenwart: »Weißt du's noch?« wird fünfmal die Vergangenheit beschworen: »damals aßen wir«. Die dritten Zeilen bleiben – mit Ausnahme der letzten Strophe – ungereimt; die zweiten und vierten Zeilen des Gedichts reimen auf das »Ich weiß, ich weiß« des Endes. So findet die Initialfrage »Weißt du's noch?« ihre Antwort.

Findet sie Antwort? Das lyrische Ich antwortet sich selber, während das wählerisch-geliebte Du schweigt, offenbar in die Erinnerung an den gewesenen Genuß versunken. Die drei letzten Zeilen sprechen, untereinander gereimt, aus, was die Speisekarte vorher angedeutet hatte, sie sprechen von der Liebe, zu deutlich und feierlich vielleicht (das »des«, das die vorletzte Reihe einleitet, besitzt geradezu den Ton des Psalmisten), und sind doch nötig, weil die tägliche und nächtliche Auferstehung dieser Liebe nicht die Nachspeise darstellt, die ein Genießer zu sich nimmt, sondern die Lust an jener Nahrung des Lebens, die nur demjenigen zuteil wird, der imstand ist, sie zu teilen.

ALBERT EHRENSTEIN
DU MUSST ZUR RUH

Wird dir sogar die Liebe zu fad,
Alpen, Wälder und das blaue Meer:
Willst du nur Ruh –
Deckt dich der alte Himmel
Mit der großen Tuchent zu
Und du bist stad.

PETER ENGEL
GRABSCHRIFT MIT HEIMATWÖRTERN

Am Ende eines trostlosen Briefes vom 10. November 1947 teilt Albert Ehrenstein, der einmal ein Wortführer des literarischen Expressionismus gewesen war und nun bettelarm und krank im New Yorker Exil lebte, einer alten Freundin im zerstörten Nachkriegsdeutschland mit: »Da ich Dir leider keine deutschsprachigen Bücher schicken kann, schreib ich ein, zwei, drei hier entstandene Gedichte auf die nächste Schmalseite.« Er muß da schon vergessen oder verdrängt haben, daß er die etwas zittrig notierten sechs Zeilen von »Du mußt zur Ruh« mehr als 14 Jahre zuvor in der ersten Phase seiner Schweizer Emigrationsjahre verfaßt und sogar in einer Zeitung seiner Heimatstadt Wien veröffentlicht hatte, wo er in kärglichem jüdischen Milieu am 23. Dezember 1886 geboren worden war.

Diese fast dürftig erscheinenden Zeilen stellen die komprimierteste Form jener grabschriftartigen Gedichte dar, von denen sich mehrere im lyrischen Werk Ehrensteins finden. Das Motiv des antizipierten eigenen Todes ist zentral in seinem Schaffen und begegnet schon im Erstlingsband »Die weiße Zeit« von 1914 – der Autor ist da ganze achtundzwanzig Jahre alt. Das darin enthaltene Gedicht »Leid« mit den einprägsamen Eingangszeilen »Wie bin ich vorgespannt/den Kohlenwagen meiner Trauer!« endet mit der Traumvision, wie aus dem eigenen Totenschädel Gras schießt und der Kopf »aus schwarzer Erde« ist.

Nachdem der Autor am 8. April 1950 in einem New Yorker Armenspital vom Dahindämmern seiner letzten Tage erlöst worden war, sagte Kurt Pinthus, der Mentor der Expressionisten, bei der Trauerfeier, Ehrenstein habe die »leidvollsten Verse deutscher Dichtung« geschrieben. Er dürfte dabei vor allem an jene todessüchtigen Gedichte gedacht haben, die wie selbstverfaßte Epitaphien anmuten und von denen »Du mußt zur Ruh« das letzte gültige Beispiel ist. Nichts mehr von Pathetik und polemischer Überspitzung, die bei ihm immer eine gewisse Gefahr waren, nichts mehr vom stark entwickelten Selbstmitleid, das manche seiner Zeilen schwer erträglich macht. Auch die Melancholie, die Ehrenstein in der schwärzesten Einfärbung im Wappen führte, ist in dem späten Text einer Schicksalsergebenheit ohne Klageton gewichen.
Das stückweise Sterben mitten im Leben, das Gefühl, eigentlich schon längst tot zu sein, hat den Dichter von früh auf verstört, hat auch die Texte des streitbaren Pazifisten und Aktivisten, des später von seinen sozialistischen Überzeugungen Enttäuschten immer grundiert. »Ich starb vor vielen Jahren schon,/Meine Leiche lebt noch, schwer und leer«, heißt es in einem Gedicht von 1919. Die Zweifel am eigenen Lebendigsein, das tiefwurzelnde Mißtrauen der eigenen Existenz gegenüber verschärften sich noch, als der Autor, der schon 1932 von Berlin in die Schweiz gegangen war, nach der »Machtergreifung« der Nazis seine literarischen Auftraggeber in Deutschland und seinen Freundeskreis verlor.
Da saß er nun in Brissago am Lago Maggiore in dem Häuschen eines Mäzens, um sich eine der schönsten Ferienlandschaften, aber fast mittellos und vereinsamt. Da mochte ihm der Gedanke an Liebe, die sein misanthropi-

sches Gemüt so selten aufgehellt hatte, schon fad vorkommen. Stärker als je mochte er da an die Ruhe denken, die unter dem alten Himmel einer längst verlorenen Wiener Kindheit in all den kleinbürgerlichen Schrecknissen schließlich das abendliche Zudecken mit der großen Tuchent, wie man in Österreich die Bettdecke nennt, bedeutet hatte.

Da tuschte er all diese Dinge mit breitem Pinsel hin, wie er es bei seinen Übersetzungen der alten Chinesen gelernt hatte, die Alpenberge, die Wälder und das blaue Meer, darüber den Kindheitshimmel wie eine große weiße Bettdecke, alles ganz einfach und wie selbstverständlich. Und da stand dann im fernen Exil plötzlich das heimatliche Wiener Idiom wieder zur Verfügung, das lebenslang empfundene Gefühl der Fadheit, die große Tuchent und das Wort »stad«, worauf die schon ruhig gewordenen Zeilen wie auf ein Ziel zulaufen. Es war nur eine erschriebene Ruhe, denn noch war er nicht stad, nicht so ruhiggestellt, wie es auf dieser umtriebigen Erde nur möglich ist – in die ganz große Ruhe wurde er erst 17 Jahre später heimgeholt.

MAX HERRMANN-NEISSE
DER ZAUBERKÜNSTLER

Er ist sehr traurig. Alle Dinge laufen
nach seinem Wink und Willen – und dies ist
doch nur ein sinnlos Spiel und eitel List
und heißt, sein Kind- und Dichter-Sein verkaufen!

Es kann ihn nie ein Seltsam überraschen,
denn alles hält er stets in seiner Hand:
er reiht die Sterne auf ein buntes Band
und holt sich Sonn und Mond aus seinen Taschen.

Und bleibt sehr traurig: denn vor ihm steht ja
das Sein enthüllt und reizlos ungeschminkt,
und ist für ihn nie mehr ein Wunder da.

Er weiß, wie alles lügenhaft sich baut
und nichts bleibt, wenn zuletzt der Vorhang sinkt,
als ein Gehirn, dem vor sich selber graut.

LUDWIG HARIG
SPIEL UND LIST

Ich glaube nicht an Wunder, jene schon von Nietzsche geschmähte »Aufeinanderfolge von Gegensätzen«, die der Fromme staunend für plötzliche Einwirkungen übernatürlicher Kräfte hält –, doch ich liebe den Zauber, dieses spielerische Verschwinden des Seins im schönen Schein der Kunst, dieses »große Stimulans des Lebens«.

Der Taschenspieler im Zirkus beherrscht das Zauberwesen am augenfälligsten. Noch vor dem Seiltänzer und dem Jongleur, dem Luft- und Bodenakrobaten genießt der Zauberkünstler die größte Hochachtung bei Kindern und kindlich gebliebenen Erwachsenen: Mit seinen besonderen Tricks der Augentäuschung dominiert er über vordergründige Äquilibristik und erntet den Applaus derer, die bereit sind, sich verlocken, verführen, verwandeln zu lassen.

Doch diese Kunst, klagt der expressionistische Dichter Max Herrmann-Neisse in seinem Sonett, sei nur Spiel und List, erlernte, vervollkommnete, schließlich äußerst perfektionierte Geschicklichkeit, im Grunde sei sie bedeutungslos und vergeblich. Sie verliere ihren Reiz während wohlkalkulierter Abläufe, lasse weder Überraschendes noch Außergewöhnliches zu, entbehre jeder schöpferischen Spontaneität. Der vielbeklatschte Taschenspieler habe es am Ende so weit gebracht, daß ihm die wirkliche Welt, durch seine Kunststücke entzaubert, hüllen- und reizlos vor Augen liege. Nie mehr könne ihm ein Wunder

geschehen, bedauert er im Gedicht, womit er den Anschein erweckt, vor der perfekten Beherrschung seiner Zauberkunst hätte es auch für ihn Wunder gegeben.
Max Herrmann-Neisse ist der Dichter im Frack des Hexenmeisters, den Zauberstab schwingend, als kündige er sensationelle Verwandlungen an. »Die Akrobatik mit ihrem Selbstgewinn ist die größte Versuchung des Menschen«: Fintenreich folgt er Bellachini, dem berühmtesten Taschenspieler seiner Zeit; balancierend auf Ideen statt auf Fuß- und Fingerspitzen, stellt er die wirkliche Welt auf den Kopf. Sein Credo klingt wehmütig, in zweiflerischer Melancholie fast tragisch. Allerdings kokettiert er mit der Unbefangenheit des Kindlichen und tut so, als nähere sich der Künstler in der Absichtslosigkeit seiner schöpferischen Akte dem Wahrsager, als liebäugele der Dichter mit dem Seher. In Wahrheit aber entlarvt er das Getue des Propheten als bodenlosen Hokuspokus.
Der Dichter bekennt sich zu seiner Kunst des Schreibens, die mit Spiel und List dem Sein die höhere Glaubwürdigkeit streitig macht. Im schönen Schein rettet er den Sinn, der dem wirklichen Leben fehlt. Entsetzt vor den Ausgeburten des eigenen Hirns, gibt er sich als brillanten Konstrukteur zu erkennen, wohl wissend, »wie alles lügenhaft sich baut«. Es sind die Balancierstangen und Sprungnetze aus Wörtern, aber auch die Seezeichen und Leuchttürme der Poesie, die der Dichter sich ausdenkt und kunstvoll zusammenfügt.
Friedrich Nietzsche, dieser Art von Sprachzauber nicht abhold, beschreibt im »Zarathustra« den alten Zauberer mit der Harfe, »herumsteigend auf lügnerischen Wort-Brücken, auf bunten Regenbogen, zwischen falschen Himmeln und falschen Erden, herumschweifend, herum-

schwebend, – nur Narr! nur Dichter!« Mit allerlei Kunststücken zwischen den Welten operierend, nennt er sich einen windigen Gesellen –, entzieht aber zugleich dem selbstgerechten Realisten den Boden unter den Füßen.

MAX HERRMANN-NEISSE
DIE BEIDEN BUCKLIGEN

Da ich dein Hüglein als besternt erkannte,
war deine Häßlichkeit so abgetan
wie meine, als dein Mund mich Bruder nannte,
band aneinander uns der Freundschaftswahn.

Das schmale seidne Mädchen dort drüben,
noch eben schien es mir des Lebens Sinn,
ist nicht mehr wichtig, und verdächtig trüben
die Blicke sich der jungen Tänzerin.

Es tanzt mit deinem innigst mein Gedanke,
der Zigarettenrauch umspinnt uns blau
mit einer Zaubergrotte, und die schlanke
Gestalt verweht der blassen Liebesfrau.

Sie alle sind mit Namen nicht zu nennen,
nicht mehr zu kennen, die ich einst begehrt,
und müssen so versinken und verbrennen,
daß auch ihr Schatten nicht mehr wiederkehrt.

Nichts wiederkehrt, was Paradies ich nannte,
du weißt nichts mehr vom Kranz im Mädchenhaar.
Als eine Qual des andern Qual erkannte,
wurden zwei Häßliche ein Liebespaar.

SIBYLLE WIRSING
ES TANZT MIT DEINEM INNIGST MEIN GEDANKE

Die Schwerbeschädigten kommen auf den Bildern nach 1919 von der Front und begegnen den Bonzen daheim. Die eine Kaste ist verkrüppelt, und die andere erscheint entmenscht. Der kleinwüchsige, feingliedrige, schiefschultrige und kahlköpfige Literat Max Herrmann-Neiße, der zur Ikonografie der zwanziger Jahre dazugehört, wurde von den Malern und Zeichnern fromm interpretiert: als ein Mensch mit seinem Kreuz.

Das Gedicht »Die beiden Buckligen« von 1925 stimmt mit der Deutung überein, ohne dem Expressionismus zu folgen. Statt dessen legt es Wert auf das gepflegte Äußere, die ebenmäßige Bildung und den passenden Reimschmuck: weiblich und männlich in ständigem Wechsel. Aber die Konvention schnürt den Verfasser nicht ein. Sie gelingt ihm so leicht, und er dient ihr so ungezwungen, als wäre sie seine zweite Natur. Gelegentlich erlaubt er sich durch die Verschleifung zweier Zeilen sogar einen freien Atemzug, der das steife Muster belächelt. Die Vernetzung, das Enjambement, das von der Verslehre als ein Modernismus veranschlagt wird, findet gleich in der ersten Strophe an der Stelle statt, an der die Ichperson den Zeilenstopp überfährt, um mit ihrem Doppelgänger nahtlos aufzuschließen: der eine Graus mit dem ebenbürtigen anderen Graus.

Das Gebrechen läßt sich nicht wegdiskutieren, sondern nur humanisieren. Statt einen Buckel oder Klumpfuß mit dem Satan in Verbindung zu bringen, wie im Mittelalter üblich, kann man sie dem Betroffenen auch als eine höhere Fügung zugute halten. Das Hüglein, das obendrein noch besternt ist, erinnert an die Geschichte von dem buckligen Kind, das in seinem Höcker wie in einem Tornister ein zusammengefaltetes Flügelpaar trägt, reisefertig für die Himmelfahrt, wie sie den schlesischen Dichtern vorschwebte, zu denen auch Max Herrmann aus Neiße gehörte. Trotzdem ist die Szene, die er skizziert, modern: eine Bar, zwei kleine Zigarettenraucher und in ihrem dunstigen Blickfeld eine Tänzerin.

Die Verdopplung bewirkt die Karikatur. Für sich allein wäre der Häßliche im Bann der Liebesfrau, die ihm vorschwebt, ein tragischer Fall. Aber von ihm ist nicht die Rede, sondern von dem Nischenpaar, das die beiden Herren in der Absicht bilden, der Welt den Rücken zu kehren. Fragt sich nur, ob die Zweisamkeit die Einsamkeit aufhebt. Besiegt das Pedant die Ächtung, in der das Ich schmachtet wie je ein Outcast in seiner Physis? Aus ihr heraus ließ Shakespeare den Herzog Gloster (nachmals König »Richard der Dritte«) monologisieren, und an sie hin wendete sich Tucholskys »Joebbels«-Couplet von 1931: »Du hast'n Buckel, Mensch – du bist nicht richtich!«, böse Worte, die von einem zerbrechlichen Dichter zuviel verlangt sind. Lieber begütigt er das Leid, auch wenn der Bruder, mit dem er es teilt, vermutlich nur sein Spiegelbild ist, das ihn anschaut. Desto verlassener wird er zurückbleiben, wenn der Rauch und der Wahn verfliegen.

Innerhalb der Poesie-Konvolute, die Max Herrmann-Neißes Witwe aus dem Londoner Exil in das Literaturarchiv nach Marbach überführt hat, gehört das Gedicht von den beiden Buckligen auf die sanfte Seite. Andererseits wird die erotische Obsession mit ihren Plagen thematisiert. Die

Geilheit wird in Gestalt skandalöser Weiber gezüchtigt, aber auch das Kondom besungen, das den Liebesdrang vom Zeugungszwang befreit. Der Lyriker läßt die Scheu fahren. Soll der Teufel sie holen. Sie ist ihm bis auf die gesitteten Formen entbehrlich, an denen er diesseits und jenseits der Schamgrenze festhält.

MAX HERRMANN-NEISSE
DIE BLESSIERTEN

Mit langsam tastenden, besorgten Schritten
gehn die Blessierten in dem abgeschieden
schattigen Klostergarten, als erlitten
sie wie entfremdet diesen Abendfrieden.

In langen, grauen Mänteln, gleich Gespenstern,
humpeln sie durch die düstren Baumalleen,
bis hinter allen kleinen Zellenfenstern
wieder die milden Fieberlämpchen stehen.

Dort liegen sie wie Leichen und versuchen
zu lächeln, und sie fühlen die Grimasse,
die grausam ihr Gesicht verzerrt, und fluchen.

Und möchten schlafen und von nichts mehr wissen,
und träumen Morden, bis der herbstlich blasse
Morgen mit seinem Lorbeer kränzt die Kissen.

HORST BIENEK
DIE ZEIT DER MÖRDER

Max Herrmann hat Exil-Gedichte geschrieben, als er noch gar nicht im Exil war, und als er, ein durchaus anerkannter, wenn auch nicht gerade besonders erfolgreicher Schriftsteller, 1933 das Land seiner Sprache verlassen mußte, da schrieb er fortan nur mehr Exilgedichte: Um uns die Fremde.

So ist er uns überliefert als ein Dichter, den das Los der Emigration besonders tief verwundet hat, und in zahlreichen meditativen Strophen, mehr klagend als anklagend, hat er bis zu seinem einsamen Tod in London im Jahre 1941 davon Zeugnis abgelegt: »Doch hier wird niemand meine Verse lesen, / ist nichts, was meiner Seele Sprache spricht; / ein deutscher Dichter bin ich einst gewesen, / jetzt ist mein Leben Spuk wie mein Gedicht ...«. Es gibt Autoren, die schreiben auf ihr Schicksal hin.

Im schlesischen Neiße 1886 geboren, im Umkreis und in der Tradition eines Eichendorff aufgewachsen, hat er sich in den Gedichten eine liedhafte Einfachheit erobert und bewahrt, die nur bei ihm glaubwürdig und überzeugend blieb. Die Provinz wurde ihm bald zu eng, zu dumpf, er ging nach Berlin, stürzte sich in den Literaturbetrieb, veröffentlichte in avantgardistischen und pazifistischen Zeitschriften, hielt Vorträge vor Arbeiterclubs, schrieb Theaterstücke, wirkte darin auch als Schauspieler mit – und doch nannte er seinen Gedichtband bei S. Fischer im Jahre 1919 »Verbannung«, wobei er seinem Namen die Stadt seiner Kindheit anfügte: Max Herrmann-Neiße. Das Gedicht »Die Blessierten« ist im ersten Kriegsjahr 1914 entstanden; gemeint sind damit die Opfer, die Verwundeten dieses Krieges, gleichwohl könnte es sich aber auch um die geistig Verletzten in einem Irrenhaus mitten im Frieden handeln. Der Anfang atmet Ruhe, die ersten Zeilen schmeicheln sich noch sprachmelodisch ein, ein Zustand wird beschrieben, der Abend in einem Kloster, das jetzt ein Lazarett ist. Aber die Idylle trägt nicht, es ist bereits ein »entfremdeter« Abendfrieden. Schon in der zweiten Strophe häufen sich die Wörter des Schreckens und des Fiebers; jetzt ist nichts mehr, was Trost gibt, die Blessierten sind Verfemte, Verbannte, Ausgeschlossene von diesem, unserem Leben …

Zeile für Zeile enthüllt der Verfasser das Psychogramm dieser Verwundeten, Versehrten. Sie werden hier nicht mehr heil herauskommen, blessiert sind sie nicht nur am Körper, auch in den Seelen, in den Herzen, in den Hirnen. Sie möchten schlafen und von nichts mehr wissen – aber aus diesem Paradies sind sie längst vertrieben, sie »träumen Morden«, ja, müssen immer wieder von Morden träumen, auch wenn ein neuer Tag sie das vergessen machen will. Die Nacht wird kommen und mit ihr die Zeit der Mörder, der Wahn, das Nichtvergessen … sie werden ewig Blessierte sein. Max Herrmann-Neiße war einer von ihnen.

Das Gedicht ist ein Sonett in fünffüßigen Jamben, das ist so ziemlich die strengste Form in der Lyrik. Man spürt beim Lesen förmlich den Widerstand des Inhalts gegen die »schöne« glättende Form, hier und da sind Hebungen verschoben, quergestellt. Ein gut Teil der somnambulen Schönheit, der seltsamen Faszination dieses Gedichts rührt von der Anspannung her, mit der hier dieser »Wahn-Text« in jener strengen klassischen Versform gezügelt – und geläutert – wird.

MAX HERRMANN-NEISSE
EIN LICHT GEHT NACH DEM ANDERN AUS

Ein Licht geht nach dem andern aus,
und immer dunkler wird das Haus.
Ich bin allein beim Lampenschein,
ein Leuchtturmgeist in all der Nacht,
der in dem Schlaf der andern wacht
und Angst hat, auf dem Meer zu sein.

Von fern und nah umflattern blaß
der andern Liebe mich und Haß,
gelockt von meinem späten Licht;
ihr Stöhnen tönt mit Lust und Leid
in meine große Einsamkeit,
ihr Gram weht kühl um mein Gesicht.

Schon liegen sie, wie Tote tun,
als probten sie, im Grab zu ruhn,
und nur ihr Atem flackert sacht.
Ich fürchte dieses Schlafes Bann,
der mich für immer halten kann,
und bleibe wach in all der Nacht.

Für immer schloß vielleicht das Tor,
von dem der Schlüssel sich verlor,
bin ich vom Feind umstellt.
Verfallen ist mein Vaterhaus,
ein Licht geht nach dem andern aus,
und immer dunkler wird die Welt.

GÜNTER KUNERT
POETISCHE PROGNOSE

Ein blinder und eilfertiger Optimismus macht es sich gegenwärtig zur Gewohnheit, jede literarische Äußerung von Besorgnissen und Befürchtungen als lächerliche Unheilspredigt abzutun. Dieser Optimismus ist aber nicht nur blind in Hinblick auf die Zukunft, er ist es auch, was die Vergangenheit betrifft.

»Ein Licht geht nach dem andern aus« entstand vor genau vierzig Jahren, also noch am Anfang eines Krieges, dessen Ausweitung und Auswirkung zu dieser Zeit kaum ganz überschaubar waren. Das Gemetzel sollte erst noch beginnen. Freilich: In Europa waren die Lichter schon 1939 ausgegangen. Die schlimmsten Befürchtungen einsichtiger Intellektueller waren bestätigt worden. Viele von ihnen hatten schon 1933 Deutschland verlassen müssen: nicht so der aus Schlesien stammende und aus Anhänglichkeit an seine Vaterstadt seinem Namen den ihren hinzufügende Max Herrmann. Er gehörte zu den wenigen, die freiwillig emigrierten.

Dieses sein im letzten Lebensjahr geschriebene Gedicht erweitert eine Schreiberfahrung zur Allegorie. Die Ausgangssituation, deren Realität angedeutet wird, nämlich wie da der Dichter beim Lampenschein arbeitet, während der Abend sinkt und seine Mitbewohner schlafengehen, verwandelt sich bereits von der vierten Zeile an ins Metaphorische. Schon die Auffassung der eigenen Position als eines Leuchtturmwärters, mit dem vielschichtigen, viel-

deutigen Wort »Leuchtturmgeist« bezeichnet, zeigt bildhaft ein poetologisches Selbstverständnis, das wir Nachgeborene längst verloren haben. Entsprechend lösen sich die Mitmenschen in ihre Eigenschaften auf, welche wiederum zu optisch-akustischen Naturerscheinungen werden, von Wendungen wie »angelockt«, »umflattern«, »weht« assoziativ dem Bereich »Meer« zugeordnet.
Doch diese Analogie wird nicht durchgehalten: Der Schlaf als Generalprobe des Todes löst sie ab. Dieser nächtlich tödliche Bann droht unaufhebbar zu werden: »Für immer«, heißt es da, und dieses »Für immer« – neben dem Satz »Ein Licht geht nach dem andern aus« die einzige Wiederholung – erhält seine Endgültigkeit durch die Doppelung. Das Tor ist für immer verschlossen, und jenes »vielleicht« nur eine rhetorische Floskel, sonst würde nicht gesagt, daß ein Schlüssel ja verloren sei. Die Gefangenschaft ist unabänderlich geworden. Der Dichter, um es ebenfalls metaphorisch auszudrücken, steht, vom Feind, nicht von *Feinden* umringt, mit dem Rücken an der Wand: seine Lage ist aussichtslos. Er hat nicht einmal mehr den Trost, Sprecher oder Kustos seiner Zeitgenossen zu sein, die, in ihrer Reduktion auf reine Phänomene, geschehen ließen, was nun am Ende nicht mehr allein dem Haus zugeschrieben wird, sondern der ganzen Welt: daß sie immer dunkler wird.
Daß dieses sichere Empfinden, diese hellsichtige Angst keine subjektive Marotte eines verstörten Geistes war, bezeugt alles weiter Folgende: der blutigste und wahnhafteste Völkermord, die Vernichtung von Städten samt Bevölkerung rund um den Erdball, und damit verbunden das Absinken der Moralität und der Schwund des Gewissens, die beide ihren alten klassischen Stellenwert nie wieder erreichten.

Insofern hat sich die Endzeile dieses kassandrischen Textes bestätigt: Die Welt ist dunkler geworden, und das hat fernerhin ermöglicht, daß wir heute an den Rand eines Abgrundes gelangt sind, der damals erst sichtbar zu werden begann und über den uns jene Leute hinwegtäuschen wollen, die schon immer behaupteten, es werde alles nicht so heiß gegessen wie gekocht, und die sich von den Hekatomben brennender Opfer keines Besseren belehren ließen.

MAX HERRMANN-NEISSE
HIMMEL ERHÖRT MICH NICHT

Himmel erhört mich nicht. Hölle erhört mich nicht.
Unschuld starb des Guten wie des Bösen.
Liebe beglückt mich nicht. Feindschaft zerstört mich nicht.
Treue kann mich nicht binden, Verrat nicht lösen.

Ungetan blieb, was ich tat oder ließ.
Morgen wie Abend ist unfruchtbar Wüste.
Nichts erfüllt sich, was mir die Jugend verhieß.
Nichts begegnete mir, was mich von ferne schon grüßte.

Sonnenschein hat mein Geschick nicht heller gemacht.
Wachen ist wie Schlaf. Schlaf ist wie Wachen.
Keine noch so trunkene Nacht
zaubert ins Lied mir ein seliges Lachen.

Mein Leben umflattert mich wie ein Wind,
Menschenschatten jagten in ihm, nicht zu fassen.
Die Augen der Heimathäuser blicken blind.
Welt ist wie ich selbst von Seele verlassen.

Und die letzte Knospe Gefühl ist verscharrt.
Der Straße Fassaden stehn wie Fallen,
hinter denen des Todes Nichts meiner harrt,
mich wieder gleich zu machen keinem und allen.

BENNO VON WIESE
EINE GESCHICHTE VON VERLUSTEN

Unser Gedicht stand zuerst 1924 in dem Gedichtband von Max Herrmann-Neiße »Im Stern des Schmerzes«. Der verkrüppelt im Jahr 1886 geborene Dichter, der sich den Beinamen Neiße aus Liebe zu seinem schlesischen Heimatort gegeben hat, gehört zur Generation der Expressionisten. Aber in der berühmt gewordenen Anthologie »Menschheitsdämmerung« (1920) sucht man seinen Namen vergeblich. Am Tage nach dem Reichstagsbrand, am 28. Februar 1933, verließ er, der kein Jude war, Deutschland für immer. Die kommende Katastrophe hat er hellsichtig vorausgeahnt. Es folgten bittere, einsame Jahre der Emigration in England – 1938 wurde er in Deutschland ausgebürgert –, am 8. April 1941 starb er in London an einem Herzversagen. Die Gedichte der Spätzeit sind Zeugen des Heimatlosen und des Ausgestoßenen. Sie haben einen hohen Grad von sprachlicher Intensität und schlichter, dokumentarischer Wahrhaftigkeit.

Aber die Qual seiner Existenz war ihm von Geburt an mitgegeben. Die von ihm geliebte und ihn behütende Mutter nahm sich im März 1917 am Grab des kurz vorher gestorbenen Vaters das Leben. Herrmanns utopische Hoffnungen auf eine proletarische Revolution und eine klassenlose friedliche Gesellschaft erfüllten sich nicht. Ihm blieb nur sein Gedicht. Wir verdanken ihm Verse, die zu den traurigsten, aber manchmal auch zu den bedeutend-

sten gehören, die wir besitzen. Und doch kennen ihn bisher nur wenige.
Unser Gedicht nimmt seine spätere Tragik, wenn auch auf artistische Weise, schon vorweg. Die langen, einfach gereimten Zeilen mit ihren meist knappen Sätzen haben etwas Einhämmerndes und Abschließendes. Die Summe einer Existenz ist in ihnen zusammengefaßt. Das Resultat ist vernichtend. Das Ich, das sich im Gedicht reflektiert, steht am Rande der Welt, aber auch ohne jeden transzendenten Bezug. Nicht nur der Himmel, auch die Hölle versagt sich ihm. Mit der gestorbenen »Unschuld« sind Gut und Böse relativ geworden. Sowohl die positiven sozialen Mächte (Liebe, Freundschaft, Treue) wie die negativen (Feindschaft, Verrat) kommen an seine Einsamkeit nicht mehr heran. Die Geschichte seines gelebten Lebens ist nur eine Geschichte von Verlusten, von nicht eingelösten Verheißungen. Welt und Ich entgleiten im schattenhaft Unwirklichen, sehen sich um ihre Substanz, die »Seele«, betrogen. Selbst die Fassaden der Straßen sind in »Fallen« verwandelt, die alle in den anonymen Tod des Jedermann münden. Das ist weit mehr als eine Metapher. Aber wieviel Qual, wieviel Stärke der Empfindung mußte in einem Dichter leben, der von sich glaubte, daß auch die »letzte Knospe Gefühl« bereits verscharrt sei. Er mauert sich im Gedicht gleichsam ein. Nur hierher konnte er noch sein verlorenes Ich, seine verlorenen Paradiese, seine Träume von einst herüberretten. Hier spricht er seinen »Monolog auf fremder Bühne«, hier besitzt er, was ihm als einziges geblieben ist, sein »Lied«. Er glorifiziert sein Dichtertum in keiner Weise. Denn der Dichter – so lesen wir in anderen Strophen – »gestaltet die Welt nach seinem Wahne«. Diese aus Schmerz geborene Lyrik, in der sich das extrem

Subjektive allgemeingültig objektiviert, sollten wir wieder aufmerksam anhören. Sie ist in ihrer Thematik sehr zeitnah und doch auch wieder unzeitgemäß inmitten einer lyrischen Produktion, die sich in die mittelmäßige Alltäglichkeit und in ihre technisch perfekte Reproduktion versponnen hat, aber dabei des Schmerzes über die verlorene Welt und des in ihr verlorenen Ichs meist nicht mehr fähig ist.

MAX HERRMANN-NEISSE
TROSTLIED
DER BANGEN REGENNACHT

Keine Furcht der Erde
kann uns bange tun:
Sieh, wie sanft die Pferde
Wang' an Wange ruhn!

Ganz allein gelassen
in der bittern Nacht,
wo der Wind die blassen
Weiden zittern macht,

wo ein siecher Regen
bös, sehnsüchtig rinnt,
an viel fremden Wegen
Bettler flüchtig sind,

ruhn sie Wang' an Wange,
wie Erlöste ruhn,
keine Furcht kann bange
ihrer Inbrunst tun.

Alles, was sie leiden,
schlummert Haupt an Haupt –
Und die blassen Weiden
stehn wie lenzbelaubt.

PETER HÄRTLING
GEFÄHRDETE UND GEFÄHRLICHE WELT

Dieses Gedicht kann ich hören, wann immer es mich danach verlangt, denn es ist eines der wenigen, die ich auswendig weiß – seit ich es vor fünfunddreißig Jahren zum ersten Mal las. Ich habe es nie nur als Kunstwerk verstanden, sondern es half mir, redete ruhig und beruhigend auf mich ein, tatsächlich ein Trostlied. Eines mit einer unverwechselbaren Stimme.

Es ist eine »Einsame Stimme«, wie auch einer der Gedichtbände Max Herrmann-Neißes hieß. So ist wohl zu erklären, daß jeder, der das Gedicht liest, den Eindruck hat, hier rede jemand mit sich selbst: der Mann, der er nun ist, mit dem Kind, das er war. Er versucht, sich die Kinderangst, die blieb und mit ihm groß wurde, auszureden.

Mit einer großen, auftrumpfenden Geste beginnt das Lied: »Keine Furcht der Erde«. Das hört sich ganz an wie ein bubenhaftes Bange-machen-gilt-nicht, doch schon springt es um, will sich nicht brüsten, sucht nach Wärme, nach Trost.

Zwei Vokale wechseln einander in vier kurzen Wörtern ab, die sich zu einer etwas ungewöhnlichen, kindlich-künstlichen Wendung fügen, einer Art von musikalischem Thema: »Kann uns bange tun«. Noch immer könnte das angesprochene »uns« ein monologisches sein, das Mann und Kind verbündet, nun aber weitet es sich, geht auf in einem kreatürlichen Bild. Die Sprache reagiert darauf gemein empfindlich. Die Vokalfolge verändert sich um eine Winzigkeit – ein »u« geht verloren und doch nicht: es schlüpft, den Ton vertiefend, den Trost verstärkend in das Wort, mit dem die Strophe schließt: »ruhn«.

Nach diesem das Thema in einem Atemzug fassenden Einsatz könnte das Uns, wie auch immer verstanden, getröstet durch das Gedicht wandern. Ist nicht um seinetwillen das durch nichts zu verletzende und löschende Bild beschworen worden? Doch es zieht sich zurück. Es ist nicht mehr da, als wolle es Platz machen für alle Einsamen, die das Gedicht je kennenlernen werden.

Die Nähe wappnet, nun kann die Bedrohung beschrieben werden. Sie wird nur angedeutet in einem Blick auf die gefährdete und gefährliche, von einem nächtlichen Elend befallene Welt. Den »siechen Regen« gibt es, wir haben es inzwischen erfahren, und die »vielen fremden Wege« auch, auf denen sich für unser Wortverständnis die Bettler allerdings etwas romantisch ausnehmen. Das läßt sich auch anders und aus unserer Zeit lesen.

Den Einsamkeiten, der Verödung setzen die vierte und fünfte Strophe soviel erlösende, »inbrünstige« Gemeinsamkeit entgegen, daß auch die »sieche« Welt von ihr ergriffen und verwandelt wird: »Und die blassen Weiden/ stehn wie lenzbelaubt.« Der Trost reicht über das »uns« des Beginns hinaus. Ob Max Herrmann-Neiße Jahre danach, als er das Deutschland Hitlers verließ – ein zutiefst erschreckter und angewiderter Moralist, nun selbst ein Bettler auf fremden Wegen –, ob ihm wie ein von wüstem Lärm gestörtes Echo das »Trostlied« einfiel?

Das »lenzbelaubt« der zu neuem Leben erlösten Weiden kehrt nämlich wieder in einem seiner großen Exil-Gedichte, in dem er mit den braunen Machthabern rechtet: *»Wer mich zu entehren glaubte,/wenn mit frevelndem*

Befehle/er das Heimatrecht mir raubte,/ahnt die ewig lenzbelaubte/Heimat nicht in meiner Seele.« 1941 starb der Dichter, vereinsamt und untröstlich, in London.

HANS ARP
BEI GRÜNEM LEIBE

Die Stadt und alles darin ist grün.
In kürzester Zeit werden Reisende
welche diese Stadt besuchen grün.
Viele kommen aus fernen Ländern herbeigeeilt
um grün zu werden.
Einige bringen ihre Pferde und Hunde mit
damit auch sie grün werden.
Alle Bewohner dieser Stadt
von einigen Ausnahmen abgesehen
sind grasgrün und beneiden die wenigen
die schon grün wie Tannenbäume sind.
Nur ein Bewohner dieser Stadt wird nicht grün.
Was würde er nicht alles geben um grün zu werden!
Er würde gerne täglich kleiner und kleiner werden
wenn er nur grün wäre.
Er leidet entsetzlich darunter
und ist in einem Zustand größter Gereiztheit.
Er zerschlägt sanfte grüne Pflanzen vor Eifersucht.
Er ist untröstlich
nicht grün zu sein.
Bei grünem Leibe
meint er
wäre das Leben ein Kinderspiel.

LUDWIG HARIG
SCHLÜSSELGEDICHT

Ein Kuriosum erheiterte ein halbes Dutzend Schriftsteller, das sich an einem Herbsttage 1986 zu einem Rezitationsabend im Bahnhof Rolandseck getroffen hatte. Jeder zog aus seiner Tasche das gleiche Bändchen hervor: Hans Arp »Auf einem Bein«, Heft 1 der Schriftenreihe »Dichtung unserer Zeit«, eine Broschüre, erschienen 1955 für 1,90 DM im Limes Verlag, Wiesbaden, Umschlagentwurf Hans Arp, Meudon. Und noch ein Kuriosum: zwei Schriftsteller, Jürgen Becker und ich selbst, wollten das gleiche Gedicht aus dem Bändchen aufsagen: »Bei grünem Leibe«.

Was ist so kurios daran, und wo liegt der Schlüssel zu diesem merkwürdigen Vorfall? 1955 war immer noch Nachkriegszeit, Wiederaufbauära, wir, noch nicht dreißig, waren immer noch hungrig nach Neuem, nach Entbehrtem, nach Vorenthaltenem, immer noch suchten wir nach den Schätzen einer vergrabenen, einer verschütteten Literatur, von der wir wußten, daß es sie geben würde. Als sie dann auftauchte in schmalen, broschürten, nicht einmal besonders auffälligen Bändchen, stürzten wir uns darauf und hüten sie heute noch, weil unersetzliche Schlüssel in ihnen aufbewahrt sind, mit denen wir den goldenen Käfig aufsperren konnten, in dem wir inzwischen saßen.

Ein solches Schlüsselgedicht ist »Bei grünem Leibe«, ein Gedicht, das heutzutage als prophetisches Gedicht gelten darf; aus den fünfziger Jahren stammend, reicht es weit

zurück in die Anfänge von Dada, in Arps Züricher Aktivitäten aus dem Ersten Weltkrieg. Mit Dada wollte er, wie er selbst sagt, »dem Menschen den materialistischen und rationalistischen Schwindel zerstören, um ihn wieder demütig in die Natur einzuordnen«. Ist nun das Grün, das das Gedicht ein dutzendmal nennt, diese Natur? Ist es das Beschwörungswort für das bessere Leben, die Zauberformel für die schönere Zukunft? Oder verlocken groteske Bilder und skurriler Witz nicht vielmehr, das Grün durch Schwarz oder Rot zu ersetzen, Tannenbäume in Gesangbücher, Pflanzen in Arbeiterfahnen zu verwandeln?
Der letzte Vers gibt Aufschluß. Es hilft wohl nichts, grün oder schwarz oder rot zu sein, ganz gleich, wie auch immer gefärbt, ist das Leben alles andere als unbefangenes Dasein, als leichtfertiger Zeitvertreib, als Kinderspiel. Der Wortlaut »bei grünem Leibe« läßt an die Wendung »bei lebendigem Leibe« denken. Ja, auch bei lebendigem Leibe ist das Leben kein Kinderspiel. Wer Hans Arps malerisches, graphisches, plastisches Werk kennt, weiß, daß es nicht die Farbe, sondern die Linie, die Kontur, die silhouettenhafte Urform ist, die das Wesentliche im Kunstwerk bannt. Doch wer das weiß, weiß vielleicht schon zu viel, und er fragt sich verwundert, wie Arp auf einmal auf das Grüne gekommen ist.
Um wieviel aufschlußreicher und auch schöner ist es doch, im Gedicht zu erfahren, daß dieses Allernatürlichste, das Grüne, die Gefahren verführerischen Selbstbetrugs in sich birgt. Jürgen Becker und ich haben das Gedicht bei der Feier zu Hans Arps hundertstem Geburtstag rezitiert, und weil jeder es aufsagen wollte, taten wir es im Wechsel von Vers zu Vers.

HANS ARP
BLATT UM FEDER UM BLATT

Nachdem er Blatt um Feder um Blatt
abgelöst hatte
entschloß er sich das feste Erdreich
für immer zu verlassen
und sich fortan hoch hoch oben
in der Schwebe zu verhalten.

KARL KROLOW
EIN PROZESS DER ERLEICHTERUNG

Das Gedicht gehört einem Zyklus an, der die Gedicht-Überschrift trägt. Es handelt sich um ein spätes Gedicht des Autors. Es entstand in den Jahren 1951/52, vierzehn Jahre vor seinem Tod. Arp war damals fünfundsechzig. Arp hatte das Federleichte des Schreibens von Anfang an, das Spielerische und das Hurtige. Aber mit zunehmendem Alter kamen andere Elemente hinzu, die bis dahin verdeckt geblieben waren: eine Neigung zur Balance, zum ruhigen Schweben, auch zum verbalen Mystizismus. Der alt Gewordene ließ in seinen Gedichten ein kindliches Lamentieren zu. Das Holterdipolter, das in seinen lyrischen Konfigurationen aus der Dada-Zeit steckte, war verschwunden oder hatte sich doch so weit zurückgezogen, daß man es nicht mehr gleich entdeckte.

Das spielerische Gedicht, das Arp entwickelt hatte und das in den fünfziger Jahren einen gewissen Einfluß auf damals junge Lyriker bei uns ausübte, war bei ihm immer ein kompliziertes Gebilde gewesen: etwas, bei dem der verbale Scherz, der lyrische Fabelsinn, eine kindliche Sprechweise sich mit einer kaum verhüllten Melancholie verbanden, mit einem traurigen Bescheidwissen, schließlich mit einer Bodenlosigkeit. Arp hat, Gedichte schreibend, sozusagen Leitern in die Luft gelegt, immer höher in etwas, das es nicht gibt. Der absurde Vorgang war Ausdruck einer Position, zu der auch eine Spielart von Hilflosigkeit gehörte. In seinen späten Arbeiten hat Arp oft von seinen

früheren Schreibweisen in solch hilflosen, kindlichen Mitteilungen Abschied genommen.
»Blatt um Feder um Blatt« könnte man auf solche Art und Weise ansehen und interpretieren. Es ist ein Gedicht von der unauffälligen Leichtigkeit eines vegetativen Vorgangs. Es ist zugleich ein Vorgang von Auflösung und Entschweben. Etwas wird endgültig aufgegeben, nachdem der letzte Halt abgelöst worden war: »Blatt um Feder um Blatt«. Aufgegeben wurden die Schwerkraft der Welt und die Schwerkraft einer Existenz. Doch geschieht das ohne jeden Aufwand, vielmehr ganz selbstverständlich.
Der Vorgang wirkt auch wie ein stiller Rapport. Es wird in der dritten Person berichtet. Es wird damit Distanz gewahrt. Man sieht sich selber zu und kann es um so leichter aussprechen, so sehr man auch beteiligt ist. Die Handfestigkeit, die Ding-Festigkeit waren nie Hans Arps Sache gewesen. Hier sind sie kaum noch der Rede wert. Ein stiller Entschluß. Er heißt: »Das feste Erdreich für immer zu verlassen.« Boden aufzugeben, das, was schwer macht, aufzugeben war von jeher die Absicht des Autors gewesen. Nun wird dem allen noch einmal ganz kurzer Prozeß gemacht: Ohne jede Aggression, ohne Widerstand zu leisten, löst man sich von Zusammenhängen, vom Zusammenhalt, um sich »fortan hoch hoch oben / in der Schwebe zu verhalten«.
Das »hoch hoch oben« ist so wunschhaft, so heftig kindlich zum Ausdruck gebracht, daß keine Alternative, kein Zurück mehr möglich ist. Das hat nichts mit irgendwelcher poetischen »Entrückung« zu tun. Es ist ein Prozeß der Erleichterung, der Prozeß eines ernsten Vergnügens sozusagen. Das späte Arp-Gedicht hat nirgends das Sprechtempo früher Gedichte. Es hat nicht mehr das Ein-

falls- und Zufallstempo von einst, das einen Gedichttext auf eine übertriebene und oft deutlich angestrengte Weise abschnurren läßt.

»Blatt um Feder um Blatt« beschränkt sich auf wenige Wörter. Arp hat dazu einmal gesagt: »Die Beschränkung in der Zahl der Wörter bedeutet keine Verarmung des Gedichtes, vielmehr wird durch die vereinfachte Darstellung der unendliche Reichtum in der Verteilung, Stellung, Anordnung sichtbar.« Dem ist nichts hinzuzufügen.

HANS ARP
AUS: HÄUSER

In einem Hause
hatten alle Bewohner den gleichen Traum.
Sie träumten
daß sie täglich kleiner und kleiner würden
und schließlich stürben.
Vorsorglich zimmerten sie sich daraufhin
ihre Särge zu Särglein um
und trugen sie stets mit sich
unter dem Arm.
Sie taten recht daran.
Obwohl zuerst das Kleinerwerden
nicht der Rede wert war
und zudem unregelmäßig vor sich ging
ja sogar einmal mehrere Monate stockte
übertraf es plötzlich jede Erwartung.
Eines schönen Tages
erwachten die Bewohner des Hauses
in dem alle den gleichen Traum geträumt hatten
klein wie Puppen
und paßten tadellos in ihre Särglein.

MICHAEL HAMBURGER
VERSCHIEDENE GRADE DER ABSICHTSLOSIGKEIT

Die sogenannten Experimente in der Kunst haben zwar ein Ergebnis: das zustandegekommene Werk. Sie unterscheiden sich aber von Experimenten in der Naturwissenschaft dadurch, daß sie nichts zu beweisen brauchen. Hans Arp, der die Absichtslosigkeit zu einem Strukturprinzip machte, wollte ganz gewiß mit seinen Gedichten nichts beweisen. Selbst den Sinn – oder den Unsinn – seiner Gedichte überließ er dem Zufall. Daß sie aber trotzdem einen Sinn haben und fast alle Möglichkeiten der Lyrik durchspielen von Scherz, Satire, Ironie zur tieferen Bedeutung, von reiner Phantasie zum persönlichen Bekenntnis und zur Allegorie, bestätigt seine eigene Bemerkung: »Bevor Dada da war, war Dada da.«

Auch dieses Wortspiel soll wohl nichts beweisen. Es war ein Einfall, aus den Zufälligkeiten der Sprache geschöpft. Das verhindert aber nicht, daß es sinnvoll ist, sogar mit sieben kurzen Worten eine historisch-kritische Abhandlung ersetzt – nämlich über den Anteil des Zufalls an vordadaistischen Gedichten, auch nach-dadaistischen oder nicht-dadaistischen. Freilich gibt es selbst innerhalb des Gedichtwerks von Arp verschiedene Grade der Absichtslosigkeit, wie der Titel seiner Sammlung »Gedichte mit und ohne Anker« schon andeutet. So kommt das hier zitierte Gedicht ohne Wort- und Redensartspiele aus, verzichtet also auf eine Quelle der Zufälligkeit. Die Sprache des Gedichts wird mit einer so prosaischen Strenge gehandhabt, daß man sie leicht für zielbewußt halten könnte. Dann wäre dieses Gedicht eine Parabel oder Allegorie.

Keine Absicht des Autors verbietet einem Leser, es als solche zu lesen. Im Gedichtwerk Arps kommen auch Allegorien vor, im Glücksfall sogar Ansätze zu einem modernen Mythos. Wie gesagt kommt in Arps Gedichten fast alles vor, was man von irgendeiner Lyrik erwartet. Nur soll man nicht den Autor für die aus seiner Erzählung geschöpfte »tiefere Bedeutung« verantwortlich machen, da das Lesen nicht weniger als das Schreiben vom Zufall abhängt. Arp schrieb in einem früheren Manifest: »dada ist unsinnig wie die natur und das leben. dada ist für die natur und gegen die kunst. dada will wie die natur jedem ding seinen wesentlichen platz geben.«

Von dem Gegensatz zwischen Natur und Kunst können wir in der späteren Lyrik Arps absehen, da die Kunstfeindlichkeit der Dadaisten nur dem Mißbrauch der Kunst als »Kulturgut« und Erziehungsmittel galt. Nachdem Arps Kunst wieder zu Natur geworden war, konnte auch die Natur wieder zu Kunst werden. Aber »unsinnig« oder – wie es in einem anderen Zusammenhang heißt – »rätselhaft« mußte diese Kunst bleiben, denn »das Leben ist ein rätselhafter Hauch«.

Darum versuche ich nicht, das Gedicht »In einem Hause« zu deuten. Daß die »unsinnige« Begebenheit des Gedichts ganz konsequent, sogar logisch und nüchtern erzählt wird, verleitet mich nicht zu Spekulationen darüber, was der Autor damit gemeint haben möchte. Die Begebenheit spricht mich an, amüsiert mich, überzeugt mich sogar, ohne daß ich zu wissen brauche, wovon.

Daß das Kleinerwerden der Hausbewohner im Traum beginnt und ins wache Leben übergeht, empfinde ich als sinnvoll und naturgemäß; ebenso, daß es unbestimmt bleibt, ob sie nicht auch ihre Särglein im Traum zimmerten und herumtrugen. Von einem Erwachen ist erst am Ende die Rede; und da Arps Lyrik so viele Grenzen überspringt, könnte selbst dieses Erwachen wieder in einem Traum geschehen.

WALTER FLEX
WILDGÄNSE RAUSCHEN DURCH DIE NACHT

Wildgänse rauschen durch die Nacht
Mit schrillem Schrei nach Norden –
Unstäte Fahrt! Habt acht, habt acht!
Die Welt ist voller Morden.

Fahrt durch die nachtdurchwogte Welt,
Graureisige Geschwader!
Fahlhelle zuckt, und Schlachtruf gellt,
Weit wallt und wogt der Hader.

Rausch' zu, fahr' zu, du graues Heer!
Rauscht zu, fahrt zu nach Norden!
Fahrt ihr nach Süden übers Meer –
Was ist aus uns geworden!

Wir sind wir ihr ein graues Heer
Und fahr'n in Kaisers Namen,
Und fahr'n wir ohne Wiederkehr,
Rauscht uns im Herbst ein Amen!

GERHARD KURZ
GRAUE ROMANTIK

Dieses Gedicht steht am Anfang eines schmalen Buches, das zu einem Kultbuch in der ersten Hälfte dieses Jahrhunderts wurde, »Der Wanderer zwischen beiden Welten. Ein Kriegserlebnis« von Walter Flex. Die Erzählung vom Krieg als großer Fahrt und Gottesdienst, von der Lichtgestalt Wurche und ihrem Heldentod erschien 1916. Im selben Jahr vertonte der Komponist Robert Götz das Gedicht mit einer getragenen, schwermütigen Melodie. In dieser Vertonung wurde es eines der erfolgreichsten Fahrtenlieder vor und nach dem Zweiten Weltkrieg, mit einer kaum zu überschätzenden Tiefenwirkung.
Die rauschende Fahrt der Wildgänse durch einen nächtlichen Weltenraum bildete eine Urszene in der Imagination von Generationen. Die Fahrt in den »Norden« war ein mythisches Ziel der Jugendbewegung und des völkischen Lagers vor dem Ersten Weltkrieg. Seit der Romantik war »Norden« eine Chiffre für die germanische Welt, seit Wagners »Götterdämmerung« eine Chiffre für Schicksal. An der schwermütig-heroischen Romantik des Textes und seiner Melodie konnte man sich am nächtlichen Lagerfeuer berauschen.
Auf eine raffinierte Weise ist das Gedicht einfach und effektvoll gebaut. Es wirkt durch seine rhythmische Dynamik, die das Einverständnis des Subjekts mit seinem Schicksal affektiv nachvollzieht, durch expressive Sätze, die den Eindruck einer unmittelbaren Gegenwart erzeu-

gen, durch seine suggestiv-unbestimmten Bilder und durch die Mischung einer schauerlichen und schwermütigen Stimmung. Einen besonderen Effekt erzeugen die synthetischen und klischeehaften Elemente. Vom Volkslied leiht es sich seine Form aus, von der Ballade das Schauerliche und Naturmagische, vom protestantischen Kirchenlied die Vorstellung vom Leben als Fahrt durch eine unheilvolle Welt, vom Gebet die Formel »Amen«, von Selma Lagerlöfs Jugendbuch das Motiv der Wildgänse. Die vielen Alliterationen und Assonanzen (etwa »Weit wallt und wogt der Hader.«) und archaisierende Wörter wie »Graureisige« – der Reisige ist ein altes Wort für den berittenen Krieger – rufen die düstere Welt der germanischen Heldendichtung hervor. Das Gesuchte und Klischeehafte solcher Formen und die Schwermut des Gedichts entschärfen den Schrecken der Schlacht zum Schauer, der sich genießen läßt. Wegen der historischen Unbestimmtheit und der existentiellen Ausdeutung der Schlacht kann das Gedicht noch heute als Fahrtenlied gesungen werden.

Das Subjekt des Gedichts ist das graue Heer der Soldaten. Es identifiziert sich und die Schlacht mit dem grauen Heer der Wildgänse und ihrer »unstäten« Fahrt: »Wir sind wie ihr ein graues Heer.« Grau ist die Farbe »zwischen« hell und dunkel. Das Bild mythisiert die (feld-)grauen Soldaten zum Heer »zwischen« beiden Welten, der des Lebens und der des Todes. Ihre Fahrt ist »ohne Wiederkehr«. Zur Symbolik des (feld-)grauen Heeres gehört auch die Bedeutung des Mönchischen. Der feldgraue Rock ist ursprünglich ein Mönchsgewand.

Die Fahrt in den Tod wird als unheilvolle Fahrt erlebt, als Pilgerfahrt, als Naturvorgang und Schicksal, mit dem das »wir« einverstanden ist. Zuerst und zuletzt als eine rauschhafte Bewegung. Rauschen ist ein Entgrenzungserlebnis, in dem der einzelne zugleich aufgelöst und erhöht wird. So ist das Rauschen der Wildgänse ein ›auguriales‹ Zeichen für den Tod im »Herbst«, in dem das Subjekt seine Erhöhung findet. Es erlebt die Fahrt in den Tod nicht nur, es will sie auch: »Rausch' zu, fahr' zu, du graues Heer!« Sein politisches Wirkungspotential entfaltet das Gedicht in dieser Verbindung von Natur und Krieg, berauschendem Schicksal, Todessucht und soldatischer Ordnung. Damit konnte es eine Mentalität mitformen, die im Nationalsozialismus eine Fortsetzung der großen Fahrt sah.

GEORG HEYM
ALLE LANDSCHAFTEN

Alle Landschaften haben
Sich mit Blau erfüllt.
Alle Büsche und Bäume des Stromes,
Der weit in den Norden schwillt.

Leichte Geschwader, Wolken,
Weiße Segel dicht,
Die Gestade des Himmels dahinter
Zergehen in Wind und Licht.

Wenn die Abende sinken
Und wir schlafen ein,
Gehen die Träume, die schönen,
Mit leichten Füßen herein.

Zymbeln lassen sie klingen
In den Händen licht.
Manche flüstern und halten
Kerzen vor ihr Gesicht.

ROLF SCHNEIDER
DIE RUHE IST TRÜGERISCH

Ein Abendgedicht. Die deutschsprachige Poesie hat davon unzählige. Nach flüchtiger Lektüre wollen sich auch hier die gewohnten Eindrücke herstellen: Friede, Erfüllung, Nähe von Schlaf und Traum. Eine bruchlose Reihe stimmungsgleicher Varianten führt her vom Wanderer Goethes und vom Abendlied des Matthias Claudius. Georg Heyms Gedicht macht da keine Ausnahme, so scheint es.

Es scheint bloß so. Zu Beginn der zweiten Strophe wird die Akkumulation von Wolken einem »Geschwader« verglichen. Das ist ein militärisches Wort, und die folgenden Verse erhalten dadurch einen kriegerischen Beigeschmack: Wolken als Segel einer Armada, hinter denen der Himmel kein verläßlicher Strand mehr ist, vielmehr sich auflöst ins Immaterielle. Ein sehr friedfertiges Bild ist dies nicht. Friedfertig bleibt allenfalls der Gestus, der sich einer literarischen Konvention fügt, um sie heimlich zu widerlegen. Die Ruhe ist Trugbild. In Wahrheit ist hier von Ungeheuerlichem die Rede.

Denn die schönen Träume, die da auf leichten Füßen kommen, sind durchaus nicht, was sie zu sein vorgeben: Boten der Sanftmut. Einige von ihnen flüstern und tragen Kerzen vorm Gesicht. Man nimmt die Stimme zurück in Gegenwart von Sterbenden. Man stellt brennende Kerzen auf zu seiten der Särge. Das Klingen der Zymbeln, licht und leicht, bedeutet wohl bloß eine esoterische Umschreibung für das Geräusch des Armsünderglöckchens. Der Inhalt der schönen leichtfüßigen Träume ist der Tod.

Schlaf und Tod. Tagesabend, Lebensabend. Die Vergleiche und Gleichnisse sind nicht neu, sie sind bewährter Inhalt von Mythen und färben von daher ab auf so manches Abendlied. Beunruhigend nur: Von einem Lebensabend ist in Heyms Gedicht nirgends die Rede. Die tödlichen Träume sind mit juvenilen Eigenarten ausgestattet, wohl weil sie in einen jugendlichen Körper eintreten. Der erahnbare Tod in diesen Strophen ist nicht biologischer Ausklang, sondern gewaltsamer Abbruch. Auf den Schiffen leichter Geschwader dienen keine Greise. Dieser Tod heißt Krieg.

Jeder Dichter schafft sich seinen eigenen lyrischen Kosmos; bestimmte Schlüsselworte grenzen ihn ein und treten zueinander in unverhoffte Korrelationen. Für die Lyrik Georg Heyms heißen solche Worte: Stadt, Liebe, Wahnsinn, Krieg, Strom, Meer, Tod. Der letzte Begriff ist der übergreifende, alles andere führt zu ihm hin und ist dessen Teil. Auch durch »Alle Landschaften« geht ein Strom, der »weit in den Norden schwillt«; er löst das unmittelbar folgende Wolkengleichnis aus. Heyms Faszination durch alles Maritime ist, das wissen wir durch ihn selbst, von Rimbaud bezogen, dem Dichter des »Trunkenen Schiffs« und der »Ophelia«; beides kehrt als Motiv und bis in metrische Imitationen hinein bei Heym immer wieder.

Zwei Jahre vor dem Ausbruch jenes Krieges, der in seiner Lyrik ständig gegenwärtig ist, starb Georg Heym. Er ertrank, eben fünfundzwanzigjährig, beim Eislaufen auf einem Fluß. Noch in seinem Todesjahr gaben seine Freunde unter dem Titel »Umbra Vitae« einen Band mit Gedichten aus dem Nachlaß heraus, er enthält auch »Alle Landschaften«. Die derzeit gültige historischkritische Ausgabe der Werke Heyms führt dieses Gedicht unter dem Titel »Träumerei in Hellblau«, und die zweite Strophe hat einen veränderten Wortlaut: »Blaue Länder der Wolken, / Weiße Segel dicht, / Die Gestade des Himmels in Fernen / Zergehen in Wind und Licht.« Das sind einigermaßen konventionelle Metaphern. Mir will die andere Fassung (enthalten in der von Stephan Hermlin verantworteten Ausgabe) spannungsvoller, auch konsequenter vorkommen: Auf eine vergleichsweise sanfte Strophe folgt alsbald eine des bedrohlichen Tones; dies zweimal.

Als »Alle Landschaften« hat Ernst Ludwig Kirchner das Gedicht in Holz geschnitten. Die Kerzenträgerinnen darauf sind kantige trauernde Frauen, und zwischen die ersten beiden Zeilen ist die Vignette eines menschlichen Paares gesetzt; die Personen liegen starr beieinander in einer Haltung, die alles sein kann und alles ist: Liebe, Schlaf, Tod.

GEORG HEYM
BERLIN

Schornsteine stehn in großem Zwischenraum
Im Wintertag, und tragen seine Last,
Des schwarzen Himmels dunkelnden Palast.
Wie goldne Stufe brennt sein niedrer Saum.

Fern zwischen kahlen Bäumen, manchem Haus,
Zäunen und Schuppen, wo die Weltstadt ebbt,
Und auf vereisten Schienen mühsam schleppt
Ein langer Güterzug sich schwer hinaus.

Ein Armenkirchhof ragt, schwarz, Stein an Stein,
Die Toten schaun den roten Untergang
Aus ihrem Loch. Er schmeckt wie starker Wein.

Sie sitzen strickend an der Wand entlang,
Mützen aus Ruß dem nackten Schläfenbein,
Zur Marseillaise, dem alten Sturmgesang.

WALTER HINCK
MÜTZEN AUS RUSS

Andere Großstadtgedichte Georg Heyms sind bekannter: »Die Dämonen der Städte« oder »Der Gott der Stadt«, beide in der zweiten Hälfte des Dezember 1910 geschrieben. Die Alpträume des Steinwüsten-Bewohners bergen neue Mythen, Mythen des Industriezeitalters.

Zwischen beiden Gedichten entstand dieses Sonett, das achte (und letzte) der sogenannten »Berlin«-Gedichte Heyms. Im Berlin der vorhergehenden Texte haben sich noch keine Dämonen niedergelassen. Der Beobachter Heym bewegt sich eher neugierig als verstört inmitten des »Steinmeers« und der »Menschenströme«. Zwar ragen hinter dem Idyll erhaltener Gärten bedrohlich »der Riesenschlote Nachtfanale« auf, doch behaupten sich gegen den Lärm und den Rauch der Arbeitswelt die Musik von den Ausflugsdampfern und die Lampions der Laubenfeste. Und stark ist die Faszination der Eisenbahngleise, auf denen die Vorortzüge heran- und davonbrausen – hier pulst das Leben der Stadt am kräftigsten.

Auch in der Bildlichkeit unseres Berlin-Gedichts finden sich Schornstein und Eisenbahn wieder, doch rangieren die Wörter zugleich als Metaphern. Und im zweiten Teil des Sonetts gehen Wahrnehmungen in Gesichte über. Wie nur wenige andere Gedichte zeigt dieses die Nahtstelle zwischen realer Gegenständlichkeit und jener visionären Bilderwelt, die Heym zum Vorläufer und frühen Vertreter des Expressionismus macht.

In der Dämmerung des Wintertages und im letzten Licht des Sonnenuntergangs werden die Schornsteine zu Pfeilern, auf denen das Himmelsgewölbe lastet. Wecken »Palast« und »goldne Stufe« Assoziationen zu Pracht und Reichtum, so widerruft sie die Wirklichkeit des Stadtviertels, durch das sich schwer der Güterzug schleppt. Das Motiv der Mühsal verklammert die beiden Teile des Sonetts, den Bildern des Lastentragens antwortet im ersten Terzett das Bild des Armenfriedhofs.

Dann entgrenzt sich Gesehenes zu Geschautem. Aus ihren Löchern heraus erblicken die Toten den Sonnenuntergang. Der goldene Horizont erscheint jetzt rot, und die Farbe Rot hat aufreizende, anfeuernde Wirkung (schmeckt wie starker Wein). Die letzten Verse des Sonetts sind die eindringlichsten; vom Gedicht haften bleibt das Bild der in Reihe sitzenden, strickenden Toten – vor allem aber das Bild der »Mützen aus Ruß«, weil Heym in ihm auf unvergleichliche und ganz unsentimentale Weise das Gespinsthafte der Totenexistenz, die Tristheit der Umwelt und die Blöße der Armut zusammenfaßt.

Das Signal der Farbe Rot wird aufgenommen im Gesang der Toten, der Marseillaise. Die Anspielung auf die Französische Revolution in diesem Gedicht überrascht nicht. Aus dem Juni des Jahres 1910 stammen Heyms Sonette »Bastille«, »Louis Capet«, »Danton« und »Robespierre«. Möglich, daß Heym zugleich auf die damals vielgesungene sogenannte Arbeitermarseillaise anspielt, auf Jakob Audorfs »Wohlan, wer Recht und Freiheit achtet«.

Vielleicht ist der Schluß, ob dem Autor bewußt oder nicht, auch ein Echo auf Heines Gedicht »Die schlesischen Weber«. Während allerdings die Weber eine geschichtliche Kraft repräsentieren, die in die Zukunft wirkt (sie weben dem überlebten »Altdeutschland« das Leichentuch), bleiben die Toten des Armenfriedhofs unentschädigt für das im Leben Vorenthaltene. Phantommützen strickend, rufen sie im »alten Sturmgesang« die Erinnerung an ihre Solidarität zurück, von der sie zehren müssen.

Das Sonett gehört zu den bedeutenden Großstadtgedichten unserer Literatur. Im lyrischen Werk Georg Heyms hat es kaum eine Parallele. Beklemmende Großstadterfahrungen werden nicht ins Mythische übersetzt; die dichterische Vision gibt hier dem Sozialen Tiefendimension.

GEORG HEYM
DIE MÄRKTE

Schleifender Füße sind tausend auf ihnen getreten.
Hohe Karossen rollten wie Donner so hohl.
Immer lagen sie bleich nur und schüchtern. Und flehten
Um die übrigen Rüben und grünlichen Kohl.

Die in dem Schauen so vieler der Sommer ergreiset,
Im ritzenden Froste der bitteren Winter zernagt,
Vom winzigen Brosam des Frühwinds trübe gespeiset,
Wenn märzlich das Jahr mit blauem Sturme getagt.

Ewig nur hängende Särge krochen darüber.
Ihre Stirnen waren von Fackeln oft rot.
Tränen, die großen, schlugen voll Hitze hernieder,
Und sie schwanden in sie, die so trocken wie Brot.

Viele Gesänge sie hörten und silberne Tänze,
Aus hellen Palästen oft schallte ein Saitenspiel,
Im Grunde der braunen Gemächer sahen sie glänzen
Fröhlicher Zeiten Ernte und Mähler viel.

Oben im Grauen oft sahn sie die Vögel kehren
Unruhig um – wie Spreu durch die Himmel vorbei.
Die, ach, trieben hinaus mit den Wolken, den schweren,
Über die schwellenden Herbste mit scharfem Geschrei.

Ihrer dachte doch niemand. Die kümmerlich aßen
Nur der Dächer Unrat mit hungrigem Mund.
Was sich nachts dort erbrach, die in Finsternis saßen,
Und sie lagen beschmutzt auf dem schneeigen Grund.

Zur Mitternacht dann – die Mäuse schoben die Knochen
Über sie sanft. Die Raben schleuderten Mist.
Mit knickenden Beinen die Spinnen krochen
Zärtlich über ihr zitterndes Angesicht.

So sperrten sie immer empor ihre riesigen Lippen.
Und schrien nach einem Heiland der tollen Zeit,
Und hörten den Wind am Tage – im Abend ein Regentrippen –
Weißer Sterne Geräusche – durch Dunkel der Räume verschneit.

ECKART KLESSMANN
VERSE VON LETZTER TROSTLOSIGKEIT

Es gibt Gedichte auf Häuser, auf Gärten, auf Schlösser, auf Parks, auf Straßen, Alleen und Brücken, aber die Plätze, die Märkte, sind eher ein Motiv der Malerei geblieben denn der Lyrik. Selbst bei einem Dichter der Städte wie Rilke findet sich dieses Sujet höchst selten. Vielleicht ist die von Häusern umgrenzte Weite den Dichtern zu unbelebt, zu unbeweglich erschienen.

Das sieht auch Heym: »Immer lagen sie bleich nur und schüchtern.« Leben, Bewegung und Farbe widerfährt den Märkten nur von außerhalb, etwa durch das Geschäft der Höker, die »Rüben und grünlichen Kohl« zum vitalen Kolorit anhäufen. Und selbst der Tod belebt sie noch dank jener Reste, die im Leichenkondukt über sie geführt werden, und das bleiche Aussehen der steinernen Augenzeugen rötet sich im nächtlichen Fackelschein dieser *pompes funèbres*. Erst Tod und Verwesung bedeuten für die Märkte das Leben. Nur einmal, in der vierten Strophe, darf sich das aktive, bejahende Dasein widerspiegeln in festlicher Repräsentanz und Musik. Doch seltsam: Die beschworene Fröhlichkeit will sich nicht einstellen, denn diese »silbernen Tänze« wirken eher wie *danses macabres*; beim Lesen mußte ich immer an »La Valse« von Maurice Ravel denken und ihre gespenstisch-zerschlissene Walzerseligkeit.

Nach dieser Strophe legt Heym eine Zäsur, richtet sich der Blick aufwärts nach »oben im Grauen«, wo sich die Himmel wie ein Spiegelbild über die Märkte wölben und daher von ihnen im Plural gesprochen wird. Auch die Himmel werden nur belebt durch die Vogelschwärme in ihrer Ruhelosigkeit, deren kümmerliche Unbehaustheit korrespondiert mit jenen »die in Finsternis saßen«, den von Menschen entleerten Märkten, denen nur noch die Teilnahme der Tiere geblieben ist und die ewigen Zeichen und Laute von Wind, Regen und »weißer Sterne Geräusche«. Und ihr stummer Schrei »nach einem Heiland der tollen Zeit« wird unerhört bleiben.

Was beim ersten Lesen zunächst so gemessen, so statisch erscheint, ist tatsächlich von starker Bewegung erfüllt. So kulissenhaft tot auch das Bild der Märkte in der zweiten Strophe wirkt, so ist doch das Leben nicht ausgetrieben; Wörter wie »zernagt«, »gespeiset« und »getagt« sagen es, auch wenn sie das Leben im Verfall umschreiben. Und es geschieht vor den Fassaden das tägliche Hin und Her von Karossen, Trauerkondukten und Musik, das dem Agieren der oberen und unteren Tierwelt entspricht.

Wäre die kinematographische Technik im Januar 1912, als Heym dieses Gedicht schrieb, weiter entwickelt gewesen, so könnten diese Verse vielleicht als Beispiel dafür stehen, wie ein Dichter die neue Sehweise des Mediums Film übernommen hat. Das war aber damals noch nicht möglich. Dennoch gibt es so etwas wie eine zunächst statische, dann mit starken Schwenks arbeitende Kameraführung auch hier im Strophenverlauf. Etwa die wechselnden Blickrichtungen in der fünften (Schnitt nach der vierten) und in der sechsten Strophe, das Übergehen aus der Totalen in die Nahaufnahme der vorletzten.

Es ist ein Gedicht vom Weltende, getragen von dem Gefühl unabwendbarer Katastrophen, so wie es Heym auch in vielen anderen seiner Verse oft und oft ausgesprochen hat, Verse von letzter Trostlosigkeit. Geschrieben wurden sie vom 10. bis 15. Januar 1912 in Berlin. Am 16. Januar ist Georg Heym beim Schlittschuhlaufen auf der Havel bei Schwanenwerder mit einem Freund ins Eis eingebrochen und ertrunken, 24 Jahre alt.

GEORG HEYM
DIE STADT

Sehr weit ist diese Nacht. Und Wolkenschein
Zerreißet vor des Mondes Untergang.
Und tausend Fenster stehn die Nacht entlang
Und blinzeln mit den Lidern, rot und klein.

Wie Aderwerk gehn Straßen durch die Stadt,
Unzählig Menschen schwemmen aus und ein.
Und ewig stumpfer Ton von stumpfem Sein
Eintönig kommt heraus in Stille matt.

Gebären, Tod, gewirktes Einerlei,
Lallen der Wehen, langer Sterbeschrei,
Im blinden Wechsel geht es dumpf vorei.

Und Schein und Feuer, Fackeln rot und Brand,
Die drohn im Weiten mit gezückter Hand
Und scheinen hoch von dunkler Wolkenwand.

HERBERT LEHNERT
DAS SCHÖNE VERNICHTUNGSSYMBOL

Die alte Form des italienischen Sonetts, von der Heym nur wenig abweicht, ist auf das bedrohliche Bild der Schlußstrophe hin zugespitzt. Jedoch integriert das Gedicht seine Bilder nicht, sondern setzt Impressionen der nächtlichen Stadt hart gegeneinander. Schon in der ersten Zeile erscheint das Bindewort »und«, das, mehrfach wiederholt, sinnloses Nebeneinander unverbundener Bilder herauskehrt.

Die Fenster werden zu Augen der Häuser, deren Blicke unheimlich sind wie von Prostituierten. Die Straßen werden mit lebendem »Aderwerk« verglichen. Ein alter traditioneller Ausdruck der Zugehörigkeit des Menschen zur Welt blitzt auf, das Verhältnis von Makro- und Mikrokosmos, um sofort ins Absurde gestoßen zu werden. Die Straßen-Adern haben die Funktion von Abwässerkanälen, in denen die Menschen willenlos hin und her geschwemmt werden. Nächtliche Stille in der Stadt ist eintöniger Lärm, ein Zeichen der Sinnlosigkeit. Geburt und Tod sind nichts als Fäden in einem Teppich, der »Einerlei« heißt.

Jedoch lenkt das zweite der Terzette, die Schlußstrophe, auf den Anfang zurück. Lesen wir den ersten Satz des Gedichtes wieder, so scheint er zu den »dumpf« vorbeigehenden Bildern des städtischen Einerleis nicht zu passen. Die Nacht ist weit, enthält mehr als die Bilder der Eintönigkeit. Am Anfang und am Ende erscheint das Bild der Wolken, die das Licht der Stadt und das des untergehenden Mondes reflektieren. Wolken sind ein Bild für die Phantasie, in dieser Bedeutung kommen sie oft in Heyms Gedichten vor. Während der Mond, das romantische Dichtungssymbol, untergeht, werfen die Wolken das Licht der Stadt zurück, so daß ein Bild feuriger Vernichtung entsteht. Das Bild der Drohung wird lebendig als Hand, die wie ein gezücktes Schwert wirkt und Vernichtung suggeriert, eine Anspielung auf apokalyptische Bilder.

Literatur enthält Widersprüche, auch Gedichte gehen nicht allein auf Harmonie aus. Aber literarische Widersprüche zielen auf Freiheit von banalen, alltäglichen Festlegungen. Das Freiheitssymbol in unserem Gedicht ist ein Widerspruch gegen die stumpfe Welt, ist die imaginäre Vorstellung des feurigen Endes. Es bezieht seine Wirkungskraft aus der traditionellen Form, der es zugleich widerspricht.

Ist unsere moderne urbane Welt so, wie sie in diesem Gedicht erscheint: sinnlos, eintönig, reif für die Vernichtung? Oder ist das Gedicht eine Denunziation der festgefügten, saturierten, bürgerlichen Welt, die Heyms Generation von dichterischen, phantasievollen Außenseitern nicht gelten lassen wollte? Sie haßten die Welt der Väter, deren Solidität ihnen Langeweile bedeutete, ungerecht und lebensfeindlich war.

Wir müssen uns jedoch fragen, ob die Dissoziation und die Entfremdung nicht die andere Seite der Freiheit ist, die Heym in den Wolken suchte. Ein an die Scholle gebundenes Leben bietet dem Menschen feste Beziehungen, Heimat, hindert Entfremdung, macht ihn aber nicht frei. Ist Entfremdung und Freiheit dasselbe, das eine negativ, das andere positiv gewendet?

Das Gedicht entstand im November 1911, nicht lange vor Heyms leichtsinnigem Schlittschuhausflug, der seinen Unfalltod herbeiführte. Das schöne Vernichtungssymbol, auf das die Verse zulaufen, feiert den Schrecken mit grimmiger Freude. Drei Jahre später, 1914, nahm der größere Teil des deutschen Volkes den Kriegsausbruch jubelnd als befreiendes Schicksal an.

GEORG HEYM
FRÖHLICHKEIT

Es rauscht und saust von großen Karussellen
Wie Sonnen flammend in den Nachmittagen.
Und tausend Leute sehen mit Behagen,
Wie sich Kamele drehn und Rosse schnelle,

Die weißen Schwäne und die Elefanzen,
Und einer hebt vor Freude schon das Bein
Und grunzt im schwarzen Bauche wie ein Schwein,
Und alle Tiere fangen an zu tanzen.

Doch nebenan, im Himmelslicht, dem hellen,
Gehen die Maurer rund, wie Läuse klein,
Hoch ums Gerüst, ein feuriger Verein,
Und schlagen Takt mit ihren Maurerkellen.

ULRICH GREINER
DER TANZ DER DINGE

Elefanten reimen sich auf Tanten, aber nicht auf Tanzen. Georg Heym, den wir auch als den apokalyptischen Sänger der modernen Stadt kennen, scheint hier von einer geradezu Morgensternschen Unbekümmertheit ergriffen. Morgensterns »Lattenzaun« zum Beispiel endet mit den Zeilen: »Der Architekt jedoch entfloh / nach Afri- od-Ameriko.« Ebenso reimbrecherisch erfindet Heym die Elefanzen, damit sie tanzen.

Zwischen beiden gibt es seltsame Verwandtschaften, sie studierten Jura und starben jung, Morgenstern mit 42 Jahren, Heym gar mit 24 (Schlittschuh laufend auf der Havel versank er im Eis), und sie schrieben ihre berühmten Gedichte etwa zur selben Zeit, um 1910, 1911 herum. Es muß ein verrückter, ein großer Augenblick gewesen sein. Etwas lag in der Luft, ein Brausen vielleicht, ein Duft, gemischt aus Flieder und Benzin. Die Gedanken delirierten, Furcht und Kühnheit befeuerten einander. Es war eine kurze Zeit, es war die »Menschheitsdämmerung«, wie Kurt Pinthus seine Anthologie expressionistischer Lyrik nannte. Es gibt keine literarische Epoche, deren Anfang so auf den Tag genau zu datieren ist wie die des Expressionismus, und sie beginnt mit den Zeilen »Dem Bürger fliegt vom spitzen Kopf der Hut«. So das »Weltende« des Jakob van Hoddis, und vier Jahre später kam etwas, was ziemlich danach aussah, der Krieg.

Hier aber, in Heyms Gedicht »Fröhlichkeit«, ist davon

nicht die Rede. Die alte Ordnung ist noch da, noch gibt es einen Jahrmarkt mit Karussell und Schwänen und Rossen, noch Maurer, die oben auf dem Gerüst ihrer Arbeit nachgehen. Aber schon beginnen die Verhältnisse zu tanzen. Die ganze Welt, so heißt es zu Beginn, ist ein einziges Karussell, sie rauscht und saust und wird zum Juxplatz, und das tote, bunte Holz der Tiere auf dem Karussell erwacht zum Leben – ein heiterer, ein verrückter, gespenstischer Vorgang, der auch die Kosmologie erfaßt, denn die Sonnen flammen, der schließlich sogar die rationale Welt der Arbeit erfaßt, denn die Maurer werden zum feurigen Verein, vergessen ihren Auftrag und benutzen ihre Kellen als Schlagzeug.

Die Welt ist aus den Fugen, aber keiner scheint es zu bedauern. Man sieht es mit Behagen, es ist zum Lachen, man grunzt wie ein Schwein. Im hellen Himmelslicht erscheint alles gestochen scharf, sogar die läusekleinen fernen Maurer. Ein schönes Bild, ein Bild der Fröhlichkeit. Die Fröhlichkeit aber transzendiert die vorgefundene Banalität einer Stadt und ihres Jahrmarktes. »Mein Gott – ich ersticke noch mit meinem brachliegenden Enthousiasmus in dieser banalen Zeit«, notierte Georg Heym am 15. September 1911, ziemlich genau zu jener Zeit, da er dieses enthusiastische Gedicht schrieb. Die Verhältnisse: sie tanzten zuallererst in den Köpfen derer, die nicht stumpf genug waren, um zu übersehen, daß sie nicht mehr haltbar waren.

In diesem Gedicht beginnt der Tanz in der Sprache. Noch bewegt sie sich in den vertrauten, überlieferten Formen, bedient sich des umarmenden Reims (a-b-b-a), berauscht sich am dreifachen »au« in »rauscht« und »saust« und »tausend«, vertraut also der alten Magie. Aber schon tanzen die Elefanzen, reimen sich unrein »Karussellen« auf

»schnelle«, und einigermaßen unklar ist, wer da vor Freude das Bein hebt und grunzt: der Schwan oder der Elefant, das Roß oder das Kamel – oder gar einer der tausend Leute. Und schon schneidet in dieses Bild die moderne, himmelstürzende Perspektive, die steil hinauf in den Himmel geht und die Sonnen und die Maurer und das Karussell jählings in eins zusammenzieht.

Weshalb schreibt jemand Gedichte, weshalb lesen wir sie? Vielleicht doch auch, um die Zeit zu stoppen, ihren Lauf im bewegenden erhellenden Augenblick auf einmal anzuhalten, damit wir erkennen, was war, was ist.

GEORG HEYM
LETZTE WACHE

Wie dunkel sind deine Schläfen
Und deine Hände so schwer.
Bist du schon weit von dannen,
Und hörst mich nicht mehr?

Unter dem flackernden Lichte
Bist du so traurig und alt,
Und deine Lippen sind grausam
In ewige Starre gekrallt.

Morgen schon ist hier das Schweigen
Und vielleicht in der Luft
Noch das Rascheln von Kränzen
Und ein verwesender Duft.

Aber die Nächte werden
Leerer nun, Jahr um Jahr,
Hier wo dein Haupt lag und leise
Immer dein Atem war.

KARL KROLOW
VERLORENE NÄHE EINES MENSCHEN

Als Georg Heym (1887-1912) diese letzte, definitive Fassung des Gedichts schrieb, war September 1911, der Dichter – im schlesischen Hirschberg geboren – noch nicht ganz vierundzwanzig. Ein Zeitgenosse sah ihn so: »Ein runder, fester Kopf unter der Studentenmütze, das robuste Gesicht eines Jungen, den seine Freunde als wuchtige, impulsive, unglaublich gesunde Viechsnatur schildern, ein abenteuernder Rabauke und Tatmensch.« Andere sahen ihn anders. »Letzte Wache« war kein Gedicht der Satzbauzerrüttung, ein einfaches Gedicht vielmehr aus vier Strophen mit je vier Zeilen, die zweite und die vierte gereimt, schlicht, trauervoll, tränenvoll.

Die endgültige Fassung wurde vermutlich am 4. September 1911 geschrieben. Sie steht ziemlich nahe dem ungleich wüsteren Gedicht »An meinen Leichnam«, mit dem es nichts gemeinsam hat. Im Tagebuch Heyms findet man lediglich angeführt, daß dieser 4. September »ein kritischer Tag erster Ordnung« gewesen sei. Gemeint ist die Zuspitzung einer der Heymschen Frauen-Affären. Die »Letzte Wache« ist weit fort von allen Zufalls-Amouren. In diesem Gedicht ist Zufall nicht unterzubringen. Dazu ist dieses Totenwache- und Liebesgedicht zu verschwiegen, zu ernst, zu endgültig.

Seine Sprache ist gedämpft zu einem wie erstickt wirkenden Flüstern. Es sind Worte der halben und der Viertelstimme, angesichts einer Toten (oder eines Toten?), nachgerufen inmitten eines Schweigens, das wächst und alles an sich ziehen wird: das endgültige Schweigen des Todes. Sanft, melodiös, beinahe überredend kommen die Zeilen, in einer Art melancholischer Grazie, die die Verstörung, den Schmerz rhythmisch zu widerlegen, ja, aufzuheben scheint. Dennoch setzt sich die zarte Klage der Vergänglichkeit und Vergeblichkeit menschlicher Beziehung, Zuneigung, Liebe, diese Klage der Unwiderrufbarkeit des physischen Endes einer geliebten Person durch.

Sie gilt der verlorenen Nähe eines Menschen, gilt Haupt und Atem des Abgeschiedenen, gilt dem, was an diesem Toten geistig und leicht war, gilt dem Verschwinden des Lebens-Wandels, seinem Weichen und dem Beginn der Toten-Schwere, den schweren Händen, erstarrten Lippen, dem endgültigen Schlaf bei dunklen Schläfen unter flackerndem Licht. Das alles wird vorgebracht und in Worte gefaßt, als wenn nichts gesagt worden wäre, als wenn ein Luftzug durch ein Zimmer wehte. Die Stille ist überwältigend, mit der sich das Gedicht einzurichten beginnt, weil es sich mit ihr einrichten muß. Ein Adieu, sozusagen mit brennenden Augen gemurmelt, angesichts der Kälte und Einsamkeit des Todes.

Auch – so kann man es sehen – das wie hypnotisch wirkende Gedicht eines Todessüchtigen, der sich mit dreiundzwanzig Jahren bereits seine Grabinschrift überlegt hatte: »Auf meinem Grabstein soll nichts anderes stehen als: Er schläft, er ruhet aus.« Ich erinnere mich beim Lesen der »Letzten Wache« an Heyms kurze Erzählung »Die Sektion«, der ein Jahr nach seinem Tode erschienenen Novellensammlung »Der Dieb«. Auch dort gibt es einen ähnlichen Abschied von einem toten, jungen Menschen, der für den Seziertisch bestimmt ist. Ist er der-

selbe, dem die »Letzte Wache« gilt? Ist es ein Mädchen, eine junge Frau?
Es bleibt unbestimmt: »Wie ich dich liebe. Ich habe dich so geliebt. Soll ich dir sagen, wie ich dich liebe? Wie du durch die Mohnfelder gingest, selber eine duftende Mohnflamme, hattest du den ganzen Abend in dich getrunken. Aber dein Kopf neigte sich in dem Lichte, und dein Haar brannte noch und flammte von allen meinen Küssen. – So gingest du dahin und sahst dich immer nach mir um. Und die Laterne in deiner Hand schwankte wie eine glühende Rose lange fort in der Dämmerung ... Ich werde dich wiedersehen alle Abende um die Stunde der Dämmerung. Wir werden uns nie verlassen ... Soll ich dir sagen, wie ich dich liebe?«

GEORG HEYM
ROBESPIERRE

Er meckert vor sich hin. Die Augen starren
Ins Wagenstroh. Der Mund kaut weißen Schleim.
Er zieht ihn schluckend durch die Backen ein.
Sein Fuß hängt nackt heraus durch zwei der Sparren.

Bei jedem Wagenstoß fliegt er nach oben.
Der Arme Ketten rasseln dann wie Schellen.
Man hört der Kinder frohes Lachen gellen,
Die ihre Mütter aus der Menge hoben.

Man kitzelt ihn am Bein, er merkt es nicht.
Da hält der Wagen. Er sieht auf und schaut
Am Straßenende schwarz das Hochgericht.

Die aschengraue Stirn wird schweißbetaut.
Der Mund verzerrt sich furchtbar im Gesicht.
Man harrt des Schreis. Doch hört man keinen Laut.

KURT OESTERLE
IM BAUCH DER GESCHICHTE

Das Gedicht hat einen überprüfbaren historischen Gehalt. Es ist eines Datums eingedenk: des 28. Juli 1794. An diesem Tag wurde in Paris Robespierre hingerichtet, der Revolutionär, der zum Diktator geworden war. Die Details sind stimmig, selbst das sonderbare Bild des *durch die Bakken* eingezogenen Schleims. Robespierre hatte versucht, dem Schafott zu entgehen, und sich eine Kugel in den Mund geschossen, die aber nur seine Kinnlade zertrümmerte. Notdürftig verarztet, wurde er zum Richtplatz gekarrt. Schreibt hier einer vom Geschichtsbuch ab? Pickt er sich einen bedeutsamen Augenblick der Weltgeschichte heraus, um ihn mit lyrischer Gruselstimmung aufzuladen?

Heyms Gedicht entstand im Juni 1910 und gehört zu einem Zyklus mit Gedichten auf die Französische Revolution. Wie die übrigen Sonette daraus – etwa auf Louis Capet, vormals König Ludwig XVI., oder auf Danton – hält es letzte Lebensaugenblicke fest. Seine Sprache ist schmucklos, das krasse Gegenstück zu den bekannteren Gesängen des Expressionisten Heym. Kein allegorisches Ungeheuer betritt stampfend die Szene, kein Monster oder mythischer Riese, der aus versteckten Gewölben aufgestanden ist und den Mond in seiner schwarzen Hand zerdrückt.

Auch ist es ein Gedicht ohne Ich. Heym verachtete den Subjektivismus der Tradition. Fast wie in einer Reportage teilt er in schneller Abfolge äußere Eindrücke mit, atemlos und wie halblaut in ein Mikrophon gesprochen oder als flüchtiges Protokoll mitgekritzelt. Durchweg dominieren Einzelheiten kruder Leiblichkeit. Echte Subjekte, mit Vernunft, Sprache und Bewußtsein, sind nicht vorhanden. Das Geschehen rollt ab wie nach geheimer Dramaturgie. Erst später wird der Zweck der Veranstaltung erkennbar. Doch niemand reagiert eindeutig darauf, etwa mit Abscheu vor dem blutigen Treiben oder mit Freude über das Ende des Tyrannen. Der Tod selbst scheint der Held dieses Stücks.

Wie nie zuvor wurde der Tod während der Französischen Revolution zum öffentlichen Ereignis. Davon fasziniert und beängstigt, stößt Heym mit der Sonde seiner Poesie ins Dunkel dieses öffentlichen Rituals vor. Er entdeckt dort einen subjekt- und ichlosen Bereich der Geschichte, beherrscht von unkontrollierbaren Leidenschaften, von einer amoralischen Lebensfreude und Daseinslust. Spürbar mißtraut er solchem Volkswillen aus dem Bauch.

Was der Einzelgänger Heym auf seinen Abwegen findet, ist seinen Zeitgenossen fremd. Seine Epoche huldigt einem fröhlich-naiven Historismus, der nur große Männer, weitsichtige Führer und gewonnene Schlachten kennt. Sie weiß nichts und will nichts wissen von solchen Unterwelten, sie akzeptiert keine derart brüchigen und unberechenbaren Verhältnisse. Die wilhelminische Gesellschaft glaubt an den Fortschritt und an ihr Recht, sich einen weltpolitischen »Platz an der Sonne« zu erobern. Notfalls durch Krieg, den sie rational bedienen zu können meint. Ängste, Visionen und Alpträume hat sie verbannt. Sie kehren ihr in Heyms Gedichten wieder.

Heym beweist feines Gespür für Mißverhältnisse. Robespierres Fahrt ist in Volksfeststimmung getaucht. Seine

Ketten klingen nach Narrenschellen; dazu ertönt Kinderlachen; der gestürzte Herrscher, bis vor kurzem unnahbar, wird zum Zombie oder zum Tanzbären, den man necken darf. Heyms modernes Massenspektakel erscheint als Grauen, das mit den Stimmungselementen von Zirkus, Sportpalast und Jahrmarktgaudi inszeniert ist. Unter dem Firnis ahnt er den drohenden Zivilisationsbruch.

Am Ende dann unvermutet doch noch ein Funke Hoffnung: Robespierre, degradiert zum Todesclown, verweigert der Menge den Schrei. Ist dies als Widerstand eines Ausgelieferten zu verstehen, der das Spiel durchschaut? Stört er die gemeinsame Erwartung, indem er seine fast schon erloschene Individualität noch einmal, im Schweigen, aufflackern läßt? In Heyms dichterischer Welt ist das so unwahrscheinlich, daß man es sich allenfalls zu fragen traut.

JAKOB VAN HODDIS
WELTENDE

Dem Bürger fliegt vom spitzen Kopf der Hut,
In allen Lüften hallt es wie Geschrei,
Dachdecker stürzen ab und gehn entzwei
Und an den Küsten – liest man – steigt die Flut.

Der Sturm ist da, die wilden Meere hupfen
An Land, um dicke Dämme zu zerdrücken.
Die meisten Menschen haben einen Schnupfen.
Die Eisenbahnen fallen von den Brücken.

PETER RÜHMKORF
ZUR TEILNAHMSLOSIGKEIT ERSTARRT

Das berühmteste Gedicht des deutschen Expressionismus ist ein Abschiedsgedicht, es zieht den Hut. Es beraubt den Bürger mutwillig seiner schmückenden Kopfbedeckung und läßt auf *einen* lustig-lieblosen Schwung auch gleich die Bedachungsspezialisten, beziehungsweise Behütungstechniker mit in die Tiefe segeln – wer wird den Überbau der Bourgeoisie jetzt gegen unliebsame Witterungseinflüsse abdichten?

Der weitere Verlauf der Verabschiedungszeremonie zeigt freilich, daß der symbolische Dachschaden nur der erste Teil eines bürgerlichen Trauerspiels ist. Der zweite Akt, die zweite Strophe bescheren uns mit der Sturmmeldung gleichzeitig den Flutschadenbericht, und was wir eben noch für einen Luftwirbel bloß im Geisterreich des Bewußtseins hielten (»In allen Lüften hallt es wie Geschrei«), das entpuppt sich nun als Vorahnung oder, vielleicht, Antizipation eines wahrhaftigen Grundlagenbebens: Die verbündeten Elemente rücken gegen die Schutzwälle des zivilisierten Lebens vor und setzen die öffentlichen Verkehrsmittel außer Betrieb.

Mit anderen Worten: während die erste Strophe voller Zeichen und Wunder ist, wird uns in der zweiten (»Der Sturm ist da«) ein Willensträger und eine wirklich handelnde Gewalt vorgestellt, »die wilden Meere«, für die der Sprung an Land nicht viel mehr als ein »Hupfen« bedeutet. Scheinbar grundlos und dennoch mit der (im Gedicht) erklärten Absicht, »dicke Dämme zu zerdrücken«, entern sie den Kontinent wie einen leicht eroberbaren Sandkasten und behandeln stolzes Menschenwerk als willkommenes Riesenspielzeug.

Daß sich die unfreiwillig einbezogene Menschheit dabei als höchst zerbrechliche Spielsache entpuppt und ihre seelische Betroffenheit nur als eine Form von Verschnupftsein wahrgenommen wird, unterstreicht einmal mehr den geringen gemütlichen Anteil des Poeten an seinen kalkulierten Destruktionen. Zugleich mit dem bürgerlichen Spitzkopf wird dessen abgeblühtes Stimmungsleben demissioniert, und zwar derart, daß das Gedicht wortwörtlich zur Teilnahmslosigkeit erstarrt und uns – statt uns gerührte Tränen abzunötigen – zu ahnungsvollem Hohngemecker verleitet.

Damit könnten wir die Interpretation des kleinen Verswerks durchaus auf sich beruhen lassen, wenn diese »Weltende« genannte Westentaschenapokalypse nicht noch zu weiteren Exegesen einlüde/eingeladen hätte. Ein Produkt des fulminant fruchtbaren Ausbruchsjahres 1911 und als solches eine Weh- und Weissagung unter anderen, hat man es, rückblickend, immer wieder als ahnungsvolle Vorausschau folgender Menschheitskatastrophen angesprochen.

Interessanter als solche im nachhinein immer leicht zu erteilenden Prophetenweihen bedünkt mich allerdings, daß das Unheil hier ja weniger vorausgesehen als, *in effigie*, exekutiert wird und daß auch die viel beredete Enthumanisierung oder Depersonalisation nicht eigentlich das Angriffsziel des Gedichtes ausmacht, sondern einen integralen Teil seiner eigenen Daseinsform. Weit entfernt davon, sich mit langem Finger aus der Welt herauszuhalten, die es für kritik- und untergangswürdig hält, nimmt es auf paradox konkrete Weise Anteil an ihrer menschlichen Unterkühlung und deckt die latenten Entfremdungen der gesellschaftlichen Welt am eigenen Leibe auf.

Nicht darin also liegt für mich die Glaubwürdigkeit von Poesie, daß das, was sie anzeigt, ausdrückt, darstellt, schildert oder ausmalt, nun auch tatsächlich stattfindet – sei es das eigene Ableben oder, eben, der Untergang der Welt. Vertrauenswürdig wird sie vielmehr erst dort, wo sie die Spannungen und Zerrüttungen der Welt auf sich selbst bezieht und zu ihren eigenen macht: als poetischen Turgor, sprachliche Gewebespannung.

KURT SCHWITTERS
AN ANNA BLUME

Merzgedicht I

O du, Geliebte meiner siebenundzwanzig Sinne, ich
liebe dir! – Du deiner dich dir, ich dir, du mir.
– Wir?
Das gehört (beiläufig) nicht hierher.
Wer bist du, ungezähltes Frauenzimmer? Du bist
– bist du? – Die Leute sagen, du wärest – laß
sie sagen, sie wissen nicht, wie der Kirchturm steht.
Du trägst den Hut auf deinen Füßen und wanderst
auf die Hände, auf den Händen wanderst du.
Hallo, deine roten Kleider, in weiße Falten zersägt.
Rot liebe ich Anna Blume, rot liebe ich dir! – Du
deiner dich dir, ich dir, du mir. – Wir?
Das gehört (beiläufig) in die kalte Glut.
Rote Blume, rote Anna Blume, wie sagen die Leute?
Preisfrage: 1.) Anna Blume hat ein Vogel.
2.) Anna Blume ist rot.
3.) Welche Farbe hat der Vogel?
Blau ist die Farbe deines gelben Haares.
Rot ist das Girren deines grünen Vogels.
Du schlichtes Mädchen im Alltagskleid, du liebes
grünes Tier, ich liebe dir! – Du deiner dich dir, ich
dir, du mir. – Wir?
Das gehört (beiläufig) in die Glutenkiste.
Anna Blume! Anna, a-n-n-a, ich träufle deinen Namen.

Dein Name tropft wie weiches Rindertalg.
Weißt du es, Anna, weißt du es schon?
Man kann dich auch von hinten lesen, und du, du
Herrlichste von allen, du bist von hinten wie von
vorne: »a-n-n-a«.
Rindertalg träufelt streicheln über meinen Rücken.
Anna Blume, du tropfes Tier, ich liebe dir!

RUDOLF AUGSTEIN
FÜMMS, BEEEE

Mit »Anna Blume« verbindet mich ein früher Pennälertriumph, denn ich habe dieses Gedicht des von den elenden Nazis verfemten Kurt Schwitters kurz vor Hitlers Überfall auf Polen öffentlich zu Gehör gebracht, und zwar in Hannover, woher der Dichter stammt (und wo auch ich geboren wurde).

Mein Kunsterzieher am Ratsgymnasium, der Oberstudienrat Bernhard Haake, jetzt sechsundachtzig Jahre alt und Ehrenbürger von Rotenburg an der Wümme, hatte stets geistige Konterbande für die ihm befreundeten Schüler parat.

Nie ohne Parteiabzeichen, servierte er uns wenigen Freunden neben Schwitters so manches, was gut und verboten war. Als Mitglied einer Marionetten-Spielschar der Hitlerjugend und also berufen, auch die bunten Abende auszurichten, war es mir ein leichtes, meinen Vortrag der »Anna Blume« mit dem erschrockenen Ausruf zu rechtfertigen: »Und der Mann soll aus Hannover stammen!«

Schwitters (geboren 1887, gestorben 1948 in England, und zwar in Ambleside/Westmoreland) gehörte zu den Mitbegründern der Dada-Bewegung und war einer der vielseitigsten und bizarrsten Künstler jener Zeit. Es gibt kaum eine Kunstform, in der er sich nicht hervorgetan hätte. Sogar eine »Sonate in Urlauten« hat er verfaßt, aus der übrigens die Überschrift stammt.

Auch mit seiner Heimatstadt Hannover trieb er seinen

vorwärtsweisenden Unfug. Er las den Namen von hinten nach vorn, was »re von nah« ergibt, und übersetzte die Silbe »re« mit »rückwärts«. Die umgekehrte und also in der richtigen Silbenfolge gelesene Bedeutung des Namens wäre demnach »Vorwärts nach weit«, also, um Schwitters zu folgen: »Hannover strebt vorwärts, und zwar ins Unermeßliche«.

1935 war er klug genug, Deutschland zu verlassen. Am schwersten fiel ihm der Abschied von seinem MERZ-BAU in Hannover in der Waldhausenstraße 5, einer das ganze Haus durchwuchernden Collage-Plastik, an der er zwölf Jahre lang unablässig gearbeitet hatte. Als das Haus 1943 ein Opfer der Bomben wurde, hoffte Kurt Schwitters bis zu seinem Tode im englischen Exil, es würden unter den Trümmern noch MERZ-Stücke zu finden sein, obwohl »aus Gips und leicht zu zerstören«.

»Anna Blume« gibt es in mehreren Versionen. Zweifelt jemand daran, daß es sich um ein glühendes Liebesgedicht handelt, das einen Unbefangenen in die haarsträubendste Verwirrung zu versetzen vermag? Warum sind Annas rote Kleider in weiße Falten zersägt? Warum ist die Farbe ihres gelben Haares blau und das Girren ihres grünen Vogels rot? Woher nimmt sich der Autor seine siebenundzwanzig Sinne? Wir wissen es nicht und alles andere auch nicht. Doch spüren wir, Kunst ist es, wenn auch eine bodenlose. Um mit Schwitters zu reden: »Ein restloses Verstehen ist ja auch bei so ganz außergewöhnlichen Dingen nicht erforderlich.«

KURT SCHWITTERS
BASEL

Es geht ein Bischen rauf,
Es geht ein Bischen runter,
Dazwischen fliesst der Rhein,
Grün soll sein Wasser sein.
Wenns regnet, stürmt und schneit,
Dann ist es braun,
Braun anzuschaun.
Verhältnismässig drückend föhnt der Föhn;
Es brodelt tief im Grunde;
Darüber eine Stadt,
Die Basels Namen trägt
Und hat.
Dort lint es Böck
Dort beint es Hol,
Es waldet Grün
Und Witzt.
Der Ritter sticht den Wurm
Am Turm.
Der Bruder holzt,
Viel Speere und ein Zahn.
Die Kirche aus Cement
Ist Mosers hohe Zeit.
Es brennt,
Wenns brennt,
Im Kleid.
Mann,

Sei gescheit!
Der Frauen holder Chor
Lächelt dem Tor.
Mann,
Sieh Dich vor!

GERHARD SCHAUB
DORT LINT ES BÖCK, DORT BEINT ES HOL

Ins literarische Gedächtnis der Nachwelt hat sich Kurt Schwitters vor allem durch Collagetexte wie die berühmte »Anna Blume« und durch abstrakte Lautdichtungen wie die »Ursonate« eingeschrieben. In diesen und anderen experimentellen, auf Sinn und Bedeutung verzichtenden Texten ist es Schwitters gelungen, das zunächst in der Malerei erprobte Gestaltungsprinzip »Merz« (Collage, Abstraktheit, Verwendung grundsätzlich aller Materialien) von der bildenden Kunst auf die Literatur zu übertragen.

Aber neben solch innovativen, für ihn charakteristischen Texten hat der Merzdichter auch eher traditionelle Gedichte verfaßt, die freilich den experimentierenden Sprachkünstler nie ganz verleugnen. Ein Beispiel für diese bisher vernachlässigte Seite seines lyrischen Schaffens ist die sprachspielerisch verschlüsselte Hommage an Basel, ein anspielungsreiches Stadt- und Gelegenheitsgedicht, das sich fast Zeile für Zeile entschlüsseln läßt.

Die ersten zwölf Verse beschreiben die Stadt Basel nach Art eines Prospekts zuerst topographisch, dann meteorologisch und zuletzt geologisch: Basel ist auf erdbebengefährdetem Untergrund erbaut. Dabei werden Blick und Aufmerksamkeit von der Erdoberfläche aufs Wasser und in die luftige Höhe des Wetters, dann ins brodelnde Erdinnere und schließlich wieder zurück auf die Stadt Basel gelenkt.

Im Mittelteil des Gedichts werden bedeutende Künstler

und Kunstwerke der Stadt sowie zwei Repräsentanten des Basler Kulturlebens aufgerufen. Außer den vier im Basler Kunstmuseum mit zahlreichen Hauptwerken vertretenen Malern Konrad Witz, Matthias Grünewald, Hans Holbein d. J. und Arnold Böcklin, deren Namen Schwitters zerlegt, um aus ihren Bestandteilen neue Verben und ganze Sätze zu bilden, werden zwei Werke der sakralen Skulptur und der modernen Architektur in Basel namhaft gemacht: das steinerne Reiterstandbild des heiligen Georg mit dem Drachen, das links vom Hauptportal des Basler Münsters am Georgsturm postiert ist, und die von 1925 bis 1927 von dem Schweizer Architekten Karl Moser in Eisenbeton erbaute Antoniuskirche in Großbasel, eine der ersten Sichtbetonkirchen der Welt und zugleich ein markantes Zeugnis des »Neuen Bauens«.

In die Beispiele aus Malerei, Skulptur und Architektur sind zwei versteckte Anspielungen auf Basler Kunstsammler und Mäzene eingestreut. Die erste (»Der Bruder holzt«) betrifft den Basler Sammler, Zahnarzt und Professor der Zahnheilkunde Oskar Müller-Widmann (1887 bis 1956), der mit seiner Familie im Basler Stadtteil »Bruderholz« wohnte. Der vielleicht durch die Lanze des »Ritters« Georg angeregte Vers »Viel Speere und ein Zahn« bezeichnet metaphorisch die der Extraktion von Zähnen dienenden »Marterwerkzeuge« des Zahnarztes. Beiläufig artikuliert hier Schwitters, der immer wieder Kummer mit seinen Zähnen hatte und sich im Dezember 1935 von Oskar Müller behandeln ließ, seinen Horror vor zahnärztlichen Eingriffen.

Die zweite, das brennende Kleid betreffende Anspielung ist auf die bekannte Basler Mäzenin, Kunstsammlerin und -förderin Maja Sacher (1896 bis 1989) gemünzt. Nach einer noch heute in Basler Kunstkreisen mündlich kursierenden Anekdote hatte sie eine Vorliebe für schöne Kleider, die sie sich von dem Basler Couturier Fred Spillmann anfertigen ließ. Bei manchen Kleidern der starken Raucherin kam es zu Brandflecken, die Spillmann durch Retouchen modeschöpferisch beseitigte.

Wer mit dem im Schlußteil des Gedichts wiederholt apostrophierten »Mann« und den lächelnden »Frauen« gemeint ist, läßt sich nicht leicht entschlüsseln. Möglich, daß sich Schwitters hier an sich selbst als »Mann« wendet, wobei er den *Homme à femmes* in sich auffordert, vor den verführerisch lächelnden Frauen der Basler Kunstszene auf der Hut zu sein. Den Anstoß zu dieser Selbstapostrophierung könnte er von der auf der rechten Seite des Hauptportals des Basler Münsters plazierten Statue einer »törichten Jungfrau« bekommen haben; die lächelt dem ihr gegenübergestellten »Fürsten der Welt« zu, der wegen seines Gesichtsausdrucks als »Tor« fehlinterpretiert werden kann.

Entstanden ist das Gedicht im Dezember 1935, als sich Schwitters, der in seiner Heimat als »entarteter« Künstler diffamiert wurde, elf Tage in Basel aufhielt. Als poetisches Resultat dieses Aufenthalts ist das autobiographische Stadt- und Gelegenheitsgedicht zugleich als ein kleiner lyrischer Basel-Baedeker zu lesen, der auf versteckte Weise freilich auch politisch Brisantes zur Sprache zu bringen scheint: Die angeblich wetterbedingte »braune« Färbung des Rheins (Vers 4 ff.) – das »Braun anzuschaun« (Vers 7) ist ein Zitat aus Morgensterns Gedichtband »Palma Kunkel« – läßt sich als Hinweis auf faschistische Umtriebe auf Schweizer Boden in den dreißiger Jahren verstehen, gab es doch nach 1933 selbst im »roten« Basel frontistische, mit dem Nationalsozialismus sympathisierende Gruppierungen und Organisationen. Das »Basel«-Gedicht ist eine originelle und dabei nicht unkritische Huldigung der deutschen Exilliteratur an die nach 1933 keineswegs emigrantenfreundliche Schweiz.

KURT SCHWITTERS
DER ZIGARETTE ENDE

Die Zigarette lag im Gras,
Zertreten und zu Tode wund
Der Wind war kalt, der Boden naß
Doch brennend heiß ihr roter Mund.

Ein Leuchtwurm kam herangeflogen
Und fühlte stark sich angezogen
Er dachte sich, ein schöner Stern
Wär' abgerutscht vom Himmelszelt

Zu loben unsern güt'gen Herrn
In dieser bösen Sündenwelt
Jedoch im letzten Todeskampfe
Verglühte sie im eig'nen Dampfe.

Da sagte er: »Dem Herrn zum Gruß,
Ich schätze schöne Dinge sehr
Nimm meinen heißen Glühwurm-Kuß«,
Doch sie, sie setzte sich zu Wehr.

Und er verbrannte ohn' Erbarmen
In ihren heißen Liebesarmen.

KLAUS SIBLEWSKI
BLIND VOR GLÜCK

Das Gedicht beginnt am Boden und endet auch dort. Eine aufgerauchte Zigarette wird weggeworfen und verdankt es nur dem Zufall, daß sie nicht endgültig ausgetreten wird. Viel Zeit bleibt ihr nicht mehr, ihr Leben hängt an wenigen Krümeln Tabak, und dennoch begegnet sie nichts Geringerem als dem großen Glück.

Damit es zu diesem unverhofften Glück aber kommen kann, muß ein Liebhaber von einer speziellen, aber sehr verbreiteten Sorte auftreten. Seine äußere Erscheinung ist nicht beeindruckend, ein Glühwürmchen eben, aber dieses männliche Exemplar hat eine Eigenschaft, die es besonders begabt für die Liebe macht: Es hält sich bevorzugt in höheren Regionen auf. Die Lage, in der sich die Überreste aus Tabak und Glut befinden, nimmt es wahr. Im Überschwang und, berauscht von seinen hehren Gefühlen, hebt es den qualmenden Rest buchstäblich in den Himmel. Es setzt einen riesigen Irrtum in Szene – und das aus Liebe.

Auch Begierden kennt dieser glühende Mann scheinbar nicht. Von Handfestem, Sexualität, ist schon gar nicht die Rede, dafür um so ausführlicher, wovon sich leicht sprechen läßt: von Gott und dessen himmlischen Abgesandten, den Engeln. Er verwandelt die Liebe in ein sittlich-moralisches Großereignis. Das hat zwar mit der Realität nichts zu tun, nicht einmal damit, wie er sich in der Liebe verhält – diese Schwärmereien machen ihn aber unwiderstehlich.

Und die Frau in Kurt Schwitters Gedicht? Sie handelt aus Not, wie alle Weisen und Kennerinnen der Liebe. Dem Mann überläßt sie die großen Reden. Selbst wenn sie ihm sagen wollte, in welche Gefahr er sich mit ihr begibt, von schmerzhaften Wahrheiten will er ohnehin nichts wissen. Also schweigt sie und läßt sich von seinem blinden Eifer mitreißen.

Dennoch: Schwitters ist weit davon entfernt, in seinem 1930 geschriebenen Gedicht die Liebe als einen Scherz anzusehen und sich auf Kosten dieses Liebespaares zu amüsieren. Im Gegenteil setzt er seinen ganzen lyrischen Schmelz ein, den er von einem Romantiker wie Joseph von Eichendorff entlehnt haben könnte, um das Begehren und die Sehnsucht, die beide aneinander fesseln, glaubwürdig werden zu lassen. Das Metrum fließt leicht dahin, die Zeilen werden mit sich überkreuzenden Reimen abgeschlossen, die Strophen sind einfach gebaut. Doch dem spätromantischen Schmelz alleine verdankt dieses Gedicht seine Qualität.

Schwitters entwickelt in diesem Gedicht einen überzeugenden, zeitgemäßen Blick auf die Liebe. Er registriert, in welch unwirtlicher Lage sich der Zigarettenstummel befindet, dessen Gefährdung, Todesnähe, und er hat auch etwas Spott für die Verblendungen seines entrückten Glühwürmchens übrig. Ein leicht rüder Gassenhauer-Ton mischt sich in die Verse, die ihm gelten. Wie gerne sich Schwitters der Leichtigkeit dieser Liebe überlassen würde, ist zu spüren, doch er widersteht der Versuchung, und das macht aus diesen viereinhalb Strophen ein großes Liebesgedicht.

Sein ungleiches Paar findet das Glück, ein nahezu kitschiges, herzzerreißendes, aber reales Glück. Sie finden sich begehrenswert, schön, füreinander bestimmt. Ihre Liebe aber kann nur entstehen, da sie den Sinn für die Wirklichkeit verloren haben und sich nicht mehr als zertretener Zigarettenrest und gedankenversunkenes Glühwürmchen wahrnehmen. Dafür müssen sie jedoch einen hohen Preis zahlen.

In Schwitters Gedicht wird die Liebe nur ein einziges Mal erlebt. Im Taumel endet der Enthusiasmus, den er bis dahin mit seinem Glühwürmchen teilte: Er mißtraut diesem Glück und fürchtet es. Er bringt die Naivität seines Liebhabers, der verblendet und gefangen in seinen Gefühlen ist, nicht mehr auf, da er das Ende kennt. Er weiß, daß sich dieses Glück nur einstellt, weil es befristet ist. Deswegen endet dieses Gedicht auch in einer letzten Umarmung, dem Tod.

KURT SCHWITTERS
DIE NIXE. BALLADE.

Es war einmal ein Mann, der gung
In eines Flusses Niederung.
Der Tanz der grünlich krausen Wellen
Tat seines Geistes Licht erhellen.

Am Ufer gluckste es so hohl,
Wohl einmol, zwomol, hundertmol;
Und auf des Flusses Busen brannte
Ein Glanz, den jener Mann nicht kannte.

Da dachte jener klug und schlicht:
»Ich weiß nicht, doch da stimmt was nicht!«
Und guckte ohne auszusetzen
Auf die verwunschnen Wellenfetzen.

Auf einmal gab es einen Ton,
Und aus dem Wasser hob sich schon
Mit interfernalischem Geflimmer
ein blondes, nacktes Frauenzimmer.

Das hatte hinten irgendwo
Den Schwanz, gewachsen am Popo;
Dagegen fehlten ihr die Beine
Das Mädchen hatte eben keine.

Sie steckte sich in ihr Gesicht
Ein Lächeln, das ins Herze sticht
Und stütze lockend ihre Hände
Auf ihres Schwanzes Silberlende.

Dem Mann am Ufer wurde schwach;
Er dachte: »Oh«, und dachte: »Ach!«
Und ohne groß sich zu bedenken,
Wollt er ihr seine Liebe schenken.

Dem Mädchen in der Niederung
War seine Liebe nicht genung;
Sie winkte, statt sich zu erbarmen,
Dem Mann mit ihren beiden Armen.

Da bebberte der arme Mann,
Wie nur ein Starker bebbern kann;
Und senkte sich mit einem Sprung
Hinunter in die Niederung.

Da sitzt er nun und hat den Arm
Gebogen um der Nixe Charme;
Und wenn ein anderer kommt gegangen,
So wird er ebenso gefangen.

KARL RIHA
DAS GROSSE BEBBERN

Das Gedicht datiert auf den 20. August 1942. Kurt Schwitters lebte zu diesem Zeitpunkt schon das dritte Jahr im englischen Exil, in das er aus Norwegen geflüchtet war: nach anderthalbjähriger Internierung hatte er sich Ende 1941 in London niedergelassen. »Ich bin frei, wie ein Vogel im Wasser«, schrieb er an einen Bekannten, den er mit »Lieber, herziger Herr Herz« anredet, »und möchte gern singen.« Eben Herbst 1942 unternahm er zu Landschaftsmalereien, mit denen er seinen Unterhalt bestritt, einen ersten Ausflug in den Lake District, wohin er 1945 – zusammen mit seiner Freundin Edith Thomas (genannt »Wantee«) – endgültig übersiedelte.

Diese biographischen Daten sind dem Balladentext von der »Nixe« freilich nicht einbeschrieben; sie treten von außen hinzu und legen ihn fest. Deutlich erkennbar ist aber die inhaltliche wie formale Anlehnung an Goethes Ballade »Der Fischer«, jedenfalls im Motiv der Wassernixe und ihres »Menschenraubes«. Der Angler hat sich jedoch bei Schwitters in einen einfachen Spaziergänger verwandelt, und das Auftauchen des »blonden, nackten Frauenzimmers« ist reichlich zufällig, wenn man davon absieht, daß es, sprachlich konsequent, um die Inkarnation des Glanzes geht, den »jener Mann« auf des »Flusses Busen« – in Analogie zu »Meerbusen« – entbrennen sieht. Und auch in der Schlußpointe weicht Schwitters markant von Goethe ab: statt ihn ans Element hinzugeben und verschwinden zu lassen, läßt er den Helden in der Umarmung erstarren – als warnendes Exempel!

Trotzdem handelt es sich um keine Goethe-Satire, keine Parodie der »Fischer«-Ballade. Wir haben es vielmehr mit einer in ihrer Absurdität relativ freien Analogie zu tun. Wortkomik (»Schwanzes Silberlende« als Ersatzfunktion für die fehlenden Beine der Nixe), Reimkomik (die falsche Beugung von »gehen« zu »gung«, um den Gleichklang mit »Niederung« herzustellen), Bildkomik (der um den »Charme« der »Nixe« gebogene Arm des »armen Mannes«) und Sinnkomik (die gegenständlich genommene Redewendung »Liebe schenken«) rechtfertigen und stützen einen solchen Verweis. Im übrigen aber erhält die »Ballade« erst im Gesamtzusammenhang der literarischen Werke von Kurt Schwitters und innerhalb der Bewegungen der Moderne, die er wesentlich mitbestimmte, ihren richtigen Stellenwert.

Neben dem Broterwerb durch Porträts und Landschaften griff Schwitters in seinem englischen Exil entschieden auf seine abstrakt-collagistische Malerei vor dem Zweiten Weltkrieg zurück; ähnlich suchte er als Dichter den Rückbezug auf jene poetischen Neufindungen, die ihn zunächst ins Zentrum des »Sturm«-Expressionismus gehoben und dann – etwa mit seiner Lautpoesie – als eigenwilligen »MERZkünstler« zum Parteigänger der Dadaisten gemacht hatten. Mit »Anna Blume«, seinem wohl bekanntesten Poem, setzte er bei ganz herkömmlichen Lyrikformen an und variierte sie in banalistischer, merkwürdig-verdrehter und lächerlich-widersinniger Weise; in den späten zwanziger Jahren häuften sich diese abgeleiteten und transformierten Texte – sie bilden, werkgeschichtlich, die unmittelbare Voraussetzung für unsere »Nixen«-Ballade.

Die scherzhaft-unsinnige Auflösung der Goethe-Ballade führt zur Entwertung des Ausgangsmaterials: statt des Schauders vor den geheimnisvollen Kräften der Natur setzt sie ein freies Spiel in Bewegung, das Akzeptieren des Paradoxen in seiner Paradoxie. Während sich der Künstler in seinen Collage- und Montagebildern der Materialien der unkünstlerischen Welt bediente, stützt er sich hier auf Kunsttraditionen, befreit sie aber ebenso aus ihren festen Bindungen, wie er es auf dem Kunst-Terrain mit seinen trivialen Fundstücken tat: den überlieferten Festlegungen entzogen, erheben sie sich damit zu überraschend neuen Ausdrucksmitteln. Im Sinne dieser Argumentation konnte Schwitters in seinem Essay »Konsequente Dichtkunst« geradezu vom Umsprung der klassischen in die moderne, in die dadaistische Position sprechen: »Die gesamte klassische Dichtung erscheint uns jetzt als dadaistische Philosophie, und sie wirkt um so verrückter, je weniger die Absicht zum Dadaismus vorhanden war.«
Die experimentelle Schreibweise, zu welcher er nach den Beschwernissen der Internierung in einem neuen Gefühl der Freiheit zurückkehrte, stand für Schwitters seit jeher im Zeichen einer Auffassung von Kunst, die von der Wirklichkeit abstrahierte und sich als ein schwereloses Spiel unabhängig von allem Material, das es einbezog, zu inszenieren suchte. In seinen Briefen, die er nach dem Zweiten Weltkrieg mit unterschiedlichen Freunden wechselte, kam er bisweilen auf diese Kunstauffassung zu sprechen und wies ihr jenen aktuellen Ort zu, der ihr seiner Ansicht nach zustand; in einem Brief an Christof Spengemann vom 24. Juli 1946 umschrieb er ihn wie folgt: »Und nun zum Schlusse. Die neue Jugend gründet die Möglichkeit für ein schöneres Leben, in dem wir alle frei und sagen wir lustig

sein können, Krischan und ich erhoffen das auch und tun schon jetzt, als ob es schon da wäre.«

KURT SCHWITTERS
FRÜHE RUNDET REGEN BLAU

Runde das Grün
Schlafe maies Land
Grüne Tropfen tropfenweise
Leise Tropfen tropfen leise
Runde schlaf Land
Schlafe grüne Tropfenwiese
Grüne Tropfen sanften Lied
Grünen Grüne grün.

PETER DEMETZ
UNSER ZAUBERER AUS HANNOVER

In diesem Gedicht, das Kurt Schwitters wahrscheinlich im Jahre 1919 geschrieben hat, sind noch viele Erinnerungen an die deutsche Naturpoesie gegenwärtig. Ich könnte mir vorstellen, wie ein traditioneller Poet die Kontur der Hügel, sachten Mairegen und prismatisches Farbenspiel der Frühe in klappernden Volksliedstrophen in Erinnerung ruft.

Merkwürdig, wie dieses kurze Gedicht, ganz Spontaneität und ganz Konstruktion zugleich, Bewahrung *spielt:* auch dieser Text setzt Klassisch-Romantisches fort, aber auf ironische und sprachkritische Art.

Die ererbte Grammatik schmilzt dahin und bildet im Sprach-Akt des Gedichtes ihre neuen Formen; hier wird mit Wortvorrat und Grammatik experimentiert, um wieder zu entdecken und neu zu nennen, was die alten Formen nicht mehr fassen. Nicht Selbstgenügsamkeit der Sprache, sondern ein auf die Wirklichkeit bezogenes Sprachspiel, um ein Mehr an Bedeutung und Erfahrung zu definieren: eine bewegte Frühlingslandschaft und ein ruheloses lyrisches Ich, in Wünschen, Forderungen, Bitten redend zur Natur, auf daß sie sich vollende und, was ihr Geologie, Wolken und Jahreszeit auferlegten, ganz erfülle. Das lyrische Ich als eines, das die verborgenen Absichten der Natur selbst ausspricht – ganz so, wie einst der romantische Dichter, aus dem Herzen des Universums?

Aber dieses Gedicht lebt aus einer modernen und spartanischen Präzision, die jedes Wort auf seinen etymologischen Bedeutungskern hin prüft, ehe sie es, so oder so, in den Zusammenhang fügt. Vieles, aber durch Weniges (Beispiel der sprachlichen Generationskraft überhaupt): ein vereinzelter Artikel als letzte Spur der traditionellen Grammatik, und sonst Wandlungen, Neuerungen, Transformationen. Das Adjektiv »sanft« zum Verbum »sanften« gesteigert; »Mai« und »Schlaf« in Qualitäten verwandelt; und das Adjektiv »grün«, im Formenspiel der letzten Zeile, als Nennung der Substanz, der Eigenschaft und der Art und Weise – die »grünste« Zeile eines Naturgedichtes, die je ein deutscher Autor geschrieben hat.

Das alles steht August Stramm näher als dem Züricher Dada, wird der Literaturhistoriker einwenden, und der Freund der Weltliteratur wird an Stramms komplizierte Beziehungen zu den italienischen Futuristen erinnern, die ja ihre Grammatik ähnlich radikal revidierten, um den physischen und physiologischen Bewegungen des Weltkernes (nichts als pure Energie) auf der Spur zu bleiben. Aber Schwitters, der in manchen Gedichten Stramm imitiert, gefällt sich nicht in Stramms irrationaler Brunst. Weder Schreien noch Stöhnen, sondern Bewegung gezügelt durch die ökonomische Eleganz des Konstruktivisten: die Zeilen eins/zwei, fünf/sechs deutlich abgesetzt von drei/vier, sieben/acht; das Spiel mit dem Gleichklang am Anfang der Verse und, zugleich, die Enttäuschung semantischer Erwartungen (nichts kommt so wieder, wie es sollte); die wunderbare vierte Zeile mit ihrem »Rückgang«, dem aber nichts Mechanisches anhaftet (das Hörbare des ersten und des letzten Wortes ist identisch, nicht aber seine Satzfunktion).

Es gibt Gedichte, die sich dem Diktat der Bedeutung ganz

unterordnen, und solche, die sich, alle Bedeutungen opfernd, ganz in Sprache verlieren – aber wie tut man beides zugleich? Kurt Schwitters, unser Zauberer aus Hannover, findet seine Lösungen ohne jede Mühe; wie einer jener Artisten, von denen Rilke in seiner Elegie so skeptisch spricht, hält er viele rotierende Teller auf *einem* wirbelnden Stab, und keiner zerschellt, und alles ist geglückte Bewegung, heiterste Kunst.

GEORG TRAKL
ABEND IN LANS

2. Fassung

Wanderschaft durch dämmernden Sommer
An Bündeln vergilbten Korns vorbei. Unter
getünchten Bogen,
Wo die Schwalbe aus- und einflog, tranken wir
feurigen Wein.

Schön: o Schwermut und purpurnes Lachen.
Abend und die dunklen Düfte des Grüns
Kühlen mit Schauern die glühende Stirne uns.

Silberne Wasser rinnen über die Stufen des Walds,
Die Nacht und sprachlos ein vergessenes Leben.
Freund; die belaubten Stege ins Dorf.

KARL KROLOW
AN GEISTERHAFTEM ORT

Als ich vor etwa fünfzig Jahren antiquarisch »Die Dichtungen von Georg Trakl«, ausgewählt von dem Freund Karl Röck, als erste Gesamtausgabe erstand, hielt ich die schöne, tiefblau gebundene Edition des Verlags Kurt Wolff, Leipzig, in der Hand. Ein zerrissenes Saitenspiel und ein dünner Lorbeerzweig schmückten den Einband. Das Buch war damals fünfzehn Jahre alt, mußte gegen oder nach dem Ende des Ersten Weltkriegs erschienen sein. Ich kannte damals Trakl nur durch eine schmale Auswahl in der alten Insel-Bücherei. Die Ausgabe des Kurt Wolff Verlags schien mir – noch dazu unter den damaligen tristen Umständen – ein besonderer Fund zu sein. Er war es tatsächlich. Denn erst die Röcksche Ausgabe erschloß mir den österreichischen Dichter, der so früh das Leben hinter sich gelassen hatte, in dem er – nur der Schwester verbunden – ein Abwesender war.
Die Landschaft war mir, dem Norddeutschen, unbekannt. Um so begieriger nahm ich diese Landschafts»stoffe« in ihrer herbstlichen Transparenz auf, die keinen Unterschied zwischen Diesseits und Jenseits zu machen schien. Es waren namenlose Orte der Seele. Wenn einmal ein Name fiel und ein Ort genannt wurde, so erweckte er sogleich meine Neugier.
Als ich das Gedicht »Abend in Lans« – in der zweiten Fassung, wie ich später erfuhr – las, kam etwas wie Sehnsucht nach diesem unbekannten, geisterhaften Ort auf. Später –

ungefähr zehn Jahre nach dem Ende des Zweiten Weltkriegs und anläßlich einer kleinen Tagung im benachbarten Igls – lernte ich auf einem Ausflug Lans kennen. Es war ein flüchtiger Gang durch eine stille Ortschaft, von Wäldern umgeben, irgendwo oberhalb von Innsbruck. Mittagszeit war und die Stille für mich doppelt spürbar. War dies überhaupt noch das Lans, das Trakl einst im Gedicht genannt hatte, mit jenen »Belaubten Stegen ins Dorf«, die ich wiederzuerkennen meinte?

Nicht viel weniger als ein halbes Jahrhundert mochte inzwischen verstrichen sein, und Lans mußte sich notwendigerweise verändert haben. Es war die Jahreszeit des Gedichts, das gebündelte Heu auf den Feldern. Und auch die getünchten Häuserbögen mit den huschenden Schwalben gab es zu sehen. Auch das andere, Geheimnisvolle, diese Schwermut und das sprachlose, das vergessene Leben schien in der lastenden Mittagszeit auf dumpfe Art und Weise gegenwärtig. Dennoch konnte ich das Lans des Jahres 1955 im Gedicht Georg Trakls nicht wiederfinden. Insgeheim mochte ich auf einen Hinweis wie auf eine »Erscheinung« hoffen, die ausblieb. Ich war zu flüchtig in diesem vor dreißig Jahren noch mittagsstillen Tiroler Dorf, das schwieg, bis auf kurzes Lachen, das aus dem Wirtshaus zu hören war, ehe alles wieder »in Ruh und Schweigen« sich verlor.

Das Betäubte, das Suggestive, diese Augenblicke schwermütiger Euphorie waren mit dem, der sie niederschrieb, in einer Zeitlosigkeit verschwunden, in der allenfalls noch die »zweite Zeit« der Dichtung und der Dichter herrscht. Die Schauer, die einst die »glühende Stirne« kühlten, hinterließen im Gedächtnis eher ein Frösteln dessen, der an einem geheimen Ort der Dichtung zu spät und als ein anderer gekommen war. Ich fror in der Wärme. Ich sagte mir »Abend in Lans« auf, *par cœur*, wie die Franzosen sagen. Ich fühlte mich als ein später Fremdling hier.

GEORG TRAKL
DE PROFUNDIS

Es ist ein Stoppelfeld, in das ein schwarzer Regen fällt.
Es ist ein brauner Baum, der einsam dasteht.
Es ist ein Zischelwind, der leere Hütten umkreist.
Wie traurig dieser Abend.

Am Weiler vorbei
Sammelt die sanfte Waise noch spärliche Ähren ein.
Ihre Augen weiden rund und goldig in der Dämmerung
Und ihr Schoß harrt des himmlischen Bräutigams.

Bei der Heimkehr
Fanden die Hirten den süßen Leib
Verwest im Dornenbusch.

Ein Schatten bin ich ferne finsteren Dörfern.
Gottes Schweigen
Trank ich aus dem Brunnen des Hains.

Auf meine Stirne tritt kaltes Metall
Spinnen suchen mein Herz.
Es ist ein Licht, das in meinem Mund erlöscht.

Nachts fand ich mich auf einer Heide,
Starrend von Unrat und Staub der Sterne.
Im Haselgebüsch
Klangen wieder kristallne Engel.

ERICH FRIED
EIN VERLORENER IN WELCHER WELT?

Wenige Gedichte erschüttern mich immer wieder wie dieses. Warum eigentlich? Widerspricht es nicht allen Regeln für ein wirksames Gedicht? Zahllose Adjektive – schwarzer Regen, brauner Baum, sanfte Waise, spärliche Ähren, süßer Leib, finstere Dörfer, kristallne Engel – und noch sieben weitere in nur einundzwanzig Textzeilen! Und welcher Aufwand: Gott und Engel werden bemüht, Landschaft, Wetter, ein Todesfall oder Mord. Pathos: »Gottes Schweigen / Trank ich aus dem Brunnen des Hains.« »Im Haselgebüsch / Klangen wieder kristallne Engel.«

Im ganzen Gedicht nichts Scharfsinniges, ja, es ist nicht einmal klar formuliert: Ist die Ich-Person einer, der den Tod der sanften Waise nur beklagt, oder ist es ihr Mörder, der dieses »De profundis« spricht? Und ist die Landschaft keine Kitschkulisse, die Figur der sanften Waise nicht Klischee, von der nächtlichen Heide, die schon von König Lear her wohlbekannt ist, und vom kalten Metall auf der Stirne ganz zu schweigen? Und heißt es nicht eigentlich »erlischt« statt »erlöscht«?

Über alle Einwände dieser Art triumphiert das Gedicht, ja vielleicht besteht sein Zauber gerade auch aus all dem. Es hat die Kraft und Einfachheit – und gelegentlich die Unbestimmtheit – des Volksliedes, ohne das Volkslied nachzuahmen. Bei den ersten drei Worten fällt mir das Lied vom Schnitter Tod ein, später auch »Es dunkelt schon in der

Heide«, »Es zog eine dunkle Wolke herein« und andere mehr.

Ich kenne kaum ein Gedicht, bei dem expressionistische Diktion und Volksliedhaftes so eng verbunden sind. Manches wird gerade dadurch gestaltet, daß es nur einfach gesagt wird, ohne einen Versuch der Gestaltung, etwa: »Wie traurig dieser Abend.«

Und was ist die Rolle der vermeintlichen Klischees, des Kitschigen (als wüßten wir wirklich, was Kitsch ist und was nicht)? Wird hier nicht das Unheil ganz und gar aus den Bausteinen der »heilen Welt« vor uns aufgebaut? Wird nicht dadurch die Sehnsucht nach der unverletzten Welt, nach dem zerstörten Schönen und Liebenswürdigen so stark in uns, daß wir uns – lange nach dem Lesen des Gedichtes – vielleicht auch noch fragen, ob nicht die so verbreitete Ablehnung der »heilen Welt« durch die Kritik gerade der Sehnsucht nach ihr und der Bitterkeit entspringt, daß sie uns genommen ist? Hier aber sind Armut, Mord oder doch Tod und Verwesung und verzweifeltes Herumirren so dargestellt, daß die Schönheit, die Idylle zugleich zerstört und noch da ist. Ohne diese Sehnsucht inmitten des Entsetzlichen, der Verlassenheit, könnte das Gedicht nicht »De profundis« heißen.

Die Kunstmittel sind so unauffällig, daß man nicht sagen kann, ob sie dem Dichter bewußt waren, etwa wenn »sanfte Waise« auch etwas von einer sanften Weise – Melodie – vermittelt oder wenn die beiden Worte »spärliche Ähren« ihren Inhalt durch ihren Klang verdeutlichen, ebenso wie zuletzt, wenn es heißt: »Klangen wieder kristallne Engel.« Auch die Alliterationen sind unaufdringlich.

Wie gewaltig das Gedicht Grenzen zu überschreiten vermag, zeigt sich auch darin, daß es eigentlich gar nicht mehr wichtig ist, ob die Ich-Person um das arme Mädchen nur klagt oder selbst von der Schuld an ihrem Tod in die Irre getrieben wurde.

GEORG TRAKL
DER HERBST DES EINSAMEN

Der dunkle Herbst kehrt ein voll Frucht und Fülle,
Vergilbter Glanz von schönen Sommertagen.
Ein reines Blau tritt aus verfallener Hülle;
Der Flug der Vögel tönt von alten Sagen.
Gekeltert ist der Wein, die milde Stille
Erfüllt von leiser Antwort dunkler Fragen.

Und hier und dort ein Kreuz auf ödem Hügel;
Im roten Wald verliert sich eine Herde.
Die Wolke wandert übern Weiherspiegel;
Es ruht des Landmanns ruhige Gebärde.
Sehr leise rührt des Abends blauer Flügel
Ein Dach von dürrem Stroh, die schwarze Erde.

Bald nisten Sterne in des Müden Brauen;
In kühle Stuben kehrt ein still Bescheiden
Und Engel treten leise aus den blauen
Augen der Liebenden, die sanfter leiden.
Es rauscht das Rohr; anfällt ein knöchern Grauen,
Wenn schwarz der Tau tropft von den kahlen Weiden.

WALTER HINCK
ERFÜLLUNG UND ABSCHIED

Der »Einsame« ist eine Schlüsselfigur der Lyrik Trakls, und in der Sammlung »Sebastian im Traum«, die 1915, also im Jahr nach Trakls Tod, erschien, beschließt »Der Herbst des Einsamen« einen Zyklus von zehn Texten, der im ganzen den Titel des Gedichtes trägt. Aber Einsamkeit ist eine lyrische Grundsituation überhaupt, seitdem sich das Ich seiner Individualität bewußt geworden ist und Ich-Sein nicht nur als Beglückung, sondern auch als Ausgrenzung erfährt.

Trakl hebt die Isolation des Einsamen in einer Partnerschaft auf. Was das heißt, sagt die erste Strophe von »Verklärter Herbst« (aus Trakls früher Lyriksammlung) unmittelbar: *Gewaltig endet so das Jahr / Mit goldnem Wein und Frucht der Gärten. / Rund schweigen Wälder wunderbar / Und sind des Einsamen Gefährten.* Der Einsame unseres Gedichts öffnet sich, nicht abgelenkt, mit allen Sinnen zur Welt, fast möchte man sagen: Erst die Einsamkeit schafft die Möglichkeit solcher Wahrnehmungsfülle.

Das Gedicht hält das Doppelgesicht der herbstlichen Jahreszeit fest, die Spannung zwischen Fruchtsegen und Vergehen, zwischen der kräftigen Färbung des Laubwaldes und dem Vergilben sommerlicher Schönheit, zwischen Erfüllung und Abschied. Was über die sichtbare Natur hinausweist, bleibt angedeutet: eine mythische Schau, die aus dem Flug der Vögel den Willen der Götter erschließen zu können hoffte, die christliche Bilderwelt mit Kreuz und Engel.

Hörbar wird das Gedicht als Komposition im Dreiertakt. Durch dreifache Reime vernetzen sich die drei Strophen. Dreifach taucht mit dem Blau dasselbe Farbwort auf. Bezeichnet das »reine Blau« der ersten Strophe noch die atmosphärische Klarheit des Himmels, das Azurblau sonniger Herbsttage, so entzieht sich in der mittleren Strophe »des Abends blauer Flügel«, auch wenn sich damit ein Dunstblau oder die Dämmerung assoziieren läßt, schon genauerer Deutung. Nicht mehr gleichzusetzen mit der konkreten Farbe ist das Blau in den »Augen der Liebenden«.

Bei Gottfried Benn avanciert das Blau zur Farbchiffre (zum »Südwort«) schlechthin. In Trakls Lyrik findet es sich mehrfach als Merkmal der Reinheit, als Attribut der Engel: der Boten des Jenseits und der Erscheinungen des Beseelten. Grundsätzlich aber verbietet sich die eindeutige Auslegung. Denn Farbwörter können zwischen verschiedenen Stufen und Fassungen von Gedichten Trakls fast willkürlich wechseln, sind nicht mehr vom Bezugswort her bestimmt, sondern von Eigengesetzen der Gedichtstruktur. So läßt sich in der Schlußzeile des Gedichts das Schwarz der Tautropfen zwar als Farbe des Todes, aber auch als Korrespondenz zum »dunklen Herbst« verstehen, als Antwort, die das Ende des Gedichts mit dem Anfang verklammert.

Wie sich von der ersten zur dritten Strophe der Tag über den Abend zur Nacht hin neigt, so führt auch in den Einzelstrophen die Bewegung vom Hellen – in der letzten Strophe stehen dafür die Sterne – ins Dunkle. Aber wenn am Ende des Gedichts die Bildlichkeit des Todes sich durchsetzt, so doch nicht im Sinne des Triumphs. Das »knöchern Grauen« hebt die sanfte Gewalt der Liebe nicht

auf. Die Vergänglichkeit wird als eine Kehrseite von »Frucht und Fülle« hingenommen.
Ein wahres Kunstgebilde ist dieses Gedicht mit seiner klaren Architektur, mit der Musik seiner Reime und Alliterationen und dem Echospiel klangvoller Vokale und Doppellaute. Man muß die Lebensgeschichte des Autors nicht kennen, um von diesem Gedicht fasziniert zu sein. In einer Zeit, die eine geduldige Wahrnehmung der Natur kaum noch zuläßt und den Gedanken an den Tod nach Kräften verdrängt, geht von diesem Gedicht eines »Einsamen« auch die Magie des Fremden, des Abhandengekommenen aus. Denn wir suchen in der Dichtung ja nicht nur Ebenbilder, sondern auch Gegenbilder.

GEORG TRAKL
DIE KIRCHE

Gemalte Engel hüten die Altäre;
Und Ruh und Schatten; Strahl aus blauen Augen.
In Weihrauchdünsten schwimmen schmutzige Laugen.
Gestalten schwanken jammervoll ins Leere.

Im schwarzen Betstuhl gleichet der Madonne
Ein kleines Hürlein mit verblichnen Wangen.
An goldnen Strahlen Wachsfiguren hangen;
Weißbärtigen Gott umkreisen Mond und Sonne.

Ein Schein von weichen Säulen und Gerippen.
Am Chor der Knaben süße Stimmen starben.
Sehr leise regen sich versunkene Farben,
Ein strömend Rot von Magdalenens Lippen.

Ein schwangeres Weib geht irr in schweren Träumen
Durch diese Dämmerung voll Masken, Fahnen.
Ihr Schatten kreuzt der Heiligen stille Bahnen,
Der Engel Ruh in kalkgetünchten Räumen.

ECKART KLESSMANN
GEISTLICHES PANOPTIKUM

In der Welt des Dichters Georg Trakl ist Gott zwar präsent als Wort und Begriff, aber er bleibt den Menschen fern, spricht nicht mit ihnen, gibt auch keine Zeichen. Er schweigt, denn er hat sich von den Menschen abgewandt. Die Welt, wie sie sich in Trakls Lyrik abbildet, ist eine gottverlassene, ohne Barmherzigkeit, ohne Gnade, ohne Hoffnung auf Erlösung, vor allem aber ohne Christus. Und doch bekannte der Dichter in einem Gespräch im Januar 1914 vor Freunden ganz dezidiert, er sei ein (evangelischer) Christ. Fügte aber auch gleichzeitig den für einen Christen ungewöhnlichen Satz hinzu: »Ich habe kein Recht, mich der Hölle zu entziehen.«

Wenn eine Kirche ein Gotteshaus ist, so hat Gott in diesem Gedicht sein Haus längst aufgegeben und als eine Rumpelkammer mit geistlichem Nippes zurückgelassen, als ein Arsenal »voll Masken, Fahnen«. Das Interieur ist aus katholischen Barockkirchen vertraut: Gemalte Engel, in gläsernen Sarkophagen verwahrte Gerippe, Bildnisse der Heiligen, ein wächserner Gottvater zwischen Gestirnen, Weihrauch.

Aber der Jubel aus Farben und Formen, den so viele Kirchen des achtzehnten Jahrhunderts verströmen, ist verstummt und einer bedrückenden Stimmung von absoluter Gnadenlosigkeit gewichen. Und die im ersten und letzten Vers genannten Engel sind nicht etwa die Boten Gottes, sondern nur sinnentleerte Staffage.

Das Kircheninnere als eine Ansammlung von Requisiten und Kulissen, darin »Gestalten schwanken jammervoll ins Leere«, da ihre Gebete niemand erhört. Dem Weihrauch sind »schmutzige Laugen« beigemischt, der Gesang ist verstummt, das Schweigen des entschwundenen Gottes breitet sich aus. Die Hure sieht aus wie die Madonna, die Schwangere ist mit ihren Ängsten allein. Diesen Mühseligen und Beladenen bleibt die vom Erlöser verheißene Erquickung versagt. Nicht allein der »weißbärtige Gott« ist eine Wachsfigur in einem geistlichen Panoptikum.

Nur an einer einzigen Stelle löst sich die modrige Erstarrung: im »strömend Rot von Magdalenens Lippen«. Von Maria Magdalena, die man mit der »Sünderin« aus dem Lukas-Evangelium gleichsetzte, hatte Jesus gesagt: »Ihr sind viele Sünden vergeben, denn sie hat viel geliebt.« Im Mittelalter galt Magdalena als Schutzpatronin der Huren. Es sind »Magdalenens Lippen«, die einst die Füße des Heilands geküßt hatten, deren Rot zu strömen beginnt wie Blut. Es ist das Rot der Sünde und das Rot des Opfers von Golgatha.

Das erklärt, warum das »kleine Hürlein mit verblichnen Wangen« ganz unblasphemisch dem Gesicht der Madonna verglichen wird. Auch das »schwangere Weib«, das sich offenbar nicht »gesegneten Leibes« empfindet, vielmehr von Ängsten heimgesucht wird, gesellt sich dieser schwesterlichen Trinität. Soll mit ihr das Bild der Maria – »gebenedeit sei die Frucht deines Leibes« – assoziiert werden? Der Gedanke liegt nahe, diese Magdalena selbdritt der Erlösung, der Gnade, der Vergebung näher zu wissen als andere, hätten diese Begriffe in Trakls Vorstellungswelt ihren Ort.

Zu Beginn und am Ende dieses zwischen 1909 und 1912

entstandenen Gedichtes erscheint das Wort »Ruh«. Aber es ist dabei nicht gedacht an den am siebten Tag ausruhenden Schöpfergott der Genesis, zufrieden mit seinem Werk. Hier entspricht die Ruhe der Stille des Grabes, aus dessen Moder es keine Auferstehung geben wird.

GEORG TRAKL
DIE SCHÖNE STADT

Alte Plätze sonnig schweigen.
Tief in Blau und Gold versponnen
Traumhaft hasten sanfte Nonnen
Unter schwüler Buchen Schweigen.

Aus den braun erhellten Kirchen
Schaun des Todes reine Bilder,
Großer Fürsten schöne Schilder.
Kronen schimmern in den Kirchen.

Rösser tauchen aus dem Brunnen.
Blütenkrallen drohn aus Bäumen.
Knaben spielen wirr von Träumen
Abends leise dort am Brunnen.

Mädchen stehen an den Toren,
Schauen scheu ins farbige Leben.
Ihre feuchten Lippen beben
und sie warten an den Toren.

Zitternd flattern Glockenklänge,
Marschtakt hallt und Wacherufen.
Fremde lauschen auf den Stufen.
Hoch im Blau sind Orgelklänge.

Helle Instrumente singen.
Durch der Gärten Blätterrahmen
Schwirrt das Lachen schöner Damen.
Leise junge Mütter singen.

Heimlich haucht an blumigen Fenstern
Duft von Weihrauch, Teer und Flieder.
Silbern flimmern müde Lieder
Durch die Blumen an den Fenstern.

GENO HARTLAUB
EIN SCHLICHTES LIED

Gold und Blau strahlen in diesem Gedicht den Glanz des Sommerhimmels und der barocken Altäre aus, sie haben nichts an sich vom Schimmer der Fäulnis und Verwesung, der die großen Untergangsgesänge und Todeshymnen kennzeichnet. »Die schöne Stadt« ist durchglüht vom Licht echter und künstlicher Abendsonnen. Verglichen mit Trakls Herbst- und Wintergedichten, wirkt hier alles leuchtend und hell. Farben und Töne vermischen und steigern sich gegenseitig.

Der Tod kommt nur ein einziges Mal in Verbindung mit »braun erhellten Kirchen« und »reinen Bildern« vor. Das Leben überwuchert die Visionen von Sterben und Untergang. Kronen, Rösser, Brunnen, Blütenkrallen, Glockenklänge, Marschtakt, Weihrauch, Teer und Flieder zeugen von der Fülle der Natur und der Menschenwerke. Zweimal finden wir einen Hinweis darauf, daß sich Elemente des Traums in das »farbige Leben« der sommerlichen Stadt mischen, die es wieder verblassen lassen und aufzulösen drohen: »Traumhaft hasten sanfte Nonnen« und »Knaben spielen wirr von Träumen«.

Die Melancholie, die gleichwohl von diesem Gedicht ausgeht, stammt von seiner Form. Sie ist streng – sieben Strophen zu je vier Verszeilen, die sich reimen, mit Ausnahme der ersten und vierten Zeile jeder Strophe, in denen das Schlußwort wiederholt wird. Diese Wiederholung erzeugt eine Vorstellung von Vergeblichkeit, von einem

Kreisen im Leeren, von ewiger Wiederkehr. Lebensfülle und Farbenreichtum der »Schönen Stadt« werden in Versgefäßen aufgefangen, die immer die gleiche Form haben – wie Brunnenschalen, in die schäumendes Wasser fließt und zur Ruhe gebracht wird.

Die Melodie des Gedichts könnte immer so weitergehen. Eine Strophe weckt die nächste zum Leben, ein Vers lockt den anderen hervor. Dies ist ein Lied, das vertont werden könnte. Trotz der sich ablösenden Bilder und der wechselnden Figuren hat die Sprachmelodie etwas Eintöniges und Schwermütiges. Der Trakl-Ton wird durch gewisse Unregelmäßigkeiten im Versmaß noch deutlicher: Er strebt zu einer größeren und offeneren Form, zu freien Rhythmen, zu Langzeilen-Lyrik.

Max Rychner hat festgestellt, in Trakls Gedichten komme das Wort »ich« so gut wie nie vor; die Individualität des Dichters löse sich auf in der Allbeseelung der Natur oder im Grauen von Tod, Fäulnis und Untergang. Trakls Gedichte sind welthaltiger als sein kurzes Leben, das sich engräumig und zurückgezogen in Österreich abspielte. Seine Lyrik spiegelt die Visionen des Rauschs wider, den er sich durch Drogen verschaffte. Schon 1914, siebenundzwanzigjährig, setzte er, durch die Schrecken des Ersten Weltkriegs in seinen Untergangsprophetien bestätigt, seinem Leben durch eine Überdosis Kokain ein Ende.

Ein Unvollendeter, ein Frühvollendeter? Er hat, um mit Rilke zu reden, »seinen eigenen Tod« gefunden, er hat sich die Freiheit genommen, den Augenblick, der ihn aus seiner Verzweiflung erlösen sollte, selbst zu bestimmen. Vielleicht hat er in seinen Gedichten und den wenigen Briefen und Prosastücken, die erhalten geblieben sind, alles für ihn Wesentliche gesagt. Seine Leitmotive: Rausch,

Blut und Blumen, Traum, Schlaf, Herbst, Untergang und Auferstehung, religiöse Ekstase und Höllenstürze, die Geliebte in der Gestalt der Schwester. »Die schöne Stadt« wirkt keusch und knospenhaft gegenüber der überreifen Fülle späterer Gedichte. Dieses Gedicht ist ein Ruhepunkt in der Erscheinung wilder Flucht, ein schlichtes Lied. Mit der Stadt ist Salzburg gemeint; sie hat den Dichter nicht geängstigt wie modernere Großstädte, sondern besänftigt und friedlich gestimmt.

GEORG TRAKL
GRODEK

Am Abend tönen die herbstlichen Wälder
Von tödlichen Waffen, die goldnen Ebenen
Und blauen Seen, darüber die Sonne
Düstrer hinrollt; umfängt die Nacht
Sterbende Krieger, die wilde Klage
Ihrer zerbrochenen Münder.
Doch stille sammelt im Weidengrund
Rotes Gewölk, darin ein zürnender Gott wohnt
Das vergoßne Blut sich, mondne Kühle;
Alle Straßen münden in schwarze Verwesung.
Unter goldnem Gezweig der Nacht und Sternen
Es schwankt der Schwester Schatten durch den schweigenden Hain,
Zu grüßen die Geister der Helden, die blutenden Häupter;
Und leise tönen im Rohr die dunkeln Flöten des Herbstes.
O stolzere Trauer! ihr ehernen Altäre
Die heiße Flamme des Geistes nährt heute ein gewaltiger Schmerz,
Die ungebornen Enkel.

ROLF SCHNEIDER
SEIN LETZTES GEDICHT

Dies ist das Gedicht eines siebenundzwanzigjährigen Mannes. Es ist das Gedicht eines Selbstmörders und das letzte, das er schrieb vor seinem selbstgewollten Fortgang.
Das Titelwort gibt den Namen einer Ortschaft wieder. Grodek, in polnischer Schreibung Gródek, liegt in der heutigen Sowjet-Ukraine, im ehemaligen Ost-Galizien, genau westlich der alten galizischen Kapitale Lemberg oder Lwow, fast auf der Mitte der Strecke zwischen Lemberg und der ehemaligen k. u. k. Festungsstadt Przemyśl.
Noch im August 1914 erlitten die k. u. k. Heere in Galizien schwere Niederlagen, in deren Folge der größere Teil von Ost-Galizien einschließlich Lembergs verlorenging. Der österreichische Generalstabschef Conrad von Hötzendorf, einer der Einpeitscher dieses Krieges, befahl eine Gegenoffensive, die von Gródek aus geführt wurde und in einer neuerlichen katastrophalen Niederlage für Österreich endete. Die Front wurde bis zu den Karpaten zurückgenommen. Nunmehr war ganz Ost-Galizien in russischer Hand.
Unter den Zeugen dieser Schlacht auf österreichischer Seite befand sich der Angehörige einer Sanitätskompanie im Range eines Medikaments-Akzessisten, der Apotheker Georg Trakl aus Salzburg. Es war sein erster Einsatz in diesem Krieg. In einer Scheune neben dem Marktplatz von Gródek mußte er nahezu hundert Schwerverletzte betreuen. Er war den Klagen, den Schreien des Schmerzes,

den Bitten um Sterbehilfe allein überlassen. Einer der Verwundeten schoß sich vor Trakls Augen eine Kugel ins Gehirn. Blutiges spritzte an die Wand. Trakl, der vor solchen Eindrücken fliehen wollte, rannte ins Freie, wo in den Bäumen die Leichen hingerichteter Ukrainer hingen.

Beim weiteren Rückzug der Österreicher wurde Trakl vom Übermaß des erfahrenen Schreckens überwältigt. Er schrie plötzlich, er könne nicht weiterleben; nur mit Mühe war er an einem Selbstmord mit der Waffe zu hindern; zunächst schien es, als wolle man ihn deswegen kriegsgerichtlich verfolgen. Man besann sich anders. Man lieferte ihn ein in das Garnisonsspital Nr. 15, Abteilung 5, das ist der Psychiatrietrakt, in Krakau. Er teilte das Zimmer mit einem delirierenden Offizier. Die Diagnose der Militärärzte lautete auf *Dementia praecox.* Einer vermutete auch einen Fall von »Genie und Irrsinn«.

Hier im Spital erhielt Trakl Ende Oktober den Besuch eines Freundes, und bei dieser Gelegenheit, unterbrochen durch die Schreie der Irren, las er seine zuletzt entstandenen Gedichte vor, darunter in einer ersten Fassung »Grodek«. Der Freund versuchte es, den verstörten Dichter aus der Psychiatrie zu befreien; seine Versuche blieben ohne Resultat; er reiste nach zwei Tagen wieder ab. Am 27. Oktober verfaßte Trakl noch einen Brief, dem die nunmehr endgültige Fassung von »Grodek« beilag.

Dieses Manuskript hat sich erhalten, ein mit Bleistift beschriebenes Papier, die ersten sechs Verse in lateinischer, die restlichen in deutscher Schrift notiert. War eine Absicht dabei? Wir wissen es nicht. Am 2. November vergiftete sich Trakl mit einer Überdosis heimlich mitgeführten Kokains, am 3. November starb er. Man beerdigte ihn auf dem Rakoviczer Friedhof von Krakau, einen der tödlich

Verzweifelten aus der Geschichte deutschsprachiger Literatur, darin ein Nachfahr Kleists, darin ein Vorläufer Celans.

Kennt man die Umstände seiner Entstehung, gibt das Gedicht »Grodek« weniger Rätsel auf. Die zunächst hermetischen Metaphern, die ihren Verfasser durchaus als Schüler der französischen Symbolisten Baudelaire und Verlaine ausweisen, lassen sich ohne Mühe aufschließen. Selbst der Vers »Es schwankt der Schwester Schatten durch den schweigenden Hain« ist kein anonymes Bild. Wir wissen, daß Trakls leibliche Schwester Grete gemeint ist, die seine Geliebte war; die Hinweise auf diese verbotene und dunkle Beziehung sind zahlreich in Trakls Werk.

»Die heiße Flamme des Geistes nährt heute ein gewaltiger Schmerz«: das will gewiß nicht nur ein aus Antike und deutscher Klassik überliefertes Bild aufnehmen, das den menschlichen Geist einer Flamme vergleicht. Wenn diese Flamme jetzt mit Schmerz genährt wird, von welchen Gefühlen nährte sie sich früher? Von jenen des Rausches aus dem Verzehr von Drogen? Der Dichter Trakl war auch darin ein Schüler Baudelaires, daß er dessen süchtigen Wegen zu den künstlichen Paradiesen folgte.

GEORG TRAKL
IM HERBST

Die Sonnenblumen leuchten am Zaun,
Still sitzen Kranke im Sonnenschein.
Im Acker mühn sich singend die Frau'n,
Die Klosterglocken läuten darein.

Die Vögel sagen dir ferne Mär',
Die Klosterglocken läuten darein.
Vom Hof tönt sanft die Geige her.
Heut keltern sie den braunen Wein.

Da zeigt der Mensch sich froh und lind.
Heut keltern sie den braunen Wein.
Weit offen die Totenkammern sind
Und schön bemalt vom Sonnenschein.

HANS JOACHIM SCHRIMPF
BESEELT VON VERGÄNGLICHKEIT

Es gibt viele Herbstgedichte. Dies ist das meine. Weil es das Leben leuchten und klingen läßt, beseelt, wie es ist, von Vergänglichkeit und mit dem Tod befreundet. Und weil wir vor lauter Einfachheit der Bilder und Sätze nicht bemerken, wie kunstvoll, ja artistisch sie gemacht und gefügt sind.

Drei schlichte vierzeilige Volksliedstrophen verbinden Leben und Vergehen durch Bild und Klang im Herbstgefühl des Dichters. Alle Verse beginnen regelmäßig mit einsilbigem Auftakt und enden ebenso regelmäßig mit einsilbig vollem Kreuzreim. Der gleichförmige viermalige Wechsel von betonten und unbetonten Silben wird nur gelegentlich rhythmisch variiert durch zweisilbige Senkungen (»leuchten am Zaun«, »läuten darein«). Auch der Auftakt macht behutsame Variationen hörbar durch wenige angehobene Senkungssilben, die sich gegen Ende häufen (Still, Heut, Da, Heut, Weit), auf solche Weise Dasein und Gegenwart betonend.

Jede Zeile ruht in sich selbst, parataktisch der benachbarten nebengeordnet. Vers für Vers und Satz für Satz folgt ein abgeschlossenes, belebtes Bild dem anderen. Allein die beiden letzten Zeilen machen eine Ausnahme: dort greift die Syntax vom einen in den nächsten Vers hinüber.

Das Gedicht als Ganzes jedoch ist kunstvoll verknüpft. Nicht nur durch den Reim der geraden Verse, der in allen Strophen der gleiche bleibt (Sonnenschein, darein, Wein), sondern auch durch wörtlich wiederholte Zeilen, die sich wie Kettenglieder durch den Text ziehen und den Strophen ihre Selbständigkeit nehmen: der jeweils letzte Vers kehrt als der zweite der folgenden Strophe zurück, ein Reigen der Verse, von denen der allerletzte sich wieder in den zweiten des Anfangs einhakt.

Was sich in diesem streng gebauten Gefüge als gegenwärtig verkettet und vereinigt, das sind Leben und Tod, Ernten und Sterben, Dasein und Vergänglichkeit. Aber nicht zu einem Memento mori, nicht als Widerstreit von Tod und Leben und auch nicht, wie in Hofmannsthals berühmten Terzinen »Über Vergänglichkeit«, melancholisch hadernd, weil »viel zu grauenvoll, als daß man klage: Daß alles gleitet und vorüberrinnt«.

Hier ist nichts, was gleitet und vorüberrinnt. Alles drückt vielmehr sinnliche, lebensvolle Gegenwart aus. Es ist ein Todesreigen, der dem Leben aufspielt. Dasein und Vergehen erscheinen partnerschaftlich verbunden und im Einverständnis, wie Geschwister, die einander zugeneigt sind und sich gegenseitig halten und geleiten. Paarweise binden die Verse sie zusammen, und paarweise leuchten (Sonnenblumen, Sonnenschein, schön bemalt), handeln (müh'n, keltern) und klingen sie (singend, läutend, tönend) im gleichmäßigen und gleichberechtigten Wechsel: die ungeraden Zeilen machen das Leben geltend, die geraden Vergänglichkeit und Tod (die braune Farbe des Weins verweist auf Überreife und Verwesung).

Nur die Schlußverse kehren das Verhältnis um, indem sie beides in einem einzigen Satz zusammenfassen: »Weit offen die Totenkammern sind/Und schön bemalt vom Sonnenschein.« In ihnen klingt, leuchtet das Gedicht aus und gelangt zu seinem paradoxen Ziel. Auf die reine Gegenwart der »Totenkammern«, in der sein lyrisches Präsens gipfelt, reimt sich »froh und lind«. Und aus der Düsterkeit der Todespforte wird die Heiterkeit der offenstehenden Tür.

GEORG TRAKL
IM OSTEN

Den wilden Orgeln des Wintersturms
Gleicht des Volkes finstrer Zorn,
Die purpurne Woge der Schlacht,
Entlaubter Sterne.

Mit zerbrochnen Brauen, silbernen Armen
Winkt sterbenden Soldaten die Nacht.
Im Schatten der herbstlichen Esche
Seufzen die Geister der Erschlagenen.

Dornige Wildnis umgürtet die Stadt.
Von blutenden Stufen jagt der Mond
Die erschrockenen Frauen.
Wilde Wölfe brachen durchs Tor.

GÜNTER KUNERT
SICH DER HÖLLE ENTZIEHEN

Mit dem Jahr 1914 endet mehr als eine Epoche und beginnt mehr als eine technologisch bestimmte Moderne. Die Metapher »In Europa gingen die Lichter aus...« benennt etwas hilflos und diffus einen unerhörten historischen Bruch. Vordem schon warf das kommende Unheil seine Schatten voraus. Insbesondere die Künstler des literarischen Expressionismus witterten die Gefahr. Einer von ihnen war Georg Trakl, 1887 in Salzburg geboren, zum Apotheker ausgebildet, zum Dichter berufen.

In seinen Versen, deren »Verdüsterung« zunahm, wie eine oberflächliche Formel es ausdrückt, dominieren Blut, Leid, Tod und Untergang: Schlüsselwörter für die künftige Apokalypse, von welcher der brave Bürger nichts ahnt und die ihn, den Bürger, bis ins Mark seiner Existenz trifft und aus der Bahn wirft. Trakl spürte in der Vorkriegszeit die wachsenden Spannungen, das nahende Gewitter, die sich steigernde Gefährdung – auch die der eigenen Person, bedingt durch seine Neigung zu Drogen, zu denen der Apotheker Trakl leicht Zugang hatte. Sehr wahrscheinlich resultiert, was sich an Angst und Entsetzen in seinen Gedichten bekundet, nicht allein aus dem Bedrohtsein durch die sich schwarz einfärbende Zukunft, sondern ebenso aus den Visionen und Alpträumen des Süchtigen. (Ohnehin hatten die Autoren der *Belle Époque* ein intimes Verhältnis zum Rauschgift. Ihre Namensliste ist lang.)

Bei Kriegsausbruch wird Trakl als »Medikamentakzessist« eingezogen, nach Galizien, also an die Ostfront, verfrachtet, wo er nach der Schlacht bei Grodek ganz allein neunzig Schwerverwundete behandeln soll. Nervenzusammenbruch und Selbstmordversuch sind die Folgen. Zur Beobachtung seines Geisteszustandes schafft man ihn nach Krakau. Einstmals hatte er in einem Gespräch erklärt: »Ich habe kein Recht, mich der Hölle zu entziehen …« Nun aber ist sie als Realität über ihn hereingebrochen. In der Nacht vom 3. zum 4. November stirbt er, siebenundzwanzigjährig, an einer Kokainvergiftung in seiner Zelle – wobei ungewiß bleibt, ob es sich um Suizid handelt oder um eine zufällige Überdosis.
»Im Osten« erhält dadurch eine unheimliche Authentizität, einen nahezu prophetischen Zug, durch »des Volkes finstren Zorn« auf den Krieg nach dem Krieg, auf die Revolution, verweisend, da wir, Trakls Leser, die »Fortsetzung« seines Gedichtes kennen. Und mehr noch: Wir bringen, gegenwartsbedingt, dem Gedicht wohl ein größeres Verständnis entgegen, als es jemals gefunden haben mag. Man liest es als Aktualität. Wir bringen alle späteren Phasen europäischen Völkermordens mit ein, die Bilder sterbender Soldaten, die Geister der Erschlagenen, gehören keineswegs einer fernen Vergangenheit an. In den von »dorniger Wildnis umgürteten« Städten erkennen wir die Ghettos wieder, die belagerten Ortschaften. Die von blutenden Stufen verjagten erschrockenen Frauen – haben wir sie nicht erst gestern im Fernsehen betrachtet, ebenso wie die »wilden Wölfe« in jeweils andersfarbigen Uniformen?
Aber nicht um eine zwanghafte Aktualisierung eines bereits »klassischen« Gedichtes geht es mir, sondern um

den Beleg, wie aus unterschiedlichen Situationen heraus Texte, insbesondere Gedichte, gelesen werden. Daß man stets die eigene Erfahrung in die Lektüre miteinbringt, ist keine sensationelle Neuigkeit. Denn nur durch solche Adaption ins Eigenerleben wird Aneignung des Gelesenen erst möglich. Daß aber ein Gedicht wie dieses beispielsweise überhaupt diese Möglichkeit bietet, zeigt die Funktion von Literatur: uns in ihr spiegeln zu können. Wo das gelingt, ist das Werk selber gelungen. Auch wenn es »aufs schönste« den Mangel an Menschlichkeit vorführt.

GEORG TRAKL
IM PARK

Wieder wandelnd im alten Park,
O! Stille gelb und roter Blumen.
Ihr auch trauert, ihr sanften Götter,
Und das herbstliche Gold der Ulme.
Reglos ragt am bläulichen Weiher
Das Rohr, verstummt am Abend die Drossel.
O! dann neige auch du die Stirn
Vor der Ahnen verfallenem Marmor.

WERNER ROSS
GÖTTER- UND ULMEN-TRAUER

»Komm in den totgesagten Park und schau ...« Daß Dichter in Parks wandelten, war seit der Jahrhundertwende obligat, der Park bot die gewünschte (Jugend-) Stilisierung der Natur, hier war sie künstlich-kunstvoll zubereitet. Erst recht sind Marmorbilder ein altes poetisches Requisit, nicht nur verfallen, sondern abgenutzt seit Goethe und Eichendorff.

Nicht daß Trakl tatsächlich im Park von Schloß Mirabell spazierenging, hebt das Störende dieser Reminiszenzen auf, macht das kleine Gedicht kostbar und wertbeständig. Daß die Details scharf getroffen sind, Stimmung beschwören, Bild erstehen lassen, ist nur eine, wenn auch nicht nebensächliche Leistung des Gedichts. Woran Trakl lag, was er »die heiß errungene Manier meiner Arbeiten« nannte, ist die Zusammenfügung der lyrischen Baukasten-Elemente, der Gegenstände, Töne, Farben zur *Komposition*, das Wort malerisch, musikalisch und sinn-architektonisch genommen.

Die Form ist streng – ob sie sich im ersten Vers, das Pronomen aussparend, zusammenfaßt oder zum Schluß kantilenenhaft ausschwingt. Anstelle der Reime sind die Glieder parallel, manchmal antithetisch gefügt: Wandeln – Stille, Trauer der Götter – Trauer der Ulme, regloses Ragen des Rohrs – Verstummen der Drossel. So antworten die a-Klänge des letzten Verses (Ahnen verfallenem Marmor) den a-Klängen des ersten (wandelnd im alten

Park), Götter und Gold »reimen« in der Alliteration wie reglos, ragen und Rohr. Ähnlich genau sind die Farben zusammengesetzt: Gelb und Rot, starke Farben, werden durch den Anruf »Stille« so gedämpft wie das Ulmengold durch »herbstlich«. Nur »bläulich« darf der Weiher sein.

Der Komposition korrespondiert genau der »Sinn« des Gedichts, seine nicht in nüchterne Prosa zu verwandelnde »Aussage«. Wenn die lyrische Moderne ihre Mangelkrankheit, das Fehlen einer tragenden Mythologie, gelegentlich durch Götteranrufungen zu kurieren versucht hat, so macht Trakl mit der *Ent*mythologisierung den entschiedensten Ernst. Dazu dienen die »und« »auch«, die alle Gegenstände, das Laub und die Götter und das angeredete Ich, in den gleichen Prozeß einbeziehen, den des schweigenden Hinsterbens. Nichts von dem Bennschen Glauben an das Überleben der Statuen: sie sind so hinfällig wie die Herbstblätter.

Auch das Neigen des Hauptes fügt sich sanft in die stille Sterbegebärde ein. »Schaudernd unter herbstlichen Sternen / Neigt sich jährlich tiefer das Haupt«, heißt ein anderer wunderschöner Trakl-Vers. Die glückliche Ambivalenz der Dichtung erlaubt freilich, in die letzten Verse einen doppelten Sinn hineinzulegen. Während das »auch du« die Figur des Wandelnden einbezieht, stellt das »vor« Distanz her, Neigen wird zur Verneigung. Den Hinsterbenden tritt etwas zwar nicht Dauerndes, aber Dauernderes gegenüber: die Ahnen:

Man weiß ungefähr, was das Wort »Ahnen« bei Trakl bedeutet, welche Werte der Tradition es für den Enkel umfaßt. Aber dieses Gedicht läßt das alles offen, man weiß es besser nicht: seien nun die Vorfahren gemeint oder die alten Künstler oder die sanften Götter selbst. Nichts ist ausgenommen von Verfall und Verfallenheit, vom Jedermann-Abruf.

GEORG TRAKL
IN DEN NACHMITTAG GEFLÜSTERT

Sonne, herbstlich dünn und zag,
Und das Obst fällt von den Bäumen.
Stille wohnt in blauen Räumen
Einen langen Nachmittag.

Sterbeklänge von Metall;
Und ein weißes Tier bricht nieder.
Brauner Mädchen rauhe Lieder
Sind verweht im Blätterfall.

Stirne Gottes Farben träumt,
Spürt des Wahnsinns sanfte Flügel.
Schatten drehen sich am Hügel
Von Verwesung schwarz umsäumt.

Dämmerung von Ruh und Wein;
Traurige Guitarren rinnen.
Und zur milden Lampe drinnen
Kehrst du wie im Traume ein.

HANS-ULRICH TREICHEL
DAS FREMDE TIER

Von Georg Trakls Herbstgedicht aus dem Jahr 1912 hatte ich zum ersten Mal in den siebziger Jahren während des Studiums erfahren, allerdings nicht in Form einer Empfehlung, sondern eher in der einer Warnung. Der bärtige Dozent war kein Trakl-Verehrer. Und erst recht kein Verehrer dieses Gedichts. Vor allem mißfielen ihm die »braunen Mädchen« und die »rauhen Lieder«. Beides erinnerte ihn an Zeiten, von denen der im November 1914 an einer Überdosis Kokain gestorbene Trakl allerdings noch gar nichts wissen konnte. Doch auch dem »Rinnen« der »traurigen Guitarren« konnte er nichts abgewinnen und schon gar nichts der »milden Lampe«. Ersteres fand er bloß sentimental, und von der Lampe meinte er, daß sie wie das ganze Gedicht vor allem der Trübung des Blickes diene.
Mich dagegen hatte das Gedicht sofort berührt. Die Guitarren hatten mich traurig gemacht, die Lampe mich milde gestimmt, die Mädchen waren sonnengebräunt und begehrenswert, doch leider mit dem Sommer vergangen und unerreichbar geworden. Ich glaubte die Sehnsucht dieses Gedichts zu kennen (ich kannte auch ein mit dem Sommer vergangenes Mädchen), und ich glaubte auch seine durchaus versöhnliche Todesmelancholie zu verstehen. Diese Erfahrung eines herbstlichen Tages, der sich der Nacht nähert, wie sich das Leben dem Tode nähert, und das lyrische Ich doch noch einmal davonkommen, es »einkehren« läßt und rettet vor Wahnsinn, Verderben oder Tod.

Wohl hatte ich damals die Melancholie des Gedichtes verstanden, aber nicht seinen Schrecken: »Sterbeklänge von Metall; / Und ein weißes Tier bricht nieder.« Die metallenen Klänge könnten eine Anspielung auf die herbstliche Jagd sein, Trakl kannte die Wälder seiner Umgebung. Vielleicht aber ließe sich aus diesen Klängen sogar eine Vorahnung des Ersten Weltkrieges heraushören, dessen Anfänge Trakl als so genannter »Medikamentenakzessist« noch erlebt hatte und der ihn, nach der Schlacht von Grodek mit ihren vielen Verwundeten, beinahe in den Selbstmord getrieben hätte.

Das »weiße Tier« aber bleibt äußerst rätselhaft. Ist es die – herein- und zusammenbrechende – Gewalt des Kokains? Ist es gar der schon damals den Drogentod ahnende Medikamentenakzessist in seinem weißen Kittel, der seinen Beruf zudem in der Salzburger Apotheke »Zum Weißen Engel« erlernte? Oder ist es ein Fabelwesen: das sanftmütige Einhorn, das hier geopfert wird? Und mit ihm alle Poesie?

Auch der Dichter würde uns hier, so vermute ich einmal, nicht weiterhelfen. Schließlich hatte er in den ersten Fassungen des Textes noch von »Schmerzen« beziehungsweise »Lichtern« geschrieben, die »trüb im Blut verglimmen«, was unmittelbar verständlich ist. Doch wollte er ganz offensichtlich so nicht verstanden werden und hat an die Stelle der »Schmerzen« und »Lichter« ein fremdes Wesen gesetzt, das einen gewaltsamen, plötzlichen Tod stirbt und das wir nicht fassen können. An ihm vollzieht sich die Tragödie dieses elegischen Nachmittags. »Sterbend Tier grüßt im Entgleiten«, schrieb Trakl an anderer Stelle. Hier grüßt niemand mehr.

GEORG TRAKL
TROMPETEN

Unter verschnittenen Weiden, wo braune Kinder spielen
Und Blätter treiben, tönen Trompeten. Ein
Kirchhofsschauer.
Fahnen von Scharlach stürzen durch des Ahorns Trauer
Reiter entlang an Roggenfeldern, leeren Mühlen.

Oder Hirten singen nachts und Hirsche treten
In den Kreis ihrer Feuer, des Hains uralte Trauer,
Tanzende heben sich von einer schwarzen Mauer;
Fahnen von Scharlach, Lachen, Wahnsinn, Trompeten.

RAINER MALKOWSKI
DAS GEHEIME FEST

Ich begann früh, Gedichte zu schreiben. Als ich zwanzig war, gab ich das Schreiben auf. Verse wie Trakls »Trompeten« hatten mir inzwischen eine Ahnung davon vermittelt, was Dichtung ist. Meine eigenen Versuche waren nicht zwangsläufig, kam mir vor, und in diesem Mangel allein fand ich ihr Scheitern schon begründet.

Es dauerte dann viele Jahre, bis ich erfuhr, daß auch ich schreiben mußte, um meine Existenz zu bestehen. An Trakl hielt ich mit noch größerer Entschiedenheit fest. Und immer wieder kehre ich zurück zu diesen acht magischen Zeilen, lese sie, als wäre es das erstemal, und buchstabiere mich hinein in wachsende Unruhe.

Trakl hetzt die Empfindung des Lesers hin und her zwischen zwei Polen. Gegensätze kennzeichnen das Gedicht: die spielenden Kinder und der Kirchhofsschauer; die Bewegung der Reiter und der Stillstand der leeren Mühlen; Singen und Trauer; Lachen und Wahnsinn. Ist es das allein, was unruhig macht?

Wiederholungen fallen auf. Zweimal das Wort »Trompeten«. Zweimal das Wort »Trauer«. Zweimal: »Fahnen von Scharlach«. Die zweite Strophe setzt mit einem »oder« ein – so als gäbe sie nur ein anderes Beispiel für das, was bereits in der ersten zur Anschauung kam. Auch das Reimschema, mit dem unmittelbar aufeinanderfolgenden Gleichklang am Ende der mittleren Zeilen, ist auf Wiederholung angelegt.

Unruhestiftend sodann die feinen Rhythmus- und Tempoverschiebungen innerhalb des Gedichts. Der letzte Vers, zum Beispiel, beginnt eher langsam, beschleunigt dann deutlich und endet mit drei raschen, grellen Trompetenstößen.

Es lassen sich also formale Mittel erkennen, deren kalkulierter Gebrauch die Unruhe beim Leser hervorruft. Aber man muß hinzufügen: formale Mittel können dichterische Wirkung nur erzielen, wenn sie mehr darstellen als bloße Mittel – wenn sie zugleich das Vermittelte selber sind. Demnach gehören die verstörende Unruhe und das Wechselbad der Gegensätze zum Kern des Gedichts? Sie gehören ebenso dazu wie die Schwermut, »des Hains uralte Trauer«.

Diese Trauer ist unaufhebbar. Darum heißt es von ihr, sie sei »uralt«. Sie ist die Trauer der unerlösten Welt, aller Kreatur, des leidenden, sterblichen Menschen. Sie ist die nicht zu stillende Wunde der Existenz.

Der allem Lebendigen gemeinsame Grund ist hier berührt. In ihm heben sich die Gegensätze auf. Die Grenzen fallen. Die Hirsche treten in den Kreis der Hirtenfeuer – furchtlos im Angesicht einer größeren Furcht: vor dem Unbegreiflichen, aus dem die Gesänge kommen, das Lachen und der Wahnsinn, in dem eines so nah am andern wohnt, wie wir es in der letzten Zeile zusammengedrängt finden.

Solche Vergegenwärtigung im Gedicht ist nicht nur begleitet von Empfindungen der Schwermut. Auch ein Gefühl der Befreiung stellt sich ein. Dies ist nicht merkwürdig. Denn die Scheinrealitäten, in die alltägliches Leben sich verrennt oder flüchtet, werden hier durchbrochen. Die tiefere Wirklichkeit liegt bloß. In der Begegnung mit

ihr fließt der Lebensstrom, sonst nur ein trübes Rinnsal, wieder kräftigend und klar.
Gesteigertes Dasein enthält stets auch ein Moment der Festlichkeit. Nicht zufällig kommen in Trakls Gedicht mehrfach Worte vor, die Attribute eines Festes bezeichnen können: »Fahnen«, »singen«, »Tanzende« und schließlich die »Trompeten« selbst. Wohl fährt uns der scharfe, schrille Ton der Trompeten, das alte Verheerungssignal, in die Glieder. Wohl erinnern sie uns an die Posaunen des Jüngsten Gerichts. Aber es steckt auch ein strahlender, jubelnder Klang in ihnen – die Begleitmusik zu geschmückten Aufzügen vor jener schwarzen Mauer, von der die Tanzenden in Trakls Gedicht sich heben.

GEORG TRAKL
VERKLÄRUNG

Wenn es Abend wird,
Verläßt dich leise ein blaues Antlitz.
Ein kleiner Vogel singt im Tamarindenbaum.

Ein sanfter Mönch
Faltet die erstorbenen Hände.
Ein weißer Engel sucht Marien heim.

Ein nächtiger Kranz
Von Veilchen, Korn und purpurnen Trauben
Ist das Jahr des Schauenden.

Zu deinen Füßen
Öffnen sich die Gräber der Toten,
Wenn du die Stirne in die silbernen Hände legst.
Stille wohnt
An deinem Mund der herbstliche Mond,
Trunken von Mohnsaft dunkler Gesang;

Blaue Blume
Die leise tönt in vergilbtem Gestein.

GERTRUD FUSSENEGGER
FARBIGES LICHT

Es gibt kaum ein Gedicht von Georg Trakl, das mich nicht an Glasfenster denken läßt, zwar nicht so sehr an Goethes freundlich »gemalte Fensterscheiben« zur Erbauung und »Ergetzung« glücklicher Gotteskinder; Trakls Gedichte erinnern mich viel mehr an altertümliche, dickglasige vitres aus zugehackten Scherben, zwischen ungeschlachten Fassungen aus Zement oder Blei: ich stelle mir dann kryptische Räume vor, Grabstätten, Brunnenstuben, in die kein anderes Licht dringt als das farbig gefilterte, schwermütig glühende aus kleinen, tief eingelaibten Bogenfenstern. Trakls Texte scheinen mir dieselbe Funktion zu haben: sie führen Licht in eine tief verschattete Welt; und wenn es hier noch Trost und »Verklärung« gibt, dann nur mittels der Bilder und Visionen, die durch seine Sprache zum Leuchten gebracht werden.

In seinen Bildern und Symbolen wickelt Trakl – ganz so wie früher die Hersteller alter Glasmalereien – ein ganz bestimmtes Programm ab. Trakls Gedichte haben ihre eigene Stereotypie, so überraschende Varianten sie auch manchmal hervorbringen können. Das Programm geht von Todessehnsucht und Todesschauer aus, es umfaßt Verfall, Rausch und Verbrechen – kontrapunktisch zu ersehnter Verklärung. Sehr oft tauchen Märchenmotive auf, wie in unserem Gedicht der kleine singende Vogel im Tamarindenbaum; Ikonographisches – der betende Mönch, der verkündigende Engel; die Lebenssymbole Korn und

Wein. Das Grab darf nicht fehlen und die Signale rauschhaften Selbstverlustes, Mond und Mohn. Am Ende steht – wie oft – eine leise Trostgebärde: hier die blaue Blume auf steinigem Grund.

Bild steht neben Bild, jedes behauptet sein volles Recht. Ihre Abfolge gehorcht aber nicht nur sprachgedanklicher, sondern auch farbkompositioneller Logik. Anfang und Ende in Blau, zuerst als Farbe der Ferne, dann als Farbe demütigen Sich-Bescheidens. Das blasse Grün des Tamarindenbaums verdunkelt sich zu Mönchsbraun, aufgelichtet durch das Weiß der gefalteten Hände; dann – strahlend der Engel, gerahmt von Marienblau. Herzstück der Bildfolge: der »nächtige Kranz« aus Veilchen-Violett, Goldbraun und Purpur, als Kreisform optische Dominante. Von da zerklüftet sich das Bild: Gräberschächte tun sich auf, herbstlicher Mond und Mohnsaft verdicken die Dunkelheit, in die sich die Stirn des Berauschten neigt, von »silbernen Händen« umfaßt.

So bildhaft, bildbefangen, bildverfallen konnte Trakl vielleicht nur als Österreicher, Salzburger halbböhmischer Herkunft, also als Sohn eines katholischen Landes schreiben, das sich seit der Gegenreformation fast ausschließlich im Bild (und in Musik), aber nicht im Wort oder in der gedanklichen Konstruktion auszudrücken angehalten worden war. Trakl war nicht nur Zeitgenosse des literarischen Expressionismus, er war auch Zeitgenosse Rouaults und des »Blauen Reiters«. Die Suggestion, die von ihm ausgeht, beruht auf der ideellen Kongruenz von Wort und Bild.

GEORG TRAKL
VORSTADT IM FÖHN

Am Abend liegt die Stätte öd und braun,
Die Luft von gräulichem Gestank durchzogen.
Das Donnern eines Zugs vom Brückenbogen –
und Spatzen flattern über Busch und Zaun.

Geduckte Hütten, Pfade wirr verstreut,
In Gärten Durcheinander und Bewegung,
Bisweilen schwillt Geheul aus dumpfer Regung,
In einer Kinderschar fliegt rot ein Kleid.

Am Kehricht pfeift verliebt ein Rattenchor.
In Körben tragen Frauen Eingeweide,
Ein ekelhafter Zug voll Schmutz und Räude.
Kommen sie aus der Dämmerung hervor.

Und ein Kanal speit plötzlich feistes Blut
Vom Schlachthaus in den stillen Fluß hinunter.
Die Föhne färben karge Stauden bunter
Und langsam kriecht die Röte durch die Flut.

Ein Flüstern, das in trübem Schlaf ertrinkt.
Gebilde gaukeln auf aus Wassergräben,
Vielleicht Erinnerung an ein früheres Leben,
Die mit den warmen Winden steigt und sinkt.

Aus Wolken tauchen schimmernde Alleen,
Erfüllt von schönen Wägen, kühnen Reitern.
Dann sieht man auch ein Schiff auf Klippen scheitern
Und manchmal rosenfarbene Moscheen.

BARBARA FRISCHMUTH
FLÜSTERN UND GAUKELN

Es ist dies ein frühes Gedicht von Georg Trakl, erstmals erschienen 1913 in dem Band »Gedichte«. Noch fehlen die typischen Trakl-Wörter, die exzessiv eingesetzten »sanft«, »dunkel«, «blau«, »silbern«, »kristallen« und »purpurn«. Hier ist es ein schlichtes »rot«, das den Farbton angibt: *In einer Kinderschar fliegt rot ein Kleid,* eine der schönsten Lyrikzeilen, die ich kenne. Mit einemmal tanzt einem der ganze ausgelassene Haufen vor Augen, das *Geheul aus dumpfer Regung* weit hinter sich lassend, denn inmitten des Haufens leuchtet eine Erwartung auf. Wahrscheinlich gehört dieser Satz zum Fröhlichsten, was Trakl zu sagen wußte, in einem Augenblick des Verweilens, der angedeuteten Freude, bevor die Farbe rot wieder ihrem blutigen Charakter erliegt.

In Körben tragen Frauen Eingeweide: Die glückabgewandte Seite des Menschseins zeigt sich dreist – und für einen Moment mag man sogar glauben, daß es die eigenen Eingeweide sind, die diese armutgeschundenen Wesen vor sich her stemmen. Dieses Bild der Not, nämlich daß Frauen von den Schlachtern Blut und Eingeweide erhalten, um daraus – mit ein wenig Speck als Zutat – Würste zu machen, begegnet einem auch bei dem ungarischen Erzähler Andor Endre Gelleri, einem urbanen Chronisten der dreißiger Jahre, aber auch ein Theodor Kramer könnte an einem solchen Bild das Elend der Besitzlosen festgemacht haben. Trakl führt dieses Armutsthema aber nicht weiter.

Ihm geht es eher um den Kontrast, um die starken Farben, die sich, gepaart mit *Schmutz und Räude*, gegen die Dämmerung abzuheben haben.

Was die Eingeweide nur andeuten, kommt nun den stillen Fluß herunter – *feistes Blut; Und langsam kriecht die Röte durch die Flut.* Die Farbmetapher hat an Eindringlichkeit zugenommen. Jeder, der eine Zeitlang in den Alpen gelebt hat, kennt die farbverstärkende Wirkung des Föhns, der nicht nur Migräne beschert, sondern auch eine Art von Übersichtigkeit. Die kühne Form *Föhne* nimmt die Mehrzähligkeit auf, und das Flüstern und Gaukeln setzt einen Zauber frei, der den Gedanken an ein früheres Leben, möglicherweise ein besseres, wenn schon kein lustvolleres, zumindest zuläßt.

Es gibt also die Erinnerung, selbst wenn sie durch das *vielleicht* schon wieder geschwächt erscheint, sich zum Hauch verflüchtigt, der sich mit den warmen Föhn-Winden auf und ab bewegt. Und sie hinterläßt Spuren, Spuren, die in die Einbildung führen, die sich – durch keine Erfahrung belastet – zu prächtigen, föhnsichtigen Bildern ausstülpt. Und wieder geht es um Mehrzähliges, Mehrdeutiges. Die *Wägen*, ein nicht minder ungewöhnlicher Plural wie die Föhne, schließt auch die Wege durch die Wolkenalleen mit ein. Die Kulissen sind rasch errichtet, vor denen sich aufs neue ein Scheitern ereignet. Kreuzfahrer-Personal, abendländische Reiter und Seefahrer, die sich aus Wolken bilden. Eine Brücke vom Jammer der Armut zum Jammer des Streits?

Doch dann geschieht es. Etwas für Trakl sehr Untypisches. Der Weg von der Fata Morgana der schimmernden Wolken bis zur Moschee ist weit, aber nicht allzu weit. Doch das ist nicht das Wunder, auch wenn es um Spiegelung geht. Das Wunder sind die rosenfarbenen Moscheen (Symbol des morgenländischen Erzfeindes), die das Blut aus der Metapher des Todes in eine des Lebens zurückholen. Das fröhliche Rot des Kinderkleides, das sich abrupt in die Farbe des Bluts von geschlachteten Tieren verkehrt hat, verwandelt sich in die Farbe von Rosen und suggeriert das Bild einer anderen Kultur. Ein Föhn-Traum? Jedenfalls einer, den Trakl höchst selten geträumt hat.

ALFRED LICHTENSTEIN
ABSCHIED

(kurz vor der Abfahrt zum Kriegsschauplatz
für Peter Scher)

Vorm Sterben mache ich noch mein Gedicht.
Still, Kameraden, stört mich nicht.

Wir ziehn zum Krieg. Der Tod ist unser Kitt.
O, heulte mir doch die Geliebte nit.

Was liegt an mir. Ich gehe gerne ein.
Die Mutter weint. Man muß aus Eisen sein.

Die Sonne fällt zum Horizont hinab.
Bald wirft man mich ins milde Massengrab.

Am Himmel brennt das brave Abendrot.
Vielleicht bin ich in dreizehn Tagen tot.

REINHOLD GRIMM
KORREKTUR EINES MYTHOS

Die Mensa der kleinen fränkischen Universität, an der Alfred Lichtenstein zuletzt studierte und 1914, ehe er an der Somme fiel, gerade noch promovierte, steht nicht etwa an einem Lichtenstein-Platz. Sie steht am Langemarck-Platz. Ich weiß das; denn Erlangen war auch meine – wie sagt man doch gleich – *Alma mater.* Von Langemarck und davon, wie einst unsere Kommilitonen (was ja tatsächlich »Kriegskameraden«, sogar »Glaubensgenossen« heißt) zu Hunderten oder Tausenden, das Deutschlandlied singend, in die englischen Maschinengewehre rannten, hat man uns oft erzählt. Von Lichtenstein nie.
Und dabei wäre nichts dringlicher, nichts nötiger gewesen. Wenigstens ein einziges der Lichtensteinschen Soldatengedichte (die nämlich durchaus nicht »soldatisch« sind, weder im mythisierenden noch im militaristischen Sinne, sondern einfach aufrichtig) hätte man uns, der zweiten Nachkriegsgeneration, zur Pflichtlektüre machen müssen. Zum Beispiel »Montag auf dem Kasernenhof«, mit dem surreal ernüchternden Schluß: »Sehr selten nur zerreißt ein heiseres Gebell / Die blaue Sau, die auf den Steinbaracken liegt.« Oder »Ein Generalleutnant singt«. Denn er singt unter anderem: »Wäre doch endlich ein Krieg / Mit blutigen, brüllenden Winden.« Aber erst recht und vor allem eben jene lakonisch mit »Abschied« überschriebenen Verse, die scheinbar so konventionell und unzweideutig einem Kameraden einem Schicksals-, vielleicht Lei-

densgenossen – vom Glauben wollen wir lieber schweigen – beim Aufbruch »zum Kriegsschauplatz« gewidmet sind. Lichtenstein hat sie, denke ich mir, in irgendeinem der unzähligen, mit Kreideparolen beschmierten Viehwaggons, in denen man die Regimenter an die Front verfrachtete, niedergekritzelt. »Vor der Abfahrt« und also »vorm Sterben«. Daraus erwachsen Größe und Ehrlichkeit dieses Gedichts. Das Erstaunliche an ihm ist ja die Art, wie hier die Vorstellungen von Soldatentum und Krieg und Opfermut, im vertrauten Bild des fahnenüberwehten, marschmusikdurchschmetterten Abschieds mit seinem Schluchzen und Lachen, Händeschütteln und Liebesgabenverteilen (samt den makabren Blumensträußchen auf den Gewehrläufen) keineswegs schroff verneint oder verleugnet, sondern gewissenhaft berichtigt und ergänzt werden. Nicht unbarmherzig negiert, sondern schlicht und sachlich korrigiert wird von Lichtenstein das patriotische Klischee und damit im Grunde bereits der Mythos.

Freilich – wie das geschieht, ist von einer Hellsicht und schnoddrigen Trauer, einer ergreifenden, nun wirklich gnadenlosen Lustigkeit und gefaßten Resignation, die selbst heute noch ihresgleichen suchen.

Aus diesen zehn knappen, monoton gereihten und gereimten Zeilen spricht weder der begeisterte Taumel derer, die damals in Flandern sangen und starben, noch auch der »goldene Humor unserer tapferen Feldgrauen«, den man offiziell hätschelte, sondern der bittere Galgenhumor eines jungen Menschen, der ein Dichter war und erkannt hatte, daß er, von heiseren Phrasen umbellt, in den brüllenden, blutigen Tod ziehen durfte.

Langemarck wird durch Lichtenstein nicht widerlegt.

Dessen Korrektur aber beruht darauf, daß er, ahnungsvoll, den Mythos konsequent ins Groteske verfremdete und beide ineinander aufhob. Die Worte und Bilder, Anspielungen und Umkehrungen sind beredt genug. Überall vom »milden (!) Massengrab« und Heldentod als »Kitt« bis zum »braven (!) Abendrot«, hinter dem nach wie vor das abgedroschene Morgenrot zum frühen Tod leuchtet, nein, konkret »brennt«, verknüpfen sie das Heroische mit dem Schäbigen, das Pathetische mit dem Kitsch und erzeugen so aus Phrase, Klischee und sorgsam genährter Legende die nackte Wahrheit und Wirklichkeit. »Ich gehe gerne ein«, gestand dieser Dichter so grausam ernst wie parodistisch. Und mit einem letzten Anflug von abergläubischem Spott und verzweifelter Ironie: »Vielleicht bin ich in dreizehn Tagen tot.« Am 8. August 1914 wurde Alfred Lichtenstein an die Westfront abtransportiert. Nur wenige Minuten zuvor, als die Räder schon langsam zu rollen begannen, schrieb er jene Verse. Nur wenige Wochen danach, im September, fiel er bei Vermandovillers.

ALFRED LICHTENSTEIN
DER MORGEN

... Und alle Straßen liegen glatt und glänzend da.
Nur selten hastet über sie ein fester Mann.
Ein fesches Mädchen haut sich heftig mit Papa.
Ein Bäcker sieht sich mal den schönen Himmel an.

Die tote Sonne hängt an Häusern, breit und dick.
Vier fette Weiber quietschen spitz vor einer Bar.
Ein Droschkenkutscher fällt und bricht sich das Genick.
Und alles ist langweilig hell, gesund und klar.

Ein Herr mit weisen Augen schwebt verrückt, voll Nacht,
Ein siecher Gott ... in diesem Bild, das er vergaß,
Vielleicht nicht merkte – Murmelt manches. Stirbt. Und lacht.
Träumt von Gehirnschlag, Paralyse, Knochenfraß.

PETER DEMETZ
TINGELTANGEL UND LETZTE DINGE

Er sah aus wie ein Berliner Marlon Brando, liebte es, Gedichte in der Rolle eines buckligen Poeten namens Kuno Kohn zu verfassen, und im Gedicht »Der Morgen« tut er so, als schreibe er wie seine Zeit- und Altersgenossen. Alfred Lichtenstein war aber ein zynisch lyrischer Verwandlungskünstler, mit einem Faible für Parodie, Tingeltangel und Eschatologie: je vorsichtiger man ihn liest, desto besser.

Lichtenstein arbeitete gerne mit metrischen Auftakten; sein merkwürdiges »Und« betont die (trügerische) Alltäglichkeit, in der die einzelnen Menschenfiguren, oder Marionetten, ihr Leben in einer einzigen Bewegung und in einem einzigen Verbum erschöpfen. Ich las also, so glaubte ich zunächst, eines jener kalten und komischen Gedichte, die in den letzten Jahren vor Ausbruch des Ersten Weltkrieges das grotesk Wuchernde in den Dschungeln der Städte entdeckten und es zu frühexpressionistischer Gleichzeitigkeit zusammenzupressen suchten.

In Berlin geschah vieles auf einmal, aber das Gedicht mußte sich doch mit einer Reihe von aufeinanderfolgenden Sätzen zufriedengeben. »Selten«, nach der ermüdenden Nacht, »ein fesches Mädchen«, zu spät nach Hause gekommen, im Ohrfeigen-Familienzwist (im Manuskript: Mama), und die »Weiber«, die (noch immer) vor der mondänen Bar »quietschen«. »Vier« müssen es sein, um des langen lautmalenden Vokales willen, der noch einmal gekürzt in »spitz« widerhallt; und der Droschkenkutscher, der sich zu Tode stürzt, entstammt dem Personal eines berühmten Gedichtes des Poeten van Hoddis (seine Dachdecker fallen von den Firsten), reine Parodie, die konkurrieren will.

Johannes R. Becher, ein Kollege Lichtensteins, klagte später darüber, daß die jungen Leute, zu denen er damals selber zählte, Großstadt-Gedichte nach einer einzigen Formel schrieben – grotesk und simultan. Die Frage ist nicht unberechtigt, ob Lichtenstein die Formel akzeptierte oder, wie sooft in seinen Gedichten, als Sprungbrett erprobte. Auffällig jedenfalls, daß sich die letzten Verse der ersten und zweiten Strophe mehr oder minder gegen die Richtung des Gedichtes stellen und die dritte Strophe die Alltäglichkeit des Morgens chaotisch, wenn nicht geradezu apokalyptisch, verneint.

Ein Bäcker erhofft sich, nach einer Nacht an den Öfen, Tröstliches vom Himmel (bei Lichtenstein immer eine dumme Hoffnung) und starrt in eine »tote Sonne«; und eine löbliche Leserschaft, die bereit wäre, am Schicksal der Frauen und des Droschkenkutschers Anteil zu nehmen, wird kühl darüber belehrt, das alles sei »langweilig hell, gesund, und klar«.

Metrisch und syntaktisch gehen Gedanken und Bilder der letzten Strophe unlösbar durcheinander, und es ist besser, einer produktiven Verwirrung anheimzufallen, als die Montage von Bericht und Vision pedantisch zu vereinfachen. Ludwig Meidner, der Lichtenstein kannte, hätte diese Strophe (diese Kata-Strophe) malen sollen; das Schlingern der Agonie, in welcher ein »siecher Gott« quer durch die Häuserwände und nicht mehr auf den »glänzenden« Straßen hinschwebt – dem Ende so nahe, daß er die Szenerie der Stadt nicht mehr merkt oder gar »vergaß«.

Was für ein Morgen! »Ein Herr mit weisen Augen«, »verrückt«, sterbend, aufrührerisch »lachend« und noch immer »voll Nacht«. Undeutlich, ob sein Traum von »Gehirnschlag, Paralyse, Knochenfraß« nicht, in einem entsetzlichen Umschlag, den Weltaußenraum der Menschen konstituiert und verschlingt. Deshalb also im Gedichttitel *der* und nicht »ein« Morgen; es ist der letzte, und ihm werden keine anderen mehr folgen. Alfred Lichtenstein, Sohn eines jüdischen Textilkaufmanns, fiel als Soldat eines bayrischen Regiments an der Westfront im September 1914, ungefähr drei bis vier Jahre, nachdem er dieses Gedicht geschrieben hatte.

ALFRED LICHTENSTEIN
DIE SCHLACHT
BEI SAARBURG

Die Erde verschimmelt im Nebel.
Der Abend drückt wie Blei.
Rings reißt elektrisches Krachen
Und wimmernd bricht alles entzwei.

Wie schlechte Lumpen qualmen
Die Dörfer am Horizont.
Ich liege gottverlassen
In der knatternden Schützenfront.

Viel kupferne feindliche Vögelein
Surren um Herz und Hirn.
Ich stemme mich steil in das Graue
Und biete dem Tode die Stirn.

LUDWIG HARIG
TROTZLIED,
NICHT HELDENGESANG

Im Berliner Boersen-Courier vom 22. Februar 1915 konnte man Lichtensteins Gedicht zusammen mit seiner Todesnachricht zum erstenmal lesen. Lichtenstein war schon ein halbes Jahr tot. Der Einjährige im 2. Bayrischen Infanterieregiment mußte gleich nach der Mobilmachung an die Westfront abrücken, und schon in der ersten großen Schlacht des Krieges widerfuhr ihm, was er in seinen Soldatengedichten vorgeahnt hatte: der Spaß würde vorbei sein, nicht mehr in ein Buch würde er blicken, nicht mehr auf einer Wiese liegen, nicht mehr den Strohhut aufsetzen, jetzt würde es nur noch Frieren und Hungern, Zerknallen und Verbluten geben, das arme Hirn würde in einer Ecke des Schädels verrosten müssen.
Vor der Lothringer Schlacht schreibt er sein Abschiedsgedicht; es beginnt: »Vorm Sterben mache ich noch mein Gedicht«, und es endet: »Vielleicht bin ich in dreizehn Tagen tot«; er schickt es an seinen Freund Peter Scher. Nach der Schlacht bei Saarburg schreibt er sein letztes Gedicht, er schickt es, eine Woche vor seinem Tod, an Franz Pfemfert, den Herausgeber der Zeitschrift »Aktion«.
Es ist das Gedicht eines Illusionslosen, eines jungen Dichters, der die verzückten Schreie seiner Zeitgenossen ins lapidare Lamento, ihr feierliches Pathos ins sachliche Sprechen zurücknimmt. Sie alle waren Expressionisten, in ekstatischen Bildern wollten sie ihr Welt- und Lebensge-

fühl ausdrücken, Lichtenstein nennt den Mond den »Mörder Mostrichtopf« und sich selbst einen »blutenden Piepmatz«; auch in seinen knappen Versen glüht, verhalten zwar, das heftige Feuer, herrscht, gebändigt, der starke Ton. Doch immer auch blitzt die groteske Wendung, leuchtet das bizarre Bild auf: die Dörfer sind Lumpen, die Kugeln sind Vögel. Sein Schlachtgedicht ist schonungsloses Tableau und komödiantische Kulisse zugleich, noch im schrecklichsten Greuel höhnt der Sarkast, und man hört das Gelächter der Angst.

Ich habe das Gedicht nach dem letzten Krieg in Giedion-Welckers »Anthologie der Abseitigen« zu erstenmal gelesen, bis dahin kannte ich die Schlacht bei Saarburg aus Vaters illustrierter Kriegsgeschichte »Die große Zeit«, zwei blauen Leinenbänden in Großformat mit goldgeprägtem Titel und Reichsadler auf dem Einband. Ich stellte mir nach den Beschreibungen heitere lothringische Dörfer in der Sommersonne, ein fröhlich marschierendes Heer, siegestrunkene Helden mit blumengeschmückten Stahlhelmen vor: da auf einmal mit Lichtensteins Strophen, geriet ich in eine Landschaft des Grauens, alles ist in den fahlsten Farben gemalt, es fallen die Wörter Nebel, Blei, Lumpen, drücken, reißen, qualmen, wo Vaters Kriegsgeschichte erzählt: »Verluste bis zu fünfzig Prozent ertrugen die Truppen ohne Wanken, ... man hörte kein Stöhnen, kein Wimmern«, heißt es bei Lichtenstein: » ... und wimmernd bricht alles entzwei.« Wo ich eine ganze Jugendzeit hindurch gelesen hatte: »Der Feind war endlich einmal in Massen und in greifbarer Nähe, ... drauf, koste es, was es wolle, ... daß bis in die bayrischen Wälder hinein ein Hurra brauste«, da las ich auf einmal: »Ich liege gottverlassen / in der knatternden Schützenfront.«

Der Dichter stemmt sich gegen den Tod, es geht nicht um Kaiser und Reich, um Ruhm und Ehre, wie es in den dikken Heroenbüchern heißt, es geht ums Überleben. Lichtensteins Gedicht ist ein Trotzlied, kein Heldengesang. Ich lernte aus ihm, nicht von meinem Vater, was Schützengraben, Sturmangriff, Grabenangst ist.
Lichtenstein fiel am 25. September 1914, fünfundzwanzigjährig, bei Vermandovillers an der Somme; sein irrwitziges Stoßgebet, es hatte nicht geholfen:

»Sieh, ich bete gut und gerne
Täglich sieben Rosenkränze,
Wenn du, Gott, in deiner Gnade
Meinen Freund, den Huber oder
Meier, tötest, mich verschonst«.

Zwei Jahre später, am 13. Oktober 1916, trat mein Vater, zwanzigjährig, mit einem Flammenwerfer zum Sturm auf Ablaincourt an, zwei Kilometer östlich von Vermandovillers. Er blieb am Leben. Er hatte das Beten längst verlernt.

ALFRED LICHTENSTEIN
GEBET VOR DER SCHLACHT

Inbrünstig singt die Mannschaft, jeder für sich:
Gott, behüte mich vor Unglück,
Vater, Sohn und heilger Geist,
Daß mich nicht Granaten treffen,
Das die Luder, unsre Feinde,
Mich nicht fangen, nicht erschießen,
Daß ich nicht wie 'n Hund verrecke
Für das teure Vaterland.

Sieh, ich möchte gern noch leben,
Kühe melken, Mädchen stopfen
Und den Schuft, den Sepp, verprügeln,
Mich noch manches Mal besaufen
Bis zu meinem selgen Ende.
Sieh, ich bete gut und gerne
Täglich sieben Rosenkränze,
Wenn du, Gott, in deiner Gnade
Meinen Freund, den Huber oder
Meier, tötest, mich verschonst.

Aber muß ich doch dran glauben,
Laß mich nicht zu schwer verwunden.
Schick mir einen leichten Beinschuß,
Eine kleine Armverletzung,
Daß ich als ein Held zurückkehr,
Der etwas erzählen kann.

WOLFGANG LEPPMANN
LEBEN OHNE FALLHÖHE

Ein Kriegsgedicht, und noch dazu im Stil eines Soldatenliedes? Was soll uns das, gerade in diesen Tagen? Wer so fragt, hat sich vom Titel abschrecken lassen. Das ist um so leichter, als »Gebet vor der Schlacht« eingerahmt ist von ähnlich martialisch klingenden (und im übrigen recht traditionellen) Versen wie »Kriegers Sehnsucht« und »Die Granate«. Derlei verdunkelt den Erwartungshorizont. Zu Unrecht, denn wir haben ein ungewöhnliches Gedicht vor uns.

Verse, die Krieg und Heldentod verherrlichen, gibt es seit dem Altertum; und es gibt, besonders in unserem Jahrhundert, auch genug Gedichte, die den Krieg als Mord und Bestialität verdammen. Beide Stellungnahmen zeichnen sich durch tiefen Ernst und starke emotionale Parteinahme aus, durch Pathos und eine oft exaltierte Sprache.

Hier hingegen klingt nichts hehr und heilig. Weder die Parzen werden bemüht noch die höchsten Güter der Nation. Es klingt auch nichts hämisch oder haßerfüllt; obwohl das Gedicht aus dem Jahre 1914 stammt, wird weder der Franzmann an die Wand gemalt noch das perfide Albion. Von Trauer ist so wenig die Rede wie von ihrer Schwester, der Nostalgie: »Ich hatt' einen Kameraden« ist so weit entfernt wie »Lily Marleen«. (Näher als deutsche Analogien lägen vielleicht angelsächsische. Der Mann, der sich eine *blighty* wünscht wie so mancher Engländer im

Ersten Weltkrieg, also einen Heimatschuß, legt zugleich gegenüber der Gefahr jene *grace under pressure* an den Tag, die Hemingway so schätzte.)
Denn hier spricht einer, der vielleicht selber dran glauben muß, vom drohenden Tod in einer völlig unerwarteten Tonlage: mit Humor und einer fein dosierten Ironie. Sie durchzieht den Text bis zur letzten Zeile, bis zum uralten Topos des bramarbasierenden Kriegers, des *miles gloriosus* und Schwadroneurs. Sie tut es, ohne jemals zu verletzen, und dabei bei einem Thema, das wahrhaft einem Minenfeld gleicht. Niemand kann sich entrüsten, über »Hund ... Vaterland« kein Patriot, über »Held« kein Pazifist, über »täglich sieben Rosenkränze« kein Katholik, über »Mädchen stopfen« keine Frau und über »den Schuft, den Sepp« kein Bayer. (Lichtenstein diente in einem bayerischen Infanterieregiment.)
In der Regel hat die Ironie in einem Gebet so wenig zu suchen wie in einer Liebeserklärung oder einer Totenklage. Hier ist eine Ausnahme, die die Regel bestätigt, zumal dieses Gebet ja auch eine Liebeserklärung an das Leben in seiner elementarsten und vielleicht liebenswertesten Form darstellt. Gewiß, unserem Mann fehlt die Fallhöhe eines Prinzen von Homburg; aber das »Sieh, ich möchte gern noch leben« verbindet die beiden um so inniger.
Als Liebeserklärung an das Leben sind diese Zeilen zugleich eine Anklage gegen den Feind des Lebens, den Krieg. Er erscheint als teuflische Perversion, die eine Mannschaft, also eine Gruppe gemeinsam wirkender Männer, so zersetzt, daß »jeder für sich« handelt, und die – eine wahrhaft monströse Vorstellung zu einer Zeit, da Kameradschaft über alles galt – einem Soldaten beziehungsweise dem Dichter das Stoßgebet entlockt, der Herrgott

möge die Kameraden »wie 'n Hund verrecken« und ihn selber am Leben lassen.

»Einer, der vielleicht selber dran glauben muß.« – Lichtenstein, Jahrgang 1889, fiel im September 1914 in Frankreich, wenige Wochen nach der Niederschrift dieses Gebets, das so ganz und gar kein Kriegsgedicht oder gar Soldatenlied ist.

ALFRED LICHTENSTEIN
MONTAG AUF DEM KASERNENHOF

Die Hitze ist ganz klebrig an Gewehr und Hand.
Sie sticht die Augen aus. Kein Ding blieb unbesonnt.
Die Mannschaft trieft, noch halb betrunken, in dem Brand.
Starr stehen die Unteroffiziere vor der Front.

Die grelle Erde ist ein totes Karussell.
Nichts regt sich auf. Nichts stürzt. Kein bunter Himmel fliegt
Sehr selten nur zerreißt ein heiseres Gebell
Die blaue Sau, die auf den Steinbaracken liegt.

Jetzt tut man mir nichts mehr beim Militär.
Wer achtet noch auf mich. Man hat sich längst gewöhnt
An meine sonderbaren Zivilistenaugen.
Beim Exerzieren bin ich halb im Traum
Und auf den Märschen mache ich Gedichte.

Doch kommt ein Krieg. Zu lange war schon Frieden
Dann ist der Spaß vorbei. Trompeten kreischen
Dir tief ins Herz. Und alle Nächte brennen.
Du frierst in Zelten. Dir ist heiß. Du hungerst.
Ertrinkst. Zerknallst. Verblutest. Äcker röcheln.
Kirchtürme stürzen. Fernen sind in Flammen.
Die Winde zucken. Große Städte krachen.
Am Horizont steht der Kanonendonner.
Rings aus den Hügeln steigt ein weißer Dampf
Und dir zu Häupten platzen die Granaten.

WOLFGANG KOEPPEN
EIN GEDICHT VOR DEM STERBEN

Das Gedicht wurde am 10. Juni 1914 geschrieben. Der Dichter war Soldat, Einjähriger in einem Infanterieregiment. Er war das seit einem Jahr. Er war es nicht gern, ein Zivilist; aber man mußte Soldat sein, es war üblich. Das Jahr war um. Es war überstanden. Er hoffte, frei zu sein. Und der sich in Gedichten Kuno nannte, schrieb: »Der Kuno geht, der Kuno kommt nicht wieder«. Es sollte sein Abschied von der Kaserne sein. Für immer. Da wurde der österreichische Thronfolger ermordet. Das Tor der Kaserne, eine Falle schnappte zu. Der Krieg brach aus. Der Kaiser brauchte Soldaten.

Alfred Lichtenstein war Berliner. Seine Garnison war in der bayerischen Provinz. Er sehnte sich nach den Kaffeehäusern des Kurfürstendamms, dem literarischen Gespräch, den kleinen Zeitschriften, die so aufregend waren und einen druckten. Lichtenstein gehörte zu den jungen dichtenden Expressionisten, die zwischen 1908 und 1918 der deutsche Geist waren, den sie wandeln wollten. Ihr Nachruhm lebt in den Literaturgeschichten und ein paar Anthologien, die Jünglinge und alte Männer lesen. Der Dichter kam ins Feld. Er dichtete: »Vielleicht bin ich in dreizehn Tagen tot«. Am 25. September 1914 ist er bei Reims gefallen.

Mich rührt dies alles sehr. Das Gedicht »Montag auf dem Kasernenhof« ist kein Kriegsgedicht. Es ist auch keine Antikriegsdichtung. Noch war Friede. Der Dichter kannte den Krieg noch nicht. Der Krieg war ein Phänomen seiner poetischen Kraft. Sein Gedicht war wahr. Der Montag auf dem Kasernenhof ist der Alltag der Rekruten. Es ist das Lied einer Misere. Vom Zwang sind alle Sinne getroffen. Die Sonne ist erbarmungslos und wird erbarmungslos genannt. Die Sonne sticht die Augen trocken und näßt die Hand am Gewehr. Der Kasernenhof, wo er auch liegt, ist die Wüste. Es ist das wüste Land, das Eliot später entdeckte. Das Wasser wird aus den Körpern gesogen, gefiltert durch Tuch, Leder und Metall. Es ist der Gestank der Ananke. Es ist fast schon eine Vergasung. Die strammen Unteroffiziere sind des Dienstes Mumien. Starre Totenpfähle stehen sie vor dem angetretenen Glied. Himmel und Erde ein Stilleben, eine tote Natur. Nichts rührt sich. Ein Hauptmann hat sich der Schöpfung bemächtigt. Die Weltuhr ist kaputt.

Der Dichter ist beiseite getreten. Erst haben sie ihn gequält. Er erwies sich als nicht faßbar. Er erinnert sich, etwas sentimental, seiner »sonderbaren Zivilistenaugen«. Sie störten, sie vermenschlichten den Betrieb. Und wenn Lichtenstein sagt, das Militär habe sich an seine Augen gewöhnt, dann triumphiert ein neues Selbstbewußtsein. Der Dichter konnte nicht geschliffen, nicht gedemütigt werden. Er marschierte, aber er wandelte im Traum. Es ist die älteste Rettung der Gefangenen. Die Wärter schimpfen und rufen ihre Flüche ins Nichts. Sie stehen vor dem *invisible man*.

Dann kommt ein Krieg! Die große Symphonie des Expressionismus, hier der Paukenschlag, der Schlußakkord des Gedichts, der Krieg, des Dichters Ahnung, seine Prophetie. Zerhackt der Mensch, die Welt vernichtet. Das sah er, der in den Krieg mußte. Das beschwor er herauf allein mit seinem Wort. Die Humanität verblutet in der Sprache. Das Chaos fällt aus dem Schrei. Die letzten drei Zeilen des Gedichtes sind eine irre Idylle.

FRIEDRICH SCHULT
DU BIST EIN ANHANGLOSER MANN

Du bist ein anhangloser Mann,
Es zieht herauf in geilen Haufen;
Es rührt dich kein Verlangen an,
Um fremde Botschaft mitzuraufen.

Du weißt, wo du verschworen bist,
Du sollst dich nicht verwirren lassen;
Bedecke dich, gebrauche List,
Die Mörder schweifen in den Gassen.

Sie werfen Feuer, schüren Brand.
Wo willst du deine Seide spinnen?
Trink Wasser aus der hohlen Hand
Und trabe wie ein Fuchs von hinnen.

Ein Engel nimmt dich an die Brust,
Es kühlt dich Sturm aus fernen Sphären,
Du hast es je und je gewußt,
Du sollst dich von Gesängen nähren.

Du fürchtest dich, er gibt dich frei,
Im Sturze zählst du deine Jahre,
Es fegen Greise Blut und Brei
Fromm und verstockt von dem Altare.

Noch willst du armer Sansculott
Geschöpf und Schöpfer schnell verdammen,
Da fügt der spielerische Gott
Dich aus den Stücken neu zusammen!

CYRUS ATABAY
SELBSTGERICHT

In dem Sammelwerk »Deutsche Literatur im 20. Jahrhundert« (Wolfgang Rothe Verlag, Heidelberg) wurde dieses Gedicht als ein Altersgedicht Barlachs angesehen. Später erfolgte eine Berichtigung durch A. R. Meyer: Es ist kein Altersgedicht Barlachs, sondern stammt von Friedrich Schult. Ich lernte die Gedichte dieses Mannes Anfang der fünfziger Jahre kennen und suchte eine Ausgabe, konnte sie lange nicht finden, aber ich dachte an diese Gedichte wie an etwas, das ich brauchte, unbedingt zum Leben brauchte.

Friedrich Schult wurde 1889 in Schwerin geboren, er gehörte zu den engsten Freunden Barlachs, der diesen hier abgedruckten Vers in seinen Roman »Der gestohlene Mond« aufnahm. Das Gedicht, aus der zyklischen Reihe »Nacht schnürt dich in ein Bündel Schlaf«, entstand in den Jahren 1917-1919. Fraglos ist es ein Selbstbildnis des Autors, gezeichnet in klaren Konturen (man denkt vergleichsweise an das Selbstbildnis Caspar David Friedrichs aus dem Jahr 1810), verzichtend auf proteushafte Eloquenz, worauf sich die Poeten so gerne berufen, wenn sie sich selbst darstellen.

Ein Mann, anhanglos und das heißt doch wohl ohne Gefolgschaft, auf sich allein gestellt, sieht, wie das Unheil in »geilen Haufen« heraufzieht. Die künftigen Erschütterungen der Zeit hatten schon Gedichte von Trakl und Jakob van Hoddis angekündigt. Zwei Jahrzehnte später malte Richard Oelze eine Gruppe von Männern und Frauen vor einem verfinsterten Himmel in Erwartung eines drohenden Gewitters.

Schults Gedicht fordert seine Zeit in die Schranken; klaglos und nicht bereit, bei der fremden Botschaft, der ausgerufenen Ideologie, welcher Provenienz auch immer, »mitzuraufen«. Dieser Mann weiß, wo er verschworen ist, und gibt sich taktische Anweisungen, wie er sich in solcher Lage zu verhalten hat: nämlich durch Unauffindbarkeit (»bedecke dich«), durch List, durch List, die als Tarnung dient. Ist das nicht schon der Verfolgte, der einen Zufluchtsort sucht, wo er sein Werk ausführen kann: »Wo willst du deine Seide spinnen?« Es ist nicht viel, das ihm bleibt, nur was er in der Rundung einer Hand retten konnte und die Vereinzelung.

Dieser Wirklichkeit, der verfälschten und gefährdeten, tritt in der vierten Strophe eine andere gegenüber: eine Erscheinung von Anderswo, die dem Hier in seiner Bedrängnis beisteht. Schults Weltgefühl ist ein mystisches, in das für ihn auch die Kunst mündet: »Du hast es je und je gewußt / Du sollst dich von Gesängen nähren.«

Äußere und innere Geschichte stehen in Kontrast in diesem Gedicht, doch die Beschränkungen werden aufgehoben in der Berührung mit den »fernen Sphären«. Der Mensch, ausgesetzt der Furcht, kann durch das Opfer die Zeit nicht erlösen, es wird vom Altar gefegt wie ein zermalmter Körper, der im Sturze niederfiel.

In den Schlußzeilen nimmt der Dichter das Verschulden an der Wahrheit und am Leben auf sich, aber er vertraut der utopischen Versöhnung, dem »spielerischen Gott«, der am Ende das Unvereinbare vereint. Zu bewundern bleibt die Unerschrockenheit, die auch das Scheitern eingesteht.

GEORG VON DER VRING
CAP DE BONNE-ESPÉRANCE

Am Kap da steht ein Häuschen
Zu täglichem Gebrauch,
Da wohnen keine Mäuschen
Und keine Ratten auch.

Das Häuschen, schief und putzig,
Von Splittern ganz durchsiebt,
Erlauf ich und benutz ich,
So oft es mir beliebt.

Ich sitze da und spähe
Bequem durch jede Wand:
Geschütze in der Nähe
Und tief verschneites Land.

Und sitze da ganz eilig
Im windigen Privé
Und schaue hundertteilig
Die Hoffnung und den Schnee.

Die Hoffnung geht in Scherben
Dreckerde fliegt und Schnee.
O Sterben und Verderben
Im windigen Privé.

HEINZ PIONTEK
EIN SOLDATENLIED

Über den Zweiten Weltkrieg gibt es vergleichsweise wenige deutsche Gedichte und kaum welche von Rang. Den Ersten Weltkrieg findet man in sehr vielen wieder. Freilich, Trakls »Grodek« ist und bleibt eine Ausnahme. Singulär, wenngleich auf viel bescheidenere Weise, finde ich auch »Cap de Bonne-Espérance«.
Das Gedicht fängt geradezu harmlos an, mit dem Reim Häuschen – Mäuschen, wie für Kinder geschrieben. Die Sache ist auch so einfach, daß jedes Kind sie versteht. Und doch fragt man sich nach dem ersten Lesen verblüfft, ob man richtig gelesen hat. Kein Zweifel: Hier äußert sich ein Soldat über das Verrichten seiner Notdurft an der Front. Nichts Erhabenes also über das so gern als ehernes Schicksal verbrämte Faktum des Völkermords, keine finstere Klage über Greueltaten, kein Hohn auf patriotische Borniertheit. Nur die mit märchenhaft einfachen Worten, beinahe wie hingesummten, wiedergegebene Verfassung eines einzelnen Soldaten, der froh ist, wenn er sich in Ruhe entlasten darf. In Ruhe? Sitzt er nicht auf seinem Abtritt »ganz eilig«? Werfen einschlagende Granaten rings um ihn her nicht Dreckerde auf? Nein, selbst sein kurzes Aufatmen hier ist eine Illusion. Cap de Bonne-Espérance – ach, bloß ein Landserwitz. Er sagt es unumwunden: »Die Hoffnung geht in Scherben.«
Längst gehört es ja zum guten Ton, keinen zu haben. (Freuds Satz, der Verlust der Scham sei das erste Zeichen

beginnenden Schwachsinns, hat offenbar kaum einen nachdenklich gemacht.) Von der Vring bringt jedenfalls das Kunststück fertig, die seinerzeit noch zu den Tabus zählende Defäkation als Motiv für ein Gedicht heranzuziehen und dies so zu behandeln, daß wir auch nicht einen Augenblick das Gefühl haben, hier prahle jemand mit seiner Schamlosigkeit.

Eine zierliche, traumsichere Ironie führt von einem Wort zum andern. Das Hübsche, ja Niedliche in den beiden ersten Strophen wird auch nicht plötzlich mit Schreckensbildern zusammengebracht; ein solcher Autor kann auf billige Schocks verzichten. Doch gerade dadurch, daß er nur das allernötigste Aufheben von der lebensgefährlichen Nähe der Hauptkampflinie macht, von den Gewalthandlungen, vor denen Wände nicht schützen, überträgt er auf uns sein Erschrecken.

Sterben und Verderben. Auch dieser Binnenreim noch liedhaft, das Unabänderliche des nackten biologischen Todes zunächst mildernd. Dafür aber ruft er Assoziationen wach, die tief in die Geschichte zurückreichen. Von Menschen sagen wir heute nicht mehr: Sie verdarben. Doch in Zeugnissen des Barocks, ja schon des Mittelalters stößt man auf diese Wendung. Ein elendes, sinnloses Sterben war damit gemeint. Durch ein einziges Wort wird also aus einem Krieg die Kette von Kriegen, kommen zu der Angst dieses einen die Ängste unzähliger Umgebrachter hinzu.

Obwohl das Gedicht ausgereimt ist, wird der Reime wegen die Sprache nirgends gedrechselt. Die Poesie liegt an der Oberfläche. »Tief verschneites Land« kann jeder sagen – und doch, wie wirkt es hier im Kontext! Wunderbar ist freilich der Einfall, die Beobachtung eines Schneetreibens

so zu formulieren: »Und schaue hundertteilig / Die Hoffnung und den Schnee.«
Schließlich der Kunstgriff, »Schnee« auf »Privé« zu reimen. »Privé« ist das französische Wort für »Abtritt«. Man kann ein solches Vorgehen verächtlich »dezent« nennen. Dennoch, trotz aller Zurückhaltung und Zartheit, wird hier etwa Eichs zwanzig Jahre später geschriebenes, durch ein Hölderlinzitat »literarisiertes« Latrinengedicht an Härte übertroffen, wird die Wahrheit nicht um ein Jota verkürzt.

GEORG VON DER VRING
KAVALIERSHAUS

Daß ich drin könnte wohnen,
Hab ich nie geglaubt;
Es würde von keinem Fürsten
Einem wie mir erlaubt.

Es wären auch die Kastanien
Des Gartens für mich zu schön;
Und Stund um Stunde die Schloßuhr
Hören, das zarte Getön.

Im übrigen: nach den Fenstern
Zu schließen, die Räume stehn leer –
Wo nähme ein Fürst auch passende
Hausbewohner her?

Auf mich wird er nicht verfallen;
Noch kommt hinzu: er ist
Kein Kenner von meinerlei Dingen,
Abandonnés et tristes.

ALBERT VON SCHIRNDING
NACHBARSCHAFT

Nie kann ich auf dem Weg zum Nymphenburger Park das Schloßrondell durchqueren, ohne daß mir diese Strophen von Georg von der Vring in den Sinn kommen. Noch immer läßt die Schloßuhr Stunde um Stunde ihr zartes Getön hören – aber sie wäre, scheint mir, längst verstummt, gäbe es das Gedicht nicht, in dem sie schlägt.
Als es in den späten fünfziger Jahren geschrieben wurde, lebte der Dichter im sechsten Stock der im Münchner Stadtteil Nymphenburg gelegenen Nibelungenstraße 9a, in einer bescheidenen, nüchternen Neubauwohnung, wie sie einem Sohn des zwanzigsten Jahrhunderts, der zwei Weltkriege erlebt hatte, angemessen war. Das berühmte Schloß war nicht weit, und unzählige Male mag von der Vring an dem realen Kavaliershaus, das seinem Gedicht den Namen gab, vorübergekommen sein.
Was hat er aus dieser Nachbarschaft gemacht! Vergangenheit und Gegenwart stoßen in den ersten drei Strophen hart aufeinander. Die von der Schloßuhr verkündete Zeit ist die eines vergangenen Jahrhunderts. Das Kavaliershaus ist für das Ich zu groß geworden, das barocke Stunden- und Raum-Maß übersteigt seine Verhältnisse.
Das Negative freilich, von dem diese Strophen sprechen, das »nie geglaubt«, das Unerlaubte, das Zu-schön-für-mich, die Leere der Räume, schließlich die abseitigen und traurigen Dinge, mit denen es der Dichter zu tun hat – dieses Negative kommt auf so leichten und zierlichen

Versfüßen, daß es nicht niederdrückt, sondern bezaubert. Die Kastanien im Garten, das auf die noble Lebensform zugeschnittene Domizil, die Nähe zum Schloß, die zugleich die Distanz zur Enge und zum Lärm der Arbeitswelt bedeutet, erscheinen durch den Schleier der Verneinung nur um so reizvoller.

Beiläufigkeit als Stilmittel: Schon die dritte Strophe wirkt durch das einleitende »Im übrigen« wie ein Postskriptum. Und nun, in der letzten, bildet das »Noch kommt hinzu« den Übergang zu einer überraschenden Variation des Themas, seiner pointiertesten. Während bisher das Ich für jedermanns Ich stand (wir alle sind durch unsere Gewohnheiten aus solchen Wohnräumen ausgeschlossen), spricht es jetzt nur noch von sich selbst als Dichter. Aus jedem gesellschaftlichen Rahmen gefallen, ist der Poet ortlos geworden. Bei Rilke hieß es noch: *O sage, Dichter, was du tust? – Ich rühme.* Er war ja auch in fürstlichen Räumen regelmäßig zu Gast. Die Dinge des Dichters, dessen Selbstporträt wir hier vor uns haben, sind nicht preiswürdig, sondern preisgegeben: *abandonnés.* Zum Beispiel ein von seinen Bewohnern verlassenes Haus, dessen Schönheit für niemanden mehr das ist.

Das Französisch der letzten Zeile transponiert die Melodie der Verse in ihre eigenste Tonart. Vring hat früh Verlaine gelesen, ihn, wie er selbst bezeugt, zu seinem Meister gemacht. Ein Band mit Vrings Übertragungen erschien 1939. Das ziellos Vagabundierende, die antibürgerliche Dekadenz, die nur noch im Gedicht erlösbare Melancholie behalten das letzte Wort.

GEORG VON DER VRING
WIESKIRCHE

Im Moor verdorren die Moose.
Vor der Bauerngardine
Grünt Christi Dorn.

Wen ruft das Makellose?
Es summen die silbernen Bienen
Der Orgel über dem Korn.

Im Chor bei Rot und Golde
Rauschen die Cherubinen
Als Tuba, Flöte und Horn.

Sonne verklärt das holde
Lächeln in Engelsmienen,
Als wären wir nicht verlorn.

ECKART KLESSMANN
MUSICA CAELESTIS

Von 1746 bis 1754 baute Dominicus Zimmermann in Oberbayern die Wallfahrtskirche des Prämonstratenserklosters Steingaden, benannt nach einer alten Flurbezeichnung »Die Wies«, eines der vollkommensten Werke deutscher Rokoko-Architektur. Zimmermann, gleichen Jahrgangs wie Johann Sebastian Bach, war 69 Jahre alt, als er sein graziöses Gotteshaus vollendet hatte; Mozart war noch nicht geboren.

Georg von der Vring schrieb sein Gedicht 1952, im Alter von 63 Jahren. Es ist, wie so viele Gedichte dieses Autors, von einfacher Liedhaftigkeit bei kunstvoller Reimstruktur: Viermal wird der i-Reim in der Strophenmitte von zwei o-Reimen gerahmt.

Bei der Wieskirche fügen sich Architektur und die sie umgebende Landschaft wie zu einem Gesamtkunstwerk zusammen; die Schlichtheit des Äußeren korrespondiert mit der artifiziellen Verfeinerung des Innern. Diese Kontrapunktik nimmt das Gedicht auf.

Die Vegetation, die draußen im Moor verdorrt, gedeiht im Innern, und zwar zuerst in einem Stilleben bäuerlicher Frömmigkeit: einer Pflanze, die der Volksmund »Christusdorn« nennt. Ihr Name deutet auf die benachbarte Wallfahrtskirche und ihre Bilderwelt (Christi Marterwerkzeuge). Dann öffnet sich die Architektur einer festtäglich gestimmten Natur: Die Klänge der silberpfeifigen Orgel wehen über die Felder hinaus wie ein Bienengesummm; Natur und Kunst verschmelzen zu einer Musica caelestis, der die dritte Strophe gehört. Im Innenraum werden Baukunst und Skulptur zu Emanationen von Engelsmusik. Nicht Rokokoputten musizieren, sondern das Flügelrauschen der Cherubine wird hörbar als und in Musik; Mozarts Krönungsmesse ist mir beim Lesen im Ohr.

Mit der letzten Strophe belebt die Natur (die Sonne) das Innere und seine Kunst und erhellt es im doppelten Sinne: Sie spendet Licht und »verklärt«, »als wären wir nicht verlorn«.

Eine bittere Schlußsequenz. »Wen ruft das Makellose?« – wenn nicht uns, denen das Makellose längst abhanden kam, ja so suspekt wurde, als habe man sich seiner fast zu schämen. Sind wir verloren, weil unser Empfinden für den Ruf des Makellosen taub geworden ist? Weil Natur und Kunst uns nicht länger göttliches Gesetz offenbaren? Weil wir flüchtige Sensationen für die Wirklichkeit und damit Wahrhaftigkeit der Kunst halten?

Trotz des Schlußverses wirkt dieses Gedicht auf mich nicht hoffnungslos. Die Vollkommenheit seiner Form und die Musik der Reime widerspricht der Bitternis. Die Verse spiegeln in ihrem einsamen Lobpreis so etwas wie Heilsgewißheit in einer heillos gewordenen Welt, in der nicht nur die Moose verdorren.

ERNST BLASS
DER NERVENSCHWACHE

Mit einer Stirn, die Traum und Angst zerfraßen,
Mit einem Körper, der verzweifelt hängt
An einem Seile, das ein Teufel schwenkt,
– So läuft er durch die langen Großstadtstraßen.

Verschweinte Kerle, die die Straße kehren,
Verkohlen ihn; schon gröhlt er arienhaft:
»Ja, ja – ja, ja! Die Leute haben Kraft!
Mir wird ja nie, ja nie ein Weib gebären

Mir je ein Kind!« Der Mond liegt wie ein Schleim
Auf ungeheuer nachtendem Velours.
Die Sterne zucken zart wie Embryos
An einer unsichtbaren Nabelschnur.

Die Dirnen züngeln im geschlossenen Munde,
Die Dirnen, die ihn welkend weich umwerben.
Ihn ängsten Darmverschlingung, Schmerzen, Sterben,
Zuhältermesser und die großen Hunde.

THOMAS ANZ
DIE MODERNE UND DER FORTSCHRITT

Den literarischen Fortschritt wollten sie alle, die jungen Lyriker und Propagandisten des Expressionismus. Doch der zuversichtlich fortschreitenden Zivilisation setzten sie Gedichte voller Skepsis, Angst und Verzweiflung entgegen.

Dieses Buch sei eines der wenigen, das nach George und Rilke »einen Fortschritt ermöglicht«, meinte einer der begeisterten Kritiker, die das im Jahr 1912 erschienene Lyrik-Bändchen »Die Straßen komme ich entlang geweht« von Ernst Blass mit einigem Erfolg bekannt zu machen versuchten. Zukunftsweisend für das Jahrzehnt waren die heute fast völlig vergessenen Texte des damals Zweiundzwanzigjährigen in der Tat. Nicht nur das Gedicht »Der Nervenschwache« bot ein gelungenes Beispiel für jene »fortgeschrittene Lyrik der großen Städte«, von der Alfred Kerr seinerzeit sprach und die er förderte.

Ernst Blass berief sich ausdrücklich auf den von der Berliner Avantgarde hochgeachteten Kritiker und erläuterte in den »Vor-Worten« zu seinem Gedichtband, was für die Lyrik »Fortschritt« heißen könnte: »das Wissen um das Flache des Lebens, das Klebrige, das Alltägliche, das Stimmungslose, das Idiotische, die Schmach, die Miesheit.« Der moderne Lyriker schäme sich nicht seiner träumerischen Stimmungen. »Doch seine Träume werden anders aussehen als die weniger Kultivierter; nämlich: gehetzter, weltstädtischer, mit dem lebhaften Willen zur Kritik.«

Was kritisiert der »fortgeschrittene«, intellektuelle Großstadtlyriker, dieser »Darsteller des Alltags« mit dem »ehrlichen Willen zur Klärung diesseitiger Dinge«? Nicht zuletzt den Fortschritt. Über die psychischen Lasten einer rapide modernisierten Lebenswelt spricht die Großstadtlyrik des Expressionismus immer wieder. »Ich bin in eine fremde Stadt verschlagen«, beginnt eines der Gedichte von Ernst Blass, in denen sich über spezifisch jüdische Erfahrungen hinaus die Verlorenheit und Angst des lyrischen Ichs in einer veränderten Welt mitteilen. Der wie vom Teufel besessene und mit angstzerfressener Stirn durch die Großstadtstraßen laufende Mensch in den hier wiedergegebenen Versen hat nicht nur schwache Nerven, es fehlt ihm auch sonst an Kraft und Vitalität, er sieht sich fremdbestimmt, verfolgt, beziehungslos. Er ist, ins Groteske verrückt, der feinnervige, kränkliche, »moderne« Typus, dessen Pathologie uns die Literatur seit der Jahrhundertwende in vielfältigen Varianten vor Augen geführt hat.

»Modern« ist das Gedicht auch darin, daß Mond und Sterne in ihm keine romantischen Gefühlsalternativen mehr bieten können. Der Mond wie »Schleim« und die Sterne wie zuckende »Embryos« – das ist wie Blasphemie gegenüber der Erbaulichkeit naturlyrischer Traditionen. Sie kommen für den »fortgeschrittenen Lyriker« nicht mehr in Frage. Seinen literarischen Phantasien verbietet er die rückschrittliche Flucht in die Natur, aufs Land oder in eine vermeintlich unbeschädigte Vergangenheit.

Die literarische Moderne weicht den realgeschichtlichen Prozessen der Modernisierung und Zivilisierung nicht mehr aus, sondern nimmt sie konsequent in sich auf. Sie steht jedoch von Beginn an in unauflösbarer Spannung zu ihnen. Was Literatur- und was Sozialhistoriker gewöhnlich unter »Moderne« verstehen, ist nicht das gleiche. Die eine »Moderne« zieht vielmehr die andere gründlich in Zweifel.

Wer heute in dem berechtigten Unbehagen gegenüber allem, was sich als modern und fortschrittlich anpreist, seine ästhetischen Einstellungen an prä- oder postmodernen Positionen orientieren möchte, mag zuvor das zivilisations- und fortschrittskritische Potential bedenken, das für die literarische und künstlerische Moderne schon immer charakteristisch war. Das Beispiel Ernst Blass kann dabei lehrreich sein. Bald nach seinem ersten Gedichtband, der heute noch so lesenswert ist wie vor siebzig Jahren, rückte er von der Moderne ab und zu neuklassischen Vorbildern hin. Dieser Schritt zurück führte Blass schon gut zwei Jahrzehnte vor seinem Tod im Sommer 1939 in die literaturgeschichtliche Bedeutungslosigkeit.

ERNST BLASS
KREUZBERG

Blaßmond hat Hall und Dinge grau geschminkt.
Das Wundern lernte selbst der karge Greis,
Der unten, auf der Bank, im engsten Kreis
Vor sich den mageren Spazierstock schwingt.

Da liegt die große Stadt: schwer, grau und weiß.
Ein Rauchen, Greifen, Atmen, daß es stinkt.
Eh sie dem heil'gen Tag das Dunkle wild entringt,
Erwachen Nerventräume, blaß und heiß.

Fort mit dem süßen Blick! Fort mit dem Kusse!
Hörst du die roten Nacht- und Not-Alarme?
Die heißen, blassen Träume sind verstreut.

Mir stehen riesige, liebes-, hasseswarme
Gebäude zu durchwandern weit bereit.
Da unten rollen meine Autobusse!

GÜNTER KUNERT
VERKAPPTES GESTÄNDNIS

Wollte man ein Stadtgedicht wie dieses Sonett von Ernst Blass als topographische Information werten und benutzen, man stünde wohl ziemlich befremdet in jenem Berliner Bezirk, den der Titel nennt. Und das nicht erst seit den schweren Zerstörungen durch Luftangriffe, Sanierung, Mauerbau. Für den Dichter, der, erst neunundvierzigjährig, vor Beginn des Zweiten Weltkrieges starb, bot die Örtlichkeit nur den äußeren Anlaß für eine ungewöhnliche Selbstbekundung.
Hinweise auf eine faktische Realität erscheinen nur indirekt, und zwar in Form einer unpräzisen Höhenangabe. Zweimal heißt es im Text »unten«, was auf eine herausragende Plazierung, etwa auf dem Kreuzberg (66 Meter über Meereshöhe) selber, schließen läßt. Das scheint der »karge Greis« auf der Bank, die natürlich zum Park gehört, zu bestätigen. Der Dichter befindet sich über der Stadt und damit in einer Position, welche unbewußt und nahezu zwangsläufig ein Empfinden von Omnipotenz hervorruft.
Solche Veränderung des Blickwinkels läßt, im Gegensatz zur eigenen, »herausragenden« Person, was fern unter einem liegt, eigenartigerweise *greifbarer* erscheinen. Die sonst unübersichtliche, chaotische Anhäufung vereinheitlicht sich durch den Perspektivenwechsel und, Paradoxon von physischer und psychischer Wahrnehmung, rückt einem dadurch näher. Just diesen Umstand erlebte Ernst

Blass, der seine eigene Verwunderung auf den pythagoreisch den Stock im Kreise schwingenden Greis überträgt. Die Stadt wird zum Körper verlebendigt, befähigt zum »Rauchen, Greifen, Atmen«. Und sie, die so undeutlich Personifizierte, die dem »heil'gen Tag das Dunkle wild entringt«, übt eine ganz besondere Wirkung auf den Dichter aus: nämlich eine erotische, die das Gedicht selbst zu einem Mittel der Kopulation macht.

Kaum Zufall, daß der Autor sich dreimal namentlich in das Gedicht einbringt; könnte man noch den »Blaßmond« für eine metaphorische Erfindung halten, die »Nerventräume« jedoch, die sich nur als *leibhaftige* Veranschaulichung eines Erregungszustandes verstehen lassen, bekommen durch die wiederholten Adjektive »heiß« und »blaß« den entsprechenden Geständnischarakter. Denn im Kanon einer noch puritanisch gehemmten Literatur sind »heiße Träume« ein absolut eindeutiges Zeichen.

Sie entgegen der Wirklichkeitserfahrung und ihrer üblichen literarischen Beschreibung als »blaß« zu bezeichnen, wirkt wie eine Selbstentblößung. Indem der Dichter seine sexuellen Phantasien mit seinem Namen ausstattet, weist er auf ihre und seine Besonderheit hin. Und weil die Wortwahl in einem Gedicht niemals nebensächlich ist, gibt eine folgende weiteren Aufschluß: »Die heißen, blassen Träume sind *verstreut*.« Ein Verb, das nur auf Gegenständliches zutrifft, und zwar auf etwas in sich schon Unterteiltes: »Träume« zu verstreuen bezeichnet einen äußerlichen und konkreten Vorgang, der im Rahmen des Gedichts nur ziemlich eindeutig assoziiert werden kann, noch dazu, da vorher vom »süßen Blick«, vom »Kusse« die Rede war, ohne daß Blick wie Kuß eine klare Zuordnung erfahren hatten.

Aus dem Einsgewordensein mit der Stadt reißt den Träumer die Feuerwehr oder der Unfallwagen, doch bleibt zum Trost die Wiederholbarkeit: »Mir stehen riesige, liebes-, hasseswarme / Gebäude zu durchwandern weit bereit.« Die Großstadt als Verkörperung des Weiblichen, Identität von Frau und Ortschaft, ein Topos des neunzehnten Jahrhunderts, da der Metropole die Eigenschaften der *femme fatale* zugeschrieben wurden: anziehend, verlockend, verdorben und verderbenbringend.

Ernst Blass muß noch etwas von diesem Stadtverständnis gehabt haben, um aus solcher luftigen Beziehung das Feuer der Poesie schlagen zu können. Während in der früheren, etwa der Baudelaireschen Großstadt-Dichtung immerhin noch eine tragische Komponente merkbar ist, endet dieses Gedicht prosaisch: »Da unten rollen meine Autobusse.« Der Dichter wird sich heimbegeben, um von seinem fiktiven Abenteuer mit der Berolina auszuruhen.

ERNST BLASS
NACHTS

Ich bin gegangen durch viele Straßen
In dem mir scheinbar bekannten Berlin.
Ich sprach mit Menschen, die neben mir saßen.
Sie grüßten mich und ließen mich ziehn.

Nun liege ich einsam in den Kissen
Und fühle nur, daß alles war.
Und dennoch ist es mir ganz entrissen
Und auch im Grunde gar nicht mehr klar.

Auf meinem Nachttisch tickt die Uhr,
In meiner Nähe ist ein Schrank.
Und ich, dem alles widerfuhr,
Bin nicht gesund und bin nicht krank.

Ich seh noch eines Mädchens Glieder,
Und höre Plaudern überall,
Dazwischen meiner eigenen Lieder
Einsilbig alten Regenfall.

Dort vor dem Fenster ist die Straße,
Das nächtlich windige Berlin.
Die ihr mich meßt mit falschem Maße,
Laßt mich, ich bitt euch, wieder ziehn.

GÜNTER KUNERT
VISIONÄRER ABSCHIED

Das ist eines der seltsamsten Gedichte, obwohl es so eindeutig scheint: stünde nicht der Name des Autors darüber, es wäre historisch schwer einzuordnen; einzig der Gebrauch bestimmter, heute ungewohnter Wörter und Wendungen verrät die zeitliche Entfernung. Aber die Grundhaltung, die Basis des Gebildes, ist ganz gegenwärtig. Nicht nur steckt darin eine der unseren verwandte Ambivalenz (»Bin nicht gesund und bin nicht krank ...«), sondern erst recht, was mit dem modernen, fast modischen Begriff »Sinnverlust« vorschnell benannt wird. Aber es handelt sich um einen speziellen Verlust, der erst den des Sinnes nach sich zieht.
Liest man synchron Gedichte, die nach 1945 geschrieben wurden, ist es, als nähme dieses sie alle vorweg – fünfunddreißig Jahre bevor literarisch die Bilanz der absoluten Sinnlosigkeit gezogen wird. Denn diese fünf knappen Strophen sind ein visionärer Abschied von Berlin. Die Stadt existiert nur noch im Rückerinnern der ersten Strophe: nicht ein einzelner wird sich seines Vergehens vor einer *Urbs aeterna* bewußt, im Gegenteil: vom vordem evozierten Ambiente heißt es: »... alles war.« Und »... ist es mir ganz entrissen.« Und diesem Verschwundensein der mächtigen Kapitale folgt die Frage nach dem Sinn, aber formuliert als Antwort: »... im Grunde nicht ganz klar.«
Nichts sonst meint dieses unauffällige, unbestimmte *es*,

welches dem Dichter entrissen wird, als seine Stadt; und daß dieses Abhandenkommen durch nichts mehr transzendiert wird, entspricht völlig unserer Sicht auf die Ereignisse der letzten fünfzig, sechzig Jahre. Die gigantischen Greuel unserer Historie, Schutt und Asche, in die sich unsere gegenständliche Vergangenheit verwandelt hat, die anhaltende Zerstörung durch Maximierung immer mechanistischer werdender Gesellschaften, sind durch keinen Sinn geheiligt.

Greifbare Realität hat bloß noch die Uhr auf dem Nachttisch, der Schrank in der Nähe dessen, »dem alles widerfuhr«, wobei er uns das Widerfahrene vorenthält und der Entschlüsselung überläßt. Daß ihm aber außer Untergang und Sinnverlust noch anderes zustieß, entnehmen wir den letzten beiden rätselhaften Zeilen: Wer sind denn eigentlich jene, die dem Dichter etwas antaten, was in der Formulierung, mit falschem Maß gemessen worden zu sein, wohl nur umschrieben ist, und in deren Gewalt er sich offenkundig befindet, da er sie bitten muß, ihn ziehen zu lassen? Um Rezensenten handelt es sich schwerlich, da deren Macht kaum ausreicht, einen fehleingeschätzten Dichter an die Stätte ihrer eigenen Tätigkeit zu fesseln.

Verbindet sich sein prophetischer Instinkt mit der Vorahnung des eigenen Schicksals?

Ernst Blass, anfänglich Expressionist aus dem Kreis um Hoddis und Hiller, kam 1933 auf den braunen Index und durfte nichts mehr veröffentlichen. Gerade neunundvierzig Jahre alt starb er, schon unbekannt und vergessen in einem Deutschland, das seine Dichter vertrieb oder totschlug und noch im eigenen Zusammenbruch radikal die Vorahnung der Expressionisten von der Katastrophe wahrmachte. Genau diese Tendenz ihrer Werke hat sich bestätigt, jene andere, die auf Menschheitsverbrüderung zielte, ist hingegen von der realen Menschheit desavouiert worden, und zwar dermaßen, daß noch immer viele, viel zu viele zeitgenössische Dichter in aller Welt mit gutem Grund die letzten beiden Zeilen des Gedichts wiederholen müssen: »Die ihr mich meßt mit falschem Maße, / Laßt mich, ich bitt euch, wieder ziehen.« So antizipiert Dichtung, was Wirklichkeit, zum immer neuen Schrecken der Dichter, prompt einlöst.

GERRIT ENGELKE
FRÜHLING

Es singt in mir mit Vogelstimmen;
Der Himmel blaut, Lüfte schwimmen,
Die Sonne glüht in meinem Blut.
Und Wiesen heben sich so grün,
Die vielen Bäume stehen da so gut
Und wollen immer mehr noch Knospen blühn
Ins weitverstrahlte Licht.

Die Wege gleiten langsam auf und nieder,
Durch mich hin; mein Blick grünt auf im Baumgefieder,
Und Baum und Ich und Busch sind froh im blauen Rauch:
In Baum und Halm fließt meine Seele.
Und da, aus diesem schönen Blütenstrauch,
Da singt mein Herz aus einer Vogelkehle:
Ich blühe, weil ich Frühling bin!

DIETER SCHWARZENAU
RHYTHMUS IST LEBEN – LEBEN IST GOTT

Der dreiundzwanzigjährige Gerrit Engelke schrieb dieses Gedicht am 20. April 1914. Schon immer haben Dichter – junge wie alte – im Frühling den Frühling besungen. Ist deshalb hier das Entstehungsdatum von Bedeutung?
Das Jahr 1914 war für Engelke wie für Millionen andere auch ein Schicksalsjahr. Der Weltkrieg offenbarte nicht nur das ganze kriegerische, sondern auch »lyrische« Potential des deutschen Volkes. Viele besangen den Krieg: Professoren, Pfarrer, Juristen, hohe Militärs und einfache Soldaten, Beamte und Arbeiter – und natürlich auch die Dichter. »Wie die Herzen der Dichter sogleich in Flammen standen, als jetzt Krieg wurde! ... Nun sangen sie wie im Wettstreit den Krieg, frohlockend, mit tief aufquellendem Jauchzen«, schrieb Thomas Mann, und Julius Bab errechnete, daß allein im Monat August 1,5 Millionen Kriegsgedichte geschrieben wurden. Eine Schreckensstunde der deutschen Literatur.
Wie anders Engelke: Im Frühling dieses Jahres 1914 schrieb der Hannoveraner Anstreichergeselle eines seiner schönsten Gedichte. »Frühling« ist Höhepunkt und Vermächtnis zugleich. Engelkes vom Pantheismus geprägte Sicht der Welt, der Aufgabe der Kunst und des Künstlers ist entwickelt und gereift. Die Kunst soll das »panische Grundgefühl« vermitteln, daß die Welt ein einheitlicher Rhythmus erfüllt, in den die Menschen wieder einzugliedern sind. Der Dichter ist Priester und Seher, der den

Menschen die Augen für diesen Rhythmus öffnet. »Rhythmus ist Leben – Leben ist Gott«, schreibt Engelke. In das Innerste der Dinge einzudringen, ihren Rhythmus und damit die göttliche Beschaffenheit zu erkennen, das war nach seiner Meinung zu allen Zeiten das Bestreben der Kunst.

»Frühling« ist ein fröhliches Gedicht. »Es singt in mir mit Vogelstimmen.« Das dichterische Ich identifiziert sich mit dem Jubel der Natur, es setzt sich mit den singenden Vögeln auf eine Ebene. Vom Ich wechselt das Gedicht nun, vermittelt durch die »Vogelstimmen«, ganz in die Natur: »Der Himmel blaut, Lüfte schwimmen« und kehrt erneut zum Ich zurück: »Die Sonne glüht in meinem Blut«.

Dieses Wechselspiel von Ich und Natur wird in der zweiten Strophe intensiviert: »Die Wege gleiten langsam auf und nieder/ Durch mich hin«. Die sich verströmende Seele dringt in alle Teile der Natur, Baum und Vogelsang beschwingen das Ich. Die Natur wird zum zweiten Ich, sie gibt Trost und Fröhlichkeit. »Ich blühe, weil ich Frühling bin!«

Der 20. April 1914 war ein bedeutungsvoller Tag im Leben des Dichters Gerrit Engelke, der neben seinen Dichtungen anfangs auch Zeichnungen angefertigt hat. »Halloh und Halli! Habe für 300, – Zeichnungen an das Kestnermuseum verkauft! Heute! Bezahle meine Schulden, etwa 50, – und fahre nach – Danmark!«, schrieb er gleichen Tags an den Freund Martin Guldbrandsen. Einer der wenigen glücklichen Tage Engelkes: »Es singt in mir mit Vogelstimmen«. Am 13. Oktober 1918 ist Engelke gefallen.

WALTER HASENCLEVER
DIE LAGERFEUER AN DER KÜSTE

Die Lagerfeuer an der Küste rauchen.
Ich muß mich niederwerfen tief in Not.
Leoparden wittern mein Gesicht und fauchen.
Du bist mir nahe, Bruder, Tod.
Verworren zuckt Europa noch im Winde
Von Schiffen auf dem fabelhaften Meer;
Durch die ungeheure Angst bricht her
Schrei einer Mutter nach dem kleinen Kinde.
Es starb mein Pferd heut Nacht in meiner Hand.
Wie hast Du mich verlassen, Kreatur!
Aus dem Kadaver steigt das fremde Land
Hinauf zu einer andern Sonnenuhr.

PETER DEMETZ
EIN ABENTEURER AUF DER FLUCHT

Den Namen Walter Hasenclever hörte ich in unserer Wohnung, ehe ich noch lesen konnte, denn mein Vater, der Dramaturg, inszenierte Hasenclevers Drama »Der Sohn« als erster auf der Bühne des Prager Landestheaters, mitten im Ersten Weltkriege. Das freute ihn sein Leben lang (denn Hasenclever hatte ihm einen langen Brief geschrieben, wie die Hauptfiguren aufzufassen wären), und die Literaturgeschichten rühmten das Stück dann als Revolutionssignal des Expressionismus. Wenn ich später, alle zehn Jahre einmal, in den Anthologien blätterte und nostalgisch auf eines von Hasenclevers Gedichten stieß, war es mir immer, als hätte ich einen sprühend elektrischen Draht berührt. Achtung, Hochspannung!

»Die Lagerfeuer an der Küste«, das im Mai 1914 entstandene erste Gedicht seiner Sammlung »Tod und Auferstehung«, hat auf den ersten Blick nichts Expressionistisches, weder Rufzeichen, Schrei noch Gemeinschaft. Der junge Hasenclever verehrte Goethe, und die Prägung des traditionellen Gedichtes, drei Strophen zu vier Zeilen, die regelmäßige Anordnung seiner Reime (alternierend, umarmend und wieder alternierend) sind, mitsamt den fünffüßigen Jamben, nicht schwer zu entziffern. Das Besondere dieses und der meisten seiner anderen Gedichte ist das dramatische, ja sprunghafte Moment einer Um- und Wiederkehr, ein entscheidender Atemzug, der das Selbst aus Zerstreuung und Not in Welt und Gesellschaft zu sich selber zurückbringt und das Gedicht, wie einen Monolog, in einem unaufhaltsamen Elan vorantreibt.

Der flüchtende Abenteurer ist eine der Gestalten des Sohnes Hasenclever, der seinem strengen Vater in die Boulevards, Freudenhäuser und in den Lärm der Börsen entweichen will, und ich stelle mir die Szene dieses Gedichtes so vor – eine Rotte von Glücksrittern, Eindringlingen, Soldateska, gelandet am Gestade eines neuen Kontinents, wie des Cortez' Leute in der Brecht-Ballade oder die Söldner im Film »Aguirre« von Werner Herzog und Klaus Kinski, aber einer hat sich von ihnen gelöst, von den »Lagerfeuern« und den »Schiffen«, als einziger von dem anderen und den anderen. Er fühlt die unmittelbare Drohung des neuen Ortes schutzlos und unmittelbar: das Fauchen im Dschungel, den Bruder Tod.

Frühere Leser des Gedichts wären versucht gewesen, von einer Grenzsituation zu sprechen, jüngere eher von einem Bewußtsein »sur l'abîme«, über einem Abgrund, in dem plötzlich die Entfernung von Europa nur noch in den Winden zuckend, die Erinnerung an eine Frau und ihr Kind durch die »ungeheure Angst« des Einsamen sichtbar wird. Die letzte Kreatur, die ihn noch mit anderen Kreaturen verknüpfte, ist tot, aber aus ihrem »Kadaver« steigt der Entschluß, das Abenteuer selbst und ganz allein zu wagen, in einem Landstrich fremder Gebirge und ganz anderer Zeiten.

Ich wünschte mir nur, die Abenteuer der Poesie und die der realen Geschichte wären nicht so unversöhnlich voneinander getrennt. Im Juni 1940 befand sich Hasenclever im südfranzösischen Internierungslager Les Milles, die Spanienkämpfer im Lager bereiteten einen gemeinsamen Ausbruchsversuch vor, komme, was da wolle, und legten

Hasenclever nahe, sich an ihrem Unternehmen zu beteiligen. Er war ohne Hoffnung, »ein trauriger Mischling« (wie er in einem späten Briefe schrieb), nicht einmal ein ganzer Jude, wollte nicht mitmachen und nahm die Dosis Veronal, die er für den letzten Augenblick aufgespart hatte.

KLABUND
AUS: DREIKLANG

Es werden Tage kommen
Sonnenlose ohne Gelächter.
Brachfelder.
Kein Korn glänzt.

Leichen rollen in den Flüssen.
Die Eisenbahnen sind voll toter Fahrgäste.
Wer ein Herz hat weint
Hingebückt über das Jaucheloch.

Kahlkopf und Kohlkopf
Wechseln wie Wild.
Der Sieg ist versiegt
Viel Teppiche zerfasert.

Eine Tanne
Steht noch – vielleicht.
Das Gehörn einer Gemse
Hängt am Abgrund.

GEORG HENSEL
HISTORISCHES UND PRIVATES

Mit dem Gedanken, früh zu sterben, war Alfred Henschke, der sich Klabund nannte, schon als Gymnasiast vertraut: 1906, als er sechzehn Jahre alt war, wurde seine Lungentuberkulose festgestellt, und von da an waren Kuraufenthalte in der Schweiz unerläßlich. Lange vor Thomas Mann und seinem »Zauberberg«, vor Franz Kafka und seinen Krankheitsparabeln hatte Klabund Anlaß genug zu melancholisch grotesker Sanatoriumsprosa und zu Schwindsuchtsversen.

Als Klabund die Gedichtzyklen »Dreiklang« schrieb, war er verheiratet mit Brunhilde Heberle, die er nach ihrer Mutter Irene nannte: »der Friede meiner Seele«. Es war der Friede, den er sich wünschte, aber nicht bekam. Irene, lungenkrank und kehlkopfkrank, durfte ihr Kind nicht austragen; sie starb bei der Operation, und die Tochter, auch sie Irene genannt, lebte nur vier Monate. Über »Dreiklang« schrieb Klabund 1918: »So ist denn die ›Trilogie‹ nichts anderes als mein Leben mit Irene: vom Anfang, da sie zu mir trat, bis zu jenem bitteren Ende, da sie von mir ging ... Die Revolution in Deutschland erscheint mir nur wie eine Fackel zu ihrer Totenfeier entzündet.«

Die Revolution als Fackel für Irene – in allem, was er schrieb, wechselte er so unbefangen und ohne jedes historische Maß über die Grenzen zwischen dem Privaten und dem Öffentlichen. Er wußte, daß auch das Historische nicht anders als privat erlebt werden kann: »Es werden

Tage kommen / Sonnenlose ohne Gelächter. / Brachfelder. / Kein Korn glänzt.« Das konnte noch Angst sein um Irene, doch dann rollen Leichen in den Flüssen und sind die Eisenbahnen voll toter Fahrgäste, zwei surreale Bilder nach einer Menschheitskatastrophe.
Der gerade ausgeblutete Weltkrieg spielt sich ein: »Der Sieg ist versiegt«, und »versiegt« hat hier einen sonst nicht existierenden Doppelsinn. Rasch zieht Klabund die historisch ausholende Gebärde mit »viel Teppiche zerfasert« ins Private zurück, in dem allein der Schmerz lebt. Die letzte Strophe hängt das Gehörn einer Gemse kokett an den Abgrund: die Endzeitvision endet mit einer dieser durch ihre Schönheit verstörenden Miniaturen, wie sie auf den Katastrophenfeldern häufig zu finden sind.
Der virtuose Tändler Klabund, der auch Irene in einem Gedicht gefragt hat: »Soll ich kleine Lieder singen, wie ich oftmals tat«, kommt in diesen vier Strophen, die zu seinen besten gehören, allenfalls im ungenierten Gebrauch der Herz-Metapher vor: Den, »der ein Herz hat« aber läßt er weinen, »hingebückt über das Jaucheloch«. Klabund dichtete assoziativ, nicht logisch. So frage man auch nicht nach den Zeilen: »Kahlkopf und Kohlkopf / Wechseln wie Wild« – auf sie trifft das zu, was Klabund zu dem Soldatenlied »Nicht weit von Württemberg« angemerkt hat: »Schön aber unverständlich«. Bei Klabund geht die Welt unter wie fünf Jahre später bei T.S. Eliot: »wimmernd; nicht mit einem Knall«, *not with a bang but a whimper.*

Der mit 38 Jahren an der Schwindsucht gestorbene Alfred Henschke hat in zwanzig Gedichtbänden den Todesernst in Spieltrieb aufgelöst: er hat sich selbst als Spielfigur mit dem Namen Klabund eingebracht. Sein Freund und Förderer Walther Heinrich und sein Verleger Erich Reiß, der 1919 »Dreiklang« herausbrachte, hatten nicht viel übrig für diese Irene-Zyklen, und in der Tat finden sich auch dort Gründe genug, Klabund zu den kleineren Poeten zu zählen. Am 15. Februar 1917 schrieb er in einem Brief an Walther Heinrich einen Satz, der nicht einen seiner Verse besser, aber sie alle für den Autor notwendig und für den Leser liebenswert macht: »Ich will alle Seiten meines Wesens ausgedrückt sehen, und es genügt mir durchaus nicht, nur ›gute‹ Bücher zu schreiben.«

Er wußte vieles früher als die andern und sprach es auch aus; andere sprachen »besser«: literarischer. Das Vorliterarische aber gehört zu Klabund, unablösbar. »Gut« sind die beiden Zeilen: »Leichen rollen in den Flüssen. / Die Eisenbahnen sind voll toter Fahrgäste«: Sie sind das Gedicht. Doch was wären sie ohne das ganze Gedicht.

KLABUND
KLAGE DER GARDE

General!
Wir sind des Kaisers Leiter und Sprossen!
Wir sind wie Wasser im Fluß verflossen ...
Nutzlos hast du unser rotes Blut vergossen ...
General!

General!
Wir sind des Kaisers Adler und Eulen!
Unsre Kinder hungern ... Unsre Weiber heulen ...
Unsre Knochen in fremder Erde fäulen ...
General!

General!
Deine Augen sprühen Furcht und Hohn!
Unsere Mütter im Fron haben kargen Lohn ...
Welche Mutter hat noch einen Sohn?
General?

HEINZ POLITZER
AUF DEN LEIB GERÜCKT

Es sind nicht immer die besten Gedichte, die, mit Erinnerungen befrachtet, in unserem Gedächtnis geradezu ein Eigenleben führen. Zumeist in einen Fetzen Melodie gewickelt, tauchen sie auf aus dem Nebel; ihre Wörter erweisen sich als unzerstörbar, vermutlich weil sie ebenso einfach wie musikalisch sind. Was mit ihnen an der Oberfläche des Vergangenen heraufschwimmt, ist, weit über sie, den Anlaß, hinaus, charakteristisch für eine Zeit und ihr Gefühl, für einen Lebensstil.

In meiner Erinnerung ist Klabunds »Klage der Garde« eng mit der Jugendbewegung verknüpft. Das war Mitte der zwanziger Jahre, wir schwänzten das Gymnasium und gingen in die Vorlesungen von Karl Kraus, der diese Verse Klabunds hätte vorlesen können, vielleicht auch wirklich vorgelesen hat.

Das Gedicht ist noch im Ersten Weltkrieg entstanden und wurde 1915 in dem schmalen Insel-Bändchen »Dumpfe Trommel und berauschtes Gong« veröffentlicht. Das Bändchen, kaum gewichtiger als ein Heft, enthielt Nachdichtungen chinesischer Kriegslyrik der klassischen Epoche, die Klabund »aus dem Geist heraus« unternommen hatte, wobei er sich deutscher und französischer Vorlagen bediente. Die »Klage der Garde« stammt aus dem »Buch der Lieder«, dem »Schi-king«.

Die erste Strophe des Originals lautet: »Kriegsminister! / Wir sind des Königs Klauen und Hauer. / Warum hast du uns dies Elend auferlegt? / Wir haben keine Ruhestatt.« Die dritte Zeile wird in der zweiten Strophe wörtlich wiederholt, in der letzten Strophe wird aus der Frage eine Antwort und Anklage: »Du hast dieses Elend uns auferlegt.«

Man sieht, Klabund hat das Gedicht mit ebensoviel Kunstverstand wie rhetorischer Hinterlist eingedeutscht. Der in Crossen an der Oder Geborene und mit bürgerlichem Namen Alfred Henschke Genannte besaß eine unheimliche Affinität zu dem Geist der Ostasiaten – zumindest wollte es uns damals so erscheinen. Eines bleibt Klabund immerhin unbenommen: Er hat mit seinem Drama »Der Kreidekreis« Bertolt Brechts »Kaukasischen Kreidekreis« weitgehend antizipiert.

In ihrer Knappheit ähnelt die »Klage« einem gelungenen Plakat des Expressionismus. Schon daß der Kriegsminister mit seinem militärischen Rang als »General« angerufen wird, stellt eine mehr-als-rhythmische Verdichtung der Apostrophe dar. Sechsmal wird dieses »General!« von den drei Zeilen, die es einfaßt, moduliert, zuletzt erhebt es sich als Frage. Die erste Strophe legt die Sprossenleiter der Berufssoldaten an den Thron des Kaisers; dann aber bricht das Bild in sich zusammen; die Hauptwörter werden durch Verben des Vergehens und Verfließens, des Blutvergießens gar, ersetzt.

In der Folgestrophe erklären sich die Gardisten als »Adler und Eulen«, also als Wächter des Kaisers. Tiersymbole ersetzen die leblosen Dingwörter der ersten Strophe. Es hilft nichts: Wiederum tritt ein Zusammenbruch ein; jetzt aber ist nicht mehr ausschließlich von den Gardisten, sondern auch von ihren Kindern und Weibern und dem Grab in der fremden Erde die Rede. Der eigenwillige Ablaut in »fäulen« ist ein Reimtrick von hohen Graden.

Die letzte Strophe vollendet die Symmetrie des Schreckkens, die den Versen als Grundstruktur gedient hat; vollendet sie und hebt sie auf. In direkter Rede sind die Gardisten dem General auf den Leib gerückt: »Deine Augen sprühen Furcht und Hohn«.

Wo das chinesische Original sich mit einer Antwort zufriedengibt – »Du hast dieses Elend uns auferlegt« –, dort endet die Nachdichtung Klabunds mit einer Frage. Die Melodie der Klage hebt sich (zumindest in der Erinnerung) in den beiden Schlußzeilen weit über sich selbst hinaus. Die Verse öffnen sich ins Unbestimmte, und durch diese Öffnung dringt auch heute noch ein Gefühl von Aufstand, endlichem Frieden, Freiheit und Bruderschaft; die Erinnerung an die vergleichsweise unschuldige und darum unvergeßliche Bewegung der Fünfzehnjährigen.

KLABUND
LIEBESLIED

Dein Mund, der schön geschweifte,
Dein Lächeln, das mich streifte,
Dein Blick, der mich umarmte,
Dein Schoß, der mich erwarmte,
Dein Arm, der mich umschlungen,
Dein Wort, das mich umsungen,
Dein Haar, darein ich tauchte,
Dein Atem, der mich hauchte,
Dein Herz, das wilde Fohlen,
Die Seele unverhohlen,
Die Füße, welche liefen,
Als meine Lippen riefen –:
Gehört wohl mir, ist alles meins,
Wüßt' nicht, was mir das Liebste wär',
Und gäb nicht Höll' noch Himmel her:
Eines und alles, all und eins.

MATTHIAS WEGNER
GEWISSHEIT UND BOHRENDER ZWEIFEL

Zu lieben, Götter, welch ein Glück. Die volksliedhaft einfachen Verse dieses Gedichts feiern Verzauberung und Entrückung. Die Geliebte scheint von Kopf bis Fuß auf Liebe eingestellt, das lyrische Ich im Taumel des Glücks. In den ersten elf Zeilen zählt es elfmal hintereinander – wie einst die Dichter des Barock – die Attribute seines Entzükkens auf und versieht sie mit sanft klingenden Verzierungen. Vom Mund bis zu den Füßen gleitet der liebende Blick abwärts. In dreizehn Zeilen steigert sich die Ekstase, bis der selige Seufzer »alles meins« die Entspannung einleitet. Das Tempo beschleunigt sich, die Zeilen werden immer kürzer. Erst mit der Feier des Besitzes in der viertletzten Zeile dehnen sie sich wieder. Zuletzt wechseln die dreihebigen, dahingleitenden Jamben, abrupt wie ein Ausrufungszeichen, in einen vierhebigen, entschlossenen Trochäus. Die *Unio mystica* mit der Geliebten – »Eines und alles, all und eins« – ist erreicht, das Glück des Liebens vollkommen. Wirklich? Ein einziges Wort macht uns stutzig: das »wohl« in der dreizehnten Zeile. Lauert hinter all der Liebesgewißheit nicht doch ein bohrender Zweifel?

Das einstrophige Gedicht verrät bei all seiner Einfachheit eine drängende Ungeduld. Es läßt sich gewiß als freudig erregte Liebeserklärung lesen – dennoch fragt man unwillkürlich nach seiner autobiographischen Wurzel. Ein Photo, das den Dichter Klabund, der eigentlich Alfred

Henschke hieß, mit seiner schönen Frau Carola Neher vor sonnenbeschienenen und schneebedeckten Bergen zeigt, schiebt sich unter den Text. Das Bild aus Davos wirkt wie eine unbeschwerte Illustration zu Thomas Manns wenige Jahre vorher entstandenem Roman »Der Zauberberg«. Carola Nehers strahlendes Lachen läßt an Clawdia Chauchats Kirgisenaugen ebenso denken, wie der elegante junge Herr ihr gegenüber an Hans Castorp erinnert.
Doch Klabunds respektlose und alles andere als bürgerliche Ironisierung des Irrationalen und Geordneten war eher dem »Oppositionsmann« Settembrini verwandt. Überschäumende Daseinsfreude und ständige Todesnähe, rauschhafter Lebenshunger und ein ständiges quälendes Lungenleiden lassen sein Leben wie ein düsteres Nachspiel zum »Zauberberg« erscheinen. Klabund war, wenn auch nur kurz, Gast jenes Davoser »Waldsanatoriums« und Patient von Dr. Jessen alias Hofrat Behrens. Aber – ähnlich Settembrini – hatte er sich, weil er sich den Gesetzen des Hauses nicht fügen konnte, in einer kleinen Davoser Pension einquartiert. Dort erlag er 1928, kaum achtunddreißig Jahre alt, seinem Tuberkuloseleiden.
In zweiter Ehe hatte er drei Jahre vor seinem Tod die bildschöne, dem Brecht-Kreis zugehörige Schauspielerin Carola Neher geheiratet. Zwischen ihren umjubelten Auftritten an verschiedenen deutschen Bühnen mußte sie immer wieder nach Davos eilen, um dem todkranken Ehemann beizustehen. Die Ehe der beiden war von Klabunds nicht unbegründeter Eifersucht und seinem Unbehagen an dem Lebenswandel seiner Frau überschattet. Es mißfiel ihm, beispielsweise, daß sie in einem »Mercedeswagen« ungestüm durch Berlin raste. Fünf Jahre nach Klabunds Tod mußte die junge Witwe mit ihrem zweiten Mann ins

Moskauer Exil fliehen. In einem russischen Internierungslager wurde sie 1942 ermordet. Erst vor dem Hintergrund von Klabunds Leben und Sterben erhält das zögerliche Wörtchen »wohl« sein ganzes Gewicht. Dieses wie atemlos hingeschrieben wirkende, ekstatische, aber von Melancholie und Schmerz durchzogene Liebeslied – es entstand kurze Zeit vor Klabunds Tod – verweist sehr dezent auf einen Abgrund. Unter Berücksichtigung seiner Entstehungsumstände klingt es wie der traurige Aufschrei eines schon früh um sein Leben betrogenen Verlierers. Manche schnell zu Papier gebrachten Verse Klabunds leiden darunter – die demütige Zärtlichkeit dieses Liebesliedes berührt noch heute.

»Denk an dein Werk, du hast nicht Zeit, Klabund« hat sich der Frühvollendete zugerufen. Auch für seine Liebe zu Carola Neher blieben ihm nur ganze vier Jahre.

»Die Dichter«, sagte Gottfried Benn in seiner Totenrede auf den langjährigen Freund, »sind die Tränen der Nation.«

KLABUND
MAN SOLL IN KEINER STADT

Man soll in keiner Stadt länger bleiben als ein
halbes Jahr.
Wenn man weiß, wie sie wurde und war,
Wenn man die Männer hat weinen sehen,
Und die Frauen lachen,
Soll man von dannen gehen,
Neue Städte zu bewachen.

Läßt man Freunde und Geliebte zurück,
Wandert die Stadt mit einem als ein ewiges Glück.
Meine Lippen singen zuweilen
Lieder, die ich in ihr gelernt,
Meine Sohlen eilen
Unter einem Himmel, der auch sie besternt.

HILDE SPIEL
ER HATTE SO WENIG ZEIT

Es war sein Freund, der sich den »armen B. B.« nannte: aber Brecht war unendlich reicher, an Erfolg und Ruhm, an Kraft und Rücksichtslosigkeit, schließlich auch an Talent, als der arme Klabund. Alfred Henschke, ein Apothekersohn aus Crossen an der Oder, der sich nach ersten Gedichtveröffentlichungen den unverdient markanten Namen eines anderen Apothekers zulegte, hatte das Zeug in sich zum Glückspinsel wie zum Genie. Er fand erst eine ausnehmend gute, dann eine ausnehmend liebreizende Frau, doch die erste starb ihm nach zwei Ehejahren weg mitsamt ihrem Kind, wie Lessing die seine, und der zweiten starb er selber weg, nachdem er drei Jahre mit ihr verheiratet gewesen war. Er besaß nicht zu wenig, sondern zu viel Phantasie und konnte sie nicht zähmen, seine Einfälle waren grandios, doch erst als ein anderer sich ihrer bediente, erreichten sie die ganze Welt.

Als Klabund, damals Mitte Dreißig, wieder einmal schwer an der Schwindsucht leidend, im Breslauer Sanatorium Friderici lag, teilte er der Mutter seiner verstorbenen Brunhild mit, daß ihm Breslau »beträchtlich auf die Nerven« gehe: »Ich bin jetzt 6 Monate hier, und ich kann manchmal kaum mehr atmen. An sich hasse ich schon einen längeren Stadtaufenthalt – und dann noch dazu hier.« Sechs Monate – die war er auch in seinem Wanderlied bereit, dem Verweilen in jedweder Stadt einzuräumen, bevor man wieder aus ihr ziehen soll. Es ist die

Unrast des Kranken, von der Ahnung eines frühen Todes Erfüllten, vor dem Ende Fliehenden und von seinem Schaffenswillen und Lebenwollen Getriebenen, die daraus spricht. »Ich hoffte. Da war ich schon verzweifelt. / Ich lebte. Da starb ich schon«, hatte Klabund zuvor einmal geschrieben. Er hatte so wenig Zeit. Mehr als ein halbes Jahr blieb da nicht für München oder Zürich, für Wien und Berlin und Breslau, für Frankfurt an der Oder und am Main – nicht zu reden von Davos, Arosa und Brioni.
Was für ein schönes Gedicht. Ich weiß es auswendig seit mehr als einem halben Jahrhundert, ich habe es mir immer wieder vorgesagt, wenn ich eine mir liebe Stadt verließ, man kann zu seinem Rhythmus wahrhaftig auf Sohlen eilen oder dem Poltern der Eisenbahnräder horchen, nur zum Dahingleiten in einem motorisierten Fahrzeug eignet es sich nicht. Es hat den Volkston so mancher schlichter Zeilen, die Klabund neben expressionistischem Gestöhn und blumiger Lyrik und kessen Songs und prunkvoller Prosa verfaßt hat; etwa aus seinem frühen Roman »Bracke«, in dem er eine Art Eulenspiegel durch die Mark Brandenburg des großen Kurfürsten wandern ließ. Daß er die Männer weinen und die Frauen lachen macht, habe ich bewegend gefunden. Und der Blick in den Himmel, der auch eine ferne Stadt mit den in ihr verbliebenen Freunden und Geliebten besternt, war mir oft ein Trost.
Ihm aber, Klabund, ist nur wenig Trost vergönnt gewesen. Als seine beste Zeit bezeichnete Benn in der Totenrede auf den Freund die arbeitswütigen Nachkriegsjahre in Berlin, aber es waren doch wohl eher jene, die er an der Seite der bezaubernden Carola Neher verbrachte – als sie in Wien in seinem Stück »XYZ« auftrat oder vorher, als sie, wieder einmal in Breslau, als Haitang in seinem »Krei-

dekreis« auf der Bühne stand. Dieses Stück hat Brecht ihm später weggeschrieben, wie er ihm mit K. L. Ammers Hilfe die Villon-Übertragungen wegschrieb und Carola von seinem Sterbelager wegholte zu den Proben zur »Dreigroschenoper«, deren Polly sie zurücklegte nach Klabunds Tod, aber später dennoch spielte. »Die Dichter«, sagte Benn am Grab, »sind die Tränen der Nation.« Nicht alle freilich. Brecht nicht. Doch gewiß der arme Klabund.

KURT TUCHOLSKY
AN DAS BABY

Alle stehn um dich herum:
Fotograf und Mutti
und ein Kasten, schwarz und stumm,
Felix, Tante Putti ...

Sie wackeln mit dem Schlüsselbund,
fröhlich quietscht ein Gummihund.
»Baby, lach mal!« ruft Mama.
»Guck«, ruft Tante, »eiala!«

Aber du, mein kleiner Mann,
siehst dir die Gesellschaft an ...
Na, und dann – was meinste?
Weinste.

Später stehn um dich herum
Vaterland und Fahnen;
Kirche, Ministerium,
Welsche und Germanen.

Jeder stiert nur unverwandt
auf das eigne kleine Land.
Jeder kräht auf seinem Mist,
weiß genau, was Wahrheit ist.

Aber du, mein guter Mann,
siehst dir die Gesellschaft an ...
Na, und dann – was machste?
Lachste.

BENNO VON WIESE
ZWISCHEN WEINEN UND LACHEN

Humoristisch-satirische Schriftsteller – es gibt nicht sehr viele in Deutschland – wurden bei uns meist stiefmütterlich behandelt. Man vermißte das »Erhabene«, das »Poetische« bei ihnen. Sie waren Dichter zweiter Klasse. Das galt von Ringelnatz und Wilhelm Busch, selbst noch von Heine und dem Morgenstern der »Galgenlieder«, ganz besonders aber von Tucholsky. Ihre Frechheiten und Unverschämtheiten verdarben das weihevolle Konzept vom Dichter. Sogar Raimund und Nestroy sind bis heute spezifisch österreichische Autoren geblieben.
Tucholsky, der sich selbst Theobald Tiger, Ignaz Wrobel, Peter Panter und Kaspar Hauser nannte und hinter jedem dieser Pseudonyme ein anderes Gesicht zeigte, hat das gewiß nicht verdient. Ich stelle hier ein Gedicht von ihm aus dem Jahre 1931 vor. Seine beiden Strophen sind in symmetrischer Entsprechung aufgebaut; sie sind beide genau gleich lang, folgen dem gleichen Reimschema, das jeweils zwischen dem kreuzweise und dem direkt Gereimten abwechselt.
Am Ende der zweiten Strophe wird das Ende der ersten fast wörtlich wiederholt; aber der Gleichklang ist nur scheinbar, die Strophen enden mit der äußersten Verknappung in das pointierende »Weinste« oder »Lachste«, zwei konträre gestische Ausdrucksformen, die auf »Grenzen menschlichen Verhaltens« (Helmut Plessner) hindeuten. Das Ganze ist eine zwar kunstvolle, aber doch einfach zu

durchschauende Konstruktion, deren Rationalität sich jeden subjektiven Überschwang verbietet.

Was will dieses Gedicht? In beiden Strophen wird uns eine wie in einem Momentbild festgehaltene Situation dargeboten. Die erste unterstreicht das noch, weil ja das Baby soeben fotografiert werden soll. Die Schilderung ist komisch und beleuchtet nur nebenbei die Fragwürdigkeit des Familien-Clans, dem Tucholsky in Prosa und Vers so manche Absage erteilt hat. Das Baby soll auf neckische Weise zum Lachen gebracht werden. Das Gegenteil tritt ein. Der Autor mischt sich verstohlen ein, identifiziert sich mit dem hilflosen kleinen, der »Gesellschaft« ausgesetzten Wesen und meint gutmütig, in etwas salopper berlinischer Sprechweise: »Na, und dann – was meinste? / Weinste.« Die Geste des Weinens bei diesem Eintritt in die Welt scheint ihm offensichtlich die angemessene zu sein.

Erst durch die zweite Strophe wird das Gedicht satirisch-politisch. Der »kleine Mann« ist inzwischen herangewachsen. Wiederum steht alles Mögliche um ihn herum: Vaterland, Fahnen, Kirche, Ministerium, Welsche und Germanen. Wiederum ist damit »Gesellschaft« gemeint, aber diesmal abstrakter als der Familienverband, freilich sehr konkret in ihrer jeweils nationalen, religiösen oder bürokratischen Selbstgerechtigkeit und Intoleranz. Das einstige Baby reagiert ein zweites Mal gestisch, aber diesmal mit Lachen.

Wie Heinrich Heine, so hat auch Tucholsky den Anspruch der politischen Autoritäten als komisch empfunden. Darin steckt die gleiche Freiheit des Paria – beide waren ja Juden –, der sich solchen versklavenden und bornierten Einengungen der individuellen Freiheit und der allgemeinen Menschenrechte mit dem überlegenen Lächeln der Ironie entzog. Freilich ist es auch ein schmerzliches, manchmal sogar ein bitteres Lächeln. Ein 1931 erschienenes Werk von Tucholsky hat den bezeichnenden Titel: »Lerne lachen, ohne zu weinen«.

Die Gesten des Weinens und des Lachens sind vieldeutig und manchmal sogar miteinander vertauschbar. Wie sehr das Lachen eine humane Antwort auf den Schmerz sein konnte, wußten sowohl Tucholsky wie Heine. Vielleicht hat man auch darum beide so oft gehaßt. Der nach Schweden Emigrierte, der so gerne der Einsamkeit des in den Käfig eingesperrten »Tigers« entronnen wäre, wählte am 21. Dezember 1935 den Freitod.

KURT TUCHOLSKY
DANACH

Es wird nach einem happy end
im Film jewöhnlich abjeblendt.
  Man sieht bloß noch in ihre Lippen
  den Helden seinen Schnurrbart stippen –
  da hat sie nu den Schentelmen.
    Na, un denn –?

Denn jehn die beeden brav ins Bett.
Na ja . . . diß is ja auch janz nett.
  A manchmal möcht man doch jern wissn:
  Wat tun se, wenn se sich nich kissn?
  Die könn ja doch nich imma penn . . .!
    Na, un denn –?

Denn säuselt im Kamin der Wind.
Denn kricht det junge Paar 'n Kind.
  Denn kocht sie Milch. Die Milch looft üba.
  Denn macht er Krach. Denn weent sie drüba.
  Denn wolln sich bede jänzlich trenn . . .
    Na, un denn –?

Denn is det Kind nich uffn Damm.
Denn bleihm die beeden doch zesamm.
  Denn quäln se sich noch manche Jahre.
  Er will noch wat mit blonde Haare:
  vorn doof und hinten minorenn . . .
    Na, un denn –?

Denn sind se alt.
Der Sohn haut ab.
Der Olle macht nu ooch bald schlapp.
Vajessen Kuß und Schnurrbartzeit –
Ach, Menschenskind, wie liecht det weit!
Wie der noch scharf uff Muttern war,
det is schon beinah nich mehr wahr!
Der olle Mann denkt so zurück:
wat hat er nu von seinen Jlück?
Die Ehe war zum jrößten Teile
vabrühte Milch un Langeweile.
Und darum wird beim happy end
im Film jewöhnlich abjeblendt.

MARCEL REICH-RANICKI
DEN BERLINERN AUFS MAUL GESCHAUT

Er war schreibsüchtig. Nur hatte er nicht zuwenig, sondern zuviel zu sagen: Die ihn bedrängende Wortflut konnte er nicht eindämmen, das Mitteilungsbedürfnis kaum zähmen. Das war die Crux des Schriftstellers Kurt Tucholsky.

Zu seinem Werk gehören auch Gedichte, Hunderte, ja Tausende – vor allem Songs und Chansons, Couplets und Bänkellieder. Er verfertigte sie für Kabaretts und Revuetheater, für Illustrierte, für Witzblätter und nicht selten auch für die »Weltbühne«. Diese rasch entstandenen Verse erfreuten und amüsierten sein Publikum und ihn selber. Doch niemand nahm sie ganz ernst, er selber, glaube ich, auch nicht. Damit mag es zusammenhängen, daß sie von der Nachwelt doch wohl etwas unterschätzt werden.

Es läßt sich nicht verschweigen: Oft hat sich Tucholsky in seinen Versen mit billigen Reimen beholfen, er hat Kalauer und Witzeleien nicht verpönt, viele dieser Gedichte sind, um es milde auszudrücken, belanglos. Aber es lassen sich auch solche finden, die beweisen, daß er, der hervorragendste deutsche Feuilletonist des zwanzigsten Jahrhunderts, auch ein Kleinkunsttalent von großem Format war.

Das Gedicht »Danach« stammt aus dem Jahr 1930. Der Stummfilm hatte gerade (schon gab es den Tonfilm) seinen Höhepunkt erreicht, und damit war auch seine Verlogenheit kaum noch zu überbieten. Warum wird – fragt Tucholsky scheinheilig – nach dem Happy-End im Film gewöhnlich abgeblendet? Seine Antwort ist die Geschichte einer Ehe in fünf Strophen.

Er erzählt, was sich abgespielt hat: Erst das Glück mit Kuß und Bett, dann kommt das Kind und dann der Alltag, der trübe, der kümmerliche. Etwas Abwechslung? Nun ja, der Mann möchte noch was mit einer anderen haben, womöglich mit einer Blonden. Der Sohn verläßt das Haus. Und plötzlich sind die beiden alt und fragen sich, was denn von ihrem Glück geblieben sei. Das sagen uns die letzten vier Zeilen – und sie verdienen es, so oft zitiert zu werden wie die populären Verse unserer Klassiker.

Die Geschichte dieser Ehe wurde millionenfach erlebt, tausendfach beschrieben. Es ist ein alter, ein uralter Hut. Aber in diesem Gedicht ist sie – da schon von Klassikern die Rede war – herrlich wie am ersten Tag. Wie hat das der Tucholsky gemacht? Wie hat er es also geschafft, daß die Geschichte trotz ihrer Banalität uns gar nicht gleichgültig ist, daß sie manchen von uns sogar rührt?

Er hat gewußt, was dieses Thema am meisten gefährdet: Pathos und Sentimentalität. Um beiden zu entgehen, wählt er ein radikales Mittel der Distanzierung und der Verfremdung: Er schreibt das Ganze im Berliner Dialekt, der schnoddrig und nicht gerade vornehm ist, dafür aber den Vorzug hat, pfiffig, immer unfeierlich und höchst anschaulich zu sein.

In diesem Gedicht gibt es keinen einzigen originellen Gedanken und lauter originelle Formulierungen. Es lebt von seinem kessen und doch schwermütigen Humor und, vor allem, von seiner Sprache. Ähnlich wie Gerhart Hauptmann oder Alfred Döblin hat Tucholsky unentwegt, ob er es wollte oder nicht, dem Volk, dem Berliner Volk aufs Maul geschaut – und er hat sie alle belauscht: die Ladenverkäufer und die Straßenbahnschaffner, die Spießbürger und die Lumpenproletarier, die Muttchen und die Nuttchen. Er hat ihre Sprechweise eingefangen und sie oft in seine Verse und in seine Prosa übernommen. Die Treffsicherheit der Sprache Tucholskys zeigt schon das zentrale Bild dieses Gedichts: die »vabrühte Milch« als Symbol des eintönigen, des langweiligen, des kläglichen Alltags der kleinen Leute.

Vor vierzig Jahren habe ich Kurt Tucholsky in der »Welt« in einem Jubiläumsartikel nachdrücklich gelobt und gerühmt. Allerdings schrieb ich in diesem Artikel: »Aber ein Dichter war er nicht.« Ich glaube, das war ein Fehlurteil.

KURT TUCHOLSKY
MALWINE

Ich habe mich deinetwegen
gewaschen und rasiert.
Ich wollte mich zu dir legen
  mit einem Viertelchen,
  mit einem Achtelchen –
    Malwine!
Doch du hast dich geziert.

Der Kuckuck hat geschrien
auf deiner Schwarzwalduhr.
Ich lag vor deinen Knien:
  »Gib mir ein Viertelchen!
  Gib mir ein Achtelchen!
    Malwine!
Ein kleines Stückchen nur!«

Dein Bräutigam war prosaisch.
Demselben hat gefehlt,
dieweilen er mosaisch,
  ein kleines Viertelchen,
  ein kleines Achtelchen ...
das hätt dich sehr gequält!

Du hast mir nichts gegeben
und sahst mich prüfend an.
Das, was du brauchst im Leben,

sei nicht ein Viertelchen,
und nicht ein Achtelchen . . .
das sei ein ganzer Mann –!

Mich hat das tief betroffen.
Dein Blick hat mich gefragt . . .
Ich ließ die Frage offen
und habe nichts gesagt.
Daß wir uns nicht besaßen!
So aalglatt war mein Kinn.
Nun irr ich durch die Straßen . . . Malwine –!
und weine vor mich hin.

SIBYLLE WIRSING
DIE DEUTSCHE JUNGFRAU

Wer war Tucholskys Malwine? Wem huldigt sein Liebeslied mit dem Versmaß von »Es waren zwei Königskinder« und dem Nachklang der »Loreley«? Er veröffentlichte es in der »Weltbühne« als einen Beitrag von Theobald Tiger, 11. März 1930, und danach in dem Sammelband »Lerne lachen ohne zu weinen«, dem letzten zu seinen Lebzeiten. Auch die Hetze gegen seine Person ging in die letzte Runde. Gleichzeitig beobachtet er im Bürgertum eine Sentimentalisierung, die er als Ausflucht deutet: hin zur blauen Blume. Er selber frönte seinem Schwanengesang.

Das Lied hat fünf Strophen, zwei eingangs, zwei ausgangs und eine in der Mitte. Das Ich, das am Anfang und Schluß die Schnulze akzeptiert, gibt sich im Zentrum als der falsche Bräutigam zu erkennen. Er kann vor seiner Gönnerin beim besten Willen nicht so bestehen, wie in ihren Augen ein ganzer Mann beschaffen sein müßte. Das Liebesspiel brächte es an den Tag, aber wird gar nicht erst unternommen. Der Besucher, der auf die Romantik pfeift, vermasselt die Stimmung. Statt den Nietzsche-Kitsch hervorzukehren, »Lust – tiefer noch als Herzeleid«, schachert er mit den Bruchteilen: »mit einem Viertelchen, mit einem Achtelchen«. Der Tonfall ist so unüberhörbar wie der Kukkuck auf der Schwarzwalduhr. Und der Refrain, eingesprengt zwischen die vier Zeilen der Volksliedstrophe, zieht die Gefühle so herab, wie es dem Tucholsky von den Volkstumsgenossen unterstellt wird: »O wie nobel – Ist der Wrobel«. Tatsächlich war es nicht Theobald Tiger, sondern Peter Panter gewesen, der am 29. Juni 1930 in der »Vossischen Zeitung« auf eine jüngste Schmähschrift geantwortet hatte: »Nein, so nicht – ich möchte nur hingehen und es besser machen. Ein Jammer, daß man nicht Angriffe auf sich selbst veröffentlichen kann.« Das Reimpaar in der Gedichtmitte zeigt den verschärften Typus des Intellektuellen an: prosaisch und mosaisch wie in der Karikatur. Die Frechheit paßt ins Bild, daß er kein bißchen Pathos aufbringt, um sein Techtelmechtel zu veredeln. Stattdessen lümmelt er vor der Malwine und flennt.

Von ihr erfahren wir wenig. Der blumenhafte Name hat einen philiströsen Anflug und den Stich ins Antiquierte. Die Trägerin ist Jungfrau, jedenfalls ohne Ehemann und auf der Suche nach einem brauchbaren Kandidaten, was zweifellos als eine Gefahr im Raum steht. (Noch im vorletzten Lebensmonat berichtete Tucholsky in vorgeschützter Krakelschrift und -sprache von seiner schwedischen Krankenhauserfahrung: »Die Schwästern sind alle keisch u. Wolln heiraten, daher kann Ich mit Beides nich dien.«) Aber der Zwiespalt zwischen dem Ungebundenen und der Unvermählten ist nur ein trivialer Vorwand. Um seinetwillen wird die Heldin nicht im Lied verewigt. Ihr Äußeres bleibt unbeschrieben und die Frage offen, ob es sich um dieselbe große Blonde handelt, bei der er kurz zuvor trotz seiner geschniegelten Kluft abgeblitzt war: »elegant-blamiert, literarisch hinten runtergerutscht, gelackt, abgewinkt: danke, danke!« Fest steht, daß die Malwine dem Bürgertum verhaftet ist, nicht identisch mit dem Lottchen, der Lydia oder gar der Claire, dem frühen und freien Tucholsky-Weib, für das der Liebhaber in den Tod gehen würde. Nicht fürs Vaterland, aber für die Frau: 1912.

Undenkbar, daß die Rheinsberger Liebenden einander etwas vorenthalten hätten. Zwischen ihnen gibt es nichts mehr zu verschleiern: »Wir wissen um alle Heimlichkeiten der Körper ...« Zwanzig Jahre später rückt das fehlende Partikelchen als Indiz des Fremden in den Mittelpunkt: »das hätt dich sehr gequält!« Mit welcher Feststellung er die deutsche Jungfrau in ihre Zukunft entläßt. Mag sie dort Karriere machen, das Ideal verkörpern oder nur auf dem Felsen über dem Rhein ihr Goldhaar kämmen. Für ihn ist sie die Frustration. Er wandert wie je ein verlorener Geselle durch die Straßen und weint vor sich hin: »Daß wir uns nicht besaßen! So aalglatt war mein Kinn.« Gewaschen, rasiert und assimiliert hatte er sich angeblich ihretwegen; der Malwine zuliebe, seiner Loreley.

KURT TUCHOLSKY
PARK MONCEAU

Hier ist es hübsch. Hier kann ich ruhig träumen.
Hier bin ich Mensch – und nicht nur Zivilist.
Hier darf ich links gehn. Unter grünen Bäumen
sagt keine Tafel, was verboten ist.

Ein dicker Kullerball liegt auf dem Rasen.
Ein Vogel zupft an einem hellen Blatt.
Ein kleiner Junge gräbt sich in der Nasen
und freut sich, wenn er was gefunden hat.

Es prüfen vier Amerikanerinnen
ob Cook auch recht hat und hier Bäume stehn.
Paris von außen und Paris von innen:
sie sehen nichts und müssen alles sehn.

Die Kinder lärmen auf den bunten Steinen.
Die Sonne scheint und glitzert auf ein Haus.
Ich sitze still und lasse mich bescheinen
und ruh von meinem Vaterlande aus.

REINHOLD GRIMM
RUHE AUF DER FLUCHT

Manche Gedichte – es brauchen gar keine sogenannten »klassischen« zu sein – liest man nicht bloß immer wieder, sondern stets auch ein wenig anders. Für mich gehören dazu die vier Strophen, die »Park Monceau« heißen und am 15. Mai 1924 in der »Weltbühne« erschienen sind. Sie stammen zwar von Kurt Tucholsky, trugen aber damals den Verfassernamen Theobald Tiger. Auch unter Peter Panter, Ignaz Wrobel oder Kaspar Hauser hätten sie stehen können. Tucholsky besaß ja viele Pseudonyme. Bärbeißig-knurrend, geradezu zähnefletschend die beiden ersten, die sich sogar den grimmigen Stabreim leisteten; verspielt und kauzig-verschroben (doch darum nicht minder ein Teil von ihm) das dritte; und ganz und gar bekenntnishaft, von Ahnung und bangem Verhängnis umschattet, das vierte und letzte: entlehnt jenem flüchtigen Fremdling, der einstmals, aus unbekannten Verliesen ans Licht und von Mörderfaust wieder ins Dunkel gestoßen, seine paar armen Jahre staunend und hilflos in dem Land, das der Dichter sein Vaterland nannte, gelebt hatte. Ja, Kaspar Hauser, allem Anschein zum Trotz, kam dem wahren Wesen Tucholskys wohl am nächsten. Dessen Gesicht hinter den vielen Masken blieb zart und scheu und nur allzu verletzlich. Er war ebenfalls, so kräftig er sich zu wehren und so unliebsam er selber dreinzufahren wußte, von Anfang an auf der Flucht.

Abseits freilich, insbesondere im geliebten Frankreich,

meinte er bisweilen Ruhe zu finden. Das Gedicht vom Mai 1924 schildert solch eine seltene Stunde. Seine Verse, Aufatmen und zugleich *Hommage à Paris*, wirken leicht, gelöst, beinah heiter. Wohlig genießt der Flüchtling, der noch kein Emigrant ist, seine Abgeschiedenheit »unter grünen Bäumen«; »still« in der Sonne sitzen und »ruhig« vor sich hinträumen kann er hier, der daheim schon lauthals als Ruhestörer Verschriene; nicht mehr von Verbotstafeln, sondern von spielenden Kindern, von Vögeln und »bunten Steinen« ist er umgeben, darf einfach »Mensch« und »nicht nur Zivilist« sein und unbesorgt sogar »links gehn«. Der deutsche Dichter erhöht den französischen Park zum Gleichnis humanen Freiraums.

So könnte man sagen. Aber Tucholsky sagt lediglich: »Hier ist es hübsch.« Oder zuletzt dann: »Ich lasse mich bescheinen / und ruh von meinem Vaterlande aus.« Und das ist genauso salopp unterkühlt und alltäglich umgangssprachlich wie der »dicke Kullerball«, der mitten auf der Wiese liegt, oder der »kleine Junge«, der in seiner so nachlässig schwach deklinierten »Nasen« nicht etwa bohrt, sondern »gräbt«. Nicht bloß er, auch der Dichter »freut sich«: darüber, daß jener »was gefunden« hat, und noch über manches andere. Die schnatternden »Amerikanerinnen« aber, die er mit leisem Snobismus beäugt, dienen ihm samt ihrem Reiseführer allenfalls dazu, die Flüchtigkeit solchen Ausruhens vollends zu vergessen. Tucholsky sah seinen Park Monceau »von innen«: er fühlte sich dort nicht als Fremder oder gar Tourist, sondern als Zugehöriger, ja Einheimischer.

Als ich dieses Gedicht zum erstenmal mit Bewußtsein las, kam ich gerade von Paris zurück. Und da es bekanntlich viele Arten gibt, »an Deutschland zu leiden«, wähnte ich, die Schlußzeile für mich in Anspruch nehmen zu dürfen. Als ich die gleichen Verse, Jahre später, noch bewußter las, kam ich von Siena. Und weil ich inzwischen längst in Amerika lebte und dessen Bewohnerinnen zwar differenzierter, ihr Land jedoch ebenso skeptisch wie mein eigenes betrachten gelernt hatte, glaubte ich, der ich mithin doppelt »litt«, mir Tucholsky mundgerecht machen und snobistisch aufseufzen zu sollen: »Ich ruh von meinen *beiden* Vaterländern aus.«

Jetzt empfinde ich derlei fast als Anmaßung. Wenn ich das Gedicht heute lese, denke ich daran, daß sich Tucholsky 1935 – umdüstert und »gleichgültig«, ohne Masken und ohne »raison d'être«, wie er in seinem Abschiedsbrief schrieb – im Exil das Leben nahm. Im selben Brief, nunmehr hoffnungslos »von außen«, sah er sich auch nochmals »im Park Monceau sitzen«. Begriff er, der von Meuchelmördern Vertriebene, daß er nirgends eine Stätte hatte: weder in der Heimat, wo er wie Kaspar Hauser ein Fremdling war, noch in der Fremde, die er sich sehnsüchtig zur Heimat verklärte? Erst das Gift brachte ihm die endgültige Ruhe auf seiner letzten Flucht.

KURT TUCHOLSKY
RHEINSBERG

(»Zum hundertsten Tausend«)

Natürlich kommt das nie mehr wieder.
  Allein: es war einmal.
Ich war ein Star und pfiff die bunten Lieder;
ich war Johann, der muntre Seifensieder –
  und Claire war real.

Das ist schon lange her.
  Und heute –?
  Jetzt sind die andern dran.
Nach unsrer Sprache plaudern Liebesleute,
Zahntechniker und ihre junge Bräute …
  Das hört sich also an:

»Du sock nisch imme nach die annern Mättschen blickn!
  Isch eiffesüschtisch, olle Bums-Roué!
Du imme mit die kleinen Dickn!
Nu isch ins Bett bigehn bimickn,
  weil müdischlisch biwé!«

So liebt euch denn (in allen Ehren)!
  Die Liebe währet ewiglich.
Und folgt ihr dieses Büchleins Lehren
und küßt ihr euch, ihr Wölfchen und ihr Clairen –:
  dann denkt an mich.

BEATE PINKERNEIL
HERZ MIT SPRUNG

Tucholskys »Rheinsberg« ist mehr als ein Gelegenheitsgedicht. Zwar schrieb er es 1931 aus Anlaß der Auslieferung des 100000. Exemplars seiner gleichnamigen Erzählung, doch indem er zurückblickt, nimmt er gleichzeitig vom Vergangenen Abschied. Seine Verse sind Zeugnis der unendlichen Resignation eines schwermütigen Ironikers.
Als der zweiundzwanzigjährige Student der Jurisprudenz seine kleine erotische Abenteuergeschichte »Rheinsberg, ein Bilderbuch für Verliebte« mit Illustrationen seines Freundes Kurt Szafranski im Berliner Axel Juncker Verlag herausbringt, schlagen die Wogen der Presse enthusiastisch hoch. Ein bis dahin Unbekannter wird gefeiert, das Erstlingswerk macht seinen Verfasser schlagartig berühmt und begründet seinen schriftstellerischen Erfolg. Die Erzählung wird als ein modernes Arkadien sinnlicher Unschuld, kindlich-erotischer Unbefangenheit und Natürlichkeit empfunden, über die Spätsommertage der beiden Liebenden Claire und Wolfgang legt sich der Glanz sorgloser Jugend. Generationsweise liebte man nach diesem Buch vom Blatt, vermerkt Tucholsky später mit zeitkritischer Hellsicht.
Was ihm gelungen ist: ein altes Thema auf völlig neue Weise durchzuspielen. Zwei Studenten, die sich heimlich auf- und davonmachen, aus dem gewohnten Trott der Berliner Metropole in die alltagsferne märkische Landschaftsidylle entfliehen, über die verkrüppelten Sehn-

süchte bürgerlicher Honoratioren spotten, in einer kindlich-kapriziösen Privatsprache miteinander verkehren und ihren Gefühlen, wenn auch nur für wenige Tage, ungezwungen leben – das ist der Atem, der durch diese Geschichte aus dem Vorkriegsdeutschland weht.

Geheime Beziehungen zwischen Erotik und Reiselust schimmern hier durch, sie verbinden das »Bilderbuch für Verliebte« mit Tucholskys fast zwanzig Jahre danach verfaßtem meisterlichen Roman »Schloß Gripsholm«. Er stammt aus demselben Jahr wie sein Gedicht der Erinnerung. Erlebnis und Schreiben sind für ihn längst zweierlei geworden, ebenso wie der politische Kampf mit der Feder und dessen reale Wirkung. Er hat das letzte und gefährlichste Mittel, seine Isolation im schwedischen Hindås, gewählt und nennt sich einen »aufgehörten Schriftsteller«.

Als ein solcher wendet er sich in diesem Gedicht zurück im Bewußtsein: »Natürlich kommt das nie mehr wieder.« Claire hatte es noch gegeben. Sie hieß mit bürgerlichem Namen Else Weil, Tucholsky war vier Jahre mit ihr, die er nach einer literarischen Figur Heinrich Manns zärtlich Claire Pimbusch nannte, verheiratet gewesen. Lydia aus »Schloß Gripsholm« dagegen hatte nie existiert, wie Tucholsky in einem Brief vom Mai 1931 mit zurückhaltender Trauer bekennt.

Da er weiß, daß er neben dem Leben her schreibt, gibt er »Rheinsberg« als Vermächtnis an seine späteren Leser weiter: »Jetzt sind die andern dran.« Er hat mit ihnen nichts mehr zu tun. Das verliebt-närrische Idiom Claires ist zum Kauderwelsch von »Zahntechnikern und ihren jungen Bräuten« degeneriert. Wenn er sie trotzdem auffordert, sich zu lieben und vielleicht den Lehren seines

Büchleins zu folgen, so sind doch seine verhaltene Ironie und Distanz unverkennbar: »Die Liebe währet ewiglich.«

Nein, das weiß er besser. Da »stehen sie, unrettbar und unweigerlich *zwei*«, heißt es im selben Jahr in seiner Skizze »Liebespaar in London«. Und kurz darauf schreibt er das Gedicht »Herz mit einem Sprung«. So könnten auch die Rheinsberg-Verse überschrieben sein.

KURT TUCHOLSKY
SCHEPPLIN

Du latscht uff deine jroßen Botten
in Kino durch de janze Welt.
Bei Weiße und bei Hottentotten...
wat hast du alles anjestellt!
  Du kommst so an... Der jreeste Recke
  valiert trotz seine Niedertracht.
  Du kiekst bloß eenmal um de Ecke,
    un alles lacht.

Du schmierst se Flammri in Zylinder,
loofst durch de Beene von Pochtier;
du bist so nett zu kleene Kinder,
schmeißt Damens Eis ins Dekollteh.
  Denn jehste hin un feifst ein Liedchen,
  als hättste weita nischt jemacht.
  Und wer dir sieht mit dein Hietchen –:
    der lacht.

Vor dir hat jeda schon jesessen.
Trotz Koppweh, Ärja, Not un Schmerz...
Vor dir hat jeda det vajessn.
Ick wer da sahrn: du hast Herz!
  Du machst, det die vanimftjen Knaben,
  bloß, weil du da bist, Unrecht haben.
    Und tragen se dir mit Jebimmel
    (noch lange nich!) in dunkle Nacht –:

denn sieht dir Jott in sein Himmel
steht uff
un lacht.

HELLMUTH KARASEK
UN ALLES LACHT

Im März 1931 besuchte Charlie Chaplin Berlin. Es wurde einer der größten Triumphe seiner Laufbahn. Eine unübersehbare Menschenmenge säumte jubelnd seinen Weg vom Bahnhof Friedrichstraße zum Hotel Adlon am Pariser Platz. Chaplin, der die Huldigungen der gutgelaunten Menge lachend, aber auch mit der Angst, vor lauter Zuwendung erdrückt zu werden, entgegennahm, wurde »vom Volk von Berlin« wie ein König, wie ein Triumphator begrüßt.

Siegfried Kracauer beschrieb für die »Frankfurter Zeitung« das Ereignis: »Das Volk von Berlin empfängt ihn…, das Volk ohne Unterschiede der Klasse, des Stands, der Religion.« Chaplins Name, so Kracauer weiter, sei allen teuer – »ein Versprechen des Glücks«. Erich Kästner dichtete auf Chaplin in der »BZ am Mittag«: »Charlie, unsere Herzen fliegen dir zu«. 1931 schrieb auch Kurt Tucholsky sein Poem »Schepplin«, das lyrisch ausdrückt, was Kracauer als begeisterter Zeitungszeuge berichtet hatte: daß nämlich dieser Künstler allen gehöre, »dem Volk ohne Unterschiede«, ja, bei Tucholsky, der ganzen Welt.

Diese uneingeschränkte Begeisterung für die bewegten Bilder war neu bei Tucholsky. Wenn der unbestechliche Chronist des Berlins der »Roaring Twenties« und der beginnenden dreißiger Jahre sonst übers Kino reimte, ging es nicht um die Kunst, sondern um den »Kintopp« – um Dienstmädchenträume also, Schmalz und Schmach, Kitsch und tränentreibende Verlogenheit.

Die drei Strophen, für die Tucholsky seinen Berlinern aufs kesse Maul geschaut hat, sind eine Huldigung, die ihre Rührung im Jargon tarnt und verbirgt. Es ist die Rührung darüber, daß es jemand fertigbringt, aus dem billigen Vergnügen Kino große weltumspannende Kunst zu machen und aus einem Clochard, Vagabunden und Strolch eine Figur, die die Menschen für Stunden ihr Leid (»Koppweh, Ärja, Not un Schmerz«) vergessen läßt, ja sie solidarisch vereint: Selbst »Jott«, wie das höchste Wesen in Berlin genannt wird, wird dabei zum wohlgefälligen Zuschauer – »un lacht«. Das Gedicht weiß, daß Chaplins Kunst »Volkskunst« ist, und so versucht es, ihm mit den gleichen unbekümmerten Mitteln zu begegnen: mit der Berliner Phonetik, die Chaplins berühmte Melone als »Hietchen« auf »Liedchen« reimt und die großen Schuhe als »Botten« auf »Hottentotten«. Es sind Berliner Reime, die sich Tucholsky auf den größten Stummfilmkünstler macht, Reime, die ausdrücken, daß Chaplin überall da, wo seine Filme gespielt werden, sofort zu Hause ist, weil er sofort von allen umarmt wird – auch mit diesem komischen und rührenden Gedicht.

Wie Erich Kästner, sein Bruder im Geiste (dessen Bücher wie die seinigen zwei Jahre später auf den Scheiterhaufen landeten), träumt auch Tucholsky für einen Augenblick und drei frohe Strophen lang davon, Chaplin könnte, indem er uns lachen macht, alle Feindseligkeiten und Gegensätze aufheben – das Kino Chaplins, das eine Welt schafft.

Aber 1931, als Chaplin in Berlin triumphierte, war seine Epoche, die Stummfilmzeit, eigentlich schon überschritten, der Tonfilm zersplitterte das Kino in nationale Sprachen – um das Geringste zu sagen. Vielleicht hat Kästner deshalb in seinem Chaplin-Gedicht ein wenig beklommen gefragt, ob das nicht alles nur »ein Traum von mir« sei. Und Tucholsky in seinem »Schepplin«-Gedicht bemüht wohl deshalb mit »Jebimmel« den »Himmel«, an den er nicht glaubt. »Schepplin« – eine Huldigung? Vielleicht auch eine Beschwörung, weil Chaplin wenigstens kurzzeitig das Phantasielose und das Unmenschliche ins Unrecht setzt.

FRANZ WERFEL
DAS BLEIBENDE

Solang noch der Tatrawind leicht
Slovakische Blumen bestreicht,
Solang wirken Mädchen sie ein
In trauliche Buntstickerein.

Solang noch im bayrischen Wald
Die Axt im Morgengraun hallt,
Solang auch der Einsame sitzt,
Der Gott und die Heiligen schnitzt.

Solang auf ligurischer Fahrt
Das Meer seine Fischer gewahrt,
Solang wird am Strande es schaun
Die spitzenklöppelnden Fraun.

Ihr Völker der Erde, mich rührt
Das Bleibende, das ihr vollführt.
Ich selbst, ohne Volk ohne Land,
Stütz nun meine Stirn in die Hand.

REINHOLD GRIMM

OHNE VOLK, OHNE LAND

Wie dem jungen Rilke, so ging ihm alles rasch, allzu rasch und mühelos von der Hand. Die Bilder und Reime, die Verse und Strophen: sie ergaben sich förmlich von selber, wenn er zur Feder griff, quollen und flossen und strömten ihm über die Seiten, ganz wie er es wünschte und wollte. Ja, im Rückblick wirkt diese sprachliche Fertigkeit und Behendigkeit, diese Fülle an Worten, dieser poetisch-rhetorische Überschwang, den zu zügeln er weder die Kraft noch die Absicht hatte, manchmal schon beinahe unbewußt oder doch unbedacht, jedenfalls unkontrolliert und im tieferen Sinne unreflektiert ...

Oder müßten wir eher folgern, Franz Werfels Schaffen sei lediglich überbeflissene, allzu flotte Betriebsamkeit gewesen? Zumindest Karl Kraus mokierte sich bereits darüber, indem er, boshaft wie eh und je, seinen fruchtbaren (und so erfolgreichen) jungen Schriftstellerkollegen mit gleichsam katzbuckelndem Diensteifer, reimweis obendrein, werben und fragen ließ: »Ich bin der Dichter Werfel, ham sie ein Bederfel?«

Denn kam dieser Dichter nicht in der Tat, Gott und die Welt verreimend, jedwedem Bedürfnis nach, ja entgegen? Die Masse seines poetischen Angebots war schier erdrückend, die Promptheit seiner lyrischen Lieferungen schlechthin überwältigend. Vieles davon – namentlich aus Werfels expressionistischer Produktion mit ihren Tränenwonnen und steilen Gefühlsekstasen, wohlfeilen Bruderküssen und menschheitlichen Umarmungen – ist mittlerweile nur noch schwer genießbar. Von dem, was sich damals in solch unerschöpflichem Fluß und Überfluß ergossen hat, scheint sich heute wenig als bleibend erweisen zu wollen.

Und dennoch hat gerade Werfel ein Gedicht geschrieben, das sich, inmitten der beängstigenden Red- und Empfindungsseligkeiten, der wortreich-geschäftigen, nicht selten ans Kitschige streifenden Entrückungen und Verzückungen wie ein Kalenderspruch oder ein Volkslied anhört. Seine plötzliche Schlichtheit und Kargheit, seine auf einmal fast schamhafte Scheu vor der Deklamation, die sich, erschüttert, in die reine Gebärde zurücknimmt: sie sind derart, daß diese paar stillen Strophen für mich zum Ergreifendsten zählen, was ich aus neuerer deutscher Lyrik kenne. Wo auch spräche das Wort vernehmlicher als am Rande des Schweigens? Und wer wäre beredter als der Allzuberedte, dem es die Zunge zu lähmen droht?

Aber Werfels Gedicht ist nicht etwa Ausdruck seiner konkreten Exilerfahrung. Die Elegie des in Prag Geborenen, der dann in Wien lebte, ist lang vor dem »Anschluß« Österreichs entstanden, sie weist sogar aufs einstige Österreich-Ungarn zurück. Deutlich umkreisen ihre ersten drei Strophen dessen Grenzen; nacheinander ruft sie das slawisch-magyarische, das deutsche und das romanische Element des Vielvölkerstaates ins Gedächtnis. Und doch dient ihr die Donaumonarchie bloß als Zeichen für alle »Völker der Erde«.

Der hier so schmerzlich die »Stirn in die Hand« stützt, war überall »ohne Volk ohne Land«. Er war Dichter und Jude und mithin – wie er zuletzt, nun wirklich verbannt und vertrieben, sagte – »Emigrant auf dem ganzen Planeten«.

Werfels Erfahrung war älter als Hitler. Aber trotzdem und ebendarum ist auch dieses Gedicht schon ein Exilgedicht. In ihm bebt das uralte Leid des jüdischen Schicksals und zugleich die Verlorenheit und bange Fremdheit des geistigen Menschen, den das »trauliche« Leben »rührt«, weil ihn darin »das Bleibende« anrührt.

Ach, dieses Bleibende ist so bleibend nicht. Statt auf die Tatra braucht man nur aufs Riesengebirge, statt auf Ligurien auf die Levante zu schauen; von anderem zu schweigen. Vertreibung und schließlich Vernichtung, wohin man sich kehrt. Wahrhaft bleiben wird einzig das Leid, über dem selbst die Dichter verstummen.

FRANZ WERFEL
DER DIRIGENT

Er reicht den Violinen eine Blume
Und ladet sie mit Schmeichelblick zum Tanz.
Verzweifelt bettelt er das Blech um Glanz
Und streut den Flöten kindlich manche Krume.

Tief beugt das Knie er vor dem Heiligtume
Des Pianissimos, der Klangmonstranz;
Doch zausen Stürme seinen Schwalbenschwanz,
Wenn er das Tutti aufpeitscht, *sich* zum Ruhme.

Mit Fäusten hält er fest den Schlußakkord;
Dann harrt er, hilflos eingepflanzt am Ort,
Dem ausgekommnen Klange nachzuschaun.

Zuletzt, daß er den Beifall, dankend, rüge,
Zeigt er belästigte Erlöserzüge
Und zwingt uns, ihm noch Größres zuzutraun.

ULRICH WEINZIERL
GLEICHGEWICHT ZWISCHEN WEIHESTIMMUNG UND PSYCHOLOGIE

Zum Gedenken an Franz Werfel schrieb Friedrich Torberg anno 1955: »Er war ein Dichter vom Liede her und zum Liede hin.« Die Konzentration auf das musikalische Element in dieses Schriftstellers Schaffen hat zweifachen und zureichenden Grund. Einerseits im »Opernmenschen« Werfel, in Wesen und Wirkung des manchmal himmelhoch jauchzenden, manchmal zu Tode betrübten, stets aber sangesfreudigen Mannes. Andererseits in einem literarischen Œuvre, das wie wenige sonst von der Tonkunst inspiriert wurde, sie zum Thema machte, ihr in Vers und Prosa huldigte – nicht zuletzt durch glänzende Übertragungen einiger Verdi-Libretti ins Deutsche.

Der große Bruno Walter berichtet in seinen Memoiren, er habe »nie einen heißer mitfühlenden, inniger der Musik hingegebenen Zuhörer gehabt« als Werfel. Er hatte wohl auch keinen besseren Zuschauer, keinen genaueren Beobachter im Konzertsaal. Denn das 1938 entstandene Gedicht »Der Dirigent« gilt als Porträt des mit dem Ehepaar Franz und Alma Mahler-Werfel befreundeten Orchesterleiters. Einer der Wortführer des weiland Expressionismus, war der Poet und Erfolgsromancier dem weltumarmenden Pathos seiner Jugendlyrik damals längst schon entwachsen. Klassische Sonettform bot in finsteren Zeiten Halt, während rundum die von Hitler entfesselte »Dämonie des Drecks« wütete. Das Schreckensjahr 1938 sollte sowohl das Ende Österreichs im »Anschluß« ans Dritte Reich als auch die Verstümmelung der Tschechoslowakei durch das Münchner Abkommen bringen, für Werfel somit den Verlust jener beiden Länder, die ihm Heimat bedeuteten.

Obwohl »Der Dirigent« hauptsächlich von virtuos gebändigtem Klang handelt, fehlt in diesen Zeilen trotz reicher Melodik Lautmalerei völlig. Vielmehr versucht der Autor, den optischen Eindruck des Dirigierens möglichst exakt zu vermitteln, beredte Körpersprache einzufangen. Naturgemäß reicht kein Dirigent Violinen Blumen, doch im uneigentlichen, poetischen Ausdruck werden Intensität und Zartheit der werbenden Geste besonders deutlich. Der Reiz, ja, der Zauber des Gedichts liegen indes in seiner Doppelperspektive: Wir glauben Eigentümliches von Bruno Walter wiederzuerkennen und erhalten außerdem eine überzeugende Charakteristik der im zwanzigsten Jahrhundert zu Pultstars aufgestiegenen Kapellmeister.

Bei näherer Betrachtung durchzieht die Strophen die Dialektik von Fordern und Hingabe. Halten und Loslassen, leise und laut wechseln einander ab. Wie jeder bedeutende Porträtist traf Werfel auch hier ins Schwarze – der Person und des Typus. Der war und ist Liebhaber und Tyrann seines vielstimmigen Instruments, Hohepriester am Altar der Kunst und zugleich Götze seiner selbst. Größenwahn gehört zur einschlägigen Karriere wie das Amen ins Gebet.

Die kühnste Metapher fand der Dichter ohne Zweifel fürs Pianissimo. Im Vermischen der Sphären gleitet Ästhetik harmonisch hinüber in Metaphysik: Besser als mit der »Klangmonstranz« läßt sich das stille Strahlen verhauchender Töne kaum darstellen. Da sehen wir buchstäblich, was wir hören – und umgekehrt. Doch sofort wird man aus dem Bezirk des Frommen auf den Boden der Tatsachen zurückgeholt. Im Forte steckt der Wille zur Macht, und deren Maßstab heißt Applaus. Bis zum Schluß wahrt das Sonett das empfindliche Gleichgewicht zwischen Weihestimmung und Psychologie. Noch daß der Dirigent die Störung der Andacht durch Beifallslärm mißbilligt, wird sanft als Trick entlarvt: Was angeblich *ad maiorem Dei gloriam* geschieht, geschieht in Wirklichkeit nur zur Ehre des Maestros.

»Der Dirigent« ist ein schöner, ein kluger Text. Obendrein aber hat er im Leben seines Verfassers zufällig eine seltsam herausragende Rolle gespielt. Im Sommer 1945 arbeitete der schwer herzkranke Emigrant an einem Auswahlband seiner liebsten Gedichte. Am frühen Abend des 26. August sank er von seinem Drehsessel am Schreibtisch leblos zu Boden. Er hatte gerade »Der Dirigent« redigiert. Bei der Totenfeier in Beverly Hills saß Franz Werfels Nachbar an der Orgel: Bruno Walter.

FRANZ WERFEL
DER SCHÖNE STRAHLENDE MENSCH

Die Freunde, die mit mir sich unterhalten,
Sonst oft mißmutig, leuchten vor Vergnügen,
Lustwandeln sie in meinen schönen Zügen
Wohl Arm in Arm, veredelte Gestalten.

Ach, mein Gesicht kann niemals Würde halten,
Und Ernst und Gleichmut will ihm nicht genügen,
Weil tausend Lächeln in erneuten Flügen
Sich ewig seinem Himmelsbild entfalten.

Ich bin ein Korso auf besonnten Plätzen,
Ein Sommerfest mit Frauen und Bazaren,
Mein Auge bricht von allzuviel Erhelltsein.

Ich will mich auf den Rasen niedersetzen,
Und mit der Erde in den Abend fahren.
O Erde, Abend, Glück, o auf der Welt sein!!

ECKART KLESSMANN
AUS EINER HEILEN WELT

Die Stimme Franz Werfels, 1944 in Kalifornien aufgenommen, liefert fast schon einen Teil der Deutung. »Der schöne strahlende Mensch *spricht*«, so heißt da der Titel. Und dann hebt es an in jenem Pathos, wie es um 1911, als Werfels erster Gedichtband »Der Weltfreund« erschien, wohl auf der Bühne des Burgtheaters geklungen haben mag und mit dem auch Hofmannsthal seine Gedichte rezitierte. Ich habe Werfels Schallplatte inzwischen so oft gehört, daß ich dieses Gedicht nicht mehr vortragen könnte, ohne in des Rezitators Werfel Überschwang zu verfallen. Er spricht seine Verse fast mit wachsender, wenn auch kalkulierter Erregung, die bei der dritten Strophe anfängt zu vibrieren und sich dann zu einem mächtigen Crescendo steigert bis zum Aufschrei im letzten Vers mit der zweimaligen Zäsur vor und hinter dem »o«.
Längst kann ich dieses Sonett auswendig, und wenn ich von der ganz außerordentlichen Faszination durch Werfels Stimme absehe, dann frage ich mich, warum gerade dieses Versgebilde mich so anzieht. Es ist wohl der Ausdruck des seligen Glücksgefühls, wie es so nie wieder formuliert worden ist. Dieses »O Erde, Abend, Glück, o auf der Welt sein« wurde schon wenige Jahre später in einem militärischen Inferno begraben, nach dem es den schönen strahlenden Menschen nicht mehr gab, es sei denn verhunzt zur Propagandafigur der Rechten wie der Linken, die »tausend Lächeln« ersetzt

durch das einfältig-martialische Feixen der Visagen auf den Plakaten.
Der jubelnde Kosmopolitismus des Weltfreunds im Anfang eines Jahrhunderts, das sich in die Geschichte einschrieb als die Epoche einer so monströsen wie beispiellosen Ausrottung des Menschen im Zeichen linker wie rechter Ideologien: das macht wieder und wieder nachdenklich.
Werfels Sonett bezieht sein Glück aus einer noch ungebrochenen Harmonie von Menschen und Natur, in der es – Jahrzehnte vor Tschernobyl – noch nicht zweifelhaft sein konnte, wie der »strahlende« Mensch zu verstehen ist. Aber so reagiert heute eine verkehrte Welt, daß jeder, der von einer »heilen« spricht, sofort verhöhnt wird, als wäre nicht eine heile Welt genau das, was wir uns alle ersehnen. Werfels Welt in diesen Versen ist noch ganz heil und durch nichts in Frage gestellt – drei Jahre vor dem blutigen Triumph der Materialschlachten, als der schöne strahlende Mensch zum Menschenmaterial verkam.
Werfels glückverheißende Hymne erfüllt uns heute eher mit Trauer. Nicht einmal fünfzig Jahre hat es gebraucht, bis wir über seinen Jubelschrei »o auf der Welt sein!« nur noch gequält lachen können. Einen schönen strahlenden Menschen fragen wir heute – wenn er sich denn so vorstellt –, welche Ideologie er uns wohl verkündet, damit nicht nur die Freunde »leuchten vor Vergnügen«, als hätte ein Wort wie »Vergnügen« je Eingang gefunden in ein Parteiprogramm.
Der Ausdruck und das Empfinden glückseliger Gegenwart, die eine lichte Zukunft verheißt und ein durch nichts in Frage zu stellendes Welteinverständnis – nur noch trostlose Makulatur, nur die Einfalt eines weltfremden

Poeten? Aber Franz Werfel hat gerade dieses Gedicht 1944, ein Jahr vor seinem Tode, zur Rezitation ausgewählt für den Rundfunk, als ganz Europa in Flammen stand.

FRANZ WERFEL
KATHARINA

Ja, selbst die grüne Lampe im Kontor,
Die sorgsam über ihrem Scheitel hängt,
Ist ihr ergeben. Ach, die treue schenkt
Den leichten Schultern einen Abendflor.

Und Ziffern staunen großen Augs empor,
Die ihre Hand in die Rubriken lenkt.
Sie schwärmen aus der Feder dichtgedrängt,
Um ihr zu dienen, schmeichlerisch hervor.

Wie hochgestimmt ist erst das Personal,
Bis zu dem Burschen, der die Briefe reicht;
– Als wär's ein Ausflugstag mit einem Mal. –

Und, wenn sie schüchtern bittend ihm ausweicht,
Ist der sonst ach so dunkle Prinzipal
Gemütlicher, zartfühlend und erweicht.

PETER DEMETZ
EIN KLEINES BÜRODRAMA

Ja, die Gedichte des jungen Franz Werfel! Seine Freunde feierten ihre Publikation im Berliner Axel Juncker Verlag (1911) mit einem Bummel in den Salon Goldschmidt (das Prager Edelbordell), Franz Kafka sagte, sie füllten seinen »Kopf wie mit Dampf«, und noch vierzig Jahre später, mitten in der Okkupationszeit, munkelte man in seiner Heimatstadt von einer deutschen Patrizierin, die in ihrer Wohnung einen bequemen Stuhl besaß, auf dem aber niemand sitzen durfte, weil der junge Poet einst, in seiner ganzen Geistes- und Leibesfülle, darauf Platz genommen hatte. Die üblichen Stichworte sind: Expressionismus, Hymnik, lyrische Avantgarde, Werfel als lyrischer Hecht im Prager Karpfenteich (Rilke war ja längst abgereist), aber ob das auch so ganz stimmt?

»Katharina« ist jedenfalls ein merkwürdig ruhiges Gedicht, ohne ein einziges jener Rufzeichen, deren sich der expressionistische Weltfreund sonst befleißigte. Eine Rhetorik der distanzierten Inständigkeit und diskreten Innigkeit dominiert, ohne jede Aufregung – und doch ist es eines jener Gedichte, das ein verborgenes Leben entdeckt und rühmt, wie es Werfel in vielen seiner expressionistischen Gedichte tut, in unruhigen Gedanken über »Harfenistinnen in Kurkapellen« oder »schüchternen Gouvernanten im Familienkreis«. Dieses Gedicht zerstört ältere Formen nicht, sondern reicht sie weiter. Es ist ein streng komponiertes Sonnett, dessen Reimordnungen (abba /

abba / cdc / ded) schon bei Dante und Petrarca belegt sind. Überraschend: mehr als ein Drittel aller Gedichte im »Weltfreund« sind mehr oder minder disziplinierte Sonette; und man vergißt leicht, daß im Zimmer des Gymnasiasten Werfel ein Bildnis Dantes an der Wand hing.

Katharina (in deren Namen die drei A-Vokale aus dem Namen Barbara, der geliebten Kinderfrau Werfels wiedertönen) ist die alles verwandelnde Heilige der Buchhaltungsabteilung; ohne Gesicht, fast gestaltlos, alles Wirkung. Noch schimmern jene Elemente hervor, in welchen sich Legenden verweltlichen; in der ersten Strophe das himmlische Licht, in Form der »grünen Lampe«, die einen Mantel aus »Abendflor« um die »leichten«, die schutzbedürftigen Schultern Katharinas legt; in der zweiten das irdischere, wenn nicht animalische Reich der Zahlen, die wie Rehe »großen Augs« zu ihr emporblicken oder sich wie Schwärme edler Vögel aus ihrer Stahlfeder hervordrängen, und in den beiden Terzinen endlich die Welt der Menschen, niedrig und hoch, Postjunge und Chef, die sie durch ihre pure Anwesenheit verwandelt. Das ganze Personal fühlt den Moment als »Ausflugstag« jenseits aller Alltäglichkeit (hier erinnert das Gedicht an Werfels früheste und ekstatische Ausflugsgedichte mit Dampfern, Musik und Frühlingshimmel).

Die Terzinen, Höhepunkt und Pointe in der Renaissancetradition, drängen auf die Begegnung des Prinzipals mit der Kontoristin hin, Widerstand, Demut und Entzückung. In der ersten Zeile der letzten Terzine reibt sich Metrik an Artikulation, und im Konflikt des sonst fünfhebigen Metrums (»ausweicht«) mit dem Sprechakzent (*aus*weicht) wird das kleine Bürodrama hörbar – in ihrer Schüchternheit sucht Katharina dem Chef möglichst aus dem Weg zu

gehen, er aber, »der sonst ach so dunkle Prinzipal«, erliegt, ganz *dolce stil novo*, ihrer liebswürdigen Präsenz.
Ich glaube gar, dieses Gedicht ist nicht in Prag, sondern in Hamburg entstanden, wo der junge Werfel, auf Geheiß seines Vaters, als unfreiwilliger Volontär im Büro der Speditionsfirma Brasch und Rothenstein diente und fortfuhr, Gedichte »unterm Pult« zu schreiben. »Kontor« und »Prinzipal« klingen eher hanseatisch als nach einem Prager Büro; und als Werfel in Hamburg, ganz gegen seine Gewohnheit, schon um sieben Uhr früh aufstehen mußte, um sich zur Arbeit zu verfügen, staunte er über »die tausend jungen Mädchen«, wie er seiner böhmischen Freundin schrieb, die »scharenweise ins Kontor« eilten. Katharina, die Büro-Beatrice, ist eine von ihnen, und in ihr denken wir an alle.

FRANZ WERFEL
MORGENHYMNUS

Ich bin nicht tot. Durch Spalt und Ritze
Verwundet mich der scharfe Strahl,
Und im durchglühten Selbstbesitze
Leb ich noch *ein* Mal, noch ein Mal.

Durch offne Läden bricht mit Wogen
Ein Blau, das mir noch nie geblaut.
Die Luft ist kindhaft vollgesogen
Von Sonnenmilch, die niedertaut.

Der Dampfer draußen auf dem Meere
Röhrt riesig wie ein Hirsch zur Brunft.
Von Bergen blitzt geheimer Heere
Sicht-unsichtbare Niederkunft.

Ich bin nicht tot. Laut möcht' ich's brüllen
In diesen Tag der Gnadenwahl.
Und alle meine Segel füllen
Sich heut noch *ein* Mal, noch ein Mal.

HEINZ POLITZER
TRIUMPH-ARIE DES LEBENS

Franz Werfel war ein großer, aber ungenauer Dichter. Ohne Maß war seine Begabung. Er konnte sich plötzlich den Kragen aufreißen und seine Stimme von den eigenen Versen tragen lassen, bis ihm die Tränen kamen. Seine Sprache war achtlos, verklärte Provinz. Stefan George soll, als Gundolf wieder einmal Werfel Mangel an Würde vorwarf, den Eiferer in die Schranken gewiesen haben: »Laß ihn, Gundel, für einen Böhmen dichtet er gut genug.«

Aber Prag war für Werfel, wie für viele deutsch-jüdische Bewohner der Stadt, eine Qualheimat. Zwar rührte ihn böhmischen Volkes Weise nicht nur von ferne an, zwar hat er das Reich Gottes in Böhmen mit einer Art von Dostojewskijschem Christentum den Armen und Beleidigten aufgetan – aber: »Fremde sind wir auf der Erde alle«, sogar auf der heimatlich-böhmischen. Es hielt ihn nicht lange.

Zuflucht fand er am Mittelmeer, zumal auf der Opernbühne Giuseppe Verdis. Er hat »Die Macht des Schicksals«, »Simone Boccanegra« und »Don Carlos« übersetzt, nicht immer zum Vorteil des Originals. Und doch habe ich ihn eines kognakgesegneten Abends den »Don Carlos« singen hören; nicht nur die Unglückssoli des Infanten, sondern auch das Brio Rodrigos, das müde Maestoso des Königs, die gläsernen Glockentöne der Elisabeth und die Passion der Eboli, Chöre, Ensembles, Cavatinen, alles miteinander. Es war die schönste Aufführung einer Verdi-Oper, die sich denken läßt.

Der »Morgenhymnus« stammt aus dem Jahre 1931. Er spielt, wie es sich für Werfel in jener Zeit schon gebührte, vor mediterraner Kulisse. Vielmehr: es ist der Dichter, der spielt und aufs virtuoseste den Part des Erwachenden, zum Morgen des Lebens Wiedererwachten anstimmt. Er breitet die Arme aus, sinkt auf die Knie, ergibt sich der Arie; er synkopiert, skandiert *sforzando* (»leb ich noch *ein* Mal ...«), »möchte«, *fff*, »brüllen«. Gundolf konnte die Nase rümpfen, soviel es ihm behagte – es ist Verdi, der hier schmettert.

Werfels dichterisches Ich schloß einen hochdramatischen Heldentenor mit ein. Aber dieser Held singt den Hymnus an das Leben nur in den Eckstrophen des Gedichts. Die beiden mittleren sind schöpferische Anverwandlung und lyrisches Lauschen: Offene Fenster schlürfen die blaue Milch der Frühe. Der Tag geht auf und öffnet sich wogend wie das Meer. Der Ozeandampfer röhrt, brünstig nach Fahrt wie der Hirsch nach der Hinde. Der Reim von »Brunft« auf »Niederkunft« ist ein kostbarer Fund. Was da von den Bergen niederkommt (eine transparente Doppeldeutigkeit: bedeutet diese Niederkunft nicht auch eine Geburt, die Wiederkunft nach dem Schlaf?), erscheint als eine Heerschar, erlesen durch Gnadenwahl. Worin diese Gnade etwa bestünde, wird ebenso verschwiegen wie das Wort »Erwachen«, das »sicht-unsichtbar« als Titel über dem Ganzen steht.

Korrespondenzen verschränken Eck- und Mittelstrophen, Innen und Außen: die Heere »blitzen« wie der scharfe Strahl durch die »Ritze« der ersten Zeile. Der Dampfer »röhrt«, wie es den Dichter zu »brüllen« gelüstet. Im Gegensatz zu diesen Übereinstimmungen bildet der moderne Ozeanfahrer einen Kontrast zu den Segeln, dem archetypischen Bild einer Seele, die sich zur Reise rüstet.

Zur Reise wohin? Wer einmal sagt: »Ich bin nicht tot«, der ahnt, daß er sterben muß, wer es zweimal sagt, weiß es. Obwohl Werfel noch vierzehn weitere Jahre zu leben hatte, holte das erwartete Ende den Enthusiasten stets in den Staub zurück, aus dem er sich geschaffen fühlte. Dieser »Morgenhymnus« ist dem Tod abgetrotzt. So jubelt nur einer, dem es gewiß ist, daß der Abschied unvermeidbar, daß dieses *eine* Mal schon beinahe das letzte ist.

Franz Werfel hat hier von Giuseppe Verdi nicht nur den inneren Leierkasten geliehen, diese vier einfachen Taktschläge, über die sich mit Gewalt oder Liebkosung die Melodie wölbt. Er hat auch von ihm die Macht des Schicksals übernommen, die tragische Ironie: An die Rampe tritt ein Tenor, der Held, und ergeht sich in Triumph. Bald, und der letzte Vorhang fällt über einen Toten.

FRANZ WERFEL
TRAUMSTADT EINES EMIGRANTEN

Ja, ich bin recht, es ist die alte Gasse.
Hier wohn ich dreißig Jahr ohn Unterlaß ...
Bin ich hier recht?? Mich treibt ein Irgendwas,
Das mich nicht losläßt, mit der Menschenmasse.

Da, eine Sperre starrt ... Eh ich mich fasse,
Packt's meine Arme: »Bitte, Ihren Paß!«
Mein Paß? Wo ist mein Paß!? Von Hohn und Haß
Bin ich umzingelt, wanke und erblasse ...

Kann soviel Angst ein Menschenmut ertragen?
Stahlruten pfeifen, die mich werden schlagen,
Ich fühl noch, daß ich in die Kniee brach ...

Und während Unsichtbare mich bespeien:
»Ich hab ja nichts getan«, – hör ich mich schreien,
»Als daß ich eure, *meine* Sprache sprach.«

KURT KLINGER
HEIL GEBLIEBEN UND VERLETZT

Im Frühseptember 1939, Frankreich war eben in den Krieg eingetreten, wurde Franz Werfel auf dem Marktplatz seines Exilorts Sanary-sur-mer von einem Kriminalbeamten angehalten, durchsucht, als Kommunist beschimpft. »Viele schmutzige Hände hatten an ihm herumgetastet«, notierte Alma Mahler-Werfel; unter dem Hohn der Passanten wurde dem verdächtigen Ausländer die Jacke vom Leib gerissen. »Bleich wie der Tod und krank vor Wut« sei Werfel nach Hause gekommen. Kurz darauf die Vorladung ins Polizeipräsidium von La Seyne. Das Verhör, die umständliche Kontrolle seiner Papiere, das Blättern in Fahndungslisten entsetzten Werfel derart, daß er »halb ohnmächtig« aus dem Gebäude geführt werden mußte. Ein Albtraum, den er schon ein Jahr zuvor im Gedicht »Traumstadt eines Emigranten« aufgezeichnet hatte, schien Gestalt angenommen zu haben – nicht mit jedem Detail, nicht (oder noch nicht?) mit lebensgefährlichen Konsequenzen, aber im Prinzip. Und nicht Nazis, hysterisierte Rassisten hatten ihm das angetan, sondern Menschen, die ihn scheinbar längst als Dauergast akzeptiert hatten, und »Ordnungshüter« eines demokratischen Staates, in dem er sich vor der »Hitler-Bande« sicher glaubte. Das in Berlin gezündete Lauffeuer des Völkerhasses breitete sich aus.

Im Gedicht träumt sich ein Vertriebener in seine Heimatstadt zurück. Sie ist nicht genau erkennbar – »Ja, ich bin

recht ...«, »Bin ich hier recht?« Schon ist die Freude des Wiedererkennens besorgt, irritiert, doch nicht wachsam genug. Eine Menschenmasse ist in Bewegung, etwas treibt sie, ein »Irgendwas«, das ihr nur dumpf bewußt ist, etwas schicksalhaft Motorisches, eine Kraft, die zur Explosion drängt. Jeder will dazugehören, niemand kann sich entziehen, auch den geisterhaften Besucher treibt es mit. Doch statt in der Masse aufzugehen oder wenigstens in ihr unsichtbar zu bleiben, wird er als Fremder, der nicht dazugehört, als Störfaktor in dieser von sich selbst berauschten »Volksgemeinschaft« immer sichtbarer.
Und dann bricht es über ihn herein. Er steht vor der Barriere, die ihn aussperrt, aussondert und die Jagd auf ihn auslöst. Er findet den Paß nicht, den man ihm abfordert, weil er schon fühlt, daß er verurteilt ist. Kein Dokument könnte ihn schützen, im Gegenteil: es würde ihn endgültig überführen. Vielleicht bietet die Anonymität noch eine Rettungsmöglichkeit? Auch sie nicht. Der Ring der Verfolger schließt sich, man schlägt auf ihn ein, er bricht unter Stahlruten zusammen, aber nicht nur unter der Gewalt der Schläge, auch unter dem Übermaß seiner Angst. Das erlegte Opfer wird fanatisch bespuckt, und das verzweifelte Argument, dieselbe Sprache zu sprechen könne doch keine Schuld sein, wird keiner Antwort gewürdigt – oder er hört sie nicht mehr, weil er bereits zu Tode getrampelt worden ist.
Wie sollte auch die Berufung auf das Wohnrecht in der Sprache, die Berufung auf die mitgeschaffene Kultur, bei Wahnsinnigen Gehör finden, die auf dem Marsch zur Zertrümmerung der Welt der Sprache gar nicht mehr mächtig waren, die ihre eigene Sprache zu fürchten hatten und sie niederbrüllen mußten, um von ihr nicht angeklagt und als

Verbrecher bloßgestellt zu werden. Deshalb wird mit »Hohn und Haß« mundtot gemacht, wer Sprache besitzt und sie als Instrument der Wahrheit zu gebrauchen versteht.
Werfel, den ein glücklicher Zufall davor bewahrt hatte, 1938 im aufgeputschten Wien in die Fänge der Gestapo zu geraten (er war nach Campanien und Capri gereist), spricht in seinem Gedicht so betroffen und einbezogen mit der Glaubwürdigkeit einer totalen Identifizierung, daß man meinen möchte, es gäbe tatsächlich so etwas wie poetische Bilokation. Die Dichter befinden sich eben nicht nur dort, wo sie gerade wohnen, Gespräche führen, essen, trinken, schreiben – sie befinden sich auch dort, wo Phantasie, Mitgefühl, psychische Konzentration sie hinversetzen, auch dort, wo das Gewissen sie hinbefiehlt. Man kann zu den Verschonten und zu den Aufgegriffenen gehören, zu den Heilgebliebenen und zu den Verletzten, man kann nicht nur, wie oft behauptet wird, in Ketten frei sein, man kann auch in Freiheit in Ketten liegen und sich kraft unauflöslicher Zugehörigkeit in der Mitte derer befinden, die den ungetrösteten Weg in die Auslöschung gehen mußten. Wer sich lesend in die »Traumstadt« begibt, wird in solche doppelte Anwesenheit eingeführt und eingewiesen. Er wird den Feind, der gemeint ist, in jeder historischen und aktuellen Verkleidung erkennen und wissen, wessen der fähig ist.

FRANZ WERFEL
UNSER ALLER KINDERFRAU

Ist es noch Zeit?
Oder hört man Milchwagen schon schellen?
Uhren weit und breit,
Die sich ins Dunkel stellen.

Alle schlafen.
Wohin wachen die Kinder auf?
Wind im Lauf
Rafft Laub auf im Garten.

Ich will sitzen beim Licht
In meiner Küchen.
Wer soll denn das Süppchen kochen,
Wenn der kalte Morgenstern kommt?

KARLA SCHNEIDER
ANGSTVOLLE ZÄRTLICHKEIT

Viele Menschen tragen ihre Kindheitserinnerungen zeitlebens als eine Art eiserner Ration mit sich herum. Franz Werfel war einer von ihnen. Bereits in seinem ersten Lyrikband »Weltfreund« kreiste der Einundzwanzigjährige, rückschauend, unablässig und sehnsüchtig um jene frühen Jahre. Und »gut und gern jedes zehnte Gedicht«, so sein damals engster Freund Willy Haas, »handelte von Bábi, oder sie kam doch irgendwie darin vor«. Auch von Geträumtem ist nicht selten die Rede, vom Traum, wieder klein und unter Bábis Obhut zu sein, bis zum Alptraum sich steigernd, sie nur mehr als Gestorbene vorzufinden in einer ohne ihre lebendige Gegenwart verwaisten und erkalteten Wohnung.

Bábi – eigentlich Barbara Šimůnková, Bauerntochter aus Radič nahe Tábor, war als Köchin und nebenbei auch Kindsmagd für den neugeborenen Sohn in den Prager Haushalt des Handschuhfabrikanten Rudolf Werfel gekommen und gehörte fortan zu ihm, solange dieser Haushalt bestand. Nicht nur mit einer Vielzahl von Gedichten, auch mit dem Roman »Barbara oder Die Frömmigkeit«, für dessen Titelfigur sie Modell gestanden hat, wird der Sohn ihr später ein Denkmal setzen.

Der ihr im Romantitel so summarisch zugewiesene Wesenszug der »Frömmigkeit« verdankte sich aber wohl kaum der allabendlichen katholischen Seelsorge am jüdischen Kinderbett, den Gebeten auf tschechisch: »Dunkler

Sprache Worte, einer dunklen Sprache Wohllaut-Worte.« Eher gemeint war das Rare, Urtümliche, kindlich Frohe ihrer Gläubigkeit und die aus solchem Glauben gezogene Fähigkeit, Liebe geben zu können, Liebe ohne Vorbehalte und Bedingungen. Ihr Pflegling erwiderte es ihr mit beinah schon erschütternder Gegenliebe. »Es hatte sich zwischen ihnen eine tiefe Einheit herausgebildet. So widerspruchsvoll es klingt, diese Einheit wäre nicht so mächtig gewesen, wenn das Paar ineinander Mutter und Kind hätte lieben müssen. Daß sie sich nur durch Zufall gefunden hatten, daß die äußeren Mächte sie einst bestimmt auseinanderreißen würden, verlieh ihrem Bund eine angstvolle Zärtlichkeit.«

Unser Bábi-Gedicht stammt aus Werfels zweitem Lyrikband »Wir sind«, erschienen im Frühjahr 1913. All das, was Werfel heute bisweilen etwas schwer erträglich macht; der O Mensch-Bibber, der schwülstige Brüderlichkeitsgestus, ist hier zurückgenommen; keins der beliebten affirmativen O hat sich eingeschmuggelt. Und wie immer, wenn er den rhapsodischen Ergriffenheitston beiseite läßt, ergreift er wirklich. Ein junger, noch sehr junger Dichter stiehlt sich in die Gedankenwelt einer alten Hausangestellten. Vermitteln in der ersten Strophe die nervösen Fragen nach dem ja nicht zu verpassenden Milchwagen, das Vermerken der schlagenden Uhren noch halbschläfrige Unbehaglichkeit, hat sie, die da sitzt und dem »kalten Morgenstern« entgegensieht, sich in der zweiten Strophe eingerichtet in ihrem einsamen Abwarten.

»Wohin wachen die Kinder auf?« Wohin wachten sie auf, die deutschjüdischen Kinder im Prag vor hundert Jahren? An Tagen, die nicht hell wurden, weil die Eltern die Fenster mit Möbeln verbarrikadierten gegen die geworfenen

Steine, wie Willy Haas sich erinnert? Mehrfach sah die Regierung sich gezwungen, über die böhmische Hauptstadt das Standrecht anzuordnen, da der aufbegehrende Nationalismus der tschechischen Bevölkerung sich in Pogromen gegen Deutsche und Juden entlud. Das kontemplative Abschweifen greift indes so tief nicht, daß der draußen mit welken Blättern spielende Wind die Gedanken nicht wieder heranholen könnte. »Wind im Lauf / Rafft Laub auf im Garten.« Gibt es Fröstelnderes als die sich eng aneinanderdrängenden drei Au-Laute, das dreifache F-Geraschel?

Durch die Benennung vertrauter Faßbarkeiten: »sitzen beim Licht«, »meine Küchen«, »Süppchen kochen« wird das allemal Vordringliche zu guter Letzt ins Ungereimte, also Alltägliche zurückgebracht.

Der stumme Beiklang eines »wenn nicht ich« schwingt um das weniger fragende als feststellende »Wer soll denn ...« der vorletzten Zeile. Und meint doch eigentlich das nachgetragene »Wer außer dir« des längst Erwachsenen. Barbara Šimůnková starb als Achtzigjährige. Franz Werfel überlebte sie nur um zehn Jahre.

FRANZ WERFEL
VATER UND SOHN

Wie wir einst in grenzenlosem Lieben
Späße der Unendlichkeit getrieben
Zu der Seligen Lust –
Uranos erschloß des Busens Bläue,
Und vereint in lustiger Kindertreue
Schaukelten wir da durch seine Brust.

Aber weh! Der Äther ging verloren,
Welt erbraust und Körper ward geboren,
Nun sind wir entzweit.
Düster von erbosten Mittagsmählern
Treffen sich die Blicke stählern,
Feindlich und bereit.

Und in seinem schwarzen Mantelschwunge
Trägt der Alte wie der Junge
Eisen hassenswert.
Die sie reden, Worte, sind von kalter
Feindschaft der geschiedenen Lebensalter,
Fahl und aufgezehrt.

Und der Sohn harrt, daß der Alte sterbe,
Und der Greis verhöhnt mich jauchzend: Erbe!
Daß der Orkus widerhallt.
Und schon klirrt in unsern wilden Händen
Jener Waffen – kaum noch abzuwenden –
Höllische Gewalt.

Doch auch uns sind Abende beschieden
An des Tisches hauserhabenem Frieden,
Wo das Wirre schweigt,
Wo wir's nicht verwehren trauten Mutes,
Daß, gedrängt von Wallung gleichen Blutes,
Träne auf- und niedersteigt.

Wie wir einst in grenzenlosem Lieben
Späße der Unendlichkeit getrieben,
Ahnen wir im Traum.
Und die leichte Hand zuckt nach der greisen,
Und in einer wunderbaren, leisen
Rührung stürzt der Raum.

ALBERT VON SCHIRNDING
WUT UND SEHNSUCHT

Werfels frühe Gedichte sind ganz auf den polyphonen Ton menschlicher Beziehungen gestimmt. Dies sagen schon die Titel seiner ersten lyrischen Bücher: »Der Weltfreund«, »Wir sind«, »Einander«. Das vorstehende Gedicht ist der zweiten, 1913 erschienenen, Sammlung entnommen. Nichts heikler in solchem Zusammen-Hang, nichts schwieriger als das Verhältnis von Vater und Sohn. Ödipus war plötzlich erwachsen geworden. Seine Ungeduld überflog seine Pietät. Der sterbende Laios umklammerte nur fester den Stab, Herrschaftszeichen und Schlaginstrument in einem.

Das Thema lag in der Luft. In Prag zumal, wo die abwesende Anwesenheit der überalterten Majestät ein Spannungsfeld von Autorität und Ohnmacht erzeugte. Haß und Liebe war die Antwort der Söhne. Ihre Verachtung konnte die Enttäuschung, der sie entsprang, nicht verhehlen, aus ihrer Wut sprach Sehnsucht, Todeswünsche wandten sich entsetzt nach innen. Zwischen Alten und Jungen kehrte das Schweigen ein. Nur das Gedicht konnte es brechen, nur in ihm rührte die leichte Hand an die greise, nach der sie insgeheim zuckte.

Heute hat die Atmosphäre sich entspannt. Aber die Sprachlosigkeit zwischen Vätern und Söhnen, hinter geläufiger Zunge oder Stummheit verborgen, ist nicht gewichen. Warum gehen mir Werfels Verse durch die Jahre nach und immer wieder nahe? Weil sie etwas in meinem

Leben lösen, das sonst quälend ungeklärt und ungesagt bleiben müßte. Die besserwisserische Rede der Psychoanalyse von der gleichzeitig zärtlichen und feindseligen Regung des Sohnes gegen den Vater löst es nicht, das Zauberwort Ambivalenz versagt, die zeitgenössische Lyrik verdrängt so archetypische Wahrheiten oder drängt sie an den Rand des Sagbaren.

Werfels schon halb verklungene und doch noch nicht historisch erstarrte Strophen sind ein Spiegel, in dem ich mich trotz seiner Vergrößerungstendenz wiedererkenne. Der Vater des 1890 in Prag geborenen Dichters war Handschuhfabrikant; ich kann mir das gewittrige Schweigen, das die »erbosten Mittagsmähler« umwölkte, gut vorstellen. Die sich kreuzenden Blicke des Kaufmann-Vaters und des Dichter-Sohnes, das stockende Gespräch über Gleichgültiges, das den Haß barg wie das Messer im Mantelschwung. Aber mit welcher herrlichen Leichtigkeit öffnet sich das düstere Interieur der Strindberg- und Hauptmannbühne, wie leuchtet auf einmal statt der rußenden Lampe das Gestirn des antiken Mythos herein.

Älteste Erinnerung schlägt ihr Auge auf: an die Entzweiung von Himmel und Erde und die Gewaltsamkeit der Herrschaftsfolge von Uranos, Kronos und Zeus. Und an die ursprüngliche All-Einheit, die vor der Trennung war. Fürs Ich-Sein büßte man mit dem Gefühl drückender Schuld. Es trieb Strophen hervor wie die Beschwörungsformeln eines Zwangskranken: eine Poesie des schlechten Gewissens. Doch wie dem tödlich entzweiten Paar von Vater und Sohn Abende unverhoffter Harmonie beschieden sind, so entstiegen der lyrischen Wirrsal Gebilde reinen Gelingens; eines davon ist Werfels Gedicht.

Das bürgerliche Familiendrama reicht unmittelbar ans

kosmische Drama, und Universelles geht nahtlos ins Individuelle über. Der Orkus hallt wider vom Hohngelächter des Alten, das den harrenden Erben trifft. Und andererseits ist die Feindschaft von Vater und Sohn nur ein Sonderfall des Nebeneinanders im Raum, des Nacheinanders in der Zeit. Kosmogonie als Sturz aus dem Paradies. Schrei nach der Urzelle, ein Traum rückwärts gewandter Magie? Auf mich geht kein regressiver Sog von dem Gedicht aus. Erinnerung nimmt Zukunft vorweg als Gegenwart. Die beiden letzten Strophen sprechen von der Möglichkeit plötzlicher Verwandlung. Das Einst tritt ins Jetzt, Raum und Zeit außer Kraft setzend. In der Träne, die auf- und niedersteigt, löst sich der Krampf der Entzweiung. Für den Augenblick des Gedichts kommt der gestörte Weltzustand ins Gleichgewicht.

JOHANNES R. BECHER
AUFERSTANDEN AUS RUINEN

Auferstanden aus Ruinen
Und der Zukunft zugewandt,
Laß uns dir zum Guten dienen,
Deutschland, einig Vaterland.
Alte Not gilt es zu zwingen,
Und wir zwingen sie vereint,
Denn es muß uns doch gelingen,
Daß die Sonne schön wie nie
Über Deutschland scheint,
Über Deutschland scheint.

Glück und Frieden sei beschieden
Deutschland, unserm Vaterland.
Alle Welt sehnt sich nach Frieden,
Reicht den Völkern eure Hand.
Wenn wir brüderlich uns einen,
Schlagen wir des Volkes Feind!
Laßt das Licht des Friedens scheinen,
Daß nie eine Mutter mehr
Ihren Sohn beweint,
Ihren Sohn beweint.

Laßt uns pflügen, laßt uns bauen,
Lernt und schafft, wie nie zuvor,
Und der eignen Kraft vertrauend,
Steigt ein frei Geschlecht empor.

Deutsche Jugend, bestes Streben
Unsres Volks in dir vereint,
Wirst du Deutschlands neues Leben
Und die Sonne schön wie nie
Über Deutschland scheint,
Über Deutschland scheint.

HERMANN KURZKE
ERST HEUTE STIMMT JEDES WORT

Genaugenommen steht in diesem 1949 zur Nationalhymne der DDR erklärten Text nichts von Sozialismus. Die Hoffnungen auf »Zukunft«, »Frieden«, »neues Leben« und schönen Sonnenschein sind inhaltlich so unbestimmt, daß sich jeder beliebige Staat ihrer bedienen könnte. Die Sinnmitte des Textes hält vielmehr das Wort »Deutschland« besetzt. Deutschland ist der Adressat des gebetähnlichen Beginns: »Laß uns dir zum Guten dienen, Deutschland, einig Vaterland.« Deutschland gelten die Glück- und Friedenswünsche der zweiten Strophe, und auf »Deutschlands neues Leben« zielt die Arbeit der Jugend in der Schlußstrophe.

Genaugenommen steht in dieser Hymne auch kein Wort von der DDR. Der Text will für ganz Deutschland geeignet sein. Die deutsche Teilung kommt nicht vor. Es handelt sich um eine Einheits-, nicht um eine Wiedervereinigungshymne. Das Wort »vereint« in der ersten und dritten Strophe und die Wendung »wenn wir brüderlich uns einen« beziehen sich auf die gemeinsame Arbeit und den Abbau sozialer Zwistigkeiten, nicht auf die nationale Teilung.

Johannes R. Becher hatte wenn nicht den fertigen Text, so doch seine Bausteine bereits im Moskauer Exil entwickelt. Schon in den dreißiger und vierziger Jahren erträumte er sich dort ein Ideal des wahren, des ewigen Deutschland. Obwohl er von diesem sozialistische Vorstellungen hatte, unterscheidet sich sein Vokabular damals nur wenig von dem der Reichsvisionäre nationalkonservativer Prägung. Er schwärmte zum Beispiel vom »heimlichen Reich« und kündete: »Und alle werden dann das Reich entdecken, / das Deutschland heißt. Deutschland wird auferstehn. »Auferstanden« ist ein religiöses Wort. Mit ihm gibt sich die Gründung des neuen Deutschland als Osterereignis zu erkennen, nach dem Karfreitag des Krieges, auf den die »Ruinen« anspielen. Bechers Wurzeln liegen im Expressionismus, wo die Umsetzung religiöser Vorstellungen wie Umkehr und Wandlung, Erlösung und Auferstehung ins Politische häufige Übung war. Die visionäre Beschreibung eines auferstandenen Deutschland, in dem die Sonne schön wie nie scheint, steht in der Tradition expressionistischer Utopien.

Es ist gut begründet, daß die Zeile »Deutschland, einig Vaterland« im Winter 1989/90 zur bündigen Formel für die Wünsche des Volkes in der DDR wurde. Bechers Hymne ist endlich wieder bei sich angekommen. Während sie lange Jahre nur unter Verrenkungen und lange Jahre gar nicht gesungen werden konnte, stimmt heute wieder jedes Wort. Die »Ruinen« sind jetzt allerdings die, die der Sozialismus hinterließ, die »alte Not« ist die Mißwirtschaft, »des Volkes Feind« ist die Funktionärskaste und das »frei Geschlecht«, das der eigenen Kraft vertraut, sind die jungen Leute, die den Wiederaufbau des verrotteten Landes in Angriff nehmen. Alles paßt besser denn je. Aber was Johannes R. Becher wohl dazu sagen würde?

JOHANNES R. BECHER
BRECHT UND DER TOD

Er kommt zu früh. Und manchmal hat er recht.
Er kommt zu spät. Auch er kann sich verspäten.
Er kommt gebeten, er kommt ungebeten.
Ist gut, ist schlecht. Ist weder gut noch schlecht.

In diesem Fall hat sich der Tod geirrt,
Und zu dem Irrtum wurde er gezwungen.
Er kam zu früh, zu spät: er war verwirrt,
Und Brecht hat mit ihm um die Macht gerungen.

Er kam zu spät: das Werk war schon durchdacht.
Er kam zu früh: das Werk war noch am Werke.

So hat Bert Brecht sich an dem Tod gerächt
Für alle Tode, ungerecht und schlecht.

Wir danken dir, Bert Brecht, für deine Stärke
und deinem Werk für seine Übermacht.

WOLFGANG KOEPPEN
EPITAPH FÜR BRECHT UND BECHER

Sie waren Genossen; doch Brecht war nicht in der Partei. Sie waren aus dem Reich der Verfolgung auch von Schriftstellern geflohen. Das Exil rettete das Leben; aber die Verbannung drückte in Ost und West. Becher und Brecht sind nicht ausgewandert, haben Deutschland, ihr Sprachland, ihre Jugend nie aufgegeben und waren nun heimgekehrt in das Vaterland ihrer Hoffnungen, die DDR. Waren sie Freunde?

Als Becher 1916 ein Dichter des Aufstandes geworden war, schrieb der Schüler Brecht simple Gedichte der Angst, setzte schwarze Kreuze auf die Schlachtfelder, fluchte aber nicht.

Becher war Expressionist und löste sich erst spät von den reinen Gefühlen, den menschenfreundlichen, flatternden Ekstasen, die dem strengen, oft puritanischen Dogma des in Rußland Staat und Kirche gewordenen Kommunismus widersprachen. Das tat weh! Brecht dachte anders: »Mit Widerwillen erfüllt mich nur die zeitgenössische junge Kunst. Dieser Expressionismus ist furchtbar.« Die Expressionisten waren für Brecht die Generation vor ihm, die Dichter der Kriegsahnung wie Georg Heym, des Krieges wie Alfred Lichtenstein und letztlich Johannes R. Becher, der nicht nur den Krieg 1914, sondern jeden Krieg für alle Zukunft leidenschaftlich ächtete.

Der junge Lyriker Bert Brecht bastelte nicht immerfort an Krieg und Frieden. Das Thema war ihm, vom Faschismus aufgedrängt, für die Zukunft bestimmt, »und eines, das der größten Sache dient«, dem Frieden, wie Brecht an Becher, für Becher schrieb. Jung lobte er den Leib und distanzierte sich von den Intellektuellen und ihren Richtungen. Er atmete, er lebte, er liebte. Er jammerte weder vor Gott und der Welt. Seine Pubertät war ohne Vatermord. Es berauschte ihn jedes Wasser, jede Wolke, der Wind, er schüttelte die Pflaumenbäume und die Mädchen, umarmte noch die Ertrunkenen im Fluß, Ophelia, Hamlets Braut. Eine dunkle Seite: Brecht spiegelte sich als Baal in Schnapsorgien und verstieß rüde, die im Geniespiel verlorenen, denn »Kinder fürchtet sogar Baal«.

Mich begeisterte Becher, ich liebte Brecht, ich lief, heranwachsend, mit den Expressionisten durch Städte und Nachkrieg, ich neidete Brecht die Wollust in den dunklen Wäldern. Dann, später, als dies aus war, der Milliardentanz der Inflation, die Likördielen schlossen, die Reichsmark kam und die Rechnungen, die Wehrmacht da war und die Neue Sachlichkeit sich vorstellte, fand ich in einem Damen-Modeblatt ein Porträt des Johannes R. Becher. Das Bild zeigte einen zarten Ästheten, der Becher nicht war, in der Positur der verfemten Dichter Baudelaire, Verlaine, Rimbaud, ein wenig Heine, Becher schmückte ein Seidenhemd, eine flatternde Schleife. Es enttäuschte.

Brecht war berühmt. Von Becher sagte man, der Dichter sei tot. Er war Kommunist geworden, in die Partei eingetreten, hatte ein Joch auf sich genommen, glaubte an die Heilslehre, an die Erlösung des Menschen von Hunger, Armut und Ausbeutung durch die Einsicht und Kraft der Arbeiterklasse. Aus der Becher nicht kam, deren Sprache er nicht sprach. Der Expressionist unterwarf sich den

Funktionären, bemühte sich, verständlich zu schreiben, verlor an Glanz und strebte verzweifelt in eine neue Klassik. Auch Brecht wollte volkstümlich sein und beschwor die Vernunft. Hitler, im Berliner Sportpalast schreiend, war volkstümlich von Natur.

Das Gedicht »Brecht und der Tod«, von Becher geschrieben und veröffentlicht als Brecht schon auf dem dorotheenstädtischen Friedhof in Berlin neben vielen großen Deutschen aus jeder Zeit begraben lag, ist, finde ich, ein schönes, ein ergreifendes, ein, wenn man will, klassisches Gedicht. In strenger Form ist dort Hommage und Resignation. Becher spricht von dem Toten und spricht für sich. Der Tod, der geschehene wie der kommende, ist angenommen. Das Gedicht ist, in aller Trauer um den Gefährten, nicht ewig in Aufstand gegen den Tod. Es spricht von allen Toden, »ungerecht und schlecht«. Das ist nun so. Vielleicht gottgewollt? Das Naturgesetz?

Bechers Haltung ist konservativ. Wichtig ist ihm das Werk, das der Tote geschaffen und hinterlassen hat. Ein Marxist trauert um einen Marxisten in einer auch für Marxisten schweren Zeit. Es ist keine Totenklage. Es ist ein Trostspruch nach erfüllten Pflichten. Becher und Brecht, zwei deutsche Dichter, geeint in diesem Epitaph »Brecht und der Tod«.

JOHANNES R. BECHER
ERINNERUNGSBILD

Der Galgen. Offiziere. Jeder drängt
Sich in das Bild, damit man nicht vergißt:
Er war dabei und er hat mitgehenkt.
So zeigt im Bild sich an, was jeder ist.

Die Arme stolz wie: »Das sind wir!« verschränkt.
Der Tote trägt auf seiner Brust ein Schild.
Es ist, als würd er hin und her geschwenkt.
Ein jeder findet seinen Platz im Bild.

Und auf des Toten Schild die Schrift erscheint:
»Ich hab die Mörder hier im Bild vereint.
Sie lächeln um den Galgen rings im Kreis.
Sie lächeln selbst sich zu den Schuldbeweis.
Und damit keiner seinen Platz verläßt,
Halt ich sie alle hier im Bilde fest!«

KURT OESTERLE
FLAMMENSCHRIFT DES SONETTS

Gegen Ende seines Lebens träumte Johannes Robert Becher davon, sein Name und sein Werk möchten sich voneinander lösen und seine Gedichte namenlos im Volk kursieren. Der anonyme Ruhm, wie bei Sage oder Volkslied, schien ihm am haltbarsten. In der Tat hätte manches von Bechers Gedichten heute größere Chancen, gelesen und ernst genommen zu werden, wenn es nicht unter seinem Namen stünde.

Johannes R. Becher, der von 1891 bis 1958 lebte, stellte sein Dichtertalent in die Dienste des Kommunismus. Er blieb der Bewegung noch lange treu, als Intellektuelle wie Koestler, Gide oder Malraux sich von ihr lossagten. Während Stalins Schauprozessen, in denen auch Freunde von ihm untergingen, schwieg er. Und in Prozessen der DDR-Zeit, etwa gegen »Aufbau«-Verlagschef Walter Janka, verhielt er sich feig und doppelzüngig – obwohl er, damals Kulturminister, über Macht verfügte und nicht ungeschützt war.

Bewußt und bejahend übernahm er Mitverantwortung für die SED-Diktatur. Seine poetische Entwicklung führte ihn von der expressionistischen Revolte des abtrünnigen Bürgersohns zum biederen Klassizismus des linientreuen Parteidichters. Von früh an litt er unter einem Autoritätskomplex, zeitlebens schwankte Johannes R. Becher zwischen Aufstand und Unterwerfung.

Also ein erledigter Fall? Nur für den, der glaubt, daß ein

guter Dichter auch ein anständiger und mutiger Mensch sein müsse. Ob Becher als Dichter erledigt ist, muß sich an seinen Gedichten erweisen. Viele von ihnen sind durchdrungen von kitschiger Volkstümlichkeit oder gezeichnet von Verehrungssucht für die großen Führer. Doch es gibt auch andere, und mögen es noch so wenige sein. Zumindest eine Handvoll Becher-Gedichte hätte es verdient, in die Haus- und Lesebücher der Deutschen aufgenommen zu werden.

So etwa »Erinnerungsbild«, das Becher im Moskauer Exil zwischen 1939 und 1943 schrieb. Unmißverständlich ist dies ein Gedicht über deutsche Greuel im Zweiten Weltkrieg. Es zeigt die Mörder bei ihrem Geschäft und wie sie sich beim Morden verewigen lassen. Bilder wie dieses wurden von den gar nicht unwilligen Vollstreckern sogar mit der Feldpost an die Lieben in der Heimat geschickt.

Als Bechers Gedicht entstand, war der Ausgang des Krieges noch offen. Seine treibende Kraft könnte der Schrekken über die triumphale Gewißheit gewesen sein, die dem Betrachter aus dem Bild entgegenschlug. Eine Gewißheit, die offenbar alle Zukunft einschließen wollte: Dies Foto, so schienen die Täter zu sagen, verkündet auf ewig unsere Ruhmestaten, unser Bekenntnis, unsere Version der Geschichte. Nichts wird verborgen, alles ist schamlos ausgestellt.

Der Dichter zuckt bei dem Gedanken zusammen, daß niemand an diesem Foto irre werden könnte. Sein Gedicht soll die Wende erzwingen. Doch dazu muß das Wort ins Bild finden. Das Bild braucht das Wort, um die Wahrheit sagen zu können. »Erinnerungsbild« ist ein Sonett. Eine Gedichtform, die der Kommunist Becher als bürgerliches Erbe lange ausschlug. Erst um 1930 legte er seine Hemmungen ab. Die Entscheidung fürs Sonett befreite ihn wenigstens zeitweise von jener Sorte Lyrik, mit der er sich unermüdlich nach der Decke des neuesten Stildogmas streckte. Einige von Bechers besten Gedichten sind Sonette, darunter mustergültige. Sie mögen ihm gelungen sein, weil sie ihn an die Kandare nahmen. »Geschwätziges verträgt das Sonett nicht«, erkannte er selbst.

Bechers plötzliche Vorliebe für das Sonett ist aber auch nicht frei von Widersprüchen. Man spürt den ungestillten Autoritätswunsch, wenn er es zur »Ordnungsmacht« erklärt und sich von ihm »Rettung vor dem Chaos« erhofft. Doch er nennt für seine Wahl auch einleuchtende ästhetische Gründe. In Schreckenszeiten halte das Sonett als einzige Form dem »Übermaß des Geschauten« stand.

Die Wende bei der Betrachtung des Fotos gleicht – wie vor Gericht – einer völlig unerwarteten Verfahrensumkehrung. Die Ankläger werden zu Angeklagten. Der Tote schart die Mörder um sich und läßt sie ihre Untat selbst bezeugen. Besonders die beiden Schlußverse verursachen dem Leser einen Schauder – wer empfände ihn nicht! Auf solch körperliche Wirkung hin scheint das Gedicht gearbeitet: Fünfmal kommt das Wort »Bild« darin vor, das sind fünf Glockenschläge, Weckrufe oder Alarmzeichen, die den Betrachter aus seiner Erstarrung reißen sollen. Die fünffache Wiederholung erinnert an den Pendelrhythmus einer Hypnotisierung – nur daß hier eben von einer Enthypnotisierung gesprochen werden müßte. Schließlich »erscheint« die Wahrheit – wie in Heines »Belsazar« – als eine Art »Flammenschrift an der Wand«. So bricht das Sonett die Macht der Lüge.

JOHANNES R. BECHER
SOMMER

Stoß um Stoß. Und Nacht rapid.
Tag gedunsen jäh.
Männer dröhnend sternhin Glieds.
Weib-Schoß brodelt.

Himmel knetet Erdschlamm bunt.
Schmelz o Wälder Schnee.
Arm-Beil schwingt. Hah Mund frißt Mund.
Haar-Turm lodere!

PETER DEMETZ
ÜBER GATTUNG UND BEGATTUNG

Wenn Johannes R. Becher in einer anderen als der deutschen Sprache geschrieben hätte, er wäre längst als ein Poet ersten Ranges berühmt. Das ist nicht einmal in seinem Heimatlande der Fall, denn die deutsche Neigung zum Lyrischen ist mit Puritanertum und Akademischem verquickt, und Becher war ja später selbst allzu entschlossen, seine Arbeiten zu zensieren. Er gilt noch immer als eine Art von Kuriosum, der Expressionist als Kulturminister (den man mit einem kulturpolitischen Achselzucken abtut), und nicht als deutscher Bruder Walt Whitmans oder Rimbauds (sein Abessinien war die Partei).

Das Gedicht »Sommer«, wahrscheinlich in den späteren Jahren des Ersten Weltkrieges in Thüringen geschrieben, ist nicht eines seiner intimen Liebesgedichte, deren sein Frühwerk nicht ermangelt, sondern eines über die Menschengattung (Begattung) überhaupt. Es bewegt sich, naiv, widersprüchlich und genial zugleich, an der dünnen Grenze zwischen einer kosmischen Zote und einer reinen lyrischen Energie, wie es sich nur einer der Begabtesten gestatten darf. Nach der ersten Lektüre mag man noch lachen, aber nach der zweiten wird man eher staunen oder gar bewundern. Das Gedicht will den leidenschaftlichen Rhythmus der Welt nicht beschreiben, sondern sich in ihn einlassen, und wenn »Stoß um Stoß« und »rapid« den Gedanken an einen raschen Maschinentakt nahelegen, so geschieht das ganz im Einklang mit dem Pathos einer Generation, die die neue Technik noch gegen die abgeschabten Kulissen der Romantik nutzen wollte – wenn Becher nicht, im Schluß der ersten Strophe, wieder darauf bestünde (die Männer »sternhin« erregt, die Frau eher ein vulkanischer Kochtopf) in die romantischen Gemeinplätze zurückzufallen; neue Sprache, alte Idee?

Die zweite, steigernde Strophe beginnt mit der Becherschen Version des Gedichtes vom Himmel, der die Erde geküßt. Bechers Himmel, der den ungetümen Erdstoff (nach biblischen und antiken Mustern) zärtlich und als artistisch bewußter Bildhauer »knetet«, setzt die ganze Landschaft in Bewegung, selbst das zu Schnee Erstarrte taut (»Schmelz« könnte ein idiomatisch süddeutscher Imperativ sein) und drängt die Geschlechter in einem apokalyptischen Augenblick der Ekstase, wie so oft im Finale eines Becher-Gedichtes, mit Arm, Mund und Haar ineinander. Der Geschlechterkampf selbst in seiner Unerbittlichkeit geheiligt durch den Maschinenrhythmus einer Weltschöpferkraft – das Gedicht eines Wirrkopfs, aber was für eines!

Wie die Geschlechter, so paaren sich poetische Tradition und neue Kühnheit, zwanghaft und abrupt; die traditionell optischen Strophenformen und die Reste der Reime und Assonanzen (nicht nur innerhalb der Strophe, mit »jäh/Schnee« und »brodelt/lodere« auch strophenverbindend), zugleich aber die gehackte Syntax ohne Komma, die keine süßen Melodien duldet, und Prägungen wie »Weib-Schoß« oder »Haar-Turm«, die der junge Becher von den italienischen Futuristen lernte, die dem Langweiligen der üblichen Gleichnisse (Haar wie ...) programmatisch abgeneigt waren.

Als Becher später Minister war, sprach er von einem poetischen »Wahnwitz« und seinem Satzbau »schizophrener Hieroglyphenhaftigkeit«. Das alles kam, so fügte er hinzu, aus seiner »irrigen Annahme«, man »könnte Neues nicht in einer Sprache ausdrücken, die dem Veralteten so weitgehend gedient hätte«. Er glaubte zu irren, aber der junge Mensch, der das Sinnliche unmittelbar in Wort und Satz verwirklichen wollte (als ob das möglich wäre), irrte durchaus nicht, zum Glück der Poesie.

JOHANNES R. BECHER
STEIN-GESICHT

Aus Stein war dein Gesicht, ein grau Gestein.
Die Augen Steine, schwarz und uralt-kalte.
Stein auch der Mund, auch um den Mund die Falte,
Versteinerte Gestalt – wie kann es sein.

Daß du bewegst dich, atmest, auch die Hände
Aus Stein geformt, sie greifen beinah flehend
Ins Leere, und die Worte wie an Wände
Von Felsen hallen, echogleich, verwehend.

– Ich frage ihn, den Stein, und auch er fragt
Und im Gespräch erstarrt auch mein Gesicht.
Wer von uns beiden Steinen ist's, der sagt:
»Ein Steingesicht bin ich und bist auch du!«

Und auf uns beiden widerglänzt ein Licht.
Zwei Steine lächeln sich einander zu.

HANS CHRISTOPH BUCH
VOR SCHRECK VERSTEINERT

Gute Literatur lügt nicht. Diese Aussage ist nicht so zu verstehen, daß die den Dichter inspirierende Realität unverfälscht in seinem Werk wiederkehrt oder daß die Fiktion sich auf überprüfbare Fakten reduzieren läßt – ganz im Gegenteil. Aber das gelungene Werk entlarvt die Irrtümer und Illusionen seines Autors, denn die Ästhetik ist unbestechlicher als jede Moral. Das gilt auch für dieses um die Mitte der fünfziger Jahre entstandene Sonett von Johannes R. Becher, das eine deprimierende Bilanz aus der Laufbahn des zum Parteifunktionär mutierten Dichters zieht, der als literarischer Bürgerschreck begann und als DDR-Kulturminister endete. »Laßt diesen Kelch an mir vorübergehen«, soll Brecht über Bechers staatstragende Lyrik gespöttelt haben, die expressionistisches Menschheitspathos mit stalinistischem Zuckerguß zu einem kitschigen Amalgam verschmolz und dabei vor unfreiwilliger Komik nicht zurückschreckte: »Dort wirst du, Stalin, stehn, in voller Blüte / Der Apfelbäume an dem Bodensee, / Und durch den Schwarzwald wandert seine Güte, / Und winkt zu sich heran ein scheues Reh . . .«

Ganz anders das vorliegende Gedicht, das die Ideologie Lügen straft und hinter dem vermeintlichen Fortschritt den Stillstand sichtbar macht; die von der Parteipropaganda behauptete stürmische Beschleunigung der Zeit entpuppt sich als Stagnation. Steinzeit oder Versteinerung sind zentrale Metaphern für die monolithische Herrschaft

Stalins, dessen Kolossalstatuen aus Marmor oder Granit während des Ungarnaufstands im Herbst 1956 erstmals gestürzt und geschleift wurden. Becher nimmt diese Metaphern wörtlich, ähnlich wie Peter Huchel es in einem berühmten Gedicht mit Eiszeit und Vereisung getan hat, und er entdeckt beim Blick in den Spiegel, daß sein eigenes Gesicht zu Stein geworden ist.

Wie das Haupt der Medusa jeden versteinerte, der ihr zu nahe kam, verwandelt die unpersönliche Sphäre der Macht deren Träger in totes Gestein. Das ist um so irritierender, weil kein Geringerer als Marx die Entfremdung und Verdinglichung des Menschen in der kapitalistischen Gesellschaft beklagt und dazu aufgerufen hatte, die versteinerten Verhältnisse zum Tanzen zu bringen, indem man ihnen ihre eigene Melodie vorspielt. Statt dessen hat der Kommunismus eine Versteinerung bewirkt, die noch starrer als die von ihm verteufelte bürgerliche Ordnung ist: »Der Totalitarismus war schlimmer als all die Übel, die er zu bekämpfen vorgab«, schrieb Camus fast zeitgleich mit Johannes R. Bechers Gedicht.

Schon früher, in der Moskauer Emigration, hatte dieser dem Grauen des Krieges die strenge Form des Sonetts entgegengestellt, das er in seiner expressionistischen Phase als bürgerlich-klassizistisch verworfen hatte. Nach der Enthüllung von Stalins Verbrechen auf dem XX. Parteitag der KPdSU suchte Johannes R. Becher Rettung vor dem Chaos, in dem er seinen Lebensentwurf versinken sah, in der Hinwendung zur Religion, um am Ende zu konstatieren, daß er auf der ganzen Linie gescheitert war – nicht nur als Politiker, auch als Dichter und Mensch: »Du könntest der Henker deiner eigenen Jugend sein, so blickt mich dein Altersbild an, aufgeschwemmt, widerwärtig, ein Professor

Unrat« – ein bitteres Fazit, dem der Leser, anders als Bechers verlogener Propagandalyrik, aufgrund seiner Ehrlichkeit die Sympathie nicht versagen kann.
Der doppelte Schlußakkord, in den der Autor das Sonett münden und gipfeln läßt, deutet so etwas wie Versöhnung an, die nur noch im Medium der Kunst möglich ist: Die schmerzhaften Widersprüche der Realität werden dialektisch aufgehoben und poetisch transzendiert im Sinne von Goethes Vers: »Es sei wie es wolle, / es war doch so schön.«

JOHANNES R. BECHER
WALT DISNEY

Die Dinge auferstehn aus ihrem Schweigen,
Als wären sie zu lange schon verdingt.
Und das geringste Ding auch schwingt und singt,
Tanzt mit in einem wunderreichen Reigen.

Ein sprechendes Getier. Beredte Pflanzen,
Die eines Dichters Wink zum Tanzen bringt,
Und die vertrauten alten Märchen tanzen,
Vom Staunen eines dunklen Saals umringt…

Nur eine Frage. Wo so allbelebt
Die Welt sich zeigt, muß nicht gering erscheinen
Der Mensch in solchem Reich? Will ihn verneinen

Dies bunte, allbelebende Gedicht?
Es ist der Mensch, der dazu uns erhebt,
Die Fabeln blühn in *seinem* Zauberlicht.

GÜNTER KUNERT
BECHERS ZAUBERLICHT

Wenn lesen Entdeckungen machen heißt, darf man selbst in abseitigen Werken mit merkwürdigen Fundstücken rechnen. Wer hätte dem Dichter der DDR-Nationalhymne und späteren Kulturminister ein Sonett auf den Vater von Mickey Mouse zugetraut? Neben feierlichen Versen auf Michelangelo, Leonardo da Vinci, Grünewald, Hieronymus Bosch, Riemenschneider und Rembrandt erscheint ein millionenschwerer Konzernchef als Gegenstand der hymnischen Verehrung durch einen Kommunisten. Gebar der Schlaf ideologischer Vernunft hier etwas, das der Selbstzensur wie dem beamteten Zensor entgangen ist? Ein Rätsel. Versuchen wir es zu lösen.
Vor allen Dingen Zeit und Ort des Entstehens liefern uns den Schlüssel. Das Sonett steht in der Ausgabe Becherscher Gedichte 1936 bis 1941, muß also im Exil verfaßt worden sein. Der Anhang des Bandes nennt kein Datum, sondern notiert knapp und kryptisch: »Nach dem Nachdruck«. Wo und wann aber ist der Erstdruck erschienen? In der Sowjetunion, wo Walt Disney wohl kaum zu den Lieblingen Stalins zählte? Und um welchen Trickfilm handelte es sich eigentlich? Hat Becher den Streifen in einem Moskauer Kino gesehen? In einer Sondervorführung vor privilegierten »Kulturschaffenden«? Und was bewog Becher, dem Produkt, vermutlich Dutzendware, einen derart hohen Rang zuzugestehen?
Unter den beiläufig, fast leicht hingeworfenen Zeilen rührt

sich ein Schicksal, das nur der zu ahnen vermag, dem Bechers zwiespältige Existenz bekannt ist. Das Gedicht ist ein verhohlenes Bekenntnis. Schon die beiden ersten Zeilen signalisieren, worum es geht: *Die Dinge auferstehn aus ihrem Schweigen, / Als wären sie zu lange schon verdingt*. So was schreibt man nur in einem Lande, wo das Maulhalten als Staatsräson gilt.

Aber wes das Herz voll ist, dem läuft der Mund über. Und was der Dichter nicht wagt, delegiert er an seine Figuren: sprechendes Getier, beredte Pflanzen. Eine Wiederbelebung, ja, eine Wiederauferstehung ereignet sich. Die vertrauten alten Märchen, Relikte einer bourgeoisen Welt, erscheinen, vom Staunen umringt, als hätten sie nie ihre allegorische Kraft und Herrlichkeit verloren.

Mit vorgetäuschter Bescheidenheit stellt Becher *Nur eine Frage*, doch diese enthält schon das Urteil über *den* Menschen. Becher war alles andere als ein Menschenfreund, im Grunde hat er seine Zeitgenossen verachtet und sie als Spielmarken in seinem unübersehbaren Werk verwendet. Welt und Gedicht, zu dem hier der Trickfilm überhöht wird, erscheinen, obschon wieder in vorsichtige Frageform gekleidet, als Negation *des* Menschen. Eindeutig: Er mochte Menschen nicht, und wenn man bedenkt, mit welchen üblen Gestalten er es während seiner politischen Karriere zu tun hatte, ist sein Widerwille verständlich.

Scheinbar korrigiert er am Schluß sein Urteil, da es heißt: *Es ist der Mensch, der uns dazu erhebt, / Die Fabeln blühn in* seinem *Zauberlicht*. Freilich wird der bis zu diesem Moment verneinte Mensch »als solcher« keineswegs rehabilitiert. Die Kursivsetzung der letzten Zeile bezieht sich ja nur auf *einen* Menschen, nämlich den, dem die Hommage gewidmet ist: Walt Disney. Bechers kritiklose Hingabe, der euphorische Zustand angesichts eines Zeichentrickfilms und der Verzicht auf jegliche Reflexion der angeschauten Banalität, läßt im Grunde bloß eine Erklärung zu: Unter der Last kaum erträglicher Verhältnisse, in einer maßlosen seelischen Not, täglich mit dem Schlimmsten rechnend, aus der Parteihierarchie ausgestoßen, zumindest degradiert zu werden, betäubt sich die gepeinigte Psyche durch das hemmungslose Eintauchen in die durch den Film aktualisierte, als glückhaft empfundene Kindheit – zumindest für neunzig Minuten eine kurzfristige Erlösung von den eigenen Sorgen und Leiden. Die Mickey Mouse hat ihre Schuldigkeit getan und darf von der Leinwand abtreten.

GEORG BRITTING
DAS WEISSE BETT

Die Spur im Schnee, ich kann sie nicht lesen, wie
Es wohl ein Jäger könnte, ein Bauer auch:
Sie läuft zum Walde hin, der dunkel,
Jenseits des Baches, das Wild verheimlicht.

Das weiße Feld, ein reinliches Linnen, glatt
Gespannt, ein frisch bezogenes Bett, das grad
Die Magd mit flinker Hand gerichtet,
Gilt den Verfolgten nicht sichre Zuflucht.

Der rauhe Wald, das dornige Dickicht, scheint
Den schnöd Gehetzten besserer Aufenthalt:
Aus weißem Bette holn die Jäger,
Holen die Häscher sich gern ihr Opfer.

HEINZ PIONTEK
JAGDSZENE AUS OBERBAYERN

Dieses Gedicht stammt aus dem Nachlaß Brittings. Es ist aber kein beiseite gelegtes, kein Nebenprodukt. Der Dichter selbst hat es noch für einen geplanten Band bestimmt. Britting gilt allgemein als deftiger Bajuware und Barocknatur. Wenige sind bisher auf seine feineren Züge gestoßen, beispielsweise auf die des »Römers« Britting. Ein beträchtlicher Teil seiner Gedichte ist in antiken Versmaßen geschrieben. Britting war ein ausgezeichneter Metriker. Römisch an seiner Poesie finde ich nicht bloß die künstlerische Strenge, sondern auch die Knappheit des Duktus, das Virile, Beherrschte, den kritischen Unterton.

Immerhin, »Das weiße Bett« könnte man auf den ersten Blick fast für ein Gedicht in freien Versen halten; es wirkt ungezwungen. Dabei setzt es sich – um ganz genau zu sein – aus drei alkäischen Strophen zusammen, von denen jede mit zwei elfsilbigen Versen eröffnet wird, worauf dann ein neunsilbiger und zehnsilbiger Vers folgen. Die Gewichtsverteilung, das Setzen der Zäsuren ist kunstvoll; man beachte, wie die beiden Daktylen am Schluß der ersten beiden Verse und die am Anfang des vierten einander aufwiegen. Genug von Finessen! Junge Kollegen vom Fach halten sie heute für unerhebliche Tüfteleien; ich muß hinzufügen: in Westdeutschland. In der DDR wird streng darauf gesehen, daß Nachwuchslyriker über die Grundlagen ihrer Kunst, wozu man selbstredend auch die Verslehre rechnet, Bescheid wissen. Doch zurück zu unserem Gedicht.

Keine problematische Sache, nein, bloß ein Jahreszeitenbild, eine Winterlandschaft, ein Stück Naturlyrik. Nur im ersten Vers taucht ein Ich auf: jemand, der eine Spur im Schnee entdeckt, die er nicht lesen kann. Was sich daran anknüpft, wird »objektiviert«. Die Dinge müssen für sich selber sprechen. Hier machen Wald und Feld deutlich, wodurch sie sich unterscheiden. Nicht »an sich«, sondern ganz unmißverständlich für einen, der fliehen muß.

Das Gedicht hat von vornherein nichts Idyllisches. Ihm geht es um Jäger und Gejagte. Genauer: Es warnt sogar vor der Anziehungskraft des Idyllischen, bequem Schönen, das uns einlullen kann. Das weiße Feld: ein frisch bezogenes Bett! Wer gejagt wird, nimmt lieber den rauhen Wald, das dornige Dickicht in Kauf. Kaum haben wir uns auf die alte List der Verfolgten wieder besonnen, sehen wir uns mit einem pointiert politischen, zeitgemäßen Schlußbild konfrontiert: die Häscher sind da, die ihre Opfer gern im Bett überraschen.

Das alles wird ruhig und gleichmäßig hingesprochen, ein Bild ergibt das andere, zielstrebig geht es vorwärts. Wer so konstatiert, nimmt nicht den kürzesten Weg, aber einen kurzen. Obgleich Britting von einer ländlichen Szenerie ausgeht, hat sein Wortlaut nichts bodenständig Schwerfälliges. Im Gegenteil, eine unauffällige Eleganz in der Sprach- und Versbehandlung macht sich geltend: eine, die sich durch Beherrschung der Mittel einstellt. Ich schreibe das Wort *meisterhaft* hin, auch wenn man es heute nicht mag. Jedenfalls, hier braucht einer nicht großzutun, weil er es jetzt im Handgelenk hat.

Ich glaube, dieses Gedicht zeigt deutlich, wie oberflächlich diejenigen urteilen, die unsere Naturlyrik der zwanziger bis fünfziger Jahre pauschal als harmlos hinstellen. Andererseits freilich sollte man nicht vergessen: Was Britting der Welt an Sinn abgewinnt, bleibt bis zuletzt rein von allen weltanschaulichen Beimischungen. Nie kommt es aufdringlich daher. Ein Mann wie er weiß, was er weiß, ist aber kein Besserwisser. Seine Erkenntnis ist eingewebt in die Bilder seiner Gedichte, sie kann nicht als Reflexion herausgelöst und für sich genommen werden. Wer das versucht, zerstört das Gewebe des Gedichts.

GEORG BRITTING
VORFRÜHLING

In das große, graue Himmelstuch
Ist ein blauer Streif gerissen.
Aufgeschlagen wie ein Buch
Liegt der Acker. Die zu lesen wissen

Lesen: Frühling! in der groben Schollenschrift.
Ackerfurchen sind wie krumme Zeilen,
Pappeln Ausrufzeichen, und zuweilen
Setzen Tümpel, die ein Lichtstrahl trifft

Hinter einen Satz den Punkt.
Die Scheune mit dem grünen Dach,
Auf Bretterfüßen, morsch und schwach,
Ist von einem Lichterkranz umprunkt.

Drei Krähen, schwarz und in Talaren,
Hocken auf dem Heckenband.
Schlag in die Hand! In Federwindfanfaren
Schaukeln sie zum nächsten Ackerrand.

Ihre schwarzen Schatten schwanken
Spukhaft überm Wasserloch,
Wo sie krächzend niedersanken,
Sich schnell die Maus in ihren Höhlengang verkroch.

HARALD HARTUNG
ZEILEN AUS DEM BUCH DER NATUR

Von einem Vorfrühlingsgedicht erwartet man Zartes, Ahnungsvolles, gewissermaßen etwas Hofmannsthalisches, erfüllt von »seltsamen Dingen«. Georg Brittings Gedicht ist eher von derber Art – auf merkwürdige Weise so einleuchtend wie rätselhaft, gegenständlich wie abstrakt, klar gebaut und dennoch irritierend. So fragt man sich nach dem Lesen, ob man verstanden hat, und liest aufs neue. Vom Lesen spricht auch das Gedicht selbst. Es leitet uns an, ja buchstabiert uns seinen Sinn ein Stück weit vor.
Der Text beginnt sozusagen mit Textilem, mit dem grauen Himmelstuch für seinen Prospekt. Doch erst der blaue Riß ergibt die richtige Beleuchtung. In diesem plötzlichen Licht wird die Welt lesbar: »Aufgeschlagen wie ein Buch / Liegt der Acker.« Der Reim hat die entfernten, doch insgeheim verwandten Dinge zueinander gebracht, das »Himmelstuch« und das »Buch«. Nur existiert das Buch vorerst auf einer minderen Wirklichkeitsebene: auf der des Vergleichs. Aber ebendies reizt den Dichter zu den nun folgenden liebevoll ausgeführten Vergleichungen; und da er ein geschickter Pädagoge ist, macht er uns zu Eingeweihten, zu denen, »die zu lesen wissen«. Da lesen wir denn im Buch des Ackers den Text mit dem emphatischen Titel »Frühling!«. Aber was wir lesen, ist vor allem das Gesetz, die Ordnung der Lektüre. Mehr das *Wie* als das *Was*. Die Folge der aufgepflügten Ackerschollen ist wie eine gebrochene Schrift, in der Buchdruckersprache also

eine *Fraktur*. Die Ackerfurchen, landläufig »Zeilen« genannt, sind wie die Zeilen von Versen. Am Ende der Akkerzeilen wird der Pflug gewendet, und von diesem Wenden (lateinisch *vertere*) kommt der Vers.
So ackert hier der Dichter auf dem Feld bekannter Vorstellungen. Doch einmal im Zuge, erweitert er seine Landschaft um die Elemente der Zeichensetzung. Und da das vergleichende »wie« schon fast vergessen ist, sind die Pappeln nun wirklich Ausrufzeichen und markieren »Tümpel, die ein Lichtstrahl trifft«, den Punkt. Der beendet nicht bloß einen Satz, sondern einen ganzen Abschnitt, den Buch-Vergleich. Würde das Gedicht hier enden, hätten wir ein Stück linguistischer Poesie: Dichtung über Wörter, Sätze, Sprache.
Doch Britting, der Dichter süddeutscher Landschaft, kann und mag hier nicht enden. Er will nicht bloß den schönen Vergleich, er will die Phänomene der Welt aufleuchten lassen. Und wie könnte er abbrechen, da er gerade eine neue Strophe angefangen hat. Auf den »Punkt«, das typographische Zeichen, reimt sich das prunkende Vorfrühlingslicht, das die armselige Scheune mit ihren »Bretterfüßen« zu einem lebendigen Wesen verzaubert. Wo soviel Glanz ist, darf der Kontrast nicht fehlen: die Krähen als grotesk-bedrohliche Geschöpfe, die Menschliches parodieren. Sie gehören in Brittings Topographie. In einem späteren Gedicht schreiben sie »ihre Hieroglyphen / In den Abendhimmel«. Und der Dichter, der nach dem Sinn ihrer »Zeichen« fragt, gesteht: »Hilflos sind wir vor der schwarzen Schrift.«
Vielleicht ist es Hilflosigkeit, vielleicht eine etwas boshafte Laune, die zu der Aufforderung führt: »Schlag in die Hand!« Der Effekt – der Taumelflug der Krähen und ihr

spukhaft-bedrohliches Niedersinken – zeigt, was womöglich zu zeigen war. Fressen und Gefressenwerden als Gesetz der Natur, dieses Britting-Thema wird auch hier angeschlagen. Es steht in Brittings Buch der Natur.

So las man's nicht immer, seit Augustin von den Zwei Büchern sprach, der Heiligen Schrift und dem Buch der Natur. Nikolaus von Kues sagte: »Die Dinge sind die Bücher der Sinne. In ihnen steht das Wollen der göttlichen Vernunft in sinnfälligen Bildern beschrieben.« Und Goethe, schon vorsichtiger, formulierte in seinem »Sendschreiben« 1774: »Sieh, so ist Natur ein Buch lebendig, / Unverstanden, doch nicht unverständlich.« Dem späteren Dichter des »Irdischen Tags« (1935), darin »Vorfrühling« figuriert, ist sie nicht verständlicher geworden.

YVAN GOLL
ELECTRIC

Auf die Leiter des Eiffelturms steigt der Blaue Maschinist
Den Mond
Schutzmarke für Parfüms
Und der Friseure Schild herabzuhängen –
Aber die Welt strahlt weiter
Kupferne Ströme rauschen die Berge herab
Rhone
Montblanc
Mars
Elektrische Wellen fließen durch blonde Nacht
Disken über uns
Das Lachen der Bahnhöfe
Das Perlenhalsband der Boulevards
Und still an eine Parklinde gelehnt
Mademoiselle Nature
Meine Braut

CHRISTOPH PERELS
EIFFELTURM UND LINDENBAUM

Wie alle Revolutionen haben auch die in der Literatur die Wahl: das Überwundene zu begraben – oder in der Ahnengalerie aufzuhängen. Das gilt nicht zuletzt für jene Dichtergeneration, die glaubte, mit dem »lyrischen Ideal der Blaublümeleinritter« (Ernst Stadler) endgültig fertig zu sein, für die deutschen Expressionisten. Gottfried Benn kam von den Kirchenliedern, die er im Elternhaus gesungen hatte, ebensowenig los wie Brecht von der Bibel, seinem stärksten Leseerlebnis, wie er bekannte. Yvan Goll hatte als Einundzwanzigjähriger mit bezaubernden Volksliedbearbeitungen debütiert: *Wir werden nicht mehr in die Vigne gehn / Die süßen Trauben alle sind geschnitten, / Wir werden nicht den alten Tanz mehr drehn / Und unsre Winzer auf den Dorfplatz bitten.* Wie lange vor ihm Herder und Goethe, Brentano und Arnim empfand er die Welt des Volkslieds als im Entschwinden begriffen und begann dennoch in ihrem Bann. Wenig später tummelt er sich unter den jeweils neuesten Avantgarden, unendlich weit scheint »Electric«, das Gedicht des Dreißigjährigen, von solchen Anfängen entfernt, eine Hymne im Technikrausch des Futurismus.

Goll, der lothringische Dichter jüdischer Herkunft mit deutschem und später französischem Paß, des Deutschen ebenso mächtig wie des Französischen, siedelt sich 1919 in Paris an, für einige Jahre wird der Eiffelturm dem Verehrer Apollinaires und Freund des Malers Robert Delaunay zum Signum moderner Poesie. »Electric« ist romantische Großstadtdichtung: getragen vom pulsierenden städtischen Leben, durchtobt von der Technik als einer zweiten, durchaus nicht als unschön wahrgenommenen Natur, durchdrungen von erotischem Flair: *Elektrische Wellen fließen durch blonde Nacht*, dieser zehnte Vers bildet den Dreh- und Angelpunkt des Textes.

Denn nun holt die erste Natur, städtisch drapiert, den Hymniker der Elektrizität noch ein, als Demoiselle Braut – »Meine Braut« – lehnt sie an der Parklinde, »still« wie in stillem Protest. In Wahrheit freilich war der Text ihr gar nicht erst entkommen, nur die Vorzeichen haben sich geändert: Die Nacht zieht herauf als »Blauer Maschinist«, genau an der Stelle, wo sie in der Volkslied- und Liebeslyrik hingehört, am Gedichteingang, und mit sich führt sie, wie seit alters, den Mond, die rauschenden Ströme Goethes und Eichendorffs, den Schmuck für die Geliebte, kein Ringlein zwar, aber doch ein Perlenhalsband, und am Schluß eben die Linde, den Baum des deutschen Volkslieds schlechthin. Goll will, daß wir das Spiel durchschauen, in heiter-ironischem Einverständnis bekennt er sich zu dieser seiner Braut namens Natur. Wenige Jahre vor »Electric«, 1920, schreibt er sein Schauspiel »Melusine«, eine Geschichte vom Aufstand der Elementargeister gegen die Vergewaltigung der Natur durch Bauspekulanten.

Es ist nicht einfach, das Verlöbnis mit *Mademoiselle Nature* zu lösen, nicht einmal für den, dem die Stadtlandschaft Paris zur Heimat geworden ist und der mit seinen Artistenfreunden die erleuchteten Boulevards und Nachtcafés durchstreift. Mit Clownerie und Charme wird hier das Los des Modernen besungen, das um 1920 zumeist pathetisch oder elegisch intoniert wird. Und wo die Braut wartet, findet sich am Ende auch eine Linde, denn wer bettet sich mit seiner Liebsten gern unterm Stahlskelett des Eiffelturms?

»Electric«, 1922 im »Sturm« veröffentlicht, steht erstaunlicherweise in keiner Goll-Ausgabe, sowenig wie die frühen Volksliedbearbeitungen. Nicht nur dieses Gedicht, das Werk des Dichters Yvan Goll im ganzen ist noch zu entdecken.

YVAN GOLL
IN URALTEN SEEN

In uralten Seen
Hausen die traurigen Fische
Mit den Augen aus Furcht

Indessen die rosa Hügel rundum tanzen
Wie die Hügel der Bibel

Auf Schaumpferdchen schaukelt
Ein kleiner Wind –

Aus unseren uralten Augen
Lächelt es golden
Doch darunter haust eine traurige Furcht

GODEHARD SCHRAMM
DIE TRAURIG MACHENDE FURCHT

Ein Gedicht, von dem wir eine bis dahin unbekannte Wahrheit erwarten, überzeugt, wenn es seine Wahrheit in einem Gleichnis offenbart. In Golls Gedicht ist zu spüren, daß das Uralte etwas der Zeit Enthobenes meint: in der Gestalt von Seen, die für uns kaum merklich ihr Äußeres ändern, leuchtet etwas, das den Erscheinungsformen des rasch Vergehenden entgegengesetzt ist.

Die erste Zeile erinnert »natürlich« an einen Urgrund, der schon durch seine Beständigkeit die Vorstellung erweckt: es gibt einen »relativ« unvergänglichen Grund. In diesem allerdings höchst beweglichen Urgrund des Wassers »hausen die traurigen Fische«: mythische Gestalten. Bei aller Tierliebe wissen wir, daß Trauer nicht zur Empfindungswelt von Tieren gehört; dennoch sieht man ihnen zuweilen einen »menschlichen« Ausdruck an. Was verbindet Golls traurige Fische mit unserer Vorstellung von Trauer? In einer schaurigen Geborgenheit zeigen sie nichts anderes als Furcht. Trauer hat etwas mit Furcht zu tun: Furcht weiß um das Bedrohliche, das uralt ist und immer währt; Furcht ist ein wehrloses Wissen.

Das ist einer der Urgründe unseres Daseins, eine Art Dauerzustand. Allerdings ist das noch nicht die ganze Wahrheit. Goll wünschte sich ja immer wieder Erkenntnis »aus einem fernen Reich der Wahrheit« zu holen. Zum Ganzen dieser Wahrheit gehört eine Entsprechung, eine bisweilen als fürchterlich zu empfindende Gleichzeitigkeit: es hausen die traurigen Fische – »indessen« aber tanzen die Hügel. Sie tanzen in einer Farbe, die uns an expressionistische Bilder erinnert – etwa an ein Rosa aus Landschaften Ludwig Kirchners.

Wie immer wir uns Tanz als freie und zugleich gebundene Bewegungsform vorstellen: es ist ein kühnes Bild, die Bibel zu einer Landschaft zu erklären. Hat sich biblisches Geschehen in entscheidenden Augenblicken nicht häufig auf Hügeln ereignet? Das umfaßt die Berge des Alten wie des Neuen Testaments. Golls Genitiv-Metapher erinnert daran, daß unser Gedächtnis die hier namenlosen Hügel benennen kann – bis hin zu Golgotha. Mir fällt Manès Sperbers Wunsch ein: einmal »die Hügel hinter den Hügeln zu sehen« – das heißt, mit dem Vorhandenen nie zufrieden zu sein.

Die dritte Strophe kehrt zum See zurück. Wiewohl die Schaumpferdchen in ihrer Zartheit an Seepferdchen denken lassen und also eine Verkleinerung darstellen, sind Schaum- wie Seepferdchen in der Vorstellung eher im Zusammenhang mit dem Meer denkbar, das wie die Seen uralt ist. Wie klein ist vor deren Angesicht da ein Wind.

Sogleich springt das Bild, wie ein Wind, um zum wahrhaft Kleinen: zum Menschen. Sind die uralten Seen nicht »in Wirklichkeit« in uns? In Wahrheit sind in den Fischen »unsere uralten Augen« wiedererkannt. Nicht Gottfried Kellers Augen, jene »lieben Fensterlein«, nicht Goethes »zum Schauen bestellte« Augen schauen uns an, sondern solche, in denen ein anderes Zusammen aufleuchtet: Hügel, Seen, Wind und Tanz. Dies alles kann lächeln – als Ja-Antwort zum Gesehenen, und sogar golden: in jenem absoluten Glanz, der an den Goldglanz der Ikonen erinnert.

Alles ist uralt: See, Hügel, Fisch, Wind und Lächeln – und unauflöslich verbunden mit einer traurig machenden Furcht. Uralt ist die Wahrheit, daß keiner dem Tod ausweichen kann. Das ist die Furcht, nicht mehr unter den Menschen zu sein.

YVAN GOLL
KÖLNER DOM

Rheinkohle statt Gold
Die Fische und die nackten Nymphen
Sterben im romantischen Wasser aus
Über die Brücke fahren nur Trauerzüge
In Särgen wird das letzte Gold geschmuggelt
Der Osten exportiert seine Frühsonne
Aurora ist kein Frauenname mehr
Doch paßt er gut für eine Aktiengesellschaft

Wir kamen von Frankreich
Über den Bahnhof hinaus fuhr unser Zug in den Kölner Dom
Die Lokomotive hielt vor dem Allerheiligsten
Und kniete sanft
Zehn Tote kamen direkt ins Paradies
Petrus »English spoken« auf dem Ärmel, bekam ein gutes Trinkgeld

Die glasgemalten Engel telephonierten
Und flogen hinüber zur Cox-Bank
Rosa Dollarschecks einzulösen
Gegen Mittag wurde ein neuer Zug gen Warschau gebildet.

WALTER HINCK
DIE BOTSCHAFT DES GELDES

Kein Bauwerk hat die deutschen Dichter so sehr angezogen und sie zugleich so sehr entzweit wie der Kölner Dom. Flammenden Aufrufen zur Vollendung des mittelalterlichen Torsos, um die Mitte des neunzehnten Jahrhunderts, antwortete später der Jubel über das Gelingen. Schreckbilder vom Dom als klerikaler Zwingburg oder als modernem Turmbau zu Babel konnten nichts ausrichten. Die Kathedrale wurde zum Altar, vor dem die Dichter andächtig ihre religiösen und geistigen und stolzgeschwellt ihre nationalen Messen zelebrierten. Unter den Gedichten des zwanzigsten Jahrhunderts ist Yvan Golls »Kölner Dom« von 1924 ein Vorreiter; das Gedicht hält schon die Erscheinung fest, die sich heute dem Besucher Kölns aufdrängt: die Inbesitznahme des Doms durch den Tourismus.
Das Motiv des durch den Bahnhof hindurchfahrenden Zuges erinnert an Ernst Stadlers Gedicht »Fahrt über die Kölner Rheinbrücke bei Nacht« (1913), in dem erstaunlicherweise der Dom gar nicht auftaucht: Der Schnellzug fährt durch die Dunkelheit wie durch einen »Minengang«, erreicht die Brücke und fliegt »königlich ... hoch übern Strom«, Millionen Lichtern entgegen, fliegt anscheinend ohne Halt vorbei an der »blinkenden Parade« und taucht wieder hinein in die »langen Einsamkeiten«, aber nun auch in ein verschwommenes mythisches Dunkel, ein dionysisches – und expressionistisches – Gemenge von »Kommunion«, »Zeugungsfest« und »Untergang«.

Dagegen sind Golls Verse von einer Nüchternheit, die sich sogar die poetischen Formen des regelmäßigen Verses und des Reims verbittet. Die erste Strophe verabschiedet alle Romantik, die sich um den Rheinstrom gewoben hat. Die Faszination der Sagen vom Rheingold, dem Nibelungenhort, und von der Loreley ist verflogen. Beginnt mit dem »Sterben« der Fische etwa auch schon die Verseuchung des Rheins? Das Gold des Industriezeitalters ist die Kohle. Mythische Namen wie Aurora, der Name für die Göttin der Morgenröte, sind zum Aushänge- und Werbeschild für Wirtschaftsunternehmen geworden.
Der Beginn der zweiten Strophe knüpft an den Eindruck an, den die unmittelbare Nachbarschaft von Hauptbahnhof und Dom dem Ankommenden vortäuscht: daß der Zug in den Dom hineinfährt. So entlädt im Gedicht die Bahn die Besuchermassen geradewegs in die Kathedrale. Doch die fromme Szene – der Vorbeter, die Lokomotive, kniet – kippt plötzlich ins Makabre um: Die Dienstfertigkeit der Eisenbahn enthüllt sich als Unfall. Allerdings wird auch diesem Unglück seine tröstliche Seite abgewonnen. Der sakrale Ort ist Pforte zum Paradies, der Domwächter oder -führer avanciert zum Einlaß gewährenden heiligen Petrus, dem man ein Trinkgeld schuldet.
Der Zynismus der Verse ist der Zynismus der Satire, er verlästert nicht die Religion, sondern macht gerade die Entleerung des Religiösen durch das bloße Schaubedürfnis und dessen Vermarktung kenntlich. Das verdeutlicht die letzte Strophe. Die Engel der Glasmalerei werden zu Bankboten, statt der religiösen bringen sie die Botschaft des Geldes. Sachlich kehrt der letzte Vers zur Tagesordnung zurück. Nach dem Eisenbahnunglück wird ein Ersatzzug bereitgestellt.

Der jüdisch-französisch-deutsche Dichter Yvan Goll, der im Jahr 1924 auch seinen Gedichtband »Der Eiffelturm« abschloß, hat die grotesken Wucherungen der Tourismusindustrie klarer vorausgesehen als seine Weggefährten der Avantgarde. Jedesmal, wenn ich vom Kölner Hauptbahnhof her zur Domplatte hinaufsteige, melden sich in meinem Kopf seine Verse von der Einfahrt des Zugs in die Kathedrale.

YVAN GOLL
ORPHEUS

Ich steig in jeden Vorortzug
In dem eine Frau mit Samthut sitzt
Und Traum um die Augen wie du!
In allen Opernhäusern such ich die Logen ab
Für jeden Dampfer nach Thule hab ich Karten:
Seit ich, Eurydike, dich verlor
Weil ich mich einmal umsah
Muß ich mich umsehn
Nach allen Frauen der Erde.

SIEGFRIED LENZ
ALLE FRAUEN DER ERDE

Von Ovid bis Calderón, von Rilke bis Anouilh: Orpheus, wie immer er ausgelegt oder angesehen wurde, hat die Dichter vieler Epochen beschäftigt. Er war beliebtes Motiv auf Mosaiken, Reliefs und in der Kleinplastik. Sein Schicksal war inspirierende Opern- und Ballettvorlage; sogar der Film hat sich seiner angenommen: Cocteaus Meisterwerk ist unvergessen.

Es liegt auf der Hand, daß die Figur des thrakischen Sängers, der außer wilden Tieren auch Steine und Bäume, also: die Schöpfung bezauberte, von den Künstlern der verschiedenen Epochen in eigentümlicher Weise aufgefaßt wurde: als poetischer Erlöser, als Moralinstanz und, in jüngerer Zeit, als Beispiel exemplarischen Scheiterns.

Yvan Goll, der große Wegbereiter des poetischen Surrealismus – er schrieb in mehreren Sprachen und fühlte sich nirgendwo zu Hause –, Yvan Goll, der sich selbst dieses Signalement gab: »Durch Schicksal Jude, durch Zufall in Frankreich geboren, durch ein Stempelpapier als Deutscher bezeichnet« – er gab dem Mythos seine eigene Auslegung. Und zwar in mehreren Gedichten; sein »Der neue Orpheus« wurde von Kurt Weill vertont und 1928 in Berlin uraufgeführt.

Das vorgestellte Gedicht »Orpheus« stammt aus dem Jahre 1925. Es ist keine Vorform, keine Fingerübung; vielmehr geben diese freien Rhythmen eine programmatische Überzeugung wieder, die im surrealistischen Manifest begründet ist: auf direkte und intensive Weise das Urgefühl des Menschen zu suchen, das sich in »schnellen Bildern« äußert. Urgefühl, das heißt hier: Zeit ist aufgehoben, Schicksale bleiben ungelöst, archetypische Erfahrung begleitet uns für immer. Orpheus, der Abkömmling vermögender Eltern (der Gotha der Götterwelt nennt Apoll und die Muse Kalliope), leidet bis heute daran, daß er die Bedingungen nicht erfüllte, unter denen er seine Eurydike aus der Unterwelt hätte herausholen können. Die Erlösung durch Gesang, die Rettung durch Poesie mißglückte, da er sich vorzeitig nach ihr umwandte. Jetzt geht die Suche weiter: Sehnsucht wird zum Lebensinhalt.

Daß ein Erwählter wie Orpheus, der sich wohl mühelos individuelle Verkehrsmittel leisten könnte, in jeden Vorortzug steigt: es spricht weniger für die Mythologisierung des Alltags als vielmehr für die Alltäglichkeit des Mythos. Die alten Kategorien Ferne und Nähe sind längst zusammengefallen, delphische Erfahrung wiederholt sich am *Gare du Nord*, der Passagier sucht unter dem schattenwerfenden Samthut das ersehnte Gesicht. Es muß nicht Eurydikes Gesicht sein, es genügt, wenn in ihm nur der »Traum um die Augen« zu erkennen ist, und das heißt wohl: die Erlösungsbereitschaft durch Kunst. Der einsame Sänger, der die Schlüsselworte zur verklärten und definitiven Inbesitznahme der Welt kennt, ist auf der Suche nach Gefolgschaft.

Daß er sogar in Opernhäusern die Logen absucht – ich muß es als ironischen Vorwurf gegen die Gesuchte ansehen: der Sänger traut ihr zu, daß sie sich genießerisch ihr eigenes Schicksal etwa in der Gluckschen Oper »Orpheus und Eurydike« anschaut und sich mit opernhafter Lösung zufriedengibt. Der Vorwurf wird verstärkt durch den

Hinweis auf die eigene globale Suche. »Für jeden Dampfer nach Thule hab ich Karten«, das heißt: deinetwegen bin ich bereit, ans äußerste Nordland der Welt zu fahren, von heute aus gesehen also nach Norwegen, für den griechischen Geographen: sechs Tagesfahrten nördlich von Britannien.

Der Sänger, der Künstler hatte es in der Hand, Eurydike aus der Schattenwelt zu erlösen und damit einen einzigartigen Präzedenzfall zu schaffen: die Lebenden und die Toten hätten hoffen dürfen. Er setzte sich über das Verbot hinweg, er schaute sich nach Eurydike um, bevor sie das Tageslicht erreichten. Zweifelte er womöglich an der Wirkung seiner Kunst? Oder war es tatsächlich nur pure Ungeduld? Enttäuscht über sich selbst, macht sich der Künstler nach der verlorenen Chance seines Lebens auf eine neue Suche, eine Scheinsuche.

Auch wenn er sich nach allen Frauen der Erde umsieht: Eurydike wird er nicht wiederfinden. Er muß sich damit abfinden, daß es durch Kunst keine Rettung gibt. Er löst das Problem poetisch und setzt seiner beispiellosen Enttäuschung ein Denkmal.

NELLY SACHS
GEBET FÜR DEN TOTEN BRÄUTIGAM

Wenn ich nur wüßte,
Worauf dein letzter Blick ruhte.
War es ein Stein, der schon viele letzte Blicke
Getrunken hatte, bis sie in Blindheit
Auf den Blinden fielen?

Oder war es Erde,
Genug, um einen Schuh zu füllen,
Und schon schwarz geworden
Von soviel Abschied
Und von soviel Tod bereiten?

Oder war es dein letzter Weg,
Der dir das Lebewohl von allen Wegen brachte
Die du gegangen warst?

Eine Wasserlache, ein Stück spiegelndes Metall,
Vielleicht die Gürtelschnalle deines Feindes,
Oder irgend ein anderer, kleiner Wahrsager
Des Himmels?

Oder sandte dir diese Erde,
Die keinen ungeliebt von hinnen gehen läßt,
Ein Vogelzeichen durch die Luft,
Erinnernd deine Seele, daß sie zuckte
In ihrem qualverbrannten Leib?

GERHARD SCHULZ
SCHÖNHEIT UND GEWALT

Kein Zweifel: dieses Gedicht ist schön. Seine äußere Gestalt besitzt Harmonie. Mit zwei gleich langen Strophen hebt es an, eine dritte und vierte durchbrechen dann zwar die Regelmäßigkeit, aber am Ende, in der fünften, kehrt es wieder in sie zurück. Aufgesang und Abgesang aller Lyrik scheinen darin ihre Spur hinterlassen zu haben. In der elegischen Melodie der fünf Fragen ist Musik, die durch keinen harschen Klang gestört wird. Die Bildersprache des Gedichts schließlich umfaßt die ganze Weite menschlichen Daseins zwischen Himmel und Erde, aber sie bleibt einfach in ihrer kräftigen, klaren Anschaulichkeit und ist keiner Erläuterung bedürftig.

Ja, dieses Gedicht ist schön. Aber darf es denn schön sein? Die Frage ist so alt wie das Gedicht selbst. Es ist eines jener zehn »Gebete für den toten Bräutigam«, die 1946 in Nelly Sachs' erstem Lyrikband »In den Wohnungen des Todes« erschienen sind. Aus annähernd gleicher Zeit stammt die weithin bekannt gewordene Frage Adornos, welches Recht Poesie denn noch im Zeitalter nach diesen deutschen »Wohnungen des Todes« haben könne – eine Frage, auf die die »Gebete« schon damals eine stille Antwort gaben.

Seitdem sind fünf Jahrzehnte vergangen. Sie haben in vielen Beispielen bestätigt, daß gerade Kunst die Dimensionen des Grauens vermessen kann, indem sie das von jedem Verstand Unfaßbare miterlebbar macht. Darüber hinaus jedoch ist eine andere, neue Frage entstanden. Nelly Sachs, in Berlin lebend, entkam 1940 den Verfolgern in letzter Minute. Ihre Gedichte hat sie im schwedischen Asyl geschrieben. Unmittelbare Lebenserfahrung also spiegeln sie wider, ohne daß wir Namen und Person dieses Bräutigams kennen müssen. Biographische Details mögen da sekundär sein. Wohl aber ist zu fragen, ob sich die Gedichte überhaupt von biographischer Realität trennen lassen, ob man also für ihr rechtes Verstehen nicht doch ganz und gar auf die Lebensgeschichte ihrer Verfasserin angewiesen bleibt.

Die Frage ist weittragend und voller Konsequenzen. Vom »Erlebnis« als entscheidendem Anstoß und Inhalt alles Dichtens hat sich die Literaturwissenschaft längst entfernt, wünscht sie doch ihrem Gegenstand fortdauernde Aktualität. Aber was an Goethe leicht vorzuführen und zu üben ist – läßt sich das auch hier tun, ja soll es überhaupt versucht werden angesichts der Ungeheuerlichkeiten, auf die sich die Verse beziehen, unvergleichbar mit allem, was je in den Erfahrungskreis Goethes getreten ist?

Nelly Sachs hat einen weiten Rahmen gesetzt. Von der Liebe der Erde und des Himmels, vom »Vogelzeichen« und von einem Lichtstrahl als »kleinem Wahrsager« lesen wir, wie es einem Gebet entspricht, obwohl dieses hier nur aus Fragen besteht, und ein Befragter nicht aus ihm, sondern allenfalls aus dem Umkreis der anderen neun Gebete erschließbar ist. Allerdings: von den »goldenen Überraschungen des Herrn« wissen auch in ihnen »nur die Träume«, wie es am Ende des letzten Gebets heißt. Innerhalb solch absoluter Dimensionen aber handelt dieses Gedicht von zwei großen Grenzerfahrungen menschlicher Existenz, von Liebe und Tod, und vom kleinen Tod des

Abschiednehmens, das ja, wenn es als Schmerz empfunden wird, Liebe voraussetzt.
Dieser Tod hier ist allerdings unmißverständlich ein Tod durch Gewalt. Der Stein, der verlorene Schuh auf dem Weg in den Tod, die »schwarze«, blutgetränkte Erde, das »spiegelnde Metall«, die »Gürtelschnalle deines Feindes« zeigen es deutlich genug. So sind die Verse Klage, Anklage und zugleich ein Liebesgedicht sondergleichen. Ein alter Topos – die getrennten Liebenden finden sich durch den Blick auf ein gemeinsames Drittes – wird aufgenommen und modifiziert. Sterne oder Mond mußten einstmals zu solcher Begegnung dienen; hier sind es die kleinen, auf eigene Art schönen Realien im Reiche menschlicher Gewalt. Denn unsere Definitionen des Kunstschönen sind weit geworden. Das aber führt noch einmal auf die Frage der Abhängigkeit der Verse von Biographie und Zeiterfahrung zurück. Falls einmal künftige, glücklichere Zeiten erklärt haben wollen, was es mit einem »qualverbrannten Leib« auf sich hatte, wird man die Geschichte von Nelly Sachs' Zeit abrufen müssen.
Wenn die künftigen Zeiten aber nicht glücklicher sein sollten, werden sie in diesem Gedicht sich selbst wiederfinden, wofür schon die fünf Jahrzehnte nach 1946 manchen Anlaß geboten haben. Das erwiese immerhin, daß ein Bedürfnis nach Gedichten fortbesteht.

NELLY SACHS
VÖLKER DER ERDE

ihr, die ihr euch mit der Kraft der unbekannten
Gestirne umwickelt wie Garnrollen,
die ihr näht und wieder auftrennt das Genähte,
die ihr in die Sprachverwirrung steigt
wie in Bienenkörbe,
um im Süßen zu stechen
und gestochen zu werden –

Völker der Erde,
zerstöret nicht das Weltall der Worte,
zerschneidet nicht mit den Messern des Hasses
den Laut, der mit dem Atem zugleich geboren wurde.
Völker der Erde,
O daß nicht Einer Tod meine, wenn er Leben sagt –
und nicht Einer Blut, wenn er Wiege spricht –

Völker der Erde,
lasset die Worte an ihrer Quelle,
denn sie sind es, die die Horizonte
in die wahren Himmel rücken können
und mit ihrer abgewandten Seite
wie eine Maske dahinter die Nacht gähnt
die Sterne gebären helfen –

HILDE DOMIN
ZERSTÖRET NICHT DAS WELTALL DER WORTE

Dies ist ein Aufruf, wie ich keinen zweiten sehe im lyrischen Werk der Nelly Sachs. Trotz ihrer vielen »Du«, »Ihr«, »Wir«, die die »O Mensch«-Rufe der »Menschheitsdämmerer« an Hoffnungs- und Verzweiflungspathos weit zurücklassen. Man muß sich klarmachen, daß Nelly Sachs fast eine genaue Altersgenossin Werfels ist, Bechers, Golls und Heynickes (1890/91). Dabei aber von ihnen unabhängig: eine Stimme, die am Ende des Zweiten Weltkriegs sich erhebt, wie die der »sehnsüchtigen Verdammten« (Pinthus) am Ende des Ersten. Sie war es, die das erste »Ihr« in einem Atem mit dem »Wir« sprach, in ihrem »Chor der Geretteten« (»Wohnungen des Todes«, Aufbau Verlag 1946, herausgegeben von Becher und Huchel). »Sternverdunkelung«, ihr zweiter Band (1949), mußte mangels Interesses eingestampft werden, ganz wie Celans »Sand aus den Urnen« (1948), der bereits die »Todesfuge« enthielt. Heute wissen wir also, daß die deutsche Nachkriegslyrik mitnichten »weltfern und idyllisch« anfing, »einzige Ausnahme Günter Eich«, wie immer noch behauptet wird.

»Völker der Erde« gehört in den Umkreis von »Sternverdunkelung«, wurde etwa gleichzeitig geschrieben wie, in New York, Adornos fataler Satz: »nach Auschwitz ein Gedicht zu schreiben, ist barbarisch« und »unmöglich«. Grau ist doch die Theorie. Erstaunlich bleibt, daß es Adorno nie gelang, dies Fehlurteil auszulöschen, das immer noch umläuft und uns auch anno 77 von einem stimmführenden Germanisten pünktlich serviert wurde. »Daß es noch Gedichte gibt nach Auschwitz, beweist nur, daß die Welt nach Auschwitz Auschwitz vergessen hat«, befand Peter Wapnewski. Das Verkehrteste, was wohl je zur Verteidigung dieser abgeleierten und unhaltbaren These vorgebracht wurde, die 1951 ihren Siegeszug antrat: genau ein Jahr, bevor Celan mit »Mohn und Gedächtnis« in Deutschland unüberhörbar wurde.

»Völker der Erde« ist einer der wenigen Aufrufe der Nelly Sachs, der sich an alle wendet. Die Völker der Erde sind aufgerufen, hier, jetzt, und in alle Zukunft. Es ist auch das einzige Gedicht von ihr, das sich ausschließlich mit der Sorge um die Sprache befaßt. Das Wort, wie der Atem (das »Pneuma«), ist das Leben selbst: der die Schöpfung in Gang setzende Logos. »Das atemverteilende Weltall« wird es daher auch genannt.

Aufgerufen wird zur Enthaltung von Haß: Haß, das Messer, das Atmen und Sprechen zugleich abschneidet. Und sofort wird zur Wahrhaftigkeit aufgerufen. Aber in umgekehrter Folge, als wir es gewöhnt sind. Gewöhnt sind wir an: »Du sagst Frieden, aber du meinst ihn nicht. Sag doch gleich, wie schlecht du es meinst!« Diese Art Forderung will den andern auf seine bösen Absichten festnageln, ihn überführen. Nelly Sachs dagegen verlangt: »Plane nichts Böses, wenn du Gutes sprichst!«

Es geht hier weniger um die nachzuweisende Diskrepanz von Wort und Wirklichkeit. Vielmehr soll das Wort den, der es spricht, auf sich verpflichten. Denn das Wort ist, seiner Natur nach, Wort des Lebens. »Lasset die Worte an ihrer Quelle.« Diese »Quelle« ist die Sehnsucht: Sehnsucht nach Liebe und nach Heil. Dies sind »die wahren

Himmel«, in die die – nicht mißbrauchten – Worte »die Horizonte rücken können«. »Mit ihrer abgekehrten Seite«, die Geheimnis bleibt, helfen die Worte »die Sterne gebären« (eine mehrfach benutzte Metapher). Von den Gestirnen heißt es in einem vergleichbaren Kontext, fast hölderlinisch: »die kreisten unsichtbar, und nur von Sehnsucht angezündet«. So fließen die Worte aus der Sehnsucht und entzünden die großen Lichter, von woher sie wiederum Kräfte beziehen, in ewiger Wechselwirkung.

Jetzt verstehen wir den Anfang: von den »Völkern der Erde«, die Spulen sind für unbekannte Sehnsüchte (»mit der Kraft der unbekannten / Gestirne umwickelt wie Garnrollen«). Und die aus der Kraft dieser Sehnsüchte Beschlüsse fassen und verwerfen, »die ihr näht und wieder auftrennt das Genähte«. Völkerverträge zum Beispiel oder die Menschenrechte. Von der summenden »Sprachverwirrung«, dem aktiven und passiven Wortbetrug (»stechen und gestochen« werden, wobei noch hinzugesetzt ist »im Süßen«, also Betrug mit Honigworten), kommt Nelly Sachs dann in die großen und erregenden Imperative: den Appell an die Völker, die Sprache heilig zu halten wie das Leben selbst.

»O daß nicht Einer Tod meine, wenn er Leben sagt – und nicht Einer Blut, wenn er Wiege spricht –«. Ruft das nicht jeder von uns, wenn er morgens die Zeitung öffnet, wenn er abends den Fernsehknopf drückt!

NELLY SACHS
WEISS IM KRANKENHAUSPARK

I.

Im Schnee
die Frau geht
hält auf dem Rücken
umkrampft mit falschem Griff
ganz heimlich
abgebrochene Zweige mit Knospen
noch von Nacht verdeckt

Sie aber im Wahnsinn ganz still
im Schnee
um sich blickend und weit offen
die Augen wo
von allen Seiten das Nichts einfährt –

Aber sehr heimlich das Ferne
ist in ihrer Hand
in Bewegung geraten –

II.

Die Stille mit soviel Wunden getränkt
Religion der schon ausgefahrenen Beter
lebt noch vom Martyrium
immer neu wie Frühling –

RUTH KLÜGER
GESTOHLENE KNOSPEN

Die Gedichte von Nelly Sachs kreisen um zwei Hauptthemen. Die einen, für die sie den Nobelpreis erhielt, sind die Klagen um die Opfer des Holocaust. Die anderen, verhalteneren, sind die Gedichte um Krankheit und Todeserwartung. Unser Gedicht gehört der letzteren, späten Phase an, mit einem leisen Hinweis auf den ersten Motivkreis.

Es ist Vorfrühling, eine geisteskranke Patientin hat im Krankenhauspark knospende Zweige abgebrochen und geht jetzt damit spazieren. Da sie sie zu verstecken sucht, hält sie sie »falsch«, das heißt verkrampft, auf dem Rücken, nicht wie eine Blumenfreundin sie tragen würde. Zu ihren Füßen liegt Schnee. In einer für Nelly Sachs typischen Formulierung für kosmisches Erschrecken oder tiefste existentielle Einsamkeit fährt von allen Seiten das Nichts auf sie ein. Die Kranke klammert sich an ihre Knospen, an etwas Lebendiges und Junges, *ganz heimlich*, also im Bewußtsein, daß sie sie eigentlich nicht haben dürfte. Sie sind Selbstbestätigung gegen die winterliche Starrheit ihrer Umgebung.

Soweit die Psychologie. Doch darf für fromme Menschen wie Nelly Sachs das, was außerhalb der Wahrnehmung unserer fünf Sinne liegt, nicht nur in Verzweiflung münden, sondern schließt auch Verheißung mit ein. Die dritte Strophe bringt *das Ferne* als Gegengewicht zum Nichts ins Spiel. In das Diesseits des Gartens ist ein hoffnungsträchtiges Jenseits eingebrochen. *Das Ferne* offenbart sich in den frischen Zweigen, die im Griff der Kranken – hier eine Rückblende auf das Wort *heimlich* – in Bewegung geraten sind. Übrigens sind die einzigen Satzzeichen im ganzen Gedicht die Gedankenstriche am Ende der Strophen: Sie wirken wie Wegweiser ins Offene.

Im zweiten, viel kürzeren Teil ist die Frau ausgeklammert. Die Verbindung mit dem ersten Teil liegt in dem Worte *Frühling* und in der Voraussetzung anderer Daseinsmöglichkeiten als der des Lebens. Wir sind aus dem Krankenhauspark in eine Todesstille versetzt worden, wo die *Religion der schon ausgefahrenen Beter* herrscht, also der Verstorbenen. »Fahrt« als Übergang vom Hier zum Ewigen – wie in dem Buchtitel »Fahrt ins Staublose« – war ein Lieblingsbegriff von Nelly Sachs. In unserem Gedicht kommt sowohl Einfahrt wie Ausfahrt vor: Wo das Nichts einfuhr, fahren die Beter aus. Das klingt fast wie romantische Todessehnsucht. Nur erinnern *Wunden* und *Martyrium*, an sich christlicher Herkunft, in den Versen der jüdisch-deutschen Dichterin an »ihre« Toten, die Ermordeten der Nazis, denen sie ihre berühmtesten Gedichte gewidmet hat.

»Weiß im Krankenhauspark« veranschaulicht zunächst eine ganz private Krise und enthält erst am Ende Anspielungen auf geschichtliche Katastrophen, über die man hinweglesen kann, ohne daß das Ganze dadurch unverständlich würde. Das Bestechende an dem Gedicht sind solche Ambivalenzen. Für Gottergebenheit ist der erste Teil zu psychopathologisch konzipiert. Auch wird kein friedliches Hinscheiden in Aussicht gestellt, dazu sind Ausdrücke wie *mit falschem Griff, im Wahnsinn ganz still, mit soviel Wunden getränkt* zu beunruhigend. Ebenso entbehren die verknautschten, gestohlenen Knospen einer strahlenden Symbolkraft. Es ist kein erhabenes, eher ein konfuses Erlebnis, das sich im Kopf der Verrückten abspielt, die jedoch, wie andere Menschen, zwischen dem Winter und dem Frühling, dem Nichts und der Auferstehung schwankt und für die die Hoffnung besteht, sie werde nicht allein bleiben, wie sie es jetzt im weißkalten Park ist, sondern in die Gemeinschaft der Toten treten.

Das Gedicht verarbeitet mystisches Gedankengut mit einer Feinfühligkeit, die unserer im Laufe von Kriegen und anderen Mordaktionen stark herabgestuften Selbsteinschätzung Rechnung trägt. Jenseits des Wahnsinns beharrt es trotzdem auf seinem Glaubensbekenntnis; denn es beginnt mit *Im Schnee* und endet mit *Frühling*.

NELLY SACHS
WENN NICHT DEIN BRUNNEN

Wenn nicht dein Brunnen, Melusine,
aller Märchen zweiten Ausgang
im Herzeweh hätte,
längst wären wir
in die versteinerte Auferstehung
einer Osterinsel eingegangen –

Aber wenn dein Echoangesicht,
mit der Müdigkeiten Akelei bestreut,
Sterben übt im Sabbatgold,
trinkt unser Blut Erinnerung
in einer Landschaft,
die schon da gewesen,
und in der schlummerleichten Vorgeburt
der Seele –

DORIS RUNGE
SEHNSUCHT, FLUCHT, HERZEWEH

Seele ist das letzte Wort des Melusinen-Gedichtes, dann bricht es ab, mit einem Gedankenstrich, der stummen Linie in die Vergangenheit (Adorno). Hier endet das Sagbare. Das Senkblei der Worte vermag die Tiefe nicht auszuloten, aus der die Wurzeln dieser Dichtung ihre Nahrung ziehen. Im Raum der Erinnerung, im Brunnen der Melusine ist die stumme Linie der Zeit enthoben. So tief hinab, so weit vor muß stoßen, wer ins Herz dieser Dichtung dringen will: zum Erinnerungsort, der *Landschaft,/ die schon dagewesen,/ und in der schlummerleichten Vorgeburt/ der Seele –*.

Der Weg des Gedichtes beginnt mit Flucht und endet mit Verwandlung. Flucht aber heißt in der Metaphorik von Nelly Sachs, im Zustand der Sehnsucht zu sein. Sehnsucht ist die Trieb-Feder, die die Fluchtbahnen schreibt, die Kraft zur Verwandlung verleiht, und die Dichterin, die ihr Stockholmer Exil kaum verließ, unterwegs sein ließ, von Gedicht zu Gedicht, von Zeile zu Zeile. Wir lesen die chiffrierte Botschaft dieser Verse: Melusine.

Aber ist Melusine, die unerlöste Seele, die Gestalt gewordene Sehnsucht nicht ein Relikt der Romantik, ist Sehnsucht nicht das verdächtige, das längst entthronte Königswort, ein Wort für Tagediebe, ein Wort des Versagens an der Wirklichkeit? Nelly Sachs entreißt den Träumern das Wort, macht es zum energetischen Feld ihrer Poesie. Am Anfang, drei Zeilen lang, bedient sie die romantische Klaviatur: Sehnsucht, Flucht, Herzeweh: Das alte Lied, die Melusinen-Klage ist angestimmt. Wir sind eingestimmt, lesen das Märchen noch einmal – aber anders, von seinem *zweiten Ausgang* her.

Wenn nicht dein Brunnen: die Erinnerung, wenn nicht das *Herzeweh*: die Klage, das Gewesene beschwörend, zum lebendigen Schmerz machte, was gäbe es, um das geschehene Leid dem Vergessen, dem Schweigen, der Versteinerung zu entreißen? Unerlöst wie im Märchen bliebe das erstarrte Leben, von dem der Stein noch Zeugnis ablegt, rätselhaftes Monument der Vergangenheit, nicht eingelöste Verheißung: *längst wären wir/ in die versteinerte Auferstehung/ einer Osterinsel eingegangen.*

Wir? Sind das die Schatten der Verstorbenen? Melusine ist Sehnsucht, ist *Herzeweh*, Leben, Verwandlung, ewige Wiederkehr. Melusine ist das lebenbewahrende Wort: Dichtung, wie Nelly Sachs sie verstand. *Aber wenn dein Echoangesicht*, wenn das »Wehe«, das die verschmähte Nymphe Echo dem unerreichbaren Geliebten Narkissos zurückwirft, in unendlichen Brechungen widerhallt, wird ihre Klage zur Stimme der verstummten Kreatur. Nelly Sachs gab dem sprachlosen Entsetzen der jüdischen Opfer ihre Stimme. *Echoangesicht* – ein Wort verwandelt Melusine in die klagende Nymphe, von der die alles verzehrende Liebe zu Narkissos nur noch Stimme und Gebein ließ. Ein Wort, *Sabbatgold*, läßt das von *Müdigkeiten* gezeichnete, das alte Antlitz Israels, von dem die Stimme, das Wort blieb, die Heilige Schrift, hinter der griechischen Mythengestalt aufschimmern.

Melusines Bild steht nun für Verwandlung und Auferstehung. Sonnabends im Bade kehrt sie in ihr Element zurück, nimmt Abschied vom Zeichen ihrer Herkunft, übt sterben, um zu werden, um als Sterbliche Unsterblichkeit zu erlangen. Immer wieder muß der Leser die Spiegelschrift aus den Scherben von Mythos und Märchen deuten. Immer wieder entzieht sie sich durch Verwandlung. Erst im Schlußvers wird das Symbol für Auferstehung offenbar: *trinkt unser Blut Erinnerung.* So sagt es das Gedicht, durch die Assoziation an die Widderblut trinkenden Schatten im Hades, denen nach dem Opferblut »das Andenken an die obere Welt« (Erwin Rohde) wieder zuströmt. Die Sehnsüchtigen stillen ihre Sehnsucht mit Brunnenwasser: trinken Erinnerung – Leben also, das ihnen allein durch das erinnernde Wort verliehen werden kann.

Ist am Ende das Werk der Leib, der auferstehen soll? Erfüllt von Echobildern ist die *Landschaft,/ die schon da gewesen, /und in der schlummerleichten Vorgeburt/ der Seele* –. Das Gedächtnis, das Wort, wird imaginiert zum archaischen Bild einer Landschaft, das alle Bilder in sich vereint – auch das neu zu findende Urbild, das die Verse beschwören: die Sehnsucht nach Bewußtsein und Seele – nach Menschwerdung.

NELLY SACHS
WER ABER LEERTE DEN SAND AUS EUREN SCHUHEN?

Wer aber leerte den Sand aus euren Schuhen,
Als ihr zum Sterben aufstehen mußtet?
Den Sand, den Israel heimholte,
Seinen Wandersand?
Brennenden Sinaisand,
Mit den Kehlen von Nachtigallen vermischt,
Mit den Fügeln des Schmetterlings vermischt,
Mit dem Sehnsuchtsstaub der Schlangen vermischt,
Mit allem was abfiel von der Weisheit Salomos vermischt,
Mit dem Bitteren aus des Wermuts Geheimnis vermischt –

O ihr Finger,
Die ihr den Sand aus Totenschuhen leertet,
Morgen schon werdet ihr Staub sein
In den Schuhen Kommender!

ROLF SCHNEIDER
AUS STAUB GEMACHT

Wer aufstehen muß zum Sterben, dessen Tod kommt nicht unverhofft. Wer angesichts des Sterbens seine Schuhe abstreift, hat den Tod unausweichlich vor Augen. Die in den ausgekachelten Giftkammern sich nackt unter Düsen drängten, aus denen statt Wasser Zyklon B fiel, mochten den zuvor gehörten Auskünften, sie würden bloß einer Desinfektionsbehandlung unterzogen, geglaubt haben oder nicht. Vielleicht hatten Gerüchte oder der schaurige Krematoriumsgeruch über den Lagern sie zuvor gewarnt. Wir wissen es nicht. Wir können sie nicht mehr fragen.
Die jüdisch-deutsche Schriftstellerin Nelly Sachs war für dieses Ende vorbestimmt; sie konnte ihm entkommen. In der gewiß äußersten Privilegierung, die jemals ein Verfertiger von schöner Literatur erfahren hat, durfte sie noch im Kriegsjahr 1940, da ihre berühmte schwedische Briefpartnerin Selma Lagerlöf ihretwegen interveniert hatte, nach Stockholm fahren und derart überleben.
Sie hat dieses Überleben als unbegreifliche Gnade empfunden und als unbegreifliche Schuld. Das Gefühl der Schuld hat ihr die Lippen geöffnet. Sie hat das von ihr nicht erlittene Sterben bezeugt, immer wieder; es ist dies das Thema ihrer Lyrik, wie es der Inhalt ihres Überlebens war.
Schuldbewußtsein erzeugt Deformationen. Seit ihrer Flucht, seit ihrer zweiten Buchveröffentlichung, die ein

Vierteljahrhundert erfolgte nach ihrer ersten, ist Nelly Sachs ein Mensch außer Sinnen gewesen. Die – seltenen – Augenblicke des Glücksempfindens äußern sich bei ihr als Verzückung. Traurigkeit evoziert sie als einen Schmerz, für den die überkommene Sprache nirgends auszureichen scheint. Metaphern und Bilder brechen auseinander. Die Bruchstücke werden zu anderen Bildern zusammengefügt, die surreal sind und rätselhaft.

So werden Zeilen niedergeschrieben, die vom »Sehnsuchtsstaub der Schlangen« erzählen: ein sonderbares Gleichnis, dessen Verbindungen zu den Wirklichkeiten der Natur wie verdorrt sind, dem sich einzig ablesen läßt, daß es Schmerz verbirgt. Es gibt Gedichte von Nelly Sachs, in denen eine unwirkliche Chiffre auf die andere folgt, suggestiv und dunkel. Wer dann viele Gedichte von ihr kennt, entdeckt ein paar immer wiederkehrende Symbole; eines davon ist der Schmetterling, den sie einmal »aller Wesen gute Nacht« nennt, da in den Staub seiner Flügel das »schöne Jenseits« gezeichnet sei: auch der Schmetterling liefert nur eine Umschreibung des Todes.

»Wer aber leerte den Sand aus euren Schuhen« ist eine Paraphrase auf das Bibelwort, daß wir aus Staub gemacht sind und wieder zu Staub zerfallen. Es ist eine jüdische Paraphrase, in Erinnerung daran, daß die Bibel ein Buch der Judenheit ist; das Leben zwischen Staub und Staub ist die ständige Flucht, deren Archetypus der Zug der Kinder Israel durch den Sinai war, aufgehellt bloß von ein wenig Vogelgesang, von den gläubigen Einsichten des Predigers Salomo, der niemals vergaß, wenn er von Weisheit sprach, auch die Narren zu erwähnen.

Der Sand des Sinai wird bis nach Galizien getragen. Die Glut über der Wüste setzt sich fort in den Flammen der

Todesöfen. Was zurückbleibt, sind die Schuhe. In Auschwitz liegen sie noch heute, in kleinen Gebirgen, hinter Glas, die Schuhe der Opfer, die Schuhe der zu Staub Verbrannten, sie liegen neben anderen Vitrinen, in denen die künstlichen Gebirge der Koffer liegen, die abgelegten Krückstöcke, die künstlichen Gliedmaßen. In den Versen der Nelly Sachs wird Auschwitz zu einem Menschheitsgleichnis und der Tod der Juden dort zu unser aller Schuld, zu unser aller Sterben.

WERNER BERGENGRUEN
DER ENGEL SPRICHT

Gehorche. Was für ein Lohn dir bereitet?
Ich habe dir keine Verheißung zu sagen.
Dir zu Füßen ist Meer gebreitet.
Unberaten und unbegleitet
mußt du das Wagnis des Petrus wagen.
Ob dich die Wellen wie Hände tragen,
ob der Herr dir entgegenschreitet –
ich weiß es nicht, und du darfst mich nicht fragen.

KLARA OBERMÜLLER
BLINDER GEHORSAM

»Gehorche«: Ein Gedichtanfang wie ein Paukenschlag und kein sehr angenehmer Befehl, wenn man bedenkt, daß das Gedicht nur gerade zwei Jahre, bevor in Deutschland das totale Gehorchen seinen Anfang nahm, entstanden ist. Bergengruen hat nicht zu den braunen Horden gehört. 1937 haben sie ihn mit der Begründung, er sei »nicht geeignet, durch schriftstellerische Veröffentlichungen am Aufbau der deutschen Kultur mitzuarbeiten«, aus der Reichsschrifttumskammer ausgeschlossen. Im gleichen Jahr ist der protestantische Deutsch-Balte zum Katholizismus übergetreten. Das Gedicht mit dem martialischen Auftakt versteht sich als Ausdruck gläubigen Vertrauens in das Wirken eines Gottes, dessen Absichten für den Menschen im dunkeln liegen.

Dem religiösen Leser dürfte das von Anfang an klar sein. Es ist ein Engel, der vom Menschen jenen Gehorsam einfordert, der nicht nach Gründen fragt und keinen Lohn verlangt: »Ich habe dir keine Verheißung zu sagen ... / Unberaten und unbegleitet / mußt du das Wagnis des Petrus wagen.« Eine Garantie fürs Gelingen wird nicht in Aussicht gestellt. »Ich weiß es nicht«, sagt der Engel, »und du darfst mich nicht fragen.« So haben zwei Jahre später auch die Führer in Deutschland gesprochen. Ob religiöser Gehorsam, wie Bergengruen ihn hier besingt, jenem anderen Gehorsam Vorschub leistet? Ganz von der Hand zu weisen ist es nicht.

Ein Leser, der Bergengruens Glaubensgewißheit nicht teilt, wird daher wohl mit Staunen, wenn nicht gar mit Befremden vor dem ausdrucksstarken kleinen Gedicht aus dem Jahr 1931 verharren. Er wird seine klassische Form, die lakonische Klarheit seiner Sprache bewundern, seine Botschaft erschließt sich ihm nicht. Wie kann ein Autor, der vier Jahre später mit »Der Großtyrann und das Gericht« einen so großartigen Roman über die Verführbarkeit des Menschen vorlegen sollte, einen Glauben preisen, der blind gehorcht, wie die Gefahr nicht erkennen, die in der totalen Preisgabe vernünftiger Begründungen liegt, auch und gerade, wenn es um Fragen des Glaubens geht?

Der Zwiespalt bleibt unauflösbar. Bergengruen selbst hätte den Zusammenhang von religiösem und politischem Gehorsam mit Sicherheit und, was ihn selbst betrifft, auch zu Recht weit von sich gewiesen. Ihn nicht mitzulesen in diesem Gedicht fällt jedoch, zumindest von heute aus gesehen, schwer. Und nur schwer nachvollziehbar bleibt auch, wie Bergengruen diesen Glauben durch alle Anfechtungen hindurch aufrechterhalten und eine Welt weiterhin als »heil« preisen konnte, die sich doch alle Mühe gab, ihn vom Gegenteil zu überzeugen. Man hat ihm das später oft zum Vorwurf gemacht, hat den entsprechenden Titel seiner Gedichtsammlung als naiv, wenn nicht gar als zynisch empfunden und nicht verstehen können, wie einer noch im Jahr 1944 Verse wie diese zu schreiben vermochte (aus dem Gedicht »Die heile Welt«): »Wisse, wenn in Schmerzensstunden / dir das Blut vom Herzen spritzt: / Niemand kann die Welt verwunden / nur die Schale wird geritzt.«

1942 ist Werner Bergengruens Haus in Solln von einer Luftmine zerstört worden. Er wußte also wohl, daß eine

Welt, in der solches und noch ganz anderes geschah, nicht mehr »heil« zu nennen war. Wenn er sie trotzdem so nannte, dann aus einem Glauben heraus, der keiner Argumente bedarf, weder solcher, die für, noch solcher, die gegen ihn sprechen. Bergengruens Glaube ließ sich vom Augenschein nicht beirren. Er war blind im wahrsten Sinne des Wortes. Blind wie der Gehorsam, den sein Engel dem Menschen abverlangt. Und wie dieser läuft er Gefahr, die guten Gründe der Vernunft außer acht zu lassen; wie dieser ist er bereit, um seiner selbst willen über das konkrete Grauen hinwegzusehen, das ein angeblich allmächtiger und allgütiger Vater auf Erden geschehen läßt.

Was hier dem Menschen abverlangt wird, ist ein Sprung ins Irrationale, ein Glaube *quia absurdum*, wie Kierkegaard ihn verstanden und Pascal ihn im Sinn hatte, als er von jener »Wette« sprach, die der Mensch eingeht, ohne zu wissen, ob er sie gewinnen oder verlieren wird. Bergengruen hat sie »das Wagnis des Petrus« genannt. Er hat es auf sich genommen, nicht aus Naivität, sondern aus einem Vertrauen heraus, das sich aus freien Stücken weiterer Fragen begibt.

WERNER BERGENGRUEN
DIE FLÖTE

Weil es Abend wird,
gib mir deine Hand.
Eine Flöte irrt
fern im Weideland.

Da die Herde schon
sich ins Graue zieht,
bläst mit gleichem Ton
noch der Hirt sein Lied.

Hat den Flötenschaft
sich vom Strauch geschnitzt,
als der junge Saft
durch das Holz gespritzt.

Saft, der aufwärts drang
aus dem Wurzelhaus!
Und so spricht der Klang
alle Erde aus.

Durch den Abend weit
aus der Flöte schallt's,
schwer von Süßigkeit
und von Tränensalz.

Keine Lippe hat
unser Los erfragt.
Eine schmale Statt
ward uns zugesagt.

Drängt sich Tier an Tier
und die Wolken wehn –
sprich, wie wollen wir
diese Nacht bestehn?

Und nun schweigt der Hirt
fern im falben Land.
Weil es Abend wird,
gib mir deine Hand.

DOMINIK JOST
FLÖTENSPIELER TOD

Werner Bergengruen hat das Gedicht »Die Flöte« 1937 geschrieben. Zum erstenmal wurde es 1938 gedruckt, in der Reinhold Schneider gewidmeten Sammlung »Die verborgene Frucht«. Im gleichen Jahr 1937 wurde der inzwischen zum Katholizismus konvertierte Autor aus der Reichsschrifttumskammer ausgeschlossen; trotzdem hat er 1940 noch den Roman »Am Himmel wie auf Erden« mit Sondergenehmigung publizieren können. Dessen Leitwort lautet: »Fürchtet euch nicht«.
Wer die religiöse Wurzel dieses Leitworts außer acht läßt und seine vom Glauben des Christen strukturierte Wertwelt nicht zu ehren versteht, kann Bergengruen typisierend als »Dichter einer neuen Geborgenheit« (Otto Friedrich Bollnow) mißverstehen. Benn hat in seinem Vortrag »Probleme der Lyrik« polemisch auf Bergengruens »seraphischen Ton« angespielt, und Adorno hat »Die heile Welt«, den Titel eines Gedichtbands von 1950, zur Formel für einen in Wahrheit verruchten Optimismus umgeprägt.
Dichten hieß für Bergengruen nicht, mit Wortmaterial zu arbeiten, sondern metaphorisch zu sprechen. Wie die Wörter Zeichen der Dinge sind, gelten ihm die Dinge als Zeichen und Träger von Sinn. In unserem Gedicht, das vom Abend redet und von der Nacht, von der Angst und vom Tod, ist die Flöte der Mund der Erde und der Mund des Lebens. In der Alten Welt war die Lyra dem Apoll, der

Aulos (die Flöte also) dem Dionysos zugeordnet. Die Flöte (»Aulos« heißt auch »Blutstrahl«) betört nach dem Verständnis der Alten zu den Schauern von Wildheit, Chaos, Rausch. Sie gehört der vitalen Erfahrung an, dem irdischen Leben, dessen zwei Aspekte Bergengruen hier mit »Süßigkeit« und »Tränensalz« bezeichnet.

Die Töne der Flöte evozieren vorerst die freudige Stimme des steigenden Lebens; ihr Klang »spricht« (jetzt mit dem Gewicht und Schall von Glocken) »alle Erde aus«. Die ziehende Herde hat den Landschaftsraum, den Abendraum geöffnet; das immer gleiche Lied der Flöte schafft Weite, ja Unendlichkeit. Der Mensch indessen bleibt sich das unveränderte Rätsel, das er immer war, sein Los ist ein Geheimnis, nicht zu erfragen, nicht zu Ende zu fragen. Einzige Gewißheit: das zugeschaufelte Grab. Hier herrscht eine andere Nacht, die der Mensch zu bestehen, durchzustehen hat.

Der Hirt ist nicht mehr zu hören aus der fahlgelblichen Ferne, er ist mit der Herde ins Graue gezogen. Mitzudenken: ins Grauen? Ist er etwa der Totentänzer, der Flötenspieler Tod? Ist eine Verkleidung gefallen? Der Mitmensch vermag vielleicht, für kurze Frist, die Sterbensangst zu dämpfen. Die Bitte, das Vertrauen anzunehmen und die Hand zu geben, wird wiederholt, wohl dringlicher, vielleicht mit veränderter Bedeutung: als Bitte des Christen in der Todesstunde.

Bergengruens »Fürchtet euch nicht« gehört ausschließlich der religiösen Erfahrung an. Ihr steht entgegen seine kreatürliche Erfahrung. Im Gedicht »Die Flöte« ist sie Wort geworden. Der drängende Rhythmus dieser acht Strophen mit ihren einsilbigen Endreimen ist ihr Pulsschlag. »Die Flöte« ist ein Lebenslied aus der Fähigkeit zu trauern, aber auch ein Liebesgedicht. Es spricht ja davon, was der Mensch dem Menschen zu sein vermöchte.

WERNER BERGENGRUEN
DIE LETZTE EPIPHANIE

Ich hatte dies Land in mein Herz genommen.
Ich habe ihm Boten um Boten gesandt.
In vielen Gestalten bin ich gekommen.
Ihr aber habt mich in keiner erkannt.

Ich klopfte bei Nacht, ein bleicher Hebräer,
ein Flüchtling, gejagt, mit zerrissenen Schuh'n.
Ihr riefet dem Schergen, ihr winktet dem Späher
und meintet noch, Gott einen Dienst zu tun.

Ich kam als zitternde, geistgeschwächte
Greisin mit stummem Angstgeschrei.
Ihr aber spracht vom Zukunftsgeschlechte,
und nur meine Asche gabt ihr frei.

Verwaister Knabe auf östlichen Flächen,
ich fiel euch zu Füßen und flehte um Brot.
Ihr aber scheutet ein künftiges Rächen,
ihr zucktet die Achseln und gabt mir den Tod.

Ich kam als Gefangner, als Tagelöhner,
verschleppt und verkauft, von der Peitsche zerfetzt.
Ihr wandtet den Blick von dem struppigen Fröner.
Nun komm ich als Richter. Erkennt ihr mich jetzt?

MATTHIAS WEGNER
EIN KLEINER TROST

Das Gedicht markiert eine Abrechnung. Es entstand im Rahmen eines Zyklus im Sommer 1944, als das »Dritte Reich« dem Untergang entgegentaumelte: »Dies Irae – Eine Dichtung«. *Wir erleben und erwarten, stumm Geduckte, das Gericht,* heißt es in einem der siebzehn Gedichte über die deutsche Apokalypse. Es war nicht nur die Stunde der Befreiung, sondern auch die Stunde des Selbstmitleids und der Entlastungsargumente. Als die neue Zeit angebrochen war, mangelte es vielen Deutschen nicht an Entschuldigungen. Die Unversehrtheit einer »inneren Emigration« beschwörend, meldete sich etwa Frank Thiess selbstgefällig und alles andere als »stumm geduckt« zu Wort.

Einen »inneren Raum« reklamierte er für sich und andere, »dessen Eroberung Hitler trotz aller Bemühungen nicht gelungen« sei. Das mochte immerhin teilweise stimmen, wandte sich aber takt- und mitleidlos gegen die, die außer Landes hatten fliehen müssen. Walter von Molo rühmte sich trotzig, »aus der Mitte eines verführten und leidenden Volkes« gewirkt und »für seinen Aufstieg gearbeitet« zu haben. Gehässige Zielscheibe solchen Selbstlobs waren Thomas Mann und die wahren Emigranten »in den Logen und Parterreplätzen des Auslands«.

Bergengruen, einer jener Autoren, auf die der Begriff »innere Emigration« am ehesten zutraf, gehörte hingegen zu den Demütigen. Selbstquälerisch stellte er sich in seinen

Gedichten der Frage nach deutscher Schuld. Er war ein Mann der Prosa, verließ sich in seinen lyrischen Ausflügen auf die gesicherten Formen der Tradition, auf die korrumpierten Ideale edler Einfalt und stiller Größe. Auch in unserem Luftschutzkeller klammerten sich ja die Erwachsenen, die Gasmasken griffbereit, an die Lektüre bewährter Geistesgrößen, lasen sich angsterfüllt Goethe und Hölderlin vor. Bergengruens Gedicht gibt auch ihre Empfindungen wieder – Bewahrung und Erinnerung an bessere Zeiten waren das Gebot der Stunde.

Die vierzeilig geordneten Strophen beschreiben in ihrer gewissenhaft um Schönheit ringenden Sachlichkeit ein jüngstes Gericht. Sie sind ein typisches Dokument ihrer Zeit. Einige Jahre später, als unsere literarische Neugier erwachte, feierten Lehrer und Schulbücher diesen Autor als einen der größten Dichter Deutschlands. Wir lasen ihn nicht gerne. Etwas störte uns an der religiösen Feierlichkeit dieses 1936 zum Katholizismus konvertierten Dichters. Die expressiven Aufschreie Wolfgang Borcherts und der Lakonismus Bertolt Brechts waren uns näher. Ein halbes Jahrhundert später erscheinen mir diese Verse in einem freundlicheren Licht.

Wer ist das lyrische Ich, das in vielen Gestalten, als bleicher Hebräer, als Flüchtling, als zitternde Greisin, verwaister Knabe, Gefangener und Tagelöhner, zuletzt aber als Richter vor uns tritt? Schon der Titel macht es deutlich: Es ist der christliche Rächer und Erlöser, der hier spricht. Er habe das Land der Deutschen – sein romantischer Patriotismus ist ungebrochen – einst in sein Herz genommen. Nun aber habe es ihn und seine Sendboten verraten. Nur aus dem christlichen Glauben kann Heilung erwachsen. Zeiten politischen Elends sind Zeiten von Glaube und Kirchen.

Ein anderer Katholik und ein Opfer des Nazi-Terrors, Eugen Kogon, 1946 Autor des noch immer beeindruckend aufschlußreichen Standardwerkes »Der SS-Staat«, hat das Gedicht seinem Schlußkapitel »Das deutsche Volk und die Konzentrationslager« vorangestellt und dazu gemeint: Erst wenn Deutschland sich selbst erkenne, wenn »es sich selber ehrlich beurteilt hat«, würden die Terrorjahre »hinter dem erneuerten Deutschland liegen«.

Bergengruens religiöses Gleichnis der »Stunde Null« enthält eine einfache Aufforderung, die zu beherzigen uns Deutschen so schwer fällt: das Urteil über die Verbrechen des »Dritten Reiches« entgegenzunehmen, der Wahrheit und ihrer Vorgeschichte ins Auge zu sehen, die Schuld nicht zuerst bei anderen zu suchen. Was heute so selbstverständlich klingt, war es 1945 nicht. Und mehr als fünf Jahrzehnte später lassen sich Beschwichtigungen und dunkle Schuldzuweisungen noch immer – oder wieder – vernehmen.

Bergengruen mag – anders als viele damals meinten – nicht zu den »großen« Dichtern seiner Epoche gehört haben. Aber daß es damals auch diesen deutschen Dichter gab, ist immerhin ein kleiner Trost.

WERNER BERGENGRUEN
DIE LÜGE

Wo ist das Volk, das dies schadlos an seiner Seele ertrüge?
Jahre und Jahre war unsre tägliche Nahrung die Lüge.
Festlich hoben sie an, bekränzten Maschinen und Pflüge,
sprachen von Freiheit und Brot, und alles, alles war Lüge.
Borgten von heldischer Vorzeit aufrauschende Adlerflüge,
rühmten in Vätern sich selbst, und alles, alles war Lüge.
Durch die Straßen marschierten die endlosen Fahnenzüge,
Glocken dröhnten dazu, und alles, alles war Lüge.
Nicht nach totem Gesetz bemaßen sie Lobspruch und Rüge,
Leben riefen sie an, und alles, alles war Lüge.
Dürres sollte erblühn! Sie wußten sich keine Genüge
in der Verheißung des Heils, und alles, alles war Lüge.
Noch das Blut an den Händen, umflorten sie Aschenkrüge,
sangen der Toten Ruhm, und alles, alles war Lüge.
Lüge atmeten wir. Bis ins innerste Herzgefüge
sickerte, Tropfen für Tropfen, der giftige Nebel der Lüge.
Und wir schrieen zur Hölle, gewürgt, erstickt von der Lüge,
daß im Strahl der Vernichtung die Wahrheit herniederschlüge.

HANSPETER BRODE
DEUTSCHE TRAGÖDIE

»Die Wahrheit«, von der sich Werner Bergengruen wünscht, daß sie »herniederschlüge« – in diesen hämmernden Versen von 1945 steht sie nackt und brutal vor uns. Ohnmacht, Wut und Verzweiflung artikulieren sich in Reimen, die mechanisch niederzutrampeln scheinen, was sich bitterster Einsicht etwa noch entziehen möchte. Im Nachhall einer katastrophal zu Ende gegangenen Epoche klingt alles mit »Lüge« zusammen.

Bergengruen treibt die Versform fast gewaltsam ins Chaos, indem er für seine unerbittliche Rechenschaft den Hexameter wählt, den ehrwürdigen Erzählvers Homers, Vergils, Goethes. Noch einmal ist das epische Gerüst abendländischer Kultur beschworen, aber nur, um den entsetzlichen Traditionsbruch um so entschiedener zu markieren. Das Zertrümmern europäischer Überlieferung durch die Nazigewalt bildet sich im Zerdrücken des Verses mittels hart zuschnappender Repetitionen und Klapperreime ab.

Ein kleines Nazi-Epos also, gegen den Strich der großen Formschule gebürstet: Zuerst der Kampf gegen Not und Arbeitslosigkeit unterm wahnhaften Signum von »Freiheit und Brot«. Dann »heldische Vorzeit« und »Adlerflüge«, das Umfälschen von Historie und mythischer Vorzeit im Sinne einer primitiven Lebensraum- und Rassenpropaganda. Der kollektive Taumel, die »Fahnenzüge« und die willfährigen Kirchen mit ihren »Glocken«. Hernach die Abschaffung des Rechtsstaates im Namen von »Leben« und gesundem Volksempfinden. Zuletzt, bereits mit »Blut an den Händen«, der Totenkult, dem immer die besondere Neigung der Nazis gegolten hatte und der zu Zeiten von Stalingrad und zivilem Massensterben ins Hysterische umschlug.

Die letzten Zeilen schreiben den Kern der deutschen Tragödie auf: Die eigene »Vernichtung« mußte man wünschen, um zur »Wahrheit« zu gelangen, Deutschlands Untergang herbeirufen, um die braune Tyrannei abzuschütteln.

Warum ergreift, erschüttert dieses Gedicht, heute erst recht? Vielleicht nicht einmal so sehr deshalb, weil es bekannte Tatsachen in Erinnerung bringt. Sondern vor allem dadurch, daß diese Verse aus der Zeit unmittelbar nach Kriegsende noch kraß beim Namen nennen, was später der Verdrängung zum Opfer fiel und unter der Anspannung von Aufbau und Wirtschaftswunder ausgeblendet und beiseite gewälzt wurde. Bergengruens Verse offenbaren aus heutiger Sicht deutsche Sozialpathologie in zweifacher Hinsicht: zum einen, indem sie an den traumatischen Teil unserer Geschichte rühren. Zum anderen aber auch, weil sie eine Spontaneität des Fühlens, eine moralische Schärfe des Gewissens schockartig bezeugen, die später verschüttet wurde. Bergengruens Gedicht hätte in den fünfziger Jahren gar nicht mehr entstehen können. Dies mag beim Wiederlesen ein retrospektives Erschrecken bewirken.

»Die Lüge« steht an der Spitze eines Gedichtzyklus von Werner Bergengruen mit dem Titel »Dies irae«. Eine Lektüre dieser poetischen Sammlung sei all jenen ans Herz gelegt, die schon wieder dabei sind, Nazigeschichte zu relativieren, zu verkleinern, einzuebnen. Wer immer hier mittut, auf Bergengruen, den altkonservativen Dichter, darf er sich nicht berufen.

RICHARD HUELSENBECK
DADA-SCHALMEI

Auf der Flöte groß und bieder
Spielt der Dadaiste wieder,
Da am Fluß die Grille zirpt
Und der Mond die Nacht umwirbt,
Tandaradei.

Ach, die Seele ist so trocken
Und der Kopf ist ganz verwirrt,
Oben, wo die Wolken hocken,
Grausiges Gevögel schwirrt,
Tandaradei.

Ja, ich spiele ein Adagio
Für die Braut, die nun schon tot ist,
Nenn es Wehmut, nenn es Quatsch – o
Mensch, du irrst, solang du Brot ißt,
Tandaradei.

In die Geisterwelt entschwebt sie,
Nähernd sich der Morgenröte,
An den großen Gletschern klebt sie
Wie ein Reim vom alten Goethe.
Tandaradei.

Dadaistisch sei dies Liedlein,
Das ich euch zum besten gebe,

Auf zwei Flügeln wie ein Flieglein
Steig es langsam in die Schwebe.
Tandaradei.
Denk an Tzara, denk an Arpen,
An den großen Huelsenbeck!

WALTER HINCK
DIE POESIE IST TOT – ES LEBE DIE POESIE!

Am 5. Februar 1916 kommt die noch junge europäische Kabarett- und Brettlkunst mit einem Wechselbalg nieder, dem dadaistischen Cabaret Voltaire in Zürich. Ein Wildling wächst heran, der die Bürger verschreckt; ebendies war der Zweck der Zeugung.
Die Dadaisten, sagt Richard Huelsenbeck im »Dadaistischen Manifest« von 1918, zerfetzen »alle Schlagworte von Ethik, Kultur und Innerlichkeit, die nur Mäntel für schwache Muskeln sind«, sie lassen sich »von den Dingen werfen«. Im dadaistischen Affront gegen die »künstlerische Kultur«, im »bruitistischen« und im »simultanistischen« Gedicht, in den Fotomontagen und Gebrauchstext-Imitationen haben alle folgenden, den alten Kunstbegriff verabschiedenden Richtungen ihren Ursprung, die konkrete wie die Lautpoesie, die graphische Collage, die Pop-art oder das Happening. Der Wechselbalg hat eine weitverzweigte Nachkommenschaft.
Richard Huelsenbeck, der sich in Zürich zu Hugo Ball gesellt und in Hans Arp und Tristan Tzara Gleichgesinnte gefunden hatte, gründet 1918 in Berlin mit Raoul Hausmann, Walter Mehring, George Grosz und anderen den »Club Dada«. Die Lust am Absurden schließt die selbstironische Maskerade mit ein. Zum »Oberdada« wählt man Johannes Baader, der sich als »Präsident des Weltalls« vorstellt; man fordert »tägliche Speisung aller schöpferischen und geistigen Menschen auf dem Potsdamer Platz«. »Was

wir Dada nennen«, hatte schon Hugo Ball in seinem Diarium notiert, »ist ein Narrenspiel aus dem Nichts.«
Buffonerie tummelt sich auch in Huelsenbecks »Dada-Schalmei«, sie tritt aber keineswegs aus dem Nichts hervor. Anfangs werden die alten Bildmuster der arkadischen und der amönen, anmutigen Landschaft zitiert und zugleich persifliert. Zum Zirpen der Grille und zum buhlerischen Leuchten des Monds bläst kein Pan und kein Hirte die Flöte, sondern eben der Dadaiste. Ein Zitat ist auch der Refrain, das »Tandaradei« aus dem Liebeslied »Under der linden / an der heide« von Walther von der Vogelweide. Huelsenbeck spielt mit den Evergreens traditioneller lyrischer Motive.
Zur Situation des mittelhochdeutschen Liedes freilich, zur Liebesfeier auf dem Blumenlager, das der »friedel« dem Mädchen bereitet hat, kommt es nicht. Huelsenbecks zweite Strophe zeigt eine veränderte Landschaft, in der Wolken wie Geier hocken – die rechte Kulisse für jene Störungen des Gemüts und des Verstandes, deren Anlaß die dritte Strophe enthüllt. Die Liebste, die in Walthers Lied ihr fröhliches Tandaradei singt, ist hier eine tote Braut, für die der Dadaist eine getragene Melodie anstimmt. Daß sich kein falscher Ernst und keine Traurigkeit einstellen, dafür sorgt der Sprachulk der Reimentsprechung zu »Adagio«.
Mit der Verwandlung der Braut in den schwebenden Geist taucht nun endgültig der andere Großmeister der deutschen Lyrik auf, Goethe, den schon die Parodie des Verses »Es irrt der Mensch, solang' er strebt« aus dem »Prolog im Himmel« des »Faust« angekündigt hat. Das Bild der großen Gletscher verweist die späte Dichtung Goethes in eine eisige Höhenlage.

Dagegen bekennt sich das dadaistische Lied in der Schlußstrophe zu seiner Unscheinbarkeit: »Flieglein« ist ein doppeltes Diminutiv. Wunderbar leicht wird gerade dadurch das Lied.

Bleibt die dadaistische Lust an der Provokation immer in Tuchfühlung mit dem Nonsens, so kann sie sich doch auch einer liebenswerten Verrücktheit überlassen. Immer schon hielt das musikalische Element des Refrains, des »Tandaradei«, den dadaistischen Ulk in der Schwebe. Die Entlastung von der Strenge des alten Kunstbegriffs – hier ist sie erreicht. Und wie sich am Ende so mancher Volkslieder ein Autor durch seinen Berufsstand zu erkennen gibt, so hier das dadaistische Triumvirat durch seine Namen. Dies aber ist die geheime Losung der »Dada-Schalmei«: Die Poesie ist tot – es lebe die Poesie!

LUDWIG STRAUSS
AN DIE BUCHT

Du legst Sand
Rein wie Feuer
Um das blaue,
Sich schmiegende Meer,
Wie ein Liebender die Hand legt
Um eine Brust.

Nichts als
Schauen will ich –
Aber mit der sanften
Sichel deiner Schönheit
Schneidest du
Durch mein Herz,
Und meine Sinne wie Ähren
Fallen.

BERND WITTE
DIALOG DER SPRACHEN

Ein stilles, ein unscheinbares Gedicht, ein ganz und gar vergessenes zudem. Geschrieben hat es Ludwig Strauß, der 1892 in eine seit Jahrhunderten im Rheinland ansässige jüdische Kaufmannsfamilie geboren, schon vor dem Ersten Weltkrieg im Gefolge Martin Bubers zu den Wortführern des Kulturzionismus gehörte. 1918 veröffentlichte er im Insel Verlag den Gedichtband »Wandlung und Verkündung«, in dem er im hohen Ton der Hölderlinschen Hymnendichtung seine eigene zeitgeschichtliche Situation reflektiert und zu einer radikalen Sprachkritik steigert. Als 1933 sein zweiter großer Gedichtband unter dem Titel »Nachtwache« erschien, war Strauß schon auf Grund der nationalsozialistischen Rassengesetze aus seinem Amt als Dozent für deutsche Sprache und Literatur an der Technischen Hochschule Aachen entfernt. Ein Jahr später siedelte er nach Palästina über, wo er in seinen letzten Lebensjahren in Jerusalem – er starb 1953 – zu einem der Protagonisten der jungen neuhebräischen Poesie avancierte.

1924 hatte Strauß eine erste Reise nach Palästina unternommen. Die Bucht von Haifa, die sich in einem weiten Bogen dem Mittelmeer öffnet, war für ihn die beherrschende landschaftliche Erfahrung dieser Reise, die er schon damals in einem deutschsprachigen Gedicht festzuhalten suchte. Es war jedoch, wie er in einer autobiographischen Notiz schreibt, »bei innerlich gestammelten Worten geblieben und bei dem Vorgefühl einer Melodie«.

Als sich ihm zehn Jahre später die Bilder seiner früheren Reise erneuerten, entstand als erstes Gedicht in der eben erlernten Sprache des Hebräischen ein wenige Zeilen umfassender Text über die Bucht von Haifa. Die späteren deutschen Verse, die – wie Strauß sich erinnert – »eine ganz wörtliche Übersetzung« der hebräischen sind, wurden in dem Band »Land Israel« publiziert, der in der berühmten Schocken Bücherei noch 1935 im nationalsozialistischen Berlin erscheinen konnte, aber kein deutsches Publikum mehr fand.

Dialog mit der Landschaft ist das Strukturprinzip, das die wenigen kurzen Verse organisiert. Der Anrede an die Bucht in der ersten Strophe korrespondiert in der zweiten der in die Betrachtung der Landschaft versunkene Dichter. Diese innere Form des Gedichts ist Hölderlins späten Versen »Hälfte des Lebens« nachgebildet. Auch dort wird die erste Strophe – so Strauß in seiner eindringlichen Analyse des Vorgängers – von der Geste des »anredenden Schauens« beherrscht, während die zweite durch das »Hervortreten des Ich« charakterisiert ist, »über das Wehe gerufen wird«.

In Strauß' Gedicht erscheint die Hölderlinsche Vorlage zutiefst verwandelt. Statt der »gelben Birnen«, der »wilden Rosen« und der »holden Schwäne«, die die nördliche Landschaft beleben, hier die südliche, aus Feuer, Wasser und Erde gebildet. In seinen reinen Elementen sich manifestierend, wird das Bild der Bucht ins Kosmische gesteigert und zugleich durch die in der fünften und sechsten Zeile angedeutete zärtliche Geste in den Bereich der Liebe zwischen Mann und Frau einbezogen. Noch entschiedener ist die Differenz zu dem Vorgänger in der zweiten Strophe. Während Hölderlins Gedicht in Sprachlosigkeit und Winterstarre endet, intensiviert Strauß den Dialog zwischen Mensch und Landschaft. Erst hier tritt sie voll in ihre Rechte als Geliebte ein, fügt dem Liebenden Schmerz zu, indem sie paradoxerweise durch ihre »Schönheit« sein »Herz« verletzt, um am Ende sich in die Sichel des Schnitters Tod zu verwandeln, so daß Selbstverlust im Liebesakt, Untergang der Sinnlichkeit im Anblick des Schönen und Auslöschung des Individuums im Tod in der Schlußmetapher in eins fallen.

In diesen Zeilen, die mit ihren zahlreichen Assonanzen und Alliterationen von einer geradezu schmerzhaften sinnlichen Schönheit sind, hält sich das Gedicht auf der Höhe der technischen Möglichkeiten, die in der Lyrik der Moderne entwickelt wurden. Lebt es doch – wie die deutschsprachige Lyrik spätestens seit Rilkes »Neuen Gedichten« – von der bildhaften Verwandlung des Identischen. Aus der Bucht wird die Hand, die sich um die Brust legt, und dieses Zeichen erotischer Nähe wird in das emblematische Bild der Sichel verwandelt, die durchs Herz schneidet, wodurch der Tod in der versöhnenden Perspektive der Ernte erscheint.

Wie alle große Dichtung ist »An die Bucht« auch der Kommentar eines früheren Textes und damit Neuschreibung eines zuvor schon Geschriebenen aus der eigenen, aktuellen Erfahrung heraus. So gelesen, verwirklicht sich das Gedicht als ein vielfaches Gespräch, als Gespräch des Menschen mit der Landschaft und dem Kosmos, als Zwiesprache zwischen Liebender und Geliebtem, als Antwort des lebenden Dichters an den toten. Vor allem aber lebt es vom Dialog der Sprachen. Aus Hölderlins Deutsch überträgt Strauß es ins Hebräische des ersten Entwurfs und zurück in die deutsche Ursprungssprache. So sind diese Verse ein Beispiel dafür, was literarische Kultur sein kann, wenn sie gelingt. Sie ist Übersetzung, ist Gespräch, das im Eigenen das Fremde und im Fremden das Eigene zu sich selbst bringt.

JOSEF WEINHEBER
ICH LIEBE DEN TOD

Ich liebe den Tod;
den Tod im Schlaf
und den Tod im Wein.
Das Leben ist rot
wie Wunden pein,
ist ein schmerzhaftes Warten.
Der Tod ist ein Garten,
der deckt uns zu,
wunderblau,
märchenmild,
und seine süßesten Blüten sind:
Rast –
Ruh'.

ULRICH WEINZIERL
SPRACHE UNSER!

Auf den ersten Blick wirken diese Zeilen für ihren Verfasser zweifellos untypisch. Das soll der nachmalige »Gulasch-Hölderlin« geschrieben haben, des Dritten Reiches gefeiertster Dichter, der Meister sämtlicher Metren und trotzig heroische Untergeher? Als Josef Weinheber die schlichten Verse in den frühen zwanziger Jahren zu Papier brachte, war er vom Ruhm weltenweit entfernt. Das Elend der Kindheit in Erziehungs- und Waisenanstalten lag zwar hinter ihm, aber er ist bloß ein subalterner Postbeamter gewesen, dessen literarisches Debüt kaum Echo gefunden hatte. Dennoch glaubte sich der Lyriker Weinheber den Olympiern der Epoche – Rilke und George – ebenbürtig.

In ohnmächtigem Zorn mußte das verkannte Genie den Triumph der seiner Meinung nach Minderwertigen mitansehen. Wenn auf jemanden die Phrase vom brennenden Ehrgeiz zutraf, dann auf diesen Autodidakten. *Ein Kästner groß, / indessen ich, der Riese, namenlos*, klagte er noch anno 1933. Damals war Weinheber schon seit längerem Mitglied der NSDAP. Der Durchbruch gelang ihm freilich erst im Jahr darauf, mit dem düster leuchtenden Titel »Adel und Untergang«. Und plötzlich war alles ganz anders. Von den Nationalsozialisten und den »Ständestaatlern« hofiert, erzielten seine Werke mit einemmal Verkaufserfolge sondergleichen, er wurde Professor und Preisträger und dank der Sammlung im Lokalkolorit

»Wien wörtlich« in seiner Heimatstadt zur volkstümlichen Figur.

Der Sprachmystiker aus der Schule von Karl Kraus und virtuos formvollendete Epigone alles vergangenen Glanzes verweigerte seinen Gönnern nie den Tribut. Wie gewünscht, besang er Hitler und den »Anschluß« Österreichs, er fabrizierte einige braune Gelegenheitshymnen schrecklicher Art. Keineswegs deshalb, weil er ein überzeugter Ideologe gewesen wäre. Gewiß sind Weinheber völkisches Denken und Ressentiment nicht fremd gewesen. Im Grunde ging es ihm jedoch zuvorderst um sich selbst, die Person des Unvergängliches schaffenden Poeten, eines hochmusikalischen Artisten, der die Leiden und Verletzungen seiner kleinbürgerlichen Herkunft um jeden Preis auslöschen wollte.

Mit psychologischer Präzision nannte ihn Heinz Politzer einen »Amokläufer des Ich«. Und die Enttäuschung ließ nicht so lange auf sich warten wie einst der Aufstieg aus vermeintlicher Erniedrigung. Daß Weinheber angesichts der sich abzeichnenden Katastrophe selbstkritisch Gerichtstag über sich hielt, ist ihm hoch anzurechnen; daß er dabei in tragischem Pathos die pompöse Opferrolle wählte, hing mit seinem schwachen Charakter und seiner starken Verblendung zusammen. Denn gefährdet ist dieser Mann immer gewesen, aus Verzweiflung floh er in Alkohol und später in Rauschgift.

Nicht zuletzt davon erzählt Weinhebers trauriges Lied. Die Sehnsucht, die Sucht heißt: Vergessen, und sei es durch Betäubung. Nichts erinnert hier an heldenhafte Pose, an vorgetäuschte Härte eines allzu Weichen. Hamlets Wunsch »Schlafen! Vielleicht auch träumen!« scheint den Inbegriff irdischer Erlösung vorzustellen. Feindlich ist das

Sein, friedevoll allein das Nicht-Sein. Über jeglichen Konflikt breitet die Gartenmetapher den Schleier des Idyllischen. Die drei nicht reimenden Worte »Schlaf«, »wunderblau« und »Rast« markieren das Ziel des ruhelosen Wanderers.

Mochte Weinheber in einem seiner berühmtesten Gedichte zu seiner Göttin und Geliebten auch beten: »Sprache unser!«, innere Ruhe konnte sie ihm nicht schenken. Die künstlichen Paradiese versprachen ihm gründlichere Befreiung. Am 8. April 1945, da die Rote Armee seinem Kirchstettener Haus bereits bedrohlich nahe war, nahm der Hausherr eine Überdosis Morphium zu sich.

GEORGE GROSZ
GESANG AN DIE WELT I

Ach knallige Welt, du Lunapark,
Du seliges Abnormitätenkabinett,
Paß auf! Hier kommt Grosz,
der traurigste Mensch in Europa,
»Ein Phänomen an Trauer«.
Steifen Hut im Genick,
Kein schlapper Hund!!!!
Niggersongs im Schädel,
Bunt wie Hyazinthenfelder,
Oder turbulente D-Züge,
Über rasselnde Brücken knatternd –
Ragtimetänzer,
Am Staketenzaun wartend mit der Menge
Auf Rob. E. Lee.
– – – – –
Horido!
Beim Bart des Oberlehrers Wotan –
Nachmittags verbrämte Kloaken,
Überpinselte Fäulnis,
Parfümierter Gestank –
Grosz witterts.
Parbleu! Hier riecht's nach gebratenen Kindern.

PETER RÜHMKORF
SHOWFREAK UND LYRISCHES ICH

Am Anfang war ein Bild, hübsch wahnsinnsbunt und perspektivisch verschroben. »Ach, knallige Welt, du seliges Abnormitätenkabinett«, das schien von Titel und Vorwurf her noch für einige weitere Überraschungen gut. In dem zwei Jahre später in der Zeitschrift »1918. Neue Blätter für Kunst und Dichtung« veröffentlichten »Gesang an die Welt« haben wir dann die Bescherung. Vom Rande des Bildes her (wo es bislang ein fahlgelbes Schattendasein führte) begibt sich das Ich persönlich in die Mitte des Geschehens und schwingt sich namentlich auf die Bretter einer Abstrusitätenbühne, die die neue Welt bedeutet.

Dabei meint knallig selbstverständlich zweierlei. Das Wort heißt soviel wie »knallbunt« und signalisiert gleichzeitig, daß die Welt ganz offensichtlich einen »Knall« hat. Und wer auf diesem Rummelplatz ein Individuum leuchten lassen will, der muß sich schon als Showfreak unter anderen zur Schau stellen.

Auf der Welt sein, heißt also ohne jede Beschönigung, über den Markt müssen; und eine eigene Position bestimmen, seinen Schmerz wie eine unerhörte Jahrmarktsensation hinausposaunen: »Der traurigste Mensch in Europa.« Ja, um zu zeigen, daß man eine wirkliche Spitzennummer anzubieten hat, werden auf den traurigen Narren noch anderthalbe gesetzt und die Selbstanpreisung mit einem Waschzettel-Extra beflaggt: »Ein Phänomen an Trauer«,

da soll mal jemand kommen und ein nennenswertes Konkurrenzprodukt dagegenstellen.
Der Unterschied zum guten alten Verelendungs-Expressionismus wird dabei augenblicklich evident. »Und seine Traurigkeit ist dionysisch/schwarzer Champagner seiner Klage«, besang die große Else Sappho-Schüler den geschätzten George Grosz etwa um die gleiche Zeit – nur, das war in gewisser Hinsicht immer noch alte Schule und um einen bestimmten kritischen Wahrnehmungswinkel an der neuen Wirklichkeit vorbei.
Wo sie ihre Verse öffentlich im glitzernden Artistenfummel vortrug, trat Grosz in die Rolle des eisgekühlten Snob und des nach dem letzten Businesslook gekleideten Geschäftsmannes. Wo die meisten Künstlerkollegen immer noch den Anschein von Boheme bevorzugten, setzte er auf die in jeder Hinsicht aus dem Rahmen fallende Mimikry. »Ja, er war ganz und gar ein Herr. Wie aus einer Modezeitschrift ausgeschnitten sah er aus«, beschreibt der Freund und Mitdadaist Wieland Herzfelde das durch den Schein der Anpassung besonders befremdliche »Phänomen«, und er malt uns das Bild einer in der Tat verstörenden Extravaganz vom »Scheitel, so scharf wie eine Bügelfalte« bis zu »den neuen, allzu reich mit Lochornamenten verzierten dicksohligen schwarzen Halbschuhen«. Der »steife Hut im Genick« ist also alles andere als ein bloß poetisches Versatzstück. Wem das auf Anhieb einging, war übrigens der junge Brecht. Der war angeblich freundlich zu den Leuten und setzte sich »einen steifen Hut auf nach ihrem Brauch«. Es tut ihm wohl keinen Abbruch, wenn wir der Gerechtigkeit halber erwähnen, daß *er,* der alle beerbte, auch bei Grosz seine Anleihen machte und neben der Bürgermelone gleich noch dessen bunte Amerikaträume mitgehen ließ.

Über die amerikanischen Phantasien im Kopf des jungen George Grosz ist viel gerätselt worden, und wir können die bunten Vexierbilder hier gewiß nicht im einzelnen auflösen. Rechnen wir neben den »Niggersongs« aber auch noch die »turbulenten D-Züge« und die »rasselnden Brücken« und den »Ragtime« mit unters Schädel-Inventar, dann offenbart sich der Traum wohl recht deutlich als musikalisch-akustische Simultanvorstellung, in der Raum und Zeit durcheinandergehen und ein Robert E. Lee gleichzeitig ein längst verblichener Bürgerkriegsgeneral, ein nach ihm benannter Mississippidampfer und ein musikalischer Refrainmacher (»Waiting on the Levée/ Waiting for the Robert E. Lee«) sein darf.

Nach einer gestrichelten Leerzeile – eine Stakkato-Notierung, die George Grosz beim Vortrag durch Stepschritte auszufüllen pflegte – ruft sich der ins Rasen geratene Kopf gewissermaßen wieder zur Ordnung, beziehungsweise rückt er sich die heimatliche Welt noch einmal ins rechte Lot, und, »horrido«, neben der Lunaparkkulisse oder hinter ihr tut sich noch einmal eine zweite Wahnsinnsbühne auf, die heißt: Lazarett statt »Abnormitätenkabinett« und (warum nicht so hoch gegriffen?) Schädelstätte statt Freak-and-Monster-Show. Da kann man sich auf die unvermeidliche Frage nach dem »Positiven« denn wohl nur noch für die eine oder für die andere Verirrung entscheiden.

HANS LEIP
LILI MARLEEN

Vor der Kaserne,
vor dem großen Tor
stand eine Laterne.
Und steht sie noch davor,
so wolln wir uns da wiedersehn,
bei der Laterne wolln wir stehn
wie einst, Lili Marleen.

Unsre beiden Schatten
sahn wie einer aus.
Daß wir so lieb uns hatten,
das sah man gleich daraus.
Und alle Leute solln es sehn,
wenn wir bei der Laterne stehn
wie einst, Lili Marleen.

Schon rief der Posten:
Sie blasen Zapfenstreich.
Es kann drei Tage kosten!
Kamerad, ich komm ja gleich.
Da sagten wir auf Wiedersehn,
wie gerne wollt ich mit dir gehn,
mit dir, Lili Marleen.

Deine Schritte kennt sie,
deinen zieren Gang,

alle Abend brennt sie,
doch mich vergaß sie lang.
Und sollte mir ein Leids geschehn,
wer wird bei der Laterne stehn
mit dir, Lili Marleen?

Aus dem stillen Raume,
aus der Erde Grund
hebt mich wie im Traume
dein verliebter Mund.
Wenn sich die späten Nebel drehn,
werd ich bei der Laterne stehn
wie einst, Lili Marleen.

RUDOLF WALTER LEONHARDT
KEINE SCHNULZE

Was an diesem Lied bedarf einer Interpretation? Was, um Himmels willen, rechtfertigt es, dieses Lied in eine illustre Anthologie aufzunehmen?
Es gibt keinen poetischen Text, der zu seiner Zeit einer ähnlich großen Zahl von Menschen derart bekannt gewesen wäre. Die Zahl der Zeitgenossen, die Shakespeares »Hamlet« kannten oder Goethes »Werther«, ist groß (geschätzt etwa 100000). Sie ist nichts, verglichen mit der Zahl derer, die Hans Leips »Lili Marleen« kannten und noch kennen (geschätzt: etwa 100 Millionen).
Ist aber nicht die Zahl derer, die jede Schnulze der Hit-Paraden kennen, noch größer? Erstens nein: denn die meisten Schnulzen von heute sind morgen vergessen, dieses Liebeslied aber ist 63 Jahre alt. Und schon deswegen ist es, zweitens, keine Schnulze.
Es hat mit einem Schlager freilich gemeinsam, daß es weltberühmt erst wurde, nachdem es die richtige Musik und dazu die richtige Stimme gefunden hatte. Der Komponist Norbert Schultze war ein talentierter Eklektiker, der leider auch die Melodie für »Bomben auf Engelland« geschrieben hat. Die Sängerin, die der unvergessenen Lili Marleen ihre Stimme gab, hieß (mit ihrem Künstlernamen) Lale Andersen.
Lale Andersen hatte Respekt vor dem Lied und seinem Dichter. Das kommt ihrem Vortrag ebenso zugute wie die spröde Erotik ihrer Stimme. Besonders deutlich wird das,

wenn man ihre Version mit der der berühmtesten Interpretin vergleicht. Marlene Dietrichs Lied wirkt im Vergleich wie eine Salonversion. Sie hatte auch zu wenig Respekt vor dem Text. Die schöne erste Strophe, die stärkste des ganzen Liedes, verdrehte sie zu Unsinn.

Dem hatte freilich der Komponist Vorschub geleistet, indem er seine Fermate nicht hinter den dritten Vers setzte (stand eine Laterne), wo sie hingehört, sondern hinter den vierten, wo sie nun den Nebensatz (und steht sie noch davor) von seinem nachfolgenden Hauptsatz trennt (so wolln wir uns da wiedersehn). Also singt Marlene:

»Vor der Kaserne, / vor dem großen Tor, / steht »ne Laterne, / und steht sie noch davor.«

Damit wird Hans Leip, dem wo nicht Kühlen, so doch Klaren aus dem Norden, größeres Unrecht angetan als mit der Parodie von Robert Neumann, die ihn so überflüssigerweise gekränkt hat. Nonsens-Verse schrieb er nicht. Und er dachte gar nicht daran, irrtümlich zu behaupten, daß die Laterne da noch *steht*.

Eben nicht. Das ist doch ein Lied, das die Vergänglichkeit besingt, die durch Erinnerung noch eine Weile gebannt werden kann. An die Stelle von Wirklichkeit treten Träume. Joseph Goebbels wußte schon, warum er dieses Lied nicht mochte und seine Sängerin verfolgte. Zwar vertrat es für Millionen in aller Welt von 1941 bis 1945 das Nachtgebet, wenn es zum Sendeschluß vom Soldatensender Belgrad ausgestrahlt wurde; aber die Moral einer Truppe, die kämpfen und siegen sollte, wurde dadurch nicht gefestigt im Sinne der Machthaber.

Die ersten drei Strophen hatte Hans Leip 1914 geschrieben, kurz ehe er selber von Berlin an die Front ausrücken mußte. Ein persönliches Erlebnis lag zugrunde. Die beiden letzten, schwächeren, schrieb er 1915 dazu. Ein großes lyrisches Gedicht ist das wohl nicht. Allzu unterschiedlich ist die poetische Intensität der einzelnen Strophen, von der überwältigenden ersten bis zur schwachen fünften.

Aber wenn die »Lili Marleen« *das* Lied des Zweiten Weltkrieges werden konnte, in alle europäischen Sprachen übersetzt, wie kein anderes immer wieder variiert, auch parodiert, dann sollten wir den Anteil des Autors an diesem Welterlebnis nicht gering einschätzen.

ERNST TOLLER
GEMEINSAME HAFT

Gepfercht in einen schmalen Käfiggang,
Gleich Tieren, die an Gitterstäben wund sich biegen,
Und die vor Heimweh krank am Boden liegen
Und fast erschrecken vor der eignen Stimme Klang,
Dorren sie hin und träge wird ihr Blut,
Nur Giftstrom bricht aus ihrem Munde,
Der sucht und ätzt des Nachbarn Wunde –
Die eingesperrten Menschen sind nicht gut,
Sie werden taub und stumm und blind,
Sie hassen sich, weil sie so einsam sind.

THOMAS RIETZSCHEL
EIN AUFSCHREI

In der Not erst hat er Verse geschrieben, im Krieg und dann wieder im Gefängnis, immer wenn ihm »seelische Verödung und Leere« drohte, wenn er sich selbst zu verlieren fürchtete. »Man spürt in seinen Gedichten«, schrieb ein Kritiker ehedem, »den leidenden und mitleidenden Menschen Toller; man spürt vielfach den Dichter, seltener – den Künstler.« Und in der Tat, der ergreifende galt dem Dramatiker mehr als der schöne Vers. Wie ein rhythmisches Sichaussprechen nur muten etwa die letzten Zeilen unseres Gedichts an. Der Affekt lebt kräftig auf. Zorn und Verzweiflung verbinden sich im hingeworfenen Satz. Man glaubt Gefangene zu sehen, lauernd, wie sie hinter Mauern den engen Raum mit unruhigem Schritt ausmessen.
Und wer es kennt, der erinnert sich an ein Foto des Dichters aus der Festungshaftanstalt Niederschönenfeld, wo Ernst Toller fünf Jahre verbüßen mußte, weil er der Münchner Räterepublik verbunden war. Die Aufnahme zeigt den Gefangenen in aufrechter Haltung, den Kopf energisch erhoben, das Gesicht verschlossen. Ein Einsamer im umbauten Hof, der weiß, daß er sich selbst zu fürchten hat, wenn er »gepfercht« in der Zelle leben muß, nur dem fremden Klang der eigenen Stimme noch ausgeliefert.
Die Verse, die er hinter Gittern schrieb, seine »Gedichte der Gefangenen«, klangen den Zeitgenossen wie ein Aufschrei, als sie 1921 erstmals erschienen. Nicht die Form,

die Erlebnisnähe zeichnete diese Lyrik aus. Hier war einer auf die Bühne getreten, dem das eigene Leid gebot, für die Ausgegrenzten zu sprechen, für die Verstoßenen, an deren Seite man sich damals, im Expressionismus, gern sah. Seine Gedichte sollten, schrieb Toller an Romain Rolland, »mehr als Verse sein, Briefe, Rufe und Aufrufe an Menschen, die sich verantwortlich fühlen und die vorbeigehen an den vergitterten Häusern ihrer Städte, ohne zu ahnen, welche Schuld sie auf sich laden durch ihre Gleichgültigkeit.«

Mochten andere Autoren schönere Bilder finden, keiner konnte das Elend lebendiger fassen, von der »Gemeinsamen Haft« erzählen, in der einer den anderen quält, nur damit er überhaupt noch wahrgenommen werde. Nichts Heroisches ist der Festung bei Toller geblieben. Sie stiftet keine Solidargemeinschaft in der Not. Im Gegenteil, die Trennung auf engstem Raum erzeugt ohnmächtige Wut; allein im Haß kann sie sich noch entladen. Feindseligkeit nur bleibt als menschliche Regung. Opfer sind die vermeintlichen Täter, zu Bösem verdammt, zum »Dorren« verurteilt. Um nicht selbst zu erlöschen, »ätzen« sie »des Nachbarn Wunde« in einem Strafvollzug, der alle Werte aufhebt, wo er doch bessern sollte. Das Gefängnis aber ist keine Exklave, kein geschützter Ort; die Häftlinge sind verurteilt zu ertragen, was der freie Mann im Trubel zu vergessen sucht: die Isolation in der Menge.

Für Ernst Toller war die »gemeinsame Haft« auch ein Zustand des Daseins schlechthin. Als Sohn eines deutschen Juden unter Polen geboren, 1893 in Samotschhin, hat er früh erfahren, was es bedeutet, ausgeschlossen zu sein. Zeitlebens ist er auf der Flucht gewesen vor der Einsamkeit. Entkommen sollte er ihr niemals, mit keinem Gedicht und in keinem der Stücke, die er schrieb. Seine letzte Zelle war das schmale, hohe Zimmer eines New Yorker Hotels, in dem sich der Emigrant 1939 erhängte.

QUELLENHINWEISE

HANS ARP 1887 in Straßburg geboren, gestorben 1966 in Basel, S. 191.
Bei grünem Leibe. Blatt um Feder um Blatt. In einem Hause. Aus: Hans Arp, Gesammelte Gedichte, Bd. 2. © 1974 by Limes Verlag in F. A. Herbig Verlagsbuchhandlung GmbH, München.

HUGO BALL 1886 in Pirmasens geboren, gestorben 1927 in Sant' Abbondio/Tessin, S. 15.
Die Erfindung. Intermezzo. Aus: Hugo Ball, Gesammelte Gedichte. Hrsg. von Annemarie Schütt-Hennings. Verlags AG Die Arche, Zürich.

JOHANNES R. BECHER 1891 in München geboren, gestorben 1958 in Berlin, S. 459.
Auferstanden aus Ruinen. Brecht und der Tod. Stein-Gesicht. Aus: Johannes R. Becher, Gesammelte Werke. 18 Bände. Band 6. Gedichte 1949-1958. © Aufbau-Verlag Berlin und Weimar 1973.
Erinnerungsbild. Aus: Johannes R. Becher, Gesammelte Werke. 18 Bände. Band 5: 1942-1948. © Aufbau-Verlag, Berlin und Weimar 1967.
Sommer. Aus: Johannes R. Becher, Ausgewählte Gedichte. Band 1. © Aufbau-Verlag Berlin und Weimar 1965.
Walt Disney. Aus: Johannes R. Becher, Gesammelte Werke. 18 Bände. Band 4. Gedichte 1936-1941. © Aufbau-Verlag Berlin und Weimar 1966.

GOTTFRIED BENN 1886 in Mansfeld/Westprignitz geboren, gestorben 1956 in Berlin, S. 23.
Astern. Einsamer nie –. Gedichte. Turin. Aus: Gottfried Benn, Statische Gedichte. © 1948, 1983 by Arche Verlag AG, Raabe + Vitali, Zürich.
Das sind doch Menschen. Den jungen Leuten. Ebereschen. Ein Schatten an der Mauer. Eure Etüden. Fragmente. Herr Wehner. Kann keine Trauer sein. Kleine Aster. Kommt –. Letzter Frühling. Mann und Frau gehen durch die Krebsbaracke. Melodie. Menschen getroffen. Nachtcafé. Nur zwei Dinge. Reisen. Saal der kreißenden Frauen. Satzbau. Schöne Jugend. Stilleben. Von Bremens Schwesterstadt bis Sils Maria. Was schlimm ist. Wirklichkeit. Worte. Aus: Gottfried Benn. Sämtliche Gedichte. © Klett-Cotta, Stuttgart 1998.

Werner Bergengruen 1892 in Riga geboren, gestorben 1964 in Baden-Baden, S. 527.

Der Engel spricht. Die Flöte. Die letzte Epiphanie. Aus: Werner Bergengruen, Gestern fuhr ich Fische fangen. Hundert Gedichte. Hg. v. Luise Hackelsberger. © 1992 by Arche Verlag AG Raabe + Vitali, Zürich.

Die Lüge. Aus: Werner Bergengruen, Dies irae. Verlag Kurt Desch, München 1945. Abdruck mit freundlicher Genehmigung von Frau Dr. Luise Hackelsberger.

Ernst Blass 1890 in Berlin geboren, dort 1939 gestorben, S. 359.

Der Nervenschwache. Kreuzberg. Nachts. Aus: Ernst Blass, Die Straßen komme ich entlang geweht. Sämtliche Gedichte. Herausgegeben von Thomas B. Schumann. Carl Hanser Verlag, München Wien 1980. Copyright © Thomas B. Schumann, Hürth bei Köln. Abdruck mit freundlicher Genehmigung.

Georg Britting 1891 in Regensburg geboren, gestorben 1964 in München, S. 483.

Das weiße Bett. Aus: Georg Britting, Sämtliche Werke in 5 Bänden, List Verlag München 1996. Bd. IV, S. 224. © Ingeborg Schuldt-Britting, Höhenmoos. Abdruck mit freundlicher Genehmigung.

Vorfrühling. Aus: Georg Britting, Sämtliche Werke in 5 Bänden, List Verlag München 1996. Bd. II, S. 17. © Ingeborg Schuldt-Britting, Höhenmoos. Abdruck mit freundlicher Genehmigung.

Hermann Broch 1886 in Wien geboren, gestorben 1951 in New Haven/USA, S. 155.

Diejenigen, die im kalten Schweiß. Kulinarisches Liebeslied. Aus: Gedichte. Kommentierte Werkausgabe. Band 8. Herausgegeben von Paul Michael Lützeler. © Suhrkamp Verlag Frankfurt am Main 1980.

Albert Ehrenstein 1886 in Wien geboren, gestorben 1950 in New York, S. 163.

Du mußt zur Ruh. Aus: Wie bin ich vorgespannt den Kohlenwagen meiner Trauer. Gedichte. Herausgegeben von Jörg Drews. Edition Text & Kritik, 2. Auflage München 1986. Abdruck mit freundlicher Genehmigung der Jewish National Library, Jerusalem.

Gerrit Engelke 1890 in Hannover geboren, gestorben 1918 bei Cambrai/Frankreich, S. 371.

Frühling. Aus: Gerrit Engelke. Rhythmus des neuen Europa. Das Gesamtwerk. Postskriptum Verlag, Hannover 1979.

Walter Flex 1887 in Eisenach geboren, 1917 auf der Insel Oesel gestorben, S. 203.
Wildgänse rauschen durch die Nacht. Aus: Das große deutsche Gedichtbuch. Von 1500 bis zur Gegenwart. Neu herausgegeben und aktualisiert von Karl Otto Conrady. Verlag Artemis & Winkler, Zürich und Düsseldorf 1991.

Yvan Goll 1891 in Saint-Dié/Frankreich geboren, gestorben 1950 in Paris, S. 491.
Electric. In uralten Seen. Orpheus. Aus: Epochen der deutschen Lyrik. Hrsg. von Walther Killy. Band 9: Gedichte 1900-1960. Nach den Erstdrucken in zeitlicher Folge hrsg. von Gisela Lindemann. Deutscher Taschenbuch Verlag, München 1974. © Fondation Yvan et Claire Goll, Saint-Dié-des Vosges.
Kölner Dom. Aus: Das große deutsche Gedichtbuch. Von 1500 bis zur Gegenwart. Neu herausgegeben und aktualisiert von Karl Otto Conrady. Artemis & Winkler, München und Zürich 1991. © Fondation Yvan et Claire Goll, Saint-Dié-des Vosges.

George Grosz 1893 in Berlin geboren, dort 1959 gestorben, S. 561.
Gesang an die Welt 1. Copyright © mit Genehmigung des Rowohlt Verlages GmbH, Reinbek bei Hamburg.

Walter Hasenclever 1890 in Aachen geboren, 1940 in Les Milles/Frankreich gestorben, S. 375.
Die Lagerfeuer an der Küste. Aus: Walter Hasenclever, Sämtliche Werke. Band 1: Lyrik. Hrsg. von Dieter Breuer und Bernd Witte. Bearbeitet von Annelie Zurhelle und Christoph Bauer. Hase & Koehler Verlag, Mainz 1994. Abdruck mit freundlicher Genehmigung der Akademie der Wissenschaften und der Literatur, Mainz.

Max Herrmann-Neisse 1886 in Neiße/Schlesien geboren, gestorben 1941 in London, S. 167.
Der Zauberkünstler. Aus: Max Herrmann-Neiße, Gesamtwerk. © by Langen Müller in der F. A. Herbig Verlagsbuchhandlung GmbH, München.
Die beiden Buckligen. Aus: Max Herrmann-Neiße, Mir bleibt mein Lied. Gedichte 4. © Copyright 1987 by www.Zweitausendeins.de, Postfach, D-60381 Frankfurt/Main.
Die Blessierten. Aus: Max Herrmann-Neiße, Schattenhafte Lockung. Gedichte 3. © Copyright 1987 by www.Zweitausendeins.de, Postfach, D-60381 Frankfurt am Main.

Ein Licht geht nach dem andern aus. Aus: Max Herrmann-Neiße, Um uns die Fremde. Gedichte 2. © Copyright 1986 by www.Zweitausendeins.de, Postfach, D-60381 Frankfurt am Main.

Himmel erhört mich nicht. Trostlied der bangen Regennacht. Aus: Max Herrmann-Neiße, Im Stern des Schmerzes. Gedichte 1. © Copyright 1986 by www.Zweitausendeins.de, Postfach, D-60381 Frankfurt am Main.

Georg Heym 1887 in Hirschberg/Schlesien geboren, gestorben 1912 in Berlin, S. 207.

Alle Landschaften. Berlin. Letzte Wache. Aus: Georg Heym, Gedichte. Herausgegeben von Stephan Hermlin. Suhrkamp Verlag Frankfurt am Main 1966.

Die Märkte. Fröhlichkeit. Aus: Georg Heym, Dichtungen und Schriften. Gesamtausgabe in 4 Bänden. Band 1: Lyrik. Bearbeitet von Karl Schneider und Gunter Martens. C. H. Beck Verlag, München 1964.

Die Stadt. Aus: Georg Heym, Das lyrische Werk. Sämtliche Gedichte 1910-1912. Herausgegeben von Karl Ludwig Schneider. Deutscher Taschenbuch Verlag, München 1977.

Robespierre. Aus: Georg Heym, Dichtungen. Auswahl und Nachwort von Walter Schmähling. Verlag Philipp Reclam, Stuttgart 1996.

Jakob van Hoddis 1887 in Berlin geboren, gestorben 1942 bei Koblenz, S. 237.

Weltende. Aus: Jakob van Hoddis, Dichtungen und Briefe. Herausgegeben von Regina Nörtemann. Arche Verlag, Zürich, 1987.

Richard Huelsenbeck 1892 in Frankenau/Hessen geboren, 1974 in Minusio/Schweiz gestorben, S. 545.

Dada-Schalmai. Aus: Dada Berlin. Texte, Manifeste, Aktionen. In Zusammenarbeit mit Hanne Bergius herausgegeben von Karl Riha. Reclam Verlag, Stuttgart 1977. Abdruck mit freundlicher Genehmigung von Herbert Kapfer, München/Huelsenbeck-Nachlaß.

Klabund 1890 in Crossen/Oder geboren, gestorben 1928 in Davos, S. 379.

Es werden Tage kommen. Klage der Garde. Man soll in keiner Stadt. Aus: Klabund, Der himmlische Vagant. Verlag Kiepenheuer & Witsch, Köln 1968.

Liebeslied. Aus: Klabund, Die Harfenjule. Gedichte, Lieder und Chansons. Rowohlt Verlag, Reinbek 1978.

Hans Leip 1893 geboren in Hamburg, 1983 gestorben in Fruthwielen/Schweiz, S. 565.

Lili Marleen. Aus: Die Hafenorgel. Gedichte und Zeichnungen. Verlag Langewiesche-Brandt, Ebenhausen 1977. Mit Genehmigung des APOLLO-Verlag Paul Lincke GmbH, Mainz.

ALFRED LICHTENSTEIN 1889 in Berlin geboren, gestorben 1914 in Vermandovillers bei Reims, S. 321.

Abschied. Der Morgen. Die Schlacht bei Saarburg. Gebet vor der Schlacht. Montag auf dem Kasernenhof. Aus: Alfred Lichtenstein, Dichtungen. Herausgegeben von Klaus Kanzog, Hartmut Vollmer und Paul Raabe. Arche Verlag, Zürich 1989.

NELLY SACHS 1891 in Berlin geboren, gestorben 1970 in Stockholm, S. 507.

Gebet für den toten Bräutigam. Aus: Nelly Sachs, Suche nach Lebenden. Gedichte. © Suhrkamp Verlag Frankfurt am Main. Neuauflage 1988.

Völker der Erde. Weiß im Krankenhauspark. Wenn nicht dein Brunnen. Aus: Fahrt ins Staublose. Die Gedichte der Nelly Sachs. © Suhrkamp Verlag Frankfurt am Main 1961.

Wer aber leerte den Sand aus euren Schuhen? Aus: Nelly Sachs, Gedichte. Ausgewählt und mit einem Nachwort versehen von Hilde Domin. © Suhrkamp Verlag Frankfurt am Main 1977.

FRIEDRICH SCHULT 1889 in Schwerin/Mecklenburg geboren, gestorben 1978 in Güstrow, S. 341.

Du bist ein anhangloser Mann. Aus: Friedrich Schult, Gesammelte Gedichte. Druck der Grillen-Presse, Hamburg 1954. Abdruck mit freundlicher Genehmigung von Frau Erika Schult, Göttingen.

KURT SCHWITTERS 1887 in Hannover geboren, gestorben 1948 in Ambleside/Westmoreland, S. 241.

An Anna Blume. Aus: Kurt Schwitters, Anna Blume und ich. Die gesammelten Anna Blume-Texte. Hg. v. Ernst Schwitters. © 1965, 1987, 1996 by Arche Verlag AG, Zürich – Hamburg.

Basel. Aus: Kurt Schwitters und die andere Schweiz. Unveröffentlichte Briefe aus dem Exil. Hrsg. von Gerhard Schaub. Verlag Bostelmann und Siebenhaar, Berlin 1998.

Der Zigarette Ende. Die Nixe – Ballade. Frühe rundet Regen blau. Aus: Kurt Schwitters, Das gesamte literarische Werk. Hrsg. von Friedhelm Lach. Band 1: Lyrik. © 1973, Kurt Schwitters, Das Werk, DuMont Literatur und Kunst Verlag, Köln.

LUDWIG STRAUSS 1892 im Rheinland geboren, 1953 in Jerusalem gestorben, S. 551.

An die Bucht. Aus: Ludwig Strauß, Dichtungen und Schriften. Hrsg. von Werner Kraft. Kösel Verlag, München 1963. Alle Rechte bei Eva Strauß, Jerusalem.

ERNST TOLLER 1893 in Samotschin geboren, gestorben 1939 in New York, S. 571.

Gemeinsame Haft. Aus: Ernst Toller, Werke 2. © 1995 Carl Hanser Verlag München Wien.

GEORG TRAKL 1887 in Salzburg geboren, gestorben 1914 in Krakau, S. 265.

Die Kirche. Im Herbst. Aus: Georg Trakl, Das dichterische Werk. Auf Grund der historisch-kritischen Ausgabe von Walther Killy und Hans Szklenar. Deutscher Taschenbuch Verlag, München 1972.

Abend in Lans. De profundis. Der Herbst des Einsamen. Die schöne Stadt. Grodek. Im Osten. Im Park. In den Nachmittag geflüstert. Trompeten. Verklärung. Vorstadt im Föhn. Aus: Georg Trakl, Die Dichtungen. Insel Verlag Frankfurt am Main 1989.

KURT TUCHOLSKY 1890 in Berlin geboren, gestorben 1935 in Hindas bei Göteborg, S. 395.

An das Baby. Danach. Malwine. Park Monceau. Rheinsberg. Schepplin. Aus: Kurt Tucholsky, Gesammelte Werke. Copyright © 1960 by Rowohlt Verlag GmbH, Reinbek bei Hamburg.

GEORG VON DER VRING 1889 in Brake in Oldenburg geboren, gestorben 1968 in München, S. 347.

Cap de Bonne-Espérance. Kavaliershaus. Wieskirche. Aus: Georg von der Vring, Die Gedichte. Gesamtausgabe. Hrsg. von Christiane Peter und Kristian Wachinger. Verlag Langewiesche-Brandt. Ebenhausen 1989.

JOSEF WEINHEBER 1892 geboren in Wien, 1945 gestorben in Kirchstetten, S. 557.

Ich liebe den Tod. Aus: Josef Weinheber, Sämtliche Werke. Herausgegeben von Josef Nadler und Hedwig Weinheber. Band 1; 2 Teile: Die Jugendwerke. Herausgegeben von Friedrich Jenaczek. Verlag Otto Müller, Salzburg. Neuausgabe 1979.

FRANZ WERFEL 1890 in Prag geboren, gestorben 1945 in Beverly Hills/Kalifornien, S. 425.

Das Bleibende. Der schöne strahlende Mensch. Morgenhymnus. Traumstadt eines Emigranten. Vater und Sohn. Aus: Franz Werfel, Das lyrische Werk. © S. Fischer Verlag GmbH, Frankfurt am Main 1967.